上

R・D・ウィングフィールド

ハロウィーンの夜，行方不明の少年を捜していた新米巡査が，ゴミに埋もれた少年の死体を発見する。そのうえ連続幼児刺傷犯が新たに罪を重ね，15歳の少女が誘拐され，謎の腐乱死体が見つかるなど，デントン警察はいつも以上に忙しい。よんどころない事情で払底している幹部連の穴埋めをするべく，これら事件の陣頭指揮に精を出すのは，ご存じ天下御免の仕事中毒，ジャック・フロスト警部その人。勝ち気な女性部長刑事や，因縁浅からぬ警部代行とやりあいながら，休暇返上で働く警部の雄姿ここにあり！　警察小説の大人気シリーズ，待望の第4弾。

登場人物

ジャック・フロスト……デントン警察の警部。主人公
リズ・モード……
アーサー・ハンロン……部長刑事
ビル・ウェルズ……
ジョニー・ジョンスン……巡査部長
ジョー・バートン……刑事
マイク・パッカー……
ランバート……
レジナルド（レジー）・エヴァンズ……
ケン・ジョーダン……
シムズ……
ジョン・コリアー……巡査
スタンレー・マレット……警視。デントン警察署長
アレン……警部
ジム・キャシディ……警部代行

サミュエル・ドライズデール……検屍官
トニー・ハーディング……鑑識チームの責任者
ボビー・カービィ……行方不明の少年。七歳
ウェンディ・カービィ……ボビーの母親
ハリー・カービィ……ボビーの父親
ロバート・スタンフィールド……中古車販売業者
マーガレット・スタンフィールド……ロバートの妻
キャロル・スタンフィールド……ロバートの娘。十五歳
ディーン・アンダースン……八歳の少年
ジョイ・アンダースン……ディーンの母親
ハリー・バスキン……〈ココナッツ・グローヴ〉の経営者
レミー・ホクストン……前科者
マギー・ホクストン……レミーの妻
シドニー・スネル……前科者
マーク・グローヴァー……内装業者
ナンシー・グローヴァー……マークの妻
フィル・コラード……マークの同僚

サンディ・レイン……………『デントン・エコー』紙の記者
リチャード・コードウェル卿…スーパー〈セイヴァロット〉の経営者
トミー・ダン……………………〈セイヴァロット〉の警備員
トレーシー・ニール……………デントン・グラマー校の生徒
イアン・グラフトン……………トレーシーの恋人
エミリー・ロバーツ……………マレット警視の友人
ダグラス（ダギー）・クーパー…前科者
ヘンリー・アラン・フィンチ……会計士
ミリセント（ミリー）・フレミング…プリムローズ・コテージの住人
ジュリー・フレミング…………看護師。ミリセントの妹
ポール・ミルトン………………〈ボンレイズ百貨店〉の警備員
クレイグ・ハドスン……………若い男

フロスト気質《かたぎ》 上

R・D・ウィングフィールド
芹　澤　　恵　訳

創元推理文庫

HARD FROST

by

R. D. Wingfield

フロスト気質《かたぎ》 上

プロローグ

家の裏窓のしたにしゃがみ込んでいた男は、木でできた窓枠の隙間にねじまわしの先端を無理やりこじ入れた。室内の明かりは消えていた。窓ガラス越しに、部屋の向こうの隅に置かれた子ども用ベッドの輪郭がかろうじて見分けられる。男の子の姿までは見えなかったが、そこに寝ていることはわかっていた。母親が寝かしつけるところを、庭のはずれの暗がりから、興奮のあまり手に汗を握って眺めていたのだから。

ねじまわしの平らな部分が、深くしっかりと押し込まれた。男はひとつ深呼吸をしてから、梃子の要領でねじまわしの握りを押し下げた。木が砕け、窓枠が緩む手応えがあった。不意に背中のほうでしゅっという音がした。男は危うくねじまわしを取り落としそうになった。弾かれたように振り返り、すぐにも庭をジグザグに駆け抜けていけるよう身を低く屈めた。が、音の正体は花火だった。夜空を一直線に翔けあがる打ち上げ花火。火の玉が炸裂し、闇に鮮やかな緑の綿毛の花が咲いた。

心臓が早鐘を打ち、冷たい汗が滴《したた》り落ちた。男は深々と息を吸い込み、ゆっくりと吐き出して自分を落ち着かせた。それから、きわめて慎重に、きわめて静かに窓を開けると、窓枠をつかんで身体を引きあげ、弾みをつけて桟をまたぎ、室内に降り立った。細心の注意を払って三歩進んだところで、子ども用ベッドの隣に置いてあった椅子に手が届いた。その椅子をドアノブのしたに支《か》い、誰も入ってこられないようにした。ドアのところで男は耳を澄ました。何人かの話し声が聞こえた。テレビの深夜映画。あの女以外には誰もいない——その点も確認済みだった。

ベッドが軋んだ。ふうんという鼻にかかった声、もぞもぞと身をよじる音。男はその場に立ちすくみ、息をころした。小さな欠伸《あくび》がひとつ、続いて浅い寝息が聞こえはじめた。男は息を吐き出し、肩の力を抜いた。子どもはぐっすり寝入っている。

ポケットからナイフを取り出すと、男は爪先立ちになり、音もなくベッドに忍び寄った。

第一章

ハロウィーン　十月三十一日

単発で打ちあげられた花火が、夜空を這い登り、一瞬だけ高みにしがみつき、力なく高度を失いかけたところで炸裂し、緑の光の綿毛を勢いよく周囲に飛び散らした。

その音にマイク・パッカー巡査――年齢二十歳――は、ちらりと夜空に眼を遣ったが、足を止めることなくそのまま通りの角を曲がってマーカム・ストリートに入った。パッカー巡査が単独で警邏に出るのは今夜が初めてだったし、気を配るべき事柄ならほかにいくらでもあった。トップコートのポケットのうえから、携帯無線機をそっと押さえた。必要になった場合にいつでも応援を呼べるというのは、心強いことだった。

背後から騒々しい足音が近づいてきた。化粧品を総動員したとおぼしき顔に魔女の扮装をした、どう見てもまだ十代の少女がふたり、靴の高い踵に足を取られながらよたよたと通り過ぎていった。麝香《じゃこう》に似た香水の濃厚な匂いを棚引きながら。追い越しざま、ふたりは口笛を吹いてパッカー巡査の注意を惹くと、湿った唇の音をさせながら派手に投げキスを送って寄越した。ハロウィーンのパーティに向かう途中と思われた。なのに、早くもへべれけの一歩手前までできあがっている。この分では今夜のうちに、どこかの誰かが男冥利に尽きる饗応にあずかることになりそうだった。それが自分ではないことを思って、パッカーは憂いに満ちた笑みを浮かべた。世の中はそれほど甘くない。身を切るように冷たい風の吹く今夜、マイク・パッカー巡査はなんともくそありがたいことに、翌朝午前六時まで担当区域を警邏してまわらなくてはならないのである。首をすくめるようにしてトップコートの心地よいぬくもりに顎を埋めると、彼はふたりの少女が通りの角を曲がるまで見送った。吹きつけてきた風が、少女たちの香水の名残を奪い去ってしまうと、パッカーはまた独りぼっちになった。

細い路地を抜けると、パトリオット・ストリートに出た。市の再開発から取り残された、うらぶれた一角だった。通りに面して小体な商店が並んでいるが、どの店もすでに営業を終え、戸締まりをすませていた。がらんとした広場のようなスペースは以前、中古車販売店の展示場だったところだ。

通りは闇に沈んでいた。もともと一基しかない街灯も心ない者たちの破壊行為の対象となり、とうの昔に使い物にならなくなっていた。

かつっかつっかつっ……背後から、自分の虚ろな靴音が追いかけてくる。誰かに尾行されているようで、パッカーは落ち着かなかった。念のため、途中でいきなり立ち止まり、勢いよくうしろを振り返ってみたが、もちろん誰もいなかった。それぞれの店先の舗道には、翌朝の収集に備えて店主が出していった、ゴミを詰め込んだビニール袋が積みあげられている。パッカーはゴミの小山を避けて歩を進め、新品の懐中電灯の強力で頼もしい光を商店のドア口に向け、扉の取っ手を揺すって戸締まりを確認しながら巡邏を続けた。

　いちばん端の店には、厚い板が打ちつけられていた。以前は食肉店が入っていたが、その食肉店が撤退してからもう長いこと借り手がついていない。《貸店舗：優良物件》という看板が、木枯らしに押されて小刻みに揺れていた。かなり以前に掲げられたことが一目瞭然の看板だった。ドア口は、高々と積みあげられたゴミの袋で半ばふさがれていた。どうやら近隣の店先から引きずってきたものと思われた。なんのために、わざわざそんな手間を？　パッカーには解せなかった。いちおう懐中電灯をつけ、その眩《まばゆ》い光の筋がひときわ高く積まれたゴミの山をゆっくりと這い登っていくのを眼で追った。何か見つかるとしても、どうせここを今夜の宿と定めて眠り込んでいる浮浪者ぐらいのものだろう。パッカーとしては、期待に胸を躍らせる心境ではなかった。あるいは、せいぜい全パトロールに注意喚起の指令が出ている例の男の子か。七歳の少年がガイ・フォークス（イングランドの火薬陰謀事件の首謀者。彼が逮捕された十一月五日に人形を引きまわし、火に投じる伝統行事がある）の人形を持って家を出たまま、午後十一時をまわってもまだ帰宅していないのである。

　パッカーは身をこわばらせた。誰かいる。隅のゴミ袋のうしろに。うずくまったまま、ひっそりと息をころしているやつが。「ようし——そっちの姿は見えてる。出てきなさい！」反応はなかった。必要に迫られた場合には武器として使えるよう、懐中電灯を握り締めたまま、パッカーはゴミの袋を取り除ける作業にかかった。膨らんだビニール袋を引き寄せたとたん、その奥から人影がいきなり飛びかかってきた。相手の顔を見た瞬間……な、なんだ、これは？　こんなのは人間じゃない。こんな蒼白くて、こんなまがまがしい顔があるもんか。パッカーは懐中電灯を放り出し、夢中で携帯無線機を探った。携帯無線機……携帯無線機……ないっ！　くそったれ無線機が見つからない……

「デントン警察署です。ご用件は？」内勤の責任者、ビル・ウェルズ巡査部長は受話器を耳にあてがうと、出かかった欠伸《あくび》を嚙みころし、送話口に向かって不機嫌な声で言った。実を言えば、ウェルズは目下のところ、電話をかけてきた相手の言うことに気持ちを集中させられる状態になかった。煮えくり返った腸《はらわた》から、いまだにふつふつと憤懣のガスが湧きあがってきているのだった。これから年末に向けて組まれた、新しい勤務表に眼を通したところ、ビル・ウェルズ巡査部長はまたしてもクリスマス当日の勤務を割り当てられていたのである。デントン警察署の署長である、あのくそいまいましいマレット警視は、実にとんでもない心得違いをしている。たまには、お気に入りの秘蔵っ子どもにも休日の夜勤を担当させるべきではないか。かかる不公平がこれ以上続くようなら、人の忍耐心には限度というものがあることを思い知らせて……受話器からたたみかけるように押し寄せてくる、ひどく取り乱した声に、ウェルズは顔をしかめた。「ちょっと、ちょっと、奥さん、いいから少し落ち着いてください……何があったのか、それだけ話してもらえますか？　……えっ、なんだって？　……そちらの住所は？　母親のほうの容態は？」ウェルズはペンを軋らせ、猛然とメモを取った。「大丈夫ですよ、奥さん、ご心配なく。うちの署の者をただちにそちらに向かわせますから」

内線電話の受話器を取りあげ、〝ワンダー・ウーマン〟のオフィスに通じるボタンを勢いよく押した。〝ワンダー・ウーマン〟ことリズ・モード部長刑事。そう、あのお高くとまったいけ好かない雌狐に、ときには本物の仕事をしていただいても罰は当たらない。無駄に爪を磨いたり、てかてかに色を塗りたくったりする暇はあるんだから。年末の勤務表によれば、モード部長刑事はクリスマス期間中ずっと非番扱いになっていた。デントン警察署に着任して、まだたったの二週間にしかならない新参者の分際で。そういうことを見逃すウェルズではなかった。

「はい？」

ウェルズに言わせれば、彼女のぶっきらぼうで、いかにも焦れったそうなその口調は、女のくせに聞き苦しいことこのうえなく、聞くたびにむかっ腹が立った。応えるほうの口調も刺々しくなろうというものだ。「クラウン・ストリート十七番地で侵入傷害事件発生。子どもが刺された。一歳の男児だ」

「のちほど応援を要請することになるかもしれません」とリズ・モードは言った。

「そんな人員の余裕はない」とウェルズは言った。それで、ようやく、少しだけ気が晴れた。

パッカーは、安堵のあまりどっと汗が噴き出すのを感じた。携帯無線機がすぐに見つからなくて却って助かったようなものだった。あのまま通報していたら……そのことを未来永劫、忘れさせてはもらえなかったにちがいない。人間離れした顔色の男は、なんと、ガイ・フォークスだったのだ。古着やらぼろ切れやら藁やらでこしらえる人形——子どもたちがガイ・フォークスの日に市《まち》じゅうを引きまわし、最後には焼き捨てる人形だった。確認のため、パッカーはゴミで膨らんだビニール袋をさらにいくつか取り除けた。ガイ人形のうしろのゴミ袋。商店のドアにもたせかけるようにして置いてある、その袋だけ、どこか様子が変だった。パッカーはその袋に手を伸ばした。指先が触れた瞬間、慌てて手を引っ込めた。電気ショックでも受けたかのように。彼はまだ死体というものを見たことがなかった。新人研修の一環として、死体保管所に出向いて検視解剖を見学するというプログラムが組まれてはいたが、パッカー巡査の場合、その機会にはまだ恵まれていなかった。先輩のバートン刑事の話では、検屍官はたいてい死体の顎のしたを、左右の耳に達するぐらい長く切開し、顔面の皮膚をくるりとめくりあげて頭蓋骨から引き剝がすのだとか。ちょうどゴム製の仮面を脱がすときのように。そのときまでには、途中で失神することなく最後まで見届けられるだけの覚悟を、きっちりと固めておくつもりだった。なのに、まだそのときではないのに、それだけの覚悟も固まっていないのに、パッカーは自分が死体を発見してしまったことが直感的にわかった。ゴミ袋の膨らみ具合からすると、大人にしては小さすぎる。子どもにちがいない。

パッカーは、もう一度手を伸ばした。指先が触れたとたん、ゴミ袋がひっくり返った。うめき声が聞こえた気がした。生きてるのか？　まだ生きてるってことか？

手袋をくわえてむしり取り、袋の口を縛っている紐を夢中でほどいた。袋のなかからひとりの人間の顔が、パッカーを見あげてきた。まだ幼い少年の顔だった。眼を覆う恰好でぐるりと茶色の粘着テープが貼りつけられていた。目隠しの代わりだろう。さらにもう一箇所、猿轡にも同色の粘着テープが使われていた。唇を割って口のなかに食い込むほどきつく巻きつけられ、上唇がまくれあがっているので、何やら笑みらしきものを浮かべているようにも見えた。唇の端と鼻孔から吐瀉物があふれ出していた。パッカーは膝をつくと、袋のなかにそろそろと手を差し入れ、死体の首筋に触れてみた。氷並みの冷たさ、脈拍はぴくりとも感じられない。茶色くこびりついた反吐が、なんとはなしに覚えのある臭いを放っていた。病院で嗅いだことのある臭いだった。パッカーは袋の口のいちばん端をつまんで大きく拡げ、懐中電灯でなかを照らした。少年は両膝を折り曲げた恰好で死んでいた。素っ裸の肌を剝き出しにして。

パッカーは立ちあがり、トップコートのポケットから携帯無線機を取り出すと、何度か深呼吸を繰り返してから署の司令室を呼び出した。自分でも驚いたことに、声は震えなかった。まるで市内《まちなか》で死神に出くわすことなど、自分にとっては日常茶飯事だとでもいった口調で喋ることができた。「パッカーです、応答願います。現在位置、パトリオット・ストリート、どうやら行方不明の少年を発見したようです……死亡しています、残念ながら。殺人事件と思われます」

「よし、その場を動くな」とウェルズは命じた。「いかなる状況が出来《しゆつたい》しようとも、動くんじゃない――いいな、絶対に動くな」

パッカーは店のまえの通りに出て、待った。あたり一帯に、何やら不気味な静けさが垂れ込めているような気がした。ごく些細な物音が増幅して、やけに大きく聞こえた。舗道に放置されたゴミ袋を撫でまわす風の音。食肉店の軒先で揺れる《貸店舗》の看板の軋む音……

やがて、耳をそばだててようやく聞き取れるほどかすかに、パトロール・カーのサイレンの音が聞こえてきたかと思うと、その音が次第に大きく、はっきりと聞き取れるようになった。ウェルズ巡査部長は、確認も取らずに、いきなり殺人事件の捜査班を送り込んだりはしない。ましてや、パッカー巡査が単独で警邏業務を担当した、最初の夜とあっては。

デントン警察署は極度の混乱状態にあり、ビル・ウェルズ巡査部長は自暴自棄のおよそ半歩手前といった状態にあった。一事が万事、思ったようには運ばなかった。殺人事件の捜査に着手しなくてはならないのに、犯罪捜査部の刑事で捜査責任者たり得る高位の警察官がただのひとりもつかまらないのである。今夜は自宅で待機しているはずのアレン警部は外出しており、連絡先の電話番号こそ残していたが、そこに電話をかけてみても、待てど暮らせど誰も出ない。ジャック・フロストはただ今、休暇中。高慢ちきなだけで能力なんてこれっぽっちもないあのリズ・モードは、どうやら携帯無線機のスウィッチを切っているようだった。だから馬鹿女だと言うのだ。先刻からそれこそ声も嗄《か》れるほど、再三にわたって呼び出しをかけているというのに。万策尽きた以上、内勤の責任者としては署長の自宅に電話をしないわけにはいかなかった。で、目下それを実行に移しているところだったが、あのマレット署長に親身な対応など期待するだけ無駄というものだった。どうせ嫌味たっぷりに言われるに決まっていた——「なんだね、巡査部長、きみほどの経験があれば、これしきの事態は独力で乗り切れるはずではないのかね?」耳にあてがった受話器がやけに熱く感じられ、呼び出し音だけが延々といつまでも続くように思われた。受付デスクの天板をこつこつと叩く音がした。キャメルヘアのオーヴァーコートを着たずんぐりむっくりの小男が、ウェルズ巡査部長の注意を惹こうとしているのだった。「すぐにすみます、お待ちください」とウェルズは言った。

「いや、待てないね、巡査部長。急いでるんだ」

ウェルズは溜め息ともうめき声ともつかないものを洩らした。この手の小男には横柄で威張りくさった輩が多く、とかく面倒の種になりがちである。今夜のように余裕のないときには、最も歓迎できない――

慌てて電話に注意を戻した。呼び出し中の電話に応答があったのだ。マレット当人ではなかったが、彼とは似たもの夫婦の関係にある気取り屋で文句垂れの妻が、不機嫌そのものといった眠そうな声で、電話をかけてきた者に名を名乗るよう求めていた。「これはどうも、マレット夫人、夜分遅くまことに申し訳ありませんが、署長はご在宅でしょうか？　……いらっしゃらない？　連絡先の電話番号をご存じでしたら教えていただけないかと……ええ、緊急の用件です」この女、正真正銘の脳たりんか？――声に出さずに、ウェルズは毒づいた――そりゃ、もちろん、緊急の用件に決まってるだろうが。でなけりゃ、誰が電話なんかする？「助かりました。ええ、どうもお騒がせしまして」相手の言った番号をメモ用紙に書き取り、ウェルズは電話を切った。

ずんぐりむっくりの小男が殺気だった眼で睨みつけてきていた。「いつまで待たせる気だね、巡査部長」

「どうぞ、あちらにお掛けになってお待ちください。手が空き次第、ご用件をうかがいますので」ランバート巡査が司令室から戻ってくるのが見えた。ウェルズは一抹の期待を込めて、そちらに眼を遣った。

「駄目です、巡査部長、あのアレン警部が残していった連絡先の電話番号は、何度かけてみても誰も出ません」

「いいから、かけ続けろ。〝ワンダー・ウーマン〟のほうは？」

「あいかわらずです。うんでもなけりゃ、すんでもありません」

「くそっ、あの役立たず」ウェルズはメモ用紙の綴りから、いちばんうえの一枚を剝ぎ取った。

「ここにもう一匹、役立たずがいるはずだ――マレット署長に連絡がつくかどうか、この番号に電話してみろ」

ランバートは受け取ったメモ用紙に視線を落とすと、眉間に皺を寄せた。「あの、巡査部長、この番号なら、さっきからアレン警部を呼び出すのにかけてる先と同じですが……？」

ウェルズはメモ用紙を見なおした。ランバートの言うとおりだった。「マレットとアレンがふたり揃って同じ場所に、それも夜の十一時にお出かけとはね。どこなんだ、この電話番号は？」

「そりゃ、ディスカウントの淫売屋だろ？」示唆に富んだ有益なる助言をもたらす、聞き覚えのある声。

フロストだった。えび茶色のマフラーを首に掛け、愛用のレインコートをいつにも増してだらしなく羽織ったジャック・フロスト警部が、ふたりに向かってにんまりと笑みを浮かべていた。

「ジャック！」ウェルズは歓迎の声を張りあげた。「休暇中だとばかり思ってたよ」

「ああ、休暇中だ。ちょいと寄っただけだよ、煙草の在庫が切れちまったもんだから、少しばかりくすねていこうと思って。そうだ、おれが送った滑稽味あふれる軽妙洒脱な葉書は届いたかい？」フロストは芝居がかった仕種でポーズを取ると、大袈裟な抑揚をつけてひとくさりぶった。

「巻き貝喰らうは難儀なことよ
おかしなこともあったれば
おいら剝き身を抜こうとするが
そのたびうっかり差しちまう」

ウェルズはにやりと笑った。「掲示板に貼り出しといたら、マレットの野郎が取り外せと言ってきた。そういう卑猥で煽情的な掲示物はけしからん、とさ」

「卑猥で煽情的？　巻き貝を食おうとしてる男のどこが卑猥で煽情的なんだ？」とフロストは尋ねた。「ところで、いったい全体なんなんだ、この慌てふためきようは？」

「パトリオット・ストリートで死体が見つかったんだ、ゴミ袋に入ったやつが」

フロストは顔をしかめた。「ゴミ袋が発明される以前の連中は、どうやって死体を始末してたんだ？　最近じゃゴミよりも、くそ厄介な死体を捨てるのに使われることのほうが多いじゃないか」

「おまけに、子どもなんだよ」とウェルズは言った。「行方不明の届けが出てた七歳の男児が、他殺体で見つかったんだよ。というわけで、署としては殺人事件の捜査本部を立ちあげなくちゃならない。でもって、ぺえぺえの下っ端刑事なんかじゃなくて、ちゃんとした高位の警察官を指揮官に据えなくちゃならない。あのこうるさい検屍官が現場に向かってるんだよ。なのに、アレンもマレットも都合よくどこかに雲隠れしちまってる。もうお手上げだよ。これぞまさしく〝しっちゃかめっちゃか〟だよ」

「いや、まだまだ甘い。おれが経験してきた数々のしっちゃかめっちゃかに比べたら」とフロストは言った。「でも、おれさまは休暇中だ。ありがたいことに。マレットの煙草をくすねたら、すぐに失礼するよ」フロストは受付デスクを離れ、廊下のほうに姿を消した。

ウェルズの手が空いたと見て取るや、キャメルヘアのオーヴァーコートを着たずんぐりむっくりの小男が受付デスクに飛んできた。

「今度こそこっちの話を聞いてもらえるだろうな。車をなくしたんだ。メタリック・グレイのローヴァーで、ナンバーは――」

「車の盗難ですね、わかりました」ウェルズは届け出に必要な書類を引っ張り出した。この種の男に最も手っ取り早くお引き取り願う方法は、必要事項を詳細に聴取することである。

「盗まれたとは言ってない。所在がわからなくなっただけだ。この市《まち》に社用があったので、ブリストルから車を運転してきて、市内の大通りからちょっと入った横町の路地に駐めておいた。ところが、慣れない場所なものだから、どの通りも同じように見えてしまって――車が見つからないんだ。財布も、クレジットカードの類《たぐい》も、何もかも車に置いてきてる」

「そういうことなら、すでに盗難の被害に遭ってる可能性が大きいですね」嬉しさを抑えきれない口調で、ウェルズは言った。

「いや、あり得ないね、巡査部長。それだけは断言できるよ。車には盗難防止装置がついてるから」

「でも、どこに駐めたか、思い出せない？」

「思い出せれば、こんなところに来ちゃいない。違うかね？」

ウェルズはペンをしたに置いた。「ならば、ご用件は具体的にはどういうことになるんでしょうか？　われわれにどうしろと？」

ずんぐりむっくりの小男は、きわめて呑み込みの悪い相手に説明するときのように、深々と溜め息をついて言った。「巡査部長、そんなことは言うまでもないと思うがね。おたくの署員が運転するパトカーにわたしを乗せて横町をまわってもらえれば、簡単に捜せるじゃないか」

「もっといい方法がある」見るとフロストが戻ってきていた。マレットの煙草の品揃えのなかでも上等の部類に入る一本を唇の端にくわえて。「そんなとこでいつまでもぐだぐだ言ってないで、自分の足を使ってとっとと捜しにいくんだよ。警察ってのは、もっと重要な事件を解決しなくちゃならないとこなんだから」

ずんぐりむっくりの小男は憤りもあらわに振り向くと、フロストに向かって人差し指を突きつけた。「今のは聞き捨てならん」唾を飛ばして言った。「きみは誰に向かってものを言ってるのか、わかってないようだから、教えといてやろう。わたしには関係各方面に影響力を持つ友人知人が大勢いる。きみ、名前は？」

「マレットだよ」とフロストは言った。「警視のマレットだ」

「よろしい」小男は相手の言った名前をぞんざいに書き取った。「この件はこのままにするつもりはない、それだけはここではっきり言っておく」そして足音も荒く、おもての通りに出ていった。

「ジャック、今度ばかりは墓穴を掘ったな、それも特大の」とウェルズは言った。

「いや、あいつは口だけだ」とフロストは言ったが、当のフロスト自身、果たして本当にそのとおりかどうか、いくらかの心許なさを覚えはじめていた。「ああいうのに限って、何もしやしないんだよ。それに、そうそう、そうだった――」そこでにわかに晴れやかな口調になった。「おれは休暇中だからな、この件がたとえマレットの耳に入っても、疑いの眼がおれに向けられるわけがない」

「いや、たとえあんたが死んでたとしても、真っ先にあんたが疑われる」にこりともしないで、ウェルズは言った。

司令室との境の引き戸が開いて、ランバート巡査が顔を出した。「例の番号ですが、巡査部長、まだ応答がありません。電話局に言って調べてもらったところ、〈クラレンドン・アームズ〉という大きなパブ兼レストランの電話番号でした。所在地はフェルスタッドです」

ウェルズは眼を細くすがめた。「フェルスタッドのパブ？　あのふたりが？　そいつは怪しいな、大いに怪しい。密談の臭いがする。あのふたりで、ろくでもないことを企んでやがるのさ。ああ、間違いない。だけど、パブなんだったら、どうして誰も電話に出ない？」

ランバートは肩をすくめた。「電話局が言うには、回線が故障してる可能性もあるそうですけど。どっちみち、こっちから人を遣るしかないですね。アレン警部を迎えにいかないことには」

「そんな余裕どこにある？　それじゃなくても、くそパトカーが足らないんだぞ」とウェルズは言った。それから一拍置いてうめき声をあげた。ランバートの言うとおりだった——選択の余地などない。「仕方ない——だったら、チャーリー・ベイカーを行かせろ。アレンに戻ってきてもらわないことには、身動きが取れん。アレンには、殺人事件が発生したと伝えるんだ」

ぴしゃりと音を立てて引き戸が閉まった。ウェルズは急いで振り向き、横歩きでその場から抜け出そうとしていたフロストを間一髪で呼び止めた。「待て、ジャック」

「おれは今週末まで休暇中だ」とフロストは言った。

「権限を持った上位《うえ》の人間に出張ってもらわなくちゃならないんだ……頼む、ジャック。現場の指揮を執ってくれ。アレンが戻ってくるまででいいから——十五分か、せいぜい三十分ぐらいのことだから……」

「わかったよ」甚だ不本意なことではあったが、フロストは頷いた。「だけど、三十分だけだからな。三十分したら、おれはふける、アレンが現われなくても」

「恩に着る」とウェルズは言った。「あんたはデントン警察署の秘めたる至宝だ」

「いや」とフロストは言った。「おれはデントン警察署の隠れなきごくつぶしだよ」

フロストを送り出し、正面玄関のドアが閉まるのと同時に、司令室との境の引き戸が開き、再びランバートが顔を出した。「リズ・モード部長刑事がつかまりました、巡査部長」


目的の家に到着するのに、リズ・モード部長刑事はだいぶ手間取った。デントン市内の地理にはいまだに不案内だったし、ウェルズ巡査部長に渡されたかなりの年代物の街路地図は手垢にまみれていて折り目の部分が擦り切れ、ばらばらになるのも時間の問題といった代物で、何本もの通りの名前が判読不明になっていた。途中で二度も引き返し、目当ての家をようやく捜し当て、玄関のまえに車を停めたとき、ちょうど帰りかけていた医師と行き合った。「坊やの傷は大したことなかったよ」と医師はリズ・モードに言った。「二の腕のところに何箇所か刺創が認められたが、いずれも表皮部分をちくりとやられた程度だった。包帯を巻いておけば事足りてしまう程度の傷だよ」医師は背後を振り返り、家のなかから洩れてくる甲走った叫び声と派手なすすり泣きの遁走曲に、辟易している顔をした。「あれは母親だ。坊やよりママさんのほうに手を焼かされた。鎮静剤を渡したら、投げ返された」医師はリズの脇を擦り抜けて通りに出た。「もうちょっと付き添っててやりたいとこなんだが、別件で呼び出されてしまって……」屋内《なか》の泣きわめく声から逃れられて、明らかにほっとしている様子だった。

リズは携帯無線機のスウィッチを切った。神経の昂ぶった母親から事情を聴いているときに、瑣末な用件で呼び出されたくなかった。泣き声が聞こえてくるほうに足を向けると、泣き声に混じって、何かを叩いているような、ばんばんばんっという騒々しい音が聞こえてくることに気づいた。泣き声と音の出所をたどって子ども部屋に行き着いた。幼児向けの図柄をあしらった壁紙を貼り、子ども用ベッドをひとつ置いただけの狭い部屋だった。

ばんばんばんっという音の発生源は、窓のところで金槌を振るっている初老の男で、侵入者にこじ開けられた窓の桟に釘を打ち込み窓枠に固定しているところだった。漆黒の髪に蒼ざめたオリーヴ色の肌をした若い女が、青く塗った椅子に腰をおろし、身体を左右に揺すりながら、咽喉の奥で低くうめいてはすすり泣くことを、一瞬の途切れもなく繰り返していた。どうやらそれが、被害に遭った男の子の母親のようだった。リズは溜め息をついた。こんな状態では母親の協力はまず期待できそうにない。

母親の隣に、見たところ五十代半ばといった年恰好の女が、毛布にくるまれた子どもを抱いて立っていた。子どもというよりも、ようやく赤ん坊を卒業したばかりの、文字どおりの幼子だった。泣き疲れたのか、涙の跡のついた真っ赤な顔で眠っている。

「デントン警察から来ました。部長刑事のモードといいます」リズは素性を明らかにして、身分証明書を差し出した。

「ずいぶんごゆっくりだったじゃないか」窓のところで作業をしていた男はそう言うと、最後にもう一本釘を打ち込んでから金槌をしたに置き、窓枠をつかんで試しに揺すってみた。「よし、これでもう、変態野郎も入ってこれんはずだ」

「できれば、その窓には手を触れないでいただきたかったですね」とリズは言った。「犯人の指紋が採取できたかもしれないのに」

「指紋？　そんなもの、採る必要もなかったんじゃないかね」と男は言った。「あんたがさっさと駆けつけてきて、変態野郎をパクってくれてりゃ」

この発言は無視することにした。「あなたがご主人ですか？」

「あたしは隣に住んでる者だ――ジョージ・アーミティッジっていうんだけどね」アーミティッジと名乗った男は、子どもを抱いている女に向かって顎をしゃくった。「あいつは、あたしのかみさんだ」

リズは母親に向かって言った。「ええと……まずはお名前を聞かせてもらえますか？」

リズのこの質問には、アーミティッジ夫人が答えた。「リリーよ――リリー・ターナー。こんなこと言ってはなんだけど、ご覧のようにかなり取り乱しちゃってて」

「ご主人はいらっしゃらないんでしょうか？」

「それは、まあ、ご主人というか――坊やのお父さんはいますよ。ただ、この人と正式に結婚してるのかどうかは……そう言えばわかっていただけると思うんだけど」アーミティッジ夫人は声を落とした。「塀のなかで〝お勤め中〟なんですよ――十八ヶ月の刑を言い渡されたんです。カーラジオを盗んでまわっていたとかで」

リズは母親の腕にそっと手を置いた。「リリー、わたしはデントン警察から来たの。何があったのか、聞かせてもらえる？」

母親のうめき声が大きくなった。それが彼女なりの返答のようだった。

リズは子どもを抱いた女に顔を向けた。「それでは、アーミティッジ夫人、あなたに代わりにうかがいます。何があったのか、話していただけますか？」

「ちょっと待ってちょうだいよ」アーミティッジ夫人は抱いていた幼児を子ども用ベッドに寝かせ、上掛けを引きあげて小さな身体をくるみ込んだ。シーツには点々と血が飛んでいた。

「坊やをこの部屋で寝かしつけたあと、リリーは向こうの部屋でテレビを見ていたんですって。そしたら、トミーの泣き声が聞こえたもんだから、様子を見にきたんだけど、ドアが開かなくて――」

「ああ、変態野郎はその椅子を取っ手のしたに支《か》ってやがったんだよ」とジョージ・アーミティッジが言って、母親の腰掛けている青い椅子を指さした。リズは頭のなかでメモを取ると――子ども部屋の青い椅子、指紋採取の必要あり――アーミティッジ夫人に向かって頷き、先を続けるよう促した。

「坊やは、それこそ火のついたように泣き叫んでて……それと部屋のなかを人が歩きまわってる音がしたそうです。リリーは泥棒だと思って、でもどうしていいかわからなくて、ともかくうちに駆け込んできたんです。で、うちの人が今すぐ一緒に行ってやるってことになって。それから、そこのドアをなんとか蹴り破って――」

「続きはあたしから話そう」とジョージ・アーミティッジが言った。「あたしが思いっきり蹴飛ばしてドアが開くと、リリーがすぐさま明かりをつけた。そこの窓が大きく開いてて、戸外《そと》から風が吹き込んでた。すぐに駆け寄って戸外《そと》をのぞいてみたけど、変態くそ野郎の姿はどこにも見当たらなかった。ぼうずは今にもひきつけを起こすんじゃないかって勢いで、ぎゃあぎゃあ泣きわめいてたもんだから、リリーはぼうずを抱きあげてやって、そこで血が出てることに気づいた。とたんに、おっ母《か》さんは悲鳴をあげて、わめきだしたってわけだ、血を流してるぼうずよりも派手な声を張りあげてな。あたしはかみさんに警察と医者に電話をかけるように言った。あとはそっちも知ってのとおりだ」

リズは窓のところまで歩き、戸外《そと》の狭い裏庭をひとわたり眺めた。奥の垣根に設けられた小さな開き戸を抜けると、裏の路地に出られるようになっている。この造りなら、見とがめられずに出入りするのも、難しくはなさそうだった。窓枠に残された跡を見る限り、窓の隙間に梃子の役目をするものをなんの工夫もなくただ突っ込み、力任せにこじ開けたものと思われた。先立つ三件の刺傷事件と同一の手口だった。「坊やのお母さんから、この家をのぞいてる不審者がいた、あるいは誰かにあとをつけられた、というような話をお聞きになったことは？」

「この人とは普段、親しく口をきくようなつきあいはないんでね」とジョージ・アーミティッジは言った。「今夜だって、緊急事態だったから駆けつけたけど、そうじゃなけりゃ誰が来るかってもんだ。あたしはね、この人のご亭主にカーラジオを盗まれた被害者のひとりなんだよ。そういう間柄だとしたら、一緒にお茶飲んで、ビスケット齧って、お喋りなんかしやしないんじゃないかい？　違うかね？」

リズはぴしゃりと音を立てて手帳を閉じた。リリー・ターナーがもう少し落ち着くのを待って、明日にでももう一度訪ねてくるしかなさそうだった。「よくわかりました。いろいろとご協力くださって、ありがとうございました。この部屋のものには極力、手を触れないように。明朝になると思いますが、指紋採取の担当者が訪ねてきますから」

アーミティッジ夫人はリズを送って玄関先まで出てきた。「坊やにあんなことした犯人だけど、警察に任しておけばちゃんと捕まえてくれるんでしょうね？」

「ええ、必ず逮捕します」とリズは言った。そのことばの持つ楽観的な見通しを、今ひとつ信じきれない自分を意識しながら。子どもに血を流させることに異様な執着を覚える変質者がいる。なのに、警察はいまだにその人相特徴すらつかんでおらず、指紋も入手できていない——いや、それどころか犯人の性別さえわかっていないのが現状だった。もちろん管轄内に居住する性犯罪関係の前科者の所在を確認し、事情聴取も行ったが、労多くして功少なし、どころか収穫は限りなくゼロに近く、いずれも鉄壁のアリバイがあるか、犯行の手口に該当しない者ばかりだった。「ええ、必ず逮捕します、ご心配なく」辞去したリズの背後で玄関のドアが閉まった。それでもまだ、母親のうめき声と泣き声が聞こえてきていた。

車に戻り、携帯無線機のスウィッチを入れたとたん、パトリオット・ストリートで死体が見つかった、と司令室が知らせてきた。リズはデントン市内の街路地図を引っ張り出し、パトリオット・ストリートまでの道順を検討する作業にかかった。

「なんだと、無線機のスウィッチを切ってた？」信じられない思いを抑えきれず、ウェルズは声を張りあげた。「あの馬鹿女、なんのために無線機を持たせてると思ってる？　あの糞の役にも立たないハンドバッグに後生大事にしまっとくためだとでも――」受付デスクの電話が鳴った。「はい?」ウェルズはぶっきらぼうに応えた。

マレットだった。その口調からは、ごくわずかではあったが、アルコール飲料の影響らしきものが感じられた。「家内から聞いたが、巡査部長、わたしに大至急連絡を取ろうとしていたとか?」

送話口を手で覆うと、ウェルズは大声を張りあげてランバートを呼び、〈クラレンドン・アームズ〉に差し向けたパトロール・カーを呼び戻すよう伝えた。それから、パトリオット・ストリートで少年の他殺体が発見された顚末をマレットに伝えた。

寒さでこわばった身体をほぐすため、マイク・パッカー巡査は腋を締めたり緩めたりして腕を動かしながら、その場で足踏みをした。実際問題として、寒くてたまらなかった。こんなことなら警邏業務に戻って持ち場を歩きまわっているほうが、凍えそうな思いをしないですむだけ、まだましかもしれない。しかし、パッカー巡査は現場での立哨を命じられているのだった。死体に近づいた者の記録を詳細に残しておくため、クリップボードまで持たされて。クリップボードの用紙に氏名を控えたのは、これまでのところ、パッカー自身、シムズとジョーダンの両巡査、犯罪捜査部のバートン刑事、現場保存に当たった白い作業服姿の現場捜査担当者二名、それと、そう、危うく書き洩らすところだったが、警察医も来た。来たかと思うとあっという間に引きあげていってしまったが――少年は間違いなく死亡している、情況証拠に鑑みて他殺が疑われる、とだけ宣告して。通りを挟んだ向かい側では、舗道際に寄せて停めたパトロール・カーのなかでジョーダンとシムズの両名が車内のぬくもりに浸りながら、次の指示を待っているところだった。検屍官の姿はまだ見えない。現場の指揮を執るはずの、アレン警部の姿も。

通りの角を曲がり込んできたフォード・エスコートが、古びてがたのきかけた車体をぶるっと震わせ、停まるのが見えた。シムズに脇腹を突《つ》かれて、ジョーダンは新たに侵入してきた車輛に、ここは当面進入禁止区域であることを伝えるため、パトロール・カーを降りた。だが、フォードから降りてきた男は、えび茶色のマフラーを風になびかせたその人物は、なんと、ジャック・フロスト警部だった。意外な人物の登場にジョーダンはいささか面食らった。フロスト警部は目下、休暇中のはずなのに。

死体の傍らに膝をついていたジョー・バートン刑事は、車が近づいてくる音を聞きつけて渋面を作った。司令室からは、現場にはリズ・モード部長刑事を派遣した、との連絡を受けている。ということは、彼女が到着したにちがいなかった。あの小生意気なちびすけ女のことだ、すぐにでも主導権をがっちりと握り込み、いっぱしの指揮官面《づら》をして次から次へと命令を飛ばしはじめるにちがいない。ところが、現場の重苦しい暗がりを突き破って、しゃがれた騒々しい笑い声が聞こえてきたのである。バートンは現場保存のためにめぐらしたシートのなかから、慌てて這い出した。ああいう笑い声をあげる人物は、バートンの知る限り、署内ではただひとりしかいなかった。

フロストは素早く現場を見渡した。調《とと》えるべき手筈は、残らず調えられているようだった。現場に面した通りには非常線を張って交通を遮断し、捜査関係者以外立入禁止にしてあったし、死体が見つかった店の戸口の周囲にはテントのような代物をめぐらし、抜かりなく現場を保存してある。現場捜査の担当者が設置したポータブルタイプの小型発電機も、規則正しいリズムを刻み、非常用の投光照明に滞りなく電力を供給している。それは取りも直さず誰もが己の果たすべき役割を果たしている証左であり、大いにけっこうなことに思われた。フロストは満足してひとり大きく頷いた。バートン刑事はなかなか有能だ。こうしたしち面倒くさいもろもろを、抜かりなく手配したわけだから。

「ご苦労さん」マレットの執務室からくすねてきた煙草をバートンに勧め、ついでに火もつけてやってから、フロストは言った。「われわれが見つけちまったものについて、おれもいちおう知っておいたほうがいいと思うんだ。あとで根性のひん曲がった、どこぞの知りたがり屋に、質問攻めにされないとも限らないだろう?」

「死亡していたのは少年です。七歳ぐらいの年齢の」説明しながら、バートンはフロストを死体のところまで案内した。「おそらくボビー・カービィではないかと思われます。自宅から行方がわからなくなった、と届けの出ている少年です。両親は離婚しており、ボビー少年は母親と暮らしてました。母親は、テレビを見ていたボビー少年を自宅に残し、現在交際中のボーイフレンドとパブに出かけて二時間ほど留守にした。そして午後十時近くに帰ってくると、ボビーはいなくなっていた」

死体は、まだゴミ収集用のビニール袋に入れられたままになっていた。検屍官の検分がすむまで、死体を動かすわけにはいかないからだった。検屍官は規則一点張りで融通の利かないこと巌《いわお》のごとき人物で、常日頃から、死体発見時には死体本体も含めてその場の状況をそっくりそのまま保存しておくことをきわめて強硬に要求していた。フロストは不恰好に膨らんだゴミ袋の脇に膝をつき、蒼白く凝《こご》った顔をのぞき込んだ。眼の部分と口元にぐるりとへばりついている茶色いビニール製の粘着テープをじっと見つめ、痛ましさに首を横に振った。「可哀想にな、まだほんの小僧っ子なのに。両親にはもう知らせたのか？」

「いや、まだです」とバートンは言った。「アレン警部をお待ちしてるところです」

「そうだな、そういうお役目はおれなんかより、あの御仁のほうが適役だ」とフロストは言った。死体のうえに身を乗り出し、顔を近づけるようにしてさらにのぞき込むうちに、痛ましさが募った。フロストは口元をきつく引き締めた。「なあ、ぼうず、どこのくそ変態野郎にこんなことをされたんだい？」唇のあいだに食い込んだ粘着テープと口元にこびりついた吐瀉物を調べ、臭いを嗅いだ。嗅ぎ覚えのある臭いだった。はて、なんの臭いだったか？　フロストは心のなかで首をひねった。どこかで確かに嗅いだことのある臭い。果たしてどこで嗅いだのだったか……そう、病院だった。入院中の妻の見舞いに通っていたとき、ゆっくりと死に向かっていく妻をただ見つめながら、ベッドの横に置いた椅子に何時間もじっと坐っていたとき、病室内に常に漂っていた臭いだった。それがなんの臭いだったか、しばらく考え込んだあげく、潔く諦めた。本件はフロスト警部が捜査を担当しているわけではない。よって臭いの正体も、フロスト警部が突き止めるべき問題ではなかった。「死因はわかってるのか？」

「警察医が言うには、おそらく自分の反吐を咽喉に詰まらせて窒息したんじゃないかってことでした」

「死亡推定時刻は？」

「それは警察医の仕事じゃないそうです。そういうことは検屍官に訊けと言ってました」

「なんとまあ、とことん頼りになる先生だよ」フロストは屈めていた身体を起こして立ちあがると、腕時計に眼を遣った。あの仕事の鬼と謳われるアレン警部殿が、いったい全体、どこに雲隠れしてしまったのか？

「アレン警部は今、マレット署長とこちらに向かっているところです」フロストの考えていることを読んだように、バートンが言った。

「マレットも来るって？　だったら、坊や、おまえさんが吸ってる煙草を見られないようにしたほうがいい……長らく行方不明になってた友人だってことを見破られないとも限らないから」フロストは最後にもう一度、ゴミ袋にくるまれた死体に眼を遣った。「おれはとりあえずの隙間ふさぎに派遣されてきた、代用品の警部だからな。知性派の切れ者警部がご到着あそばすまで、現場の指揮は引き続きおまえさんに任せるよ」それから手ごろなゴミ容器を見つけ、そこに腰をおろして待った。

リズ・モード部長刑事は力任せにステアリングを切り、タイアを軋らせて通りの角を強引に曲がった。スピードを出しすぎていることは承知していたが、昂ぶる気持ちを抑えきれなかった。殺人事件の捜査に参加できるのだ。彼女にとって、初めてのことだった。画期的な出来事だった。しかも、捜査責任者のアレン警部は、幸か不幸か不在ときている。この機に活躍しないでなんとする?

デントン警察署から派遣されてきたパトロール・カーが一台、舗道際に停まっているのが見えた。リズはそのすぐうしろの空きスペースに車を入れ、舗道際にぴたりと寄せて停めた。通りの向かい側に眼を遣り、次の瞬間、顔をしかめたくなるような光景に出くわした。現場付近一帯は捜査関係者以外は立入禁止のはずなのに、浮浪者のような風体の爺むさい男がひとり、ゴミ容器に腰を掛けて寒風に背中を丸め、なんと煙草まで吸っているではないか。あんな現場のすぐそばで。殺人事件の現場に浮浪者が迷い込むままにしているとは、デントン警察署の巡査諸君はいったいどこまでたるんでいるのか? リズ・モード部長刑事には許しがたいことだった。処罰者が出て当然の事態に思われた。車のドアを開け、急いでそとに飛び出した。「ちょっと——そこのあなた!」男は短くなった煙草を最後にもうひと吸いして、排水溝に投げ捨てたところだった。リズの声に一瞬顔をあげたものの、返事をするでもなく、そのままうっと視線を逸らして立ちあがり、キャンヴァスの保護シートをめぐらした死体発見現場のほうに足を向けた。信じられない思いに、リズは身をこわばらせた。何が信じられないといって、眼のまえにパトロール・カーが停まっていて、歴とした警察官が乗っているというのに、その怠け者のぐうたら二人組が、平然と座したまま、ただそれを眺めていたことだった。

リズは駆け足で通りを渡り、ショルダーバッグのなかを手探りして身分証明書を取り出した。

「そこのレインコートの人——止まりなさい！」男の鼻先に身分証明書を突き出した。

レインコートを羽織った男は、リズの身分証明書におざなりな一瞥をくれただけだった。

「いや、せっかくだが間に合ってるよ、お嬢ちゃん——こっちも持ってるもんでね」垂れ幕の奥では、ふたりの制服警官が店の戸口に山と積まれたゴミ袋を邪魔にならない場所に移そうとしていた。それに気づいて、レインコート姿の男は声を張りあげた。「そのままにしとけ！指紋が出るかもしれないから、科研の連中に調べさせたい」それからリズのほうに向きなおって言った。「警部のフロストだ。おまえさん、新人刑事だね？」

リズは憤慨していた。願ってもないチャンスだったのに、千載一遇の好機だったかもしれないのに、この誰よりも能力に欠けた落ちこぼれが休暇を切りあげて職場に戻ってきてしまうなんて。それでも自制心をフル稼働させて、どうにか平静な声らしきものを絞り出した。「部長刑事のリズ・モードです。フェンレイ署から異動になり、先週着任しました」

フロストは眼のまえの女をとくと眺めた。年齢は二十代後半といったところ、どちらかと言えば痩せ型、黒っぽい髪を無造作に束ねているので、細面の頬のラインが余計に強調されて見える。だが、眼鼻立ちそのものは整っていないわけではなかった。化粧や髪型にもうちょっと手をかけてやって、グレイの地に黒の縞模様のスカートとジャケットなどという地味くさくて垢抜けない恰好をやめれば。

「少年の死体が発見されたと聞きましたが、わたしも見せていただいてよろしいでしょうか、警部？」

フロストは肩をすくめた。「おれに断ることはないよ、お嬢ちゃん。見たけりゃ、どうぞ遠慮なく。こっちはアレンが現れるまでに死体が冷めちまわないよう、番をしてやってるだけだから」

リズは身を硬くした。今時、婦人警察官をつかまえて〝お嬢ちゃん〟と呼ぶ、その神経が信じられなかった。なかなか努力の要ることだったが、内心の思いを表情に出さないよう、慎重に自分を戒めた。現場に近づこうとしたとき、一台の車が、漆黒の車体を鈍く光らせ、通りの角を曲がって滑るように近づいてくるのが見えた。ロールス・ロイス――検屍官が到着したようだった。

「くそっ！」フロストは低い声で毒づいた。「死神博士のお出ましだよ。せっかくだが、お嬢ちゃん、ここはおれに任せてもらったほうがよさそうだ。あの御仁の場合、部長刑事と渡りあうのは、検屍官としての沽券に関わることらしいから」フロスト警部の手から捜査の指揮権を奪還すべく現場に駆けつけてくるアレンの車のヘッドライトでも見えやしないか、と通りの先に熱っぽく眼を凝らしてみた。そんな幸運には、恵まれなかった。フロストはマレット秘蔵の煙草をまた一本くわえて火をつけると、現場保存用のシートをめぐらした店の戸口になるべくゆっくりとした足取りで近づいた。リズ・モードがすぐうしろからついてきた。

白い作業服を着た男がふたりを呼び止めた。現場捜査担当のレジナルド・エヴァンズ巡査だった。「戸口のまえに積まれてるゴミの袋は、全部でおよそ二十個ほどです。指紋検出の件ですが、フロスト警部、その二十個全部について調べるということでしょうか？」

「いや、レジー、もっといいことを思いついたよ。二十個全部、署に持ち帰って中身を検めてくれ。その二十個のどれかに、犯人の野郎がぼうずから剝ぎ取った着衣を突っ込んでるかもしれない」

内務省登録の病理学者で検屍官を務めるサミュエル・ドライズデール博士は、時間を無駄にしない男だった。車から降りると、フロストが追いつくのを待たずに垂れ幕をくぐり、死体の傍らに膝をついた。非常用の投光照明灯のたどたどしい明るさを補うため、助手役を務める女が向けている懐中電灯の光のなか、ドライズデールはまずじっくりと死体の顔を検めた。「しっかり持っていたまえ」手元を照らす明かりが揺らいだので、ぴしゃりと言った。頭上では木枯らしに煽られ、通りに停めたパトロール・カーの無線機からひっきりなしに聞こえてくる交信の洪水を浴びせられて、キャンヴァス地の垂れ幕が怒ったようにはためいている。

検屍官は、鼻孔と口の端から吐瀉物があふれ出していることに眼を留めた。少年の血の気の失せた頰に、今にも鼻先が触れそうになるぐらいまで顔を近寄せ、慎重に臭いを嗅いだ。そして、深く頷いた。先刻フロスト警部を困惑させた臭いの正体が、検屍官にはわかったのだった。次いでテープでふさがれた口に、関心を移した。唇の周囲の皮膚は赤く炎症を起こしているし、テープの上下の端に何箇所か、白っぽい糸のような微少な繊維片が付着していることも確認できた。

「どんな様子だい、先生《ドク》？」

ドライズデールは身をこわばらせた。声の主《ぬし》を確認するのに、わざわざ顔をあげる必要はなかった。雪のように舞い落ちてきた煙草の灰が、その人物で間違いないことを裏づけていた。腹立たしさをこらえて煙草の灰を払いのけると、ドライズデールはゆっくりと顔をあげた。やはり思ったとおりだった。デントン警察署のジャック・フロスト警部。例によって例のごとく、さんざっぱら着古して型くずれしたレインコートに取れかけのボタン、首から垂らしているのはいつから使っているのか見当もつかない、あのえび茶色のマフラー。ドライズデールは苦り切った表情になった。「この件はアレン警部の担当と聞いていたんだがね……それと、いちいち言わせないでほしいのだが、喫煙は遠慮してもらえないだろうか」

「アレンについては、おれたちも八方手を尽くして捜してるとこでね」フロストは煙草の先をつまんで火を消すと、検屍官の隣にしゃがみ込んだ。「どうやら、どこぞの酒盛りに出席してるらしいってとこまではつかんだんだが――」そこでふと生気の消えた少年の顔を指さして尋ねた。「そいつはなんだい、先生《ドク》――その白いふわふわしたものは？」

「脱脂綿だね」とドライズデールは言った。説明を続けようとしたとき、通りのほうが慌ただしくなった。車のドアが閉まる音、それから低く抑えた人の話し声。間もなく夜会服姿に白いマフラーを首に巻いたアレン警部が、キャンヴァスの垂れ幕を撥ねあげ、いささかおぼつかない足取りでなかに入ってきた。葉巻とウィスキーの残り香をたっぷりと引き連れて。フロストには挨拶代わりに素っ気なく頷き、ドライズデールには到着が遅れたことを詫びた。「お待たせしてしまったようで申し訳ない、博士《サー》。今夜は非番だったもので」それから死体に眼を向け、しばらくのあいだじっと凝視した末に痛ましげに首を横に振った。「さっそくですが、現時点で判明していることをお聞かせいただきたい」

検屍官は立ちあがった。「この少年は麻酔薬によって中枢神経の機能を鈍麻させられたものと思われる」と言って少年の唇を指さした。「そこに付着している白い綿状の物体は、麻酔薬を吸引させるために使われた脱脂綿の繊維だ。麻酔薬を含ませた脱脂綿で、被害者の口と鼻を覆い、被害者が意識を失うと、猿轡として布切れを口腔内に挿入し、しかるのちにこれらのビニールテープで固定した。ところが、そのような状態に置かれていれば、少年が嘔気を催したとき、不幸にして胃の内容物は噴出を阻まれてしまう。その結果、この少年は自分の吐瀉物を咽喉に詰まらせ、窒息して生命を失った、というわけだ」

アレンが自分の眼で確認できるよう、ドライズデールは脇に寄った。少年の口の周辺を検めるのに、アレンはだいぶ苦労を強いられた。眼の焦点を合わせるため、瞬きを繰り返し、眼をすがめ、また瞬きを繰り返さなくてはならなかった。そして最後に頷いて言った。「なるほど、そのようだ」

なんとまあ、ありゃ、相当聞こし召してるよ、フロストは声に出さずにつぶやいた。

「性的暴行を受けた痕跡は？」とアレンが尋ねた。

「こうした状況下で、被害の詳細な点まで調べるのは無理というものだ。ここはそれにふさわしい環境ではない。被害者を死体保管所に移送してくれたまえ。すべてはそれからだ。ああ、移送の際は今のこのままの状態で運ぶように。そちらの勝手な判断で、そのゴミ収集用の大袋から出してもらったりしては困る。粘着テープについても発見時の状態を保つこと。不用意に手を触れないように」

「ゴミ袋はこっちに貰えないかな？　指紋が出るかもしれないから」とフロストは言った。

「ならば、死体をしかるべく取り出したのち、そちらにまわそう」

「死亡推定時刻は？」とアレンが尋ねた。

「今夜は冷える。外気温度が低い場合、死後硬直の発現は遅くなる傾向にあるからして……これは現時点でのあくまでも予備的な所見だが、死後およそ七時間から八時間が経過していると思われる。検視解剖がすんだら、もう少し正確なことが言えるだろう」

　アレンはきわめて注意深く、いつも以上に顔を近づけて腕時計を見つめた。「ということは、つまり死亡推定時刻は……」眉根を寄せ、精神を集中して暗算に取りかかった。無意識のうちに唇を動かしながら。

「今日のほぼ午後五時から六時のあいだ、ということになりますね」とリズ・モードが言った。

「せっかくだが、その程度の引き算はわたしにもできる」アレンはぴしゃりと言った。答えを導き出せる状態にないことは、傍目にも明らかだったが。「殺害現場については、ミスター・ドライズデール――」検屍官に対しては〝先生《ドクター》〟ではなく〝ミスター〟という呼称を用いることは、アレン警部たるもの、酩酊状態においても失念したりはしなかった。「――この場所と考えていいだろうか？」

「いや、違う」とフロストは言った。レインコートのボタンを掛け、あとはご両人に任せてさっさと引きあげる態勢だった。「どこか別の場所で殺されて、午後六時以降にこの場所に捨てられたんだ」

ドライズデールは苦虫を嚙みつぶしたような顔になった。その質問が、検屍官に対して為されたものだということをわきまえない不見識が実になんとも腹立たしかった。「ほう、きみがそう判断するに至った医学的な根拠について、是非ともお聞かせ願いたいもんだね、警部」

「医学的な根拠もへったくれもないよ」とフロストは言った。「ここらへんの店屋は、どこも午後六時までは店を開けてる。ってことは、店先にゴミを出すのは午後六時以降ってことだろう?」

甚だ以て不本意なことではあったが、検屍官としても頷かないわけにはいかなかった。「確かに。では、被害者は別の場所で殺害され、その後この場所に、午後六時以降に遺棄された、ということになる」

一陣の木枯らしがキャンヴァスの保護シートに激しく殴りかかり、金属の支柱を軋らせた。フロストはマフラーを首にしっかりと巻きつけ、キャンヴァスの垂れ幕を持ちあげた。「おれははずすよ、そのほうがそっちの仕事も捗るだろう? 家に帰らせてもらう」

「いや、ちょっと待ってくれ……ジャ、ジャ、ジャック」フロストのあとを追って、アレンも通りに出た。氷の刃を思わせる風が、火照って汗ばんだアレンの頰に斬りつけてきた。「ひとつ頼みがあるんだが、聞いてはもらえないだろうか?」

冗談じゃないね、フロストは胸の奥でつぶやいた。こっちの頼みを聞いてくれたことが一度でもあったか？　「頼み？」と警戒心をにじませて、そろそろと訊き返した。

「勘弁してくれ、ジャック、今夜はついうっかりと過ごしてしまったんだ――わたしの今のざまを見てくれ。とてもじゃないが、捜査の指揮なんか執れる状態じゃない」

そりゃ、どうもご愁傷さま、とフロストは今度もまた声に出さずにつぶやいた。今夜は正確には〝非番〟ではなく、呼び出しがあればいつ何時でも応じなくてはならない〝待機〟に当たっていることぐらい、当人がいちばんよく承知しているはずである。ならば、ご同輩、ここはあんたが踏ん張るのが筋ってもんだろう？　そもそもフロスト警部は目下、休暇中の身の上なのだ。悪いけど帰らせてもらいたかった。

「ジャック、今夜だけでいい。明日の朝いちばんで、全責任を引き継ぐから」

冗談じゃないね、フロストはもう一度胸の奥でつぶやいた。頼んでるのが、このおれだったら、あんたは指一本動かしゃしないくせに。だが、敢えて何も言わないことにした。黙ったまま、無表情に、ただじっとアレンの顔を見つめた。

「それに、わたしのこのなりを見てくれ、ジャック。夜会服だぞ。こんな浮わついた恰好をして、しかも酒の臭いまでさせていて……こんな状態で、被害者の両親に会えると思うかい？どの面《つら》下げて、事件のことを知らせろというんだね？」

フロストは視線を落とした。アレンの言うことは、確かにもっともだった。ウィスキーと葉巻の臭いをぷんぷんさせ、夜会服姿のふらつく足で現れた男に、ろくに呂律もまわらない状態で、おたくのご子息は亡くなりました、と告げられたりしたら、わずか七歳の身空で無惨にも殺害され、可能性としては性的暴行を受けていたことも考えられます、などと言われたりしたら……くそっ、くそっ、くそっ。この勝負、どう見てもアレンの完勝だった。「わかったよ」とフロストは口のなかで低くつぶやいた。

アレンはフロストの腕をつかみ、ぎゅっと握った。「恩に着るよ、ジャック。これできみにひとつ借りができたな」そう言うと、彼をフェルスタッドのパブから乗せてきた警察車輛に向かって、よろめく足を踏み締め、よたよたと歩きだした。

車内には、もうひとり乗り合わせていた。後部座席に、これまた夜会服姿の男がひとり、背筋をぴんと伸ばした堅苦しい姿勢でじっと坐っていた。フロストは鼻をうごめかしてから、鼻の頭に思い切り皺を寄せると、その夜の運転要員に向かって片眼をつむってみせた。「うへえ、すさまじいな、こりゃ。安酒の臭いがぷんぷんしてる。ああ、運転手君、御用にした酔っ払いをトラ箱に叩き込んだら、ただちに引き返してきてくれ。寄り道なんかするなよ」そこで不意に口をつぐみ、〝御用にした酔っ払い〟の正体に今初めて気づいた、とでも言いたげな表情をこしらえた。「なんとまあ、マレット署長！　こりゃ、どうもとんだ失礼をば。お見逸れいたしたでござるよ、警視《スーパー》——そんな洒落のめしたペンギンみたいな恰好してるもんだから」

マレットは、無表情に徹した。ここで不快感をあらわにしては、いたずらにフロストを歓ばせるだけである。従って、今夜の運転手を務める乗員の襟首にじっと眼を据えたまま——運転席のその警官が忍び笑いをこらえかねて、思わず咽喉を詰まらせたような声を洩らしてしまったときも――その視線を微動だにさせなかった。アレン警部はかなり苦労した末に車内に這いずり込み、後部座席のマレットの隣にどさりと大儀そうに身を沈めた。マレットは最後に一度だけ、実に素っ気なくフロストに向かって頷くと、運転席の警官にひと言ふた言くぐもった声をかけた。数秒後、マレットとアレンを乗せた警察車輌は音もなく現場から走り去った。

リズ・モードは、アレンが舞台から退《しりぞ》くのを目の当たりにして、心中密かに希望を新たにしていた。これで再び、捜査の指揮を執らせてもらえる可能性が出てきたわけだ。ところが、なんと、いまいましいことに、フロストが満面の笑みをたたえて現場に引き返してきたのである。保護シートをめぐらした店の戸口では、帰り仕度に取りかかったドライズデールが皮革の手袋をはめているところだった。「これは、きみたちも見ておいたほうがいいと思う」検屍官はそう言うと、助手から懐中電灯を取りあげ、不恰好に膨らんだ即席の死体袋のうえに屈み込むと、懐中電灯の光を袋の奥に向けた。「ほら、見てみたまえ」

フロストは検屍官の隣にしゃがみ込んだ。少年の右手が何か白っぽいものでくるまれ、その白っぽいもののうえから、ちょうど手首のあたりに、これまた粘着テープがきつく巻きつけられていた。

「なんだい、こりゃ？」とフロストは尋ねた。

「こうして見る限りでは小型のビニール袋のようだが」とドライズデールは言った。「現在のこの状況下では、何事につけ断言は控えたい。検視解剖に取りかかるまえに、外観観察の機会があるから、その折に入念に調べておこう」検屍官は身を起こし、懐中電灯を消した。「ああ、警部、死体は移送してかまわない。今夜のうちに死体保管所で予備的な観察をしてしまうつもりだ。正式の検視解剖は明朝、午前十時から執り行う」

「諒解。アレン警部にそう伝えておくよ」とフロストは言った。この事件は一見しただけで、すでにもう充分複雑怪奇な様相を呈しており、そんな手に余る難物をアレン警部に一任できるならフロスト警部としては異存のあろうはずがなかった。バートンを呼び寄せ、死体搬送の指示を出した。「この坊やに葬儀屋のお迎えを呼んでやってくれ」

検屍官の乗り込んだロールス・ロイスが音もなく現場から去っていくと、その空いた駐車スペースに、葬儀社差しまわしの人目に立ちにくい地味なヴァンが滑り込んだ。フロストは、葬儀社の社員とその助手が確かに手袋を嵌めていることを確認してから現場への立ち入りを許可した。そして、少年の亡骸《なきがら》がゴミ収集用のビニール袋ごと持ちあげられ、ファスナーのついた黒い死体袋に収められて、霊柩車のところまで運び出されていくのを見守った。

入れ違いに現場捜査担当のエヴァンズ巡査が保護シートをめぐらした店先に立ち入り、死体発見現場の写真撮影と入念な検分に取りかかった。

そこまで見届けると、フロストはリズ・モードを脇に呼んで言った。「署に戻って殺人事件の捜査本部を立ちあげといてくれや。それから、ビル・ウェルズに言って、子ども相手に性犯罪をやらかしてきた前科《まえ》があって、うちの管轄内に根城のある連中のリストを出させるんだ」

「そのリストなら、すでに手元にあります」とリズは応じた。「幼児を対象にした刺傷事件が何件か発生しているもんで。幼い子どものいる家庭に忍び込んで、就寝中の子どもを刃物で傷つけるという事件です」

「それじゃ、そいつを流用すりゃいいな」とフロストは言った。「リストに出てるやつを片っ端から引っ張ってくるんだ。でもって、ちんぽこがまだあったかくて、先っちょが興奮に震えてるやつがいたら、問答無用で容疑者ってことにしてよろしい。ああ、バートン、ちょいとつきあってくれ」

リズ・モード部長刑事にとって、それはいささか承伏しかねる指示だった。「警部、わたしが警部に同行して、捜査本部のほうは、バートン刑事に立ちあげてもらったほうがいいのではないでしょうか？」フロスト警部が捜査の陣頭指揮を執るということなら、リズとしてはせめて、その現場に居合わせたかった。

「心配しなさんな、お楽しみを逃すことにはなりゃしないよ」とフロストは言った。「家庭訪問に行くだけだから。ぼうずが見つかったことを二親に知らせないわけにはいかないだろう？本当はアレン警部の役目なんだが、のらりくらりとかわされちまった。けど、なんだよ、おまえさんも是非にってんなら、一緒に来てもいいぞ」

リズは首を横に振った。取り乱した母親の相手なら、今夜はもう充分すぎるほどさせていただいた。「ひと足先に署に戻ります」とリズはフロストに言った。

レイシー・ストリートにある少年の家は、簡単に見つかった。その界隈でまだ明かりのついているのはその一軒だけだったから。フロストは慌ててステアリングを切り、家のまえの駐車スペースにフォードの鼻面を無理やり突っ込んだ。舗道をタイアでこすりそうになりながら。車がまだ停まりきらないうちに、その家の通りに面した玄関のドアが勢いよく開き、家のなかから女が飛び出してきた。

少年の母親、ウェンディ・カービィだった。年のころは二十五歳ぐらい、泣き腫らした眼を剝くようにして、運転席のドアに飛びつき、力任せに引き開けた。「あの子、見つかったのね？」

「なかに入りましょう、奥さん」フロストはそう言うと、意気地を搔き集めるため、煙草をくわえて火をつけた。

「ほんのちょっとのあいだだったの。さっと一杯呑んだだけで帰ってきたんだもの。留守にしたなんていうほどじゃないの」

黙って頷くことで、フロストは理解と同情を示した。ウェンディ・カービィと同じ年恰好、二十代半ばと思われる男が玄関の戸口に立っていた。ファスナーのついた黒い模造皮革のジャケットを着た男だった。「あの小生意気なくそガキを見つけてくれたのかい？　あの野郎、今度という今度はたっぷりと思い知らせて――」

「おたくが、カービィさん？」とフロストは尋ねた。

「まさか。何とんちんかんなこと言ってるんだよ。おれはあの女とつきあってるだけだよ。今夜だって、あいつと一緒に過ごすつもりだったんだ。なのに、あのくそガキのせいで予定が大狂いだぜ」

母親のボーイフレンド？　くそっ――フロストは胸の奥で思い切り毒づいた。眼のまえの男が少年の父親なら、二親まとめて悲報を伝えて、それで終わりにできたものを。「ともかくなかに入りましょう」とフロストは言った。

少年の母親はふたりの警察官を居間に通すと、ぐったりと肘掛け椅子に坐り込み、テーブルのうえの卓上ライターをつかんだ。煙草の火をつけるのは、今の彼女にとってはずいぶんと手間のかかる難事業だった。見かねたフロストが身を乗り出し、彼女の手からライターを受け取って代わりに火をつけてやった。バートンは部屋の戸口に立ったまま、身の置き所のない余計者の気分で、その様子を眺めた。

「良くない知らせね。そうなんでしょ？」と少年の母親は言った。「わかってるの、良くない知らせだってことは」

「また始まったよ、おまえのそのくそネガティヴ思考」と母親のボーイフレンドが言った。「いつだって物事、悪いほうに悪いほうに考えるんだから。たまにはくそポジディヴに考えてみろって」

なんとも、ありがたい助言だね――フロストは声に出さずにつぶやいた。そうやってこの気の毒なおっ母さんの希望を膨らませてやってくれ、このおれがぺしゃんこに叩きつぶせるように。煙草の煙を深々と胸奥まで吸い込み、それをゆっくりと吐き出した。それ以上はもう時間を稼げそうになかった。「カービィ夫人、実は――」と切り出した。

見ると、少年の母親は――まだ娘と言ってもいいような年頃の女は、サイド・テーブルに飾ってあった額入りの写真を胸に抱き、身体をゆっくりと前後に揺らしていた。フロストは言いかけたことばを呑み込んだ。「それは息子さんの写真ですか？」

母親は黙って頷いた。

フロストは片手を差し出した。「差し支えなければ、ちょっと拝見……？」

母親はフロストに写真を手渡した。学校の制服に身を包んだ少年が写っていた。薄茶色の髪の毛に雀斑《そばかす》の浮いた顔、カメラに向かって恥ずかしそうな笑みを浮かべている。「先週撮ったんです」と母親は言った。

フロストはその写真をひとしきり眺めてから、バートンにまわした。

バートンは驚きのあまり、思わず眼を剝いた。

写真に写っていたのは、死体で発見された少年ではなかった。

第二章

「息子さんが見つかったわけじゃないんです、カービィ夫人」とフロストは言った。「でも、おそらく息子さんのものと思われる、ガイ人形が見つかりましてね」

「ほう、そりゃ、またなんとも、くそめでたい」ウェンディ・カービィのボーイフレンドが言った。「そいつを連れてきてくれよ。とっとと寝かしつけてやるからさ。で、一丁あがり——いいじゃないか、ああ、最高だね」

「そのお馬鹿な口、ちょっとでいいから、閉じててもらえない?」とウェンディ・カービィは言った。「そもそも誰が言い出したことだと思ってるわけ? パブに行って軽く一杯引っかけようぜ、なんてろくでもないこと思いついたのは」

「そっちだって、駄目とは言わなかっただろうが。パブって聞いただけで、あの不恰好な帽子をかぶって、あのやぼったいコートかなんか着ちゃってさ、店に向かってすたすた歩きだしたのは、どこのどなたさんでしたかね?」

ボクサーを引き分ける審判員《レフェリー》の要領で、フロストは両腕を突き出し、ふたりのあいだに割って入った。「痴話喧嘩は、あとのお楽しみに取っておいてもらえないかな? 事は決して楽観できる状況じゃないんだよ、カービィ夫人。われわれとしては一刻を争う事態だと考えてる。

で、おたくの坊やのガイ人形だけど——ビニールみたいな素材でできた、ファスナー付きのジャケットを着てなかったかな？」

ウェンディ・カービィは頷いた。「ボビーの、息子のお古——あの子にはもう小さくて着られなくなっちゃったから」

「顔の部分にも色を塗ってた——緑の顔をしたガイ・フォークスだった？」

「ええ、そう」

「だったら、われわれが見つけたのは、やっぱり息子さんのガイ人形だ。パトリオット・ストリートにある商店の戸口のまえに置いてあったんです。ボビーが持っていったんでしょうか？人形を抱えて、あの界隈まで遠征するということは？」

「ないと思うけど。あのあたりは、暗くなってからはそんなに人が通らないから。人が通らなきゃ、人形を抱えてたってお金は貰えない。普通なら、パブの近所とかバス停のあたりをうろうろするものでしょ？　息子もたぶんそうしたと思います」

「それじゃ、ひとつ詳しく聞かせていただけますか？　今夜、息子さんの行方がわからなくなるまでのことを」

「またかよ？　もう全部、喋ったじゃないか」とウェンディ・カービィのボーイフレンドが言った。

「ああ、また喋るんだ」フロストはぴしゃりと言った。「おれが喋れと言ったら、二十回だろうと、三十回だろうと喋るんだよ。そうだ、訊きそびれてたけど、おたく、名前は？」

「グリーンだよ。テリー・グリーン」

バートンのほうを見遣ってメモを取っていることを確認してから、フロストはボビーの母親のほうに向きなおった。「話してください、カービィ夫人」

「五時ごろに夕食を食べさせたあと、ボビーは戸外《そと》に行きたいって言ったんです、ガイ人形を連れて。駄目って言ったわ。戸外《そと》はもう真っ暗だったし、最近は夜になると子どもに刃物を振るう事件が起こってるでしょ？　犯人の変態だって、まだ捕まってないんだし、だから駄目って言ったの」

フロストは曖昧に頷いた。そう言われてみれば、リズ・モードが何やらそれらしき事件について熱弁をふるっていたような記憶がなくもなかった。「それで、ボビーはおとなしく言うことを聞いたんですか？」

「罵ったわ、あたしを。聞くに堪えないようなことばで」

「まったく、あのくそ小生意気なくそガキときたら。ああいうことばを、いったいどこで覚えてきやがるんだか」とテリー・グリーンは言った。「そういうときは、一発ぶん殴ってやるに限るだろ？　そしたら、今度はおれのことを、くそ野郎呼ばわりしやがった——父親でもないくせに偉そうに指図なんかするなって言うのさ。だから、父親じゃなくてありがたく思えって言ってやった。おれが父親だったら、おまえなんか生まれ落ちた時点で絞め殺してやってただろうから——」

「よくわかった」グリーンのことばを遮って、フロストは言った。「一家団欒の愉しそうな様子は、割愛してくれてかまわない。それで、カービィ夫人、そのあと息子さんは？」

「拗ねてたわ。ふくれっ面《つら》でテレビのまえに坐り込んで、ずっとテレビを見てた。それからしばらくして、七時をちょっと過ぎてたと思うけど、さっきも言ったように、テリーが軽く一杯呑みにいこうって言い出したんです。ボビーにはちゃんと言ってったのよ、見ていいことになってる番組は見ていいから、それが終わったらすぐに寝るのよって。テリーとふたりで出かけて、帰ってきたのは……十時をちょっと過ぎちゃってたかもしれない。すぐに二階に行って、ボビーの部屋をのぞいたら――ベッドは空っぽだったのよ、ボビーはどこにもいなかったの」

「おれは、当てつけだと思うね」とグリーンは言った。「おれたちを困らせたくてやってるんだよ。ほんと、どこまで根性のねじ曲がったガキなんだか」

「で、警察に知らせたわけですね。そのときに来た連中だけど、お宅のなかの捜索をしていったかな？　子どもってのは、ときどきうちのなかに隠れてみたりしますからね、ただ面白いからってだけの理由で」

「あれを捜索って言うんなら。そこらじゅうひっくり返して、散らかしまくって調べてたけど、ボビーはどこにもいなかった。戸外《そと》も捜したのよ。みんなで手分けして、通りや路地を歩きまわったわ。友だちの家も一軒ずつ訪ねて訊いたんだけど、でもボビーを見かけた子はひとりもいなくて……」

ボビー・カービィの友だち――フロストは考えをめぐらせた。あの死体で発見された少年が、ボビーの友人だということはあるだろうか？「念のためにうかがいますが、ボビーの友だちで、やはり行方がわからなくなってる子はいませんでしたか？」

ウェンディ・カービィは怪訝そうな顔をした。「いないと思うけど——全員の家をまわったし、ひとりひとりと会って話を聞いたから」

「そうですか、いや、いいんです、ちょっと確認したかっただけだから。それじゃ、ボビーがいそうな場所はすべて捜し尽くして、もう心当たりはないってことだね？」

「ガキの居所なら、わかってる」とグリーンが言った。「親父のとこだよ。おれたちのことを告げ口に行ったのさ」

「そうだとしたら、ハリーが電話してきてます」とボビーの母親は言った。

「ちょっと待った」とフロストは言った。「親父のとこって——ボビーの父親はこの市《まち》に住んでるんだね？」

「デーン・ストリートに住んでるわ、中国出身の恥知らずな淫売娘と」

「そうそう、ありゃ、正真正銘のスージー・くそったれ・ウォン（映画『スージー・ウォンの世界』にちなむ。香港のバーで働く娼婦が画家志望のアメリカ人と恋に落ちる顛末を描く）だね」とグリーンが付け加えた。

「それじゃ、何かい——坊やのパパがデントン市内に住んでるってのに、坊やがそこに行っていないかどうか、今の今まで確認してないってことかい？」

「だから、ボビーが訪ねていってれば、向こうから電話がかかってくるって」

「でも、ボビーの行方がわからなくなってることを、知らせてないんだとしたら——」

「ボビーをひとりでうちに残して、あたしがテリーとパブに行ってたと知ったら、ハリーはここに押しかけてきて、今ごろはとんでもない大騒ぎになってる。それじゃなくても、そのうちテリーをぶちのめしてやる、なんて恐ろしいこと言ってんだから」

フロストにしてみれば、ハリーというのはそれだけでもう、会いにいきたい気持ちにさせられる人物だった。


車に戻ると、フロストは無線でリズ・モードを呼び出し、死体で発見された少年はボビー・カービィではなかったこと、従ってボビー・カービィについては引き続き捜索が必要なことを伝えた。「今夜じゅうに見つからなけりゃ、明日の朝には捜索隊を組織することになるから、今からその準備をしといたほうがいい。ビル・ウェルズにそう言っといてくれ。非番の連中にも非常招集をかけることになるだろうから、マレットに事情を説明してよくよく因果を含めておくようにってな」

「諒解」とリズ・モードは言った。

「それと、死体で発見されたぼうずのほうだが、あの子の特徴やら外見やらを州内の全署に詳しく伝えておいてくれ。該当するような行方不明の届けが、どこぞで出されてるかもしれない」

「諒解」

「おまえさんで手に負えないことがありゃ、遠慮なくおれに言っていいぞ」

「ありません、わたしで手に負えないことは」リズ・モードは語気鋭く撥ねつけた。「以上、交信終わります」

「どう思います、モード女史のこと?」とバートンが尋ねた。目下、バートンはフロストの車のかかりの悪いエンジンに咳をさせ、なんとか蘇生させようと奮闘しているところだった。

「あの娘になら、おれさまの密林を散策させてやってもいいぞ、いつでも彼女の好きなときに」とフロストは言った。「よっしゃ!」その歓声は、エンジンがげっぷをひとつ洩らしたかと思うと、いきなり息を吹き返し、車が動きだしたことに起因した。「いいぞ、坊や、けちけちしないで思い切りアクセルを踏み込め。こっちは待ちきれない気分なんだから。なんたって中国出身のふしだらが服を着てるようなガールフレンドだぜ、どういうお姐さんか見てみたいじゃないか。東洋の女ってだけでそそられるんだ、おれは」

「東洋の女は、齢《よわい》十三にして婆さんみたいに老成してるって聞きますよ」とバートンは言った。

「だったら、そのガールフレンドってのがまだ十一歳であることを祈るよ」とフロストは言った。

幸先はよさそうだった。深夜にもかかわらず、目的の家の階下の窓からはまだ明かりが洩れていた。バートンは玄関の呼び鈴を押した。短い間《ま》があって、なかから女の声がした。「はい?」

「警察です」とバートンは言った。玄関のドアが、防犯チェーンを掛けたまま開いた。バートンはドアの隙間から身分証明書を差し入れた。「差し支えなければ、ちょっとおうかがいしたいことがあるんですが?」

ドアが開いた。戸口のところに、文字どおり、眼も覚めるような美女が立っていた。中国系の若い娘だった。年齢は、どう見ても、まだ二十歳《はたち》まえ。つるんとした人形のような顔、背中のほうに無造作に垂らした豊かに波打つ艶やかな黒髪。シャワーを浴びた直後と見えて、ぴかぴかに磨き立ててほんのりと健康的に火照った身体を白いタオル地のバスローブに包み、ジョンソンのベビーパウダーの匂いをさせていた。氏名はクー・シェン、職業はデントン総合病院勤務の看護師。今夜は夜勤に当たっていて、ちょうど出かける仕度をしていたところだった。

「どういうことでしょう? あたしに協力できることなんてあるかしら?」

あるさ、あるとも——フロストは声に出さずにつぶやいた。何もそう小難しく考えるには及ばなかった。フロスト警部の念頭にあったのは実に簡単な頼み事だったから。とりあえず会話の進行役は、バートンに一任することにした。「ボビーのことなんですが、ひょっとしてこちらに来てませんか?」とバートンは尋ねた。クー・シェンはふたりをいささか小ぶりで、いささか窮屈なキッチンに通した。キッチンもまた、しみや汚れひとつなく、ぴかぴかに磨き立てられていた。

「ボビー?」気遣わしげな表情がよぎり、洗いたての顔が曇った。「ボビーなら、お母さんと一緒に暮らしてるわ」

「ボビーのお父さんは、ハリー・カービィ氏はご在宅ですか? いくつかお尋ねしたいことがあるんですが？」

「いることはいるけれど、たぶん寝てるわ。起こしてきます」

ハリー・カービィは金髪の縮れ毛を戴いた、がっちりとした身体つきの男だった。背丈は六フィート少々といったところ。その巨体をほれぼれと仰ぎ見ている小柄な看護師と並ぶと、まさに雲を衝くような大男に見えた。寝ていたところを起こされて、ジーンズとグレイのセーターを慌てて着込んできたようだった。「なんなんだ、ボビーのことでうちにまで押しかけてくるなんて？」

「カービィさん、息子さんはこちらに来てませんか？」とバートンが尋ねた。

「うちに？　どうしてうちに来てなくちゃならない？」ハリー・カービィはフロストを睨みつけた。「おい、何があった？」

「カービィさん、おたくの息子さんの行方がわからないんです」とフロストは言った。

フロストが事情を説明するあいだ、カービィは信じられないといった面持ちで唇を半開きにして聞き入っていたが、最後まで聞き終わったとき、その顔面は怒りで赤く染まっていた。

「それじゃ、母親と称するあのさかりのついた雌豚は、おれの息子を、まだ七歳にしかならない子どもをたったひとりで家に残して、あの股間でしかものを考えられない脳たりんの若造とパブなんかにしけ込んでたってことか？」ハリー・カービィは傍らの看護師を見おろすと、ひと声鋭く「靴！」と命じた。

いち早く危険を察知して、切れ長の眼が大きく見開かれた。「どこに行く気？」

「雌豚のとこだ。あの雌豚とあいつが飼ってるにやけた腑抜け玉をぶちのめしてくれる」

小柄な看護師は毅然として顎を突き出した。「駄目よ――あなたはここにいるの」

「あいつはおれの息子だ――おまえの息子じゃない。いいから、黙って靴を持ってこい！」

「待った、待った、ちょっと待った」フロストはうんざりした顔で言った。これ以上口喧嘩を聞かされては、本物の頭痛がしてきそうだった。「誰もどこにも行かないように。これからこの家のなかを捜索しますから」

ハリー・カービィは口をあんぐりと開けて、フロストを見つめ返した。「ここにいると思ってるのか？　おれが自分の息子を女友だちの家に隠してると思ってるのか？　そんなこと、本気で考えてるのか？　だったら、どこにいるんだ――屋根裏部屋か？　アンネ・くそったれ・フランクみたいに、秘密の本棚の向こう側にでも隠れてるってか？」

「ボビーは行方がわからなくなってるんです」フロストは辛抱強く説明した。「どこにいるか、それはわれわれにもわかりません。誰も気づかないうちにこの家にこっそりと忍び込んで、どこかに隠れてるのかもしれない。そういう懸念の芽は、早いとこ摘んじまうに限る。おたくにとっても、われわれにとっても。だから、捜索ってのはしなくちゃならないものなんです」捜索に向かう二名の刑事のあとを追って、ハリー・カービィも廊下に出ようとしたが、フロストは人差し指を相手の胸に向け、キッチンに戻るよう求めた。「ここにいてください。そう、動かないように」

階下の捜索はバートンに任せて、フロストは階上に向かった。手始めに浴室を調べた。見たところ、子どもが隠れられそうな場所はなかった。また子どもを隠しておけそうな場所もなかった。洗面台とシャワーがあるだけの、いたって簡素な浴室――窓のしたの張り出しのところに、ジョンソンのベビーパウダーの缶が載っていることと、床に敷き詰めたカーペット素材のタイルに、小さな足がつけた湿った足跡が残っているのが確認できた。

浴室の隣の部屋には、シングルベッドが一台と白く塗った小型の整理簞笥がひと棹《さお》――普段は使っていない予備の客用寝室と思われた。その向かいの部屋は看護師の寝室。室内は、看護師当人と同様、きわめて清潔で、整理整頓が行き届いていて、あまりにもこぢんまりとしていた。ダブルベッドと鏡のついた化粧台を入れるのがやっとのスペースしかなく、ダブルベッドのほうはなけなしのスペースを有効に活用するため、壁際にぴったりと寄せて置かれていた。その向かい側の壁面の隅のところが、造りつけのクロゼットになっていた。フロストは引き戸を開け、クロゼットのなかをのぞき込んだ。男物と女物の衣類が、それぞれ数点ずつ、ハンガーに掛かって吊されていた。上部の棚には、皺ひとつなくアイロンをかけてきっちりと畳んだ衣類が、寸分のずれも歪みもなく積み重ねられていた。クロゼットの床の空きスペースは、中身が空っぽのスーツケースふたつに占領されていた。ベッドとのあいだの狭い空間に膝をつき、ベッドのしたをのぞき込んだ。何やら黄色っぽく、ふわふわした物体が落ちていた。ごく薄手の布地を、ごくごく控えめに使った、あまりにも丈の短い女物の寝巻。隠すべきところが透けてしまいそうなその生地には、官能を刺激する濃厚な香水の匂いが染みついていた。ジョンソンのベビーパウダーとは似ても似つかない匂いだった。フロストは、それを着たクー・シェンの姿を思い浮かべた。それからあの小柄で、しとやかで、いかにも従順そうで、見るからに抱き心地のよさそうな看護婦を、眼のまえのダブルベッドに引っ張り込むところを思い浮かべて……この家を訪れた本来の目的を忘れそうになった。後ろめたさと人の気配で、慌てて戸口を振り返った。バートンが部屋に入ってきたところだった。

「階下《した》は空振りでした」とバートンは報告した。

「こっちも収穫ゼロだよ」とフロストは言った。「こいつ以外は」ベッドのしたに落ちていた女物の寝巻をつまみあげてみせた。「あのいけない看護婦さんのお寝巻だよ。ありゃりゃ、なんとまあ……見てみろよ、この丈。これじゃ、きっと裾からあの可愛らしいおけつの山がはみ出ちまうよ、汁気たっぷりの双子のメロンみたいに」

バートンはにやりと笑った。これぞジャック・フロストのしたで働く醍醐味。フロスト警部という人は、捜査中の事件の性質の如何を問わず、その場の空気に呑まれてしまうということがまずないのである。

階下のキッチンに戻ると、ハリー・カービィが厚手のダッフルコートに巨体を押し込んでいるところだった。看護師の気遣わしげな眼差しを振り捨てて。

「あたしも一緒に行く」と看護師は言った。少しだけ舌足らずな言い方になった。それがフロストには、どぎまぎするほどセクシーな口調に聞こえた。

「駄目だ」カービィはぴしゃりと言った。「おまえは仕事があるだろうが。病院に行け。今夜のうちに、救急治療室の患者がふたりほど増えることになると思ってたほうがいいぞ。あいつらにはきっちり思い知らせてやるつもりだから——ああ、責任ってものをな」

「いや、今夜のところは寝床に戻って、無駄にあり余ってるそのエネルギーは温存しておいていただきたい」とフロストは言った。「息子さんが今夜じゅうに見つからなければ、明日の朝いちばんで捜索隊を組織しなくちゃならなくなる。捜索にはともかく頭数が必要ですからね、掻き集められるだけの人手を掻き集めて、協力してもらうことになるんです。もちろん、おたくにも、その股間でしかものを考えられない脳たりんの若造とやらにも」

通りに出たところで、車載の無線機が狂ったようにフロスト警部の応答を求めているのが聞こえた——「フロスト警部、今から死体保管所に向かっていただけますか？　検屍官のご指名です。大至急、警部に来てほしいと言ってます」


市の死体保管所は、デントン総合病院の敷地内にある、ヴィクトリア朝様式の平屋の建物で、見るからに陰々滅々たる雰囲気をかもし出していた。バートンはフロスト警部愛用の泥のこびりついたフォードを駐車スペースに入れ、検屍官の愛車、ロールス・ロイスの隣に駐めた。夜目にも微光を放つ黒塗りの車体は、薄汚れた新参者を冷笑で迎えた。フロストは鼻を鳴らした——「おや、こんなところに霊柩車が停まってるよ」。駐車スペースにはほかにも数台の車が駐まっていた。紺色のアウディは、フロストにも見覚えがあった。現場捜査担当のエヴァンズのものだった。ヴォクソールは、科学捜査研究所のハーディングが乗ってきたものと思われた。

解剖室のなかは暗闇に沈んでいた——一台の解剖台を除いて。強力な照明灯に照らし出されたその解剖台のところから、緑色の手術着姿で防水加工を施した前垂れのようなものを腰に巻いたドライズデールが手招きしていた。そのうしろには、検屍官の忠実なる秘書兼助手が、ノートを手に控えていた。ドライズデールは、解剖所見の記録にはカセット・テープレコーダーよりも口述筆記に、より信を置く主義だった。カセット・テープレコーダーに裏切られた苦い経験が、一度ならずあったからだ。検屍官の背後から、同じく死体保管所支給の緑色の手術着を着込み、カメラを抱えたエヴァンズが、解剖台をのぞき込んでいた。その隣に、これまた同じ緑色の手術着姿のハーディングが立っている。

解剖台に載せられた少年の亡骸《なきがら》は、解剖台の面積に比してやけに小さく、何やら途方に暮れているようにも見えた。

「きみを呼んだのは、ほかでもない、これを見せておきたかったからだ」ドライズデールはそう言うと、解剖台のうえに屈み込み、慎重な手つきで少年の右手を持ちあげた。発見時にかぶせられていた白っぽいビニール袋は、すでに取りのぞかれていた。

フロストは検屍官の手元に眼を凝らし、次の瞬間口をあんぐり開けた。うしろでバートンが息を呑むのが聞こえた。少年の右手の小指は血まみれの小突起と化していた。小指が切断されていたのだ、ちょうど指の付け根の関節のところで。ドライズデールが差し出したその手を、生気の抜けた小さく冷たい手を、フロストはいたわるようにそっと手に取り、顔を近づけてしげしげと眺めた。

「実にきれいな切断面だ」とドライズデールは言った。職人の見事な技巧に感嘆した者の口振りに、どことなく似ていなくもなかった。「これはあくまでわたしの個人的な推測だが、おそらく鋭利な刃物を指にあてがっておいて、そこに重量のある鈍器で上部から殴打を加え、切断したものと思う。加えられた殴打は一回。それで事足りている。右小指切断ののち、切創面は殺菌消毒剤を塗布され、脱脂綿を巻かれたうえから医療用の粘着テープで固定されている。ビニール袋がかぶせられていたのは、これまたわたしの個人的な推測だが、創傷部位から血液が漏れ出した場合を想定してのことではないかな」

「こんなことをされたのは、死ぬまえかな、それとも死んでからかな?」

「生前だね。それについては断言できる」

「可哀想にな、さぞかし痛かったろう」とフロストは言った。

「当人が切断の事実に気づいていたかどうか、その点は疑わしいものがある。もちろん根拠があって言ってることだが……この少年はクロロフォルムによる麻酔下にあったものと思われるんでね」

「こんなふうに小指を切断するには、やはり医療なり手術なりについてある程度の心得が必要なんじゃないですか?」フロストの肩越しに解剖台をのぞき込みながら、バートンが尋ねた。

「いや」とドライズデールは言った。「この手の手技は、ただ単に人一倍程度の図太い神経さえあれば事足りる」

「だったら、看護婦でもやれたってことだね?」フロストは含みのある口調で言った。

ドライズデールは眉根を寄せた。「可能であったか否かということなら、それはどんな職種の者であっても可能だっただろうね——看護職にある者に限らず、配管工でも、テレビの修理工でも」

「指一本切り落としたわけだろ、先生《ドク》、そういうときには、そりゃもう、たんまり出血するもんじゃないのかい?」

ドライズデールは唇をすぼめ、苛立ちをこらえる表情になって首を横に振った。「出血はきわめて少量ですむ。出血の量から言えば、きみが髭を剃るときにこしらえる切り傷のほうがよほど重傷だろう」それだけ言うと、秘書兼助手を務める女に向かって無言で頷いた。彼女は慌ててノートを開いた。「では、始めよう」ドライズデールはそう宣言すると、壁の時計をちらりと見あげた。「午前一時五十七分、これよりボビー・カービィの検視解剖を執り行う」ドライズデールのことばを、秘書兼助手の女がノートに書き取った。

「おっと、そうだった!」フロストは、ドライズデールの口述を制して言った。「肝心なことを言い忘れてた。悪いけど、先生《ドク》、その子はボビーじゃないんだよ。今の時点では氏名不詳——どこの誰ともわかってない」

ドライズデールは苦々しげにフロストを睨みつけた。「お気遣い痛み入るよ、警部、この期に及んでそのように貴重な情報を提供してくれるとは。わたしは、そういう些細な点こそゆるがせにしてはならないと考える主義でね」ドライズデールが解剖台に向きなおるのを待って、フロストは鼻先に親指をあてがい、ほかの指をひらひらと動かして、検屍官の小言など屁とも思っていないところを示した。

少年の検視を、ドライズデールはきわめて慎重に、たっぷりと時間をかけて進めた。左右の手をそれぞれ持ちあげて指の一本一本を爪にいたるまで入念に調べ、切創や擦過傷を含めて損傷を負った箇所の有無を確認した。次いで頭部を起こし、指先で頭蓋骨を探りはじめた。

「すまないけど、先生《ドク》、もうちっと手早くやってもらえないかな？」フロストは急き立てにかかった。「この気の毒なぼうずは、まだ身元が割れていないって言っただろう？　早いとこ写真を撮って報道陣に公開したいんだよ」

フロストの抗議をあっさりと無視して、ドライズデールは秘書兼助手を相手に死体の観察結果の口述を続けた。「右手小指の切断箇所を除き、外傷は認められない」続いて解剖台に屈み込み、少年の顔面に鼻先をこすりつけんばかりに顔を近づけた。「鼻孔より吐瀉物の滲出」吐瀉物の標本を数箇所から採取し、ハーディングに引き渡す。「口と眼の部分は、幅およそ五十ミリメートルのビニール様の素材から成る粘着テープにて覆われている。テープの色は茶色」そこで片側に寄り、ハーディングが解剖台に近寄れるだけのスペースを空けた。「ああ、そのテープはもう剝がしてくれてかまわない」

科学捜査研究所のハーディング技官はピンセットで、まずは眼の部分の、次いで口の部分に貼られていた粘着テープを、注意深く剝がし取った。吐瀉物とクロロフォルムの入り混じった、つんと鼻を衝く臭いが立ちのぼった。粘着テープをきつく巻きつけられていたため、少年の唇はめくれあがったままこわばり、テープを剝がしたあとも歯を剝き出したグロテスクな笑みを浮かべていた。エヴァンズが写真を撮るあいだ、フラッシュの閃光とフィルムを巻きあげるモーターの低いうなりがひとしきり続いた。

解剖台横の定位置に返り咲くと、ドライズデールは少年の唇と鼻孔の周辺を念入りに観察し、脱脂綿の繊維の微細な名残が付着している箇所を指し示した。その綿毛のような物体をピンセットでつまみとり、これまたハーディングに引き渡した。「ある程度の厚みを持ったパッド状の脱脂綿に麻酔薬を染み込ませ、それを被害者の口に強く押し当てたものと推察される。その際の刺激で皮膚に軽い炎症が認められる……ここと……それからここにも」それから舌圧子を使って死体の口をこじ開け、小型の懐中電灯で口腔内を照らした。「少量の吐瀉物の残滓、未消化の食べ物の微少片を確認。外形からすると、これはどうやら……挽肉と……これは玉葱だな……」そこでことばを切ると、おもむろにピンセットを取りあげ、少年の口腔内から濡れた布切れのようなものを慎重に引っ張り出し、眼の高さに掲げてみせてから、ハーディングがすかさず差し出した大きなガラスの保存容器のなかに落とし込んだ。「猿轡だ」いささかもったいぶった口調で、ドライズデールはその物体の正体を明かした。そして引き続き、傍で見ている者が身悶えしたくなるほど慎重に、充分すぎるほどの時間をかけて、さらにもう何点かの標本を鼻孔と口腔内から採取した。

「それより、先生《ドク》、性的暴行を受けてた痕跡は？」業を煮やしてフロストは尋ねた。

「そういうことは、催促がましいことを言われなくとも、はっきりしたことが言えるようになったときにこちらから説明を行う」とドライズデールは低い声で言った。「だから、途中で余計な口を挟むことは慎んでもらいたい」そこから先の検分は、それまでにも増して入念に、それまでにも増して時間をかけて行われた。

フロストは溜め息をついた。こういうとき、この検屍官が、いかにいけ好かないやつかを再認識させられる。さり気なく解剖台のそばを離れて準備室に退却し、テーブルに載っていた魔法瓶のコーヒーを無断でご馳走になることにした。フロスト警部としては、少年の腹が切り開かれるところも、臓器が取り出されて重さを量られたりするところも、見物する気はなかった。あとで検屍官の所見を聞かせてもらえれば、それで充分事足りる。コーヒーを飲み、煙草をふかしながら、これまでの対応に手抜かりがなかったかどうかを考えた。何かありそうな気はしたが、それが何かはわからなかった。魔法瓶のコーヒーをもう一杯お代わりしてから、頃合いを見計らって、慌てず急がず解剖室に引き返した。検視解剖は終了していた。解剖台のところでは、後始末を任された死体保管所の係員が切開箇所をせっせと縫合しており、ひと仕事終えたドライズデールは流しで手を洗っているところだった。「先生《ドク》、わかったことは？　要点だけでいいんだ、かいつまんで教えてもらえないかな？」とフロストは言った。彼としては〝かいつまんで〟の部分を強調したつもりだった。ドライズデールというのは、とかく長広舌をふるいたがる男なので。

ドライズデールは持ち前の癇性を発揮して、壁掛け式のタオル・ディスペンサーからいかにも苛立たしげにペーパータオルを引き抜いた。「性的暴行を受けたことを示す、明らかな証拠は認められなかった。殺害犯にその意図があったことは可能性として考えられるが、実行には移されなかったということだ」

「そうか、そりゃ、せめてもだ」フロストは頷いた。とはいえ、それがわかったところで、性的暴行を目的とした犯行ではないと断じる決め手になるわけでもなく、詰まるところ、網をかけるべき範囲が絞れたわけでもなんでもなかった。

「被害者の最後の食事は、ファーストフード店のハンバーガーだったようだね——胡麻のついたハンバーガー用のパン、牛の挽肉、オニオン・リングと思われるものが認められた。それらを食べた、ほぼ直後に殺されたと考えられる」

「ほぼ直後っていうと、具体的には？」とフロストは尋ねた。

「長く見積もっても、せいぜい三十分以内といったところだろう」

その数字を頭のなかで反芻しながら、フロストは頰の傷跡をこすって多少なりとも血行を回復しようと試みた。解剖室は尻の毛も凍りつくほど冷え込んでいて、頰の古傷が疼きはじめていた。パトリオット・ストリートで発見された少年は、殺害される三十分ほどまえにファーストフード店のハンバーガーを食べていた。立ち寄った可能性のある店舗は——〈マクドナルド〉も、〈バーガー・キング〉も含めて——一軒残らず当たる必要があるということだ。少年に応対したことを覚えている者がいることを期待して。一日に何百人と相手をする客のひとりに過ぎないとしても……〝覚えてるでしょう？　ハンバーガーを買った少年ですよ！〟。手がかりとしては、薄弱もいいところだった。追いかけたところで、どうせ空振りに決まってる。そのぐらいのことは、フロスト警部にも予測がついた。

「それから、きわめてかすかなものながら、頭髪の生え際に沿ってぐるっと、細い紐状のもので締めたような跡が認められた」ドライズデールはフロストを解剖台のところに導いた。「肉眼ではほとんど見分けがつかないかもしれないが……」そう言って人差し指で少年の前髪をすくいあげ、問題の箇所をフロストに示してみせた――眼を凝らして見なければ、見落としてしまいそうな、かすかな跡。幅八分の一インチにも満たない白っぽくへこんだ筋が、額を横切る恰好で刻まれていた。

「なんの跡だろうな。先生《ドク》のお見立ては？」

「伸縮性に富んだゴム紐のような物体。頭髪が垂れてこないように押さえておくためのものだったのではないかな。わたしの助手はシャワーキャップではないかと言っている」ドライズデールは、標本瓶に貼る識別用ラベルを作製している秘書兼助手役の女に向かって顎をしゃくった。彼女は顔を赤らめ、すぐにまた作業に戻った。

「シャワーキャップ？」

「ああ、状況的に不可解だという点には、わたしも同意するよ。しかしながら、これはシャワーキャップ、もしくはそれに類する物体によってついた跡と見て間違いない。明日になれば、より詳細な所見を提供できると思う。正午《ひる》までには、報告書を届けさせよう」

「だったら、アレン警部宛にしてもらえないかな？」とフロストは言った。「おれじゃなくて――この件はおれの担当じゃないんだよ、ありがたいことに」そう宣言してしまってから、訊きそびれていた質問事項があったことを思い出した。「麻酔薬にはクロロフォルムが使われたってことだったけど、クロロフォルムってのは病院なんかじゃ今でもまだ使われてるのかな？」

ドライズデールは首を横に振った。「いや、クロロフォルムは吸入用の麻酔薬としてはもはや時代遅れの薬になってしまっている。一般の医療施設では何年もまえに使用中止になっているはずだ」

「だったら、どこに行けば手に入るんだい――薬局かな？」

ドライズデールは今度もまた首を横に振った。「それもまずあり得ないだろうね。よほど古い在庫を抱え込んでいて、そのまま処分の機会を逸してしまっているようなことでもない限り。確かにある種の処方薬に使われていた時期もあるが、それはもう何年もまえのことだし、現在も常時置いている薬局というのは、まずないだろう。ほかに質問は？」

フロストは頭を掻いた。「いや、せいぜいそのぐらいだよ、先生《ドク》、このふやけた脳みそに思いつけるのは」

「では、これにて失礼させていただこう。おやすみ」ドライズデールはそう言うと、首のひと振りで秘書兼助手の女に合図を送り、彼女を従えて引きあげていった。

エヴァンズが少年の死体から回収されたもろもろの検査試料、粘着テープやら脱脂綿やら絆創膏やらを証拠物件保存用の袋に移しはじめた。死体を保管室に戻すため、係員が現れると、フロストは片手を挙げてしばしの猶予を乞い、エヴァンズに少年の顔写真を撮影するよう指示した。「ポラロイドで何枚か撮ってくれ。顔だけアップで。各署にファックスで流してやろうと思うんだ。それでこの気の毒なぼうずの身元が割れてくれりゃ御の字なんだけどな」フラッシュの蒼白い光が明滅するあいだ、フロストは邪魔にならないよう脇に退いていた。撮影が終わると、最後にもう一度少年の亡骸に眼を遣り、小指を切り落とされた右手をそっと持ちあげた。「だいたい理由がわからんよ。こんな惨《むご》いことをして、いったい全体、誰のなんの得になる？」

「そういえば、妙な事件が続いてます」とバートンが言った。「リズ・モードが担当してる事件ですが、幼い子どものいる家に侵入して、その家の子どもに刃物で傷を負わせてまわってる変態野郎がいるんです。この件もそいつの仕業かもしれない」

「そりゃ、まあ、そういう線も考えられなくはないだろうけど」とフロストは歯切れ悪く言った。「署に戻ったら、いちおうあの張り切り嬢ちゃんに話を聞いてみるか」

引きあげに際してこのふたりの刑事は、ドライズデールと秘書が死体保管所の係員と刺々しい論争を展開している現場を目撃することになる。係員は激した口調で、自分は準備室に置いてあった魔法瓶のコーヒーなど断じて飲んでいないと主張していた。

泥だらけのフォードに乗り込むと、フロストは助手席の背にもたれて、バートンに煙草を勧めた。「おまえさんにひとつ頼みたいことがある。あのちっこい中国娘の看護婦のことだ。今日の午後四時以降、どこで何をしていたか、逐一調べあげてほしい」

バートンは眉をひそめ、不賛同の意を示した。「まさか、あの人を疑ってるんですか？」

「絆創膏に脱脂綿にクロロフォルム、どれもこれも病院で手に入るものばかりじゃないか。それに仕事が仕事だからな、指の切断の仕方ぐらい知ってるに決まってる」

「だとしても……そもそも動機がありますか？」

「おれに訊くな、坊や」とフロストは煙草をくわえたまま言って、レインコートの前身頃に灰を盛大に撒き散らした。「カービィの小倅が目障りだったのかもしれない。男にガキがいたおかげで、ふたりの仲がぎくしゃくするようになっちまったとか」

「しかし、あの少年はカービィの息子ではなかったんですよ」

「あの年齢《とし》ごろのガキってのは、大人の眼にはどいつもこいつも同じように見えるだろうが。あいつらだって、きっとお互い同士の見分けなんかついちゃいないね。だったら、あのちっこい看護婦さんがうっかり人違いしちまったってこともあり得るじゃないか」だが、言っている当人にも、いかにも説得力に欠ける解釈に思われた。「いいから、ともかく調べてくれ、坊や。少なくとも、それで何かしてることにはなるだろう？　今のところ、ほかに取っかかりがないんだよ」

署に戻ったとたん、不満を募らせていたビル・ウェルズ巡査部長につかまった。「ジャック、おれに頼みたいことがあるときには、捜索隊を組織するなんてことを手伝ってほしいと思ったときには、せめて自分で頼むぐらいの配慮があってほしい。それが礼儀ってもんだろうが。このおれがどうして、あのくそ小生意気なつんけん女に、ああせいこうせい命令されなくちゃならないんだ、ええ？　そいつは筋が違うだろ」

「ああ、悪かった」とフロストは言った。ウェルズ巡査部長という人物は、ひとたび臍を曲げるととことん扱いにくくなる男だと心得ていたので。「まあ、煙草でも吸ってくれ。マレットのとこからくすねてきたやつを進呈するから、それでこの件はちゃらにしよう」

ウェルズは勧められた煙草を一本抜き取り、ついでにそれに火をつける栄誉もフロスト警部に担わせてやった。もちろん、それしきのことでは機嫌直しにはならなかったが。

「で、問題のそのご婦人は、今いずこに？」とフロストは尋ねた。

「殺人事件の捜査本部に君臨して、女王風を吹かしてる」

フロストは納得した顔で頷くと、そそくさとロビーを抜け出し、廊下に滑り込んだ。「忘れずに伝えるよ、あんたが愛してると言ってたって」と大声で言い残して。

そのまま殺人事件の捜査本部に颯爽と乗り込んだ。捜査本部の設営に際して、リズ・モード部長刑事はなかなかの手腕を発揮していた。必要な什器備品の類《たぐい》を迅速に手配し、手際よく陣容を整え、いち早く活動を開始していた。隅に置かれたファクシミリの送受信機が、鳴きやむことを知らない子鼠のように、ひっきりなしに甲高い音を立て、記録紙の長さにして何ヤード分もの情報を吐き出していた。臨時に設置された電話には専属の応対要員として二名の制服警官が配置され、今もそれぞれが受話器を耳にあてがい、相手の言うことに聞き入っている。さらに主のいないデスクにももう一台、電話が置かれていた。その電話がいきなり鳴りだした。ちょうどフロストに続いて捜査本部の部屋に顔を出したバートンに、リズ・モードの声が飛んだ。「ちょっと、出てくれない？」

バートンはむっとした顔で受話器を取りあげた。ウェルズ巡査部長と同様、バートンもまた女に命令されることを嬉しく思えるタイプではなかった。

「待っててください、今すぐ行きます」フロストに向かってひと声叫ぶと、リズは通話中だった電話を切りあげ、受話器を置くなり席を立ってファクシミリの送受信機に駆け寄り、吐き出されていた記録紙にざっと眼を通し、それを束にして、書類整理用の金網《ワイア》のバスケットにすでに堆《うずたか》く積みあげられている書類の山のてっぺんに加えた。リズ・モード部長刑事は苛立っていた。「例の少年の特徴を詳細に記して各警察署にファックスで流したんです。行方不明の届けが出されている年少者のなかに条件に該当する少年がいる場合は知らせてほしいって。その結果が、このありさまですよ。どこの署も、行方不明の少年ってだけで情報を送って寄越すんだから。こちらの条件に該当するか否かを確かめもしないで。なんと行方不明の少女の情報まで送られてきてるんです、それも複数の署から！」

「ちょっとでも可能性のありそうな情報は？」

リズは書類の山から一枚のファクシミリの記録用紙を引っ張り出した。「この件だけですね。ダンカン・フォード、年齢七歳。本日午後、スコットランドで行方不明の届けが出されてます」

フロストはその用紙を受け取った。「最後の目撃情報は……本日、午後四時三十分過ぎ、モントローズの街中」と声に出して読みあげた。「ってことは、コンコルドが飛行ルートを変更したんでもない限り、違うな、このぼうずじゃない」死体保管所で撮影した少年の顔写真をリズに渡した。「そいつをファックスで流してもらえるかい？」それから、ボビー・カービィの母親からも写真を借りてきていたことを思い出した。「ああ、ついでにこいつも頼む」

リズはすぐさまファクシミリの送受信機に向かい、慌ただしく作業を開始した。フロストはワイアバスケットに手を伸ばし、山を成す記録用紙の束をぱらぱらとめくってみたが、やがてバスケットごと向こうに押し遣った。殺害された少年はデントンに住んでいた――フロスト警部の直感はそう告げていた。ほかの市《まち》にいくら問い合わせたところで、時間の無駄にしかならないに決まってる。リズが戻ってくるのを待って、このところ頻発している幼児刺傷事件について尋ねた。

「この一週間で同様の事件が四件、発生しています」とリズはフロストに言った。「犯人は幼児の居住する家屋に侵入し――侵入経路には、ほとんどの場合、窓が利用されているんですが――就寝中の幼児に傷を負わせています。傷そのものはいずれも軽傷、表皮を傷つける程度です。血を見ることで性的興奮を得ているんじゃないかと思うんですけど」

「そういうやつの場合、指を切り落とすのを見たりすると、その性的興奮ってやつがもっと激しくなったりするもんかな？」フロストは殺害された少年の検視解剖に立ち会い、ドライズデールから少年の右手の小指が根本から切断されているのを指摘されたことを話して聞かせた。リズはぶるっと肩を震わせた。「アレン警部に報告するのは、明日でもいいな――ついでに、検視解剖へのご招待も受けてると言っといてくれ。午前十時から、第一礼装用のこと。シルクハットに白の蝶ネクタイ《ホワイトタイ》と燕尾服でないとあの先生《ドク》の検視解剖は見物できないんだ」フロストはそう言うと、ひとつ大きな欠伸《あくび》を洩らした。午前三時になろうとしていた。「おれはもう帰らせてもらうよ」捜査本部に詰めている一同に、フロストは手を振った。「では、皆の衆、ご機嫌よう。また週明けに」

部屋を出かけたとき、リズ・モードが巡査のひとりを呼びつける声が聞こえた。駐車場に運び込んであるゴミの袋をひとつひとつ開けて中身を調べ、ゴミに紛れ込ませて殺害された少年の着衣が捨てられていないか、調べてくるよう命じていた。

「女親分はずいぶん鼻息が荒いんだな」フロストはバートンの耳元で囁いた。

「ええ、もう、荒いなんてもんじゃないんです」バートン刑事は声をひそめて言った。

「それでも、やっぱり」とフロストは続けた。「凍えるほど寒い夜だったら、おれはあの威張りんぼの姐ちゃんでも寝床から蹴り出したりはしない」

バートンは冷笑混じりに鼻を鳴らした。「おれなら、あんなのはそもそも寝床に入れませんよ」


家に帰り着き、玄関に入ってドアを閉めた瞬間、フロストは不意にシャーリーのことを思い出した。その瞬間に至るまで、彼女の存在をきれいさっぱり、跡形もなく失念してしまっていたことを。シャーリーとは休暇を共に過ごし、今夜は一緒に出かけることになっていた。で、出かけるまえに煙草を確保しておくべく、署までひとっ走りして署長執務室の〝お宝箱〟からちょいと失敬してくることにしたのである。シャーリーを家で待たせて。まずい……まずい、なんてもんではなかった。シャーリーには十分もかからずに戻ってくると言っておいたのだ。今から、そう、かれこれ四時間、いや、五時間ほどまえに。

居間には彼女の姿はなかった。一縷の望みを抱いて寝室をのぞいた。起き抜けのまま整えられていないベッドに、待っている者はいなかった。くそっ！　電話の受話器をつかみ、シャーリーの家に電話をかけた。通話中であることを示す信号音。受話器をはずしっぱなしにしているのである。くそっ、くそっ、くそっ！　車に飛び乗り、シャーリーの家まで押しかけることも考えたが、それには疲れすぎていた。今日という日がこんな厄日になろうとは。なんともまあ、くそがつくほど上等な休日ではないか。戸外《そと》にいるあいだじゅう小便みたいな雨に降られ、濡れ鼠になり、殺人事件の現場に駆り出され、おまけに検視解剖の立ち会いまで押しつけられて、あげくの果てが独り寝の寝床とは。フロストは悄然と服を脱ぎ、脱いだ服を床に置き去りにしたまま、ベッドのマットレスに倒れ込んだ。

たちまち深い眠りの淵に沈み込んだ。午前七時三十分、執拗な電話の音に小突かれて、渋々ながら意識の水面に浮上した。電話をかけてくるとしたら、シャーリー以外に考えられなかった。しかし、なんだってこんな朝っぱらから？　フロストは受話器を取った。

「ああ、フロストだけど？」と口のなかでもごもごと言った。深く悔い改めているように聞こえることを願って。

電話をかけてきたのはシャーリーではなかった。署からの呼び出しだった。マレット署長がフロスト警部の至急の出頭を求めている、とのことだった。

「おれは休暇中だぞ」とフロストは言った。「あの嫌味ったれの眼鏡猿にもそう言ってやれ」

「そのぐらい、嫌味ったれの眼鏡猿も承知のうえだよ」とビル・ウェルズ巡査部長は言った。

「それでも、あんたに会いたいそうだ。ついでながら、今朝の署長は虫の居所がすこぶるよろしくない」

フロストは、急速に気分が沈み込むのを感じた。「まさか、朝っぱらから煙草の在庫数を確認したわけじゃないだろな？」


午前八時十分過ぎ、まだ薄暗さの残るなか、一台のフォードがデントン警察署の裏手にある駐車場に滑り込んだ。本来なら、午前中のその時刻、署の駐車場は駐まっている車もほんの数台程度で閑散としているはずだったが、今朝に限って、種々雑多な車輛がぎっしりと隙間なく並んでいた。つまり、前夜のうちにボビー・カービィの発見には至らず、捜索隊を組織するため、緊急招集がかけられたのである。勤務明けで今日が非番の日に当たっていた者も含めて、動かせる人員はひとり残らず呼び集められたにちがいない。近隣の署にも可能な限りの応援を要請したものと思われた。実に効率的で秩序だった対応ぶりだった。フロストはこの件が自分の担当ではないことに感謝した。効率と秩序は、ジャック・フロスト警部の得意とするところではない。その手の能力が必要とされる場にあっては、必ずやどでかいへまをしでかし、早晩すべてをぶち壊してしまうことになるのである。

がたのきかけたフォードをそろそろと進めて、駐車できそうなスペースを探した。署の犬舎で保護している迷い犬が吠えはじめ、それに応えるように駐車場のいちばん奥の隅に駐められた警察犬センターのヴァンから、遠慮がちに鼻を鳴らす音が聞こえてきた。駐車スペースは払底していた。フロストは強引な二重駐車を試み、結果的にマレットのブルーのジャガーを身動きの取れない立場に追い込むこととなった。

ロビーでは、見るからに疲労困憊といった様子のビル・ウェルズ巡査部長が——規定では午前六時には勤務が明けることになっているにもかかわらず——受付デスクにつき、近隣のソーリントン署から派遣されてきた巡査の一団を、食堂に向かわせているところだった。階上の食堂で、捜索隊向けの概況説明と訓示が行われることになったのだった。「諸君、煮出したお茶と焦げたベーコンの臭いをたどっていきたまえ」巡査たちの背中に向かって、フロストは声を張りあげた。「そうすりゃ、どんな方向音痴でも、迷いようがないから」

ウェルズに手招きされて、フロストは受付デスクに近づいた。ウェルズ巡査部長は眼を輝かせていた。内勤の責任者であるビル・ウェルズ巡査部長が眼を輝かせているとき、それは分かちあうべき極上の、きわめて興味深い噂話を仕入れたことを意味する。「昨夜のこと、聞いたか？」

「ついにリズ・モードを押し倒して、最後の一線を越えちまったとか？」フロストはとりあえず思いついたことを口にした。

「馬鹿言え、あんな女にそんないい目を見させてやる義理はない」鼻を鳴らして、フロストの発想を一刀両断に斬り捨てると、ウェルズは受付デスクから乗り出し、フロストのほうに身を寄せて言った。「昨夜、マレットとアレンが出席してた酒盛りのことだよ。ありゃ、どうやら大物警察官の寄り合いだったみたいだな。各署の幹部連中が顔を揃えていたらしい」

「おれ宛の招待状は、たぶん郵便配達のぼんくらがどこかで落としたかなんかして、なくしちまったんだと思う」とフロストは言った。

「いいから、聞けって」ウェルズは、話が佳境に入りつつあることを臭わせる口調で言った。「おれの得た情報によると、その席で連中はだいぶどころではなく過ごしたらしい。全員が全員、素面《しらふ》とは言えないところまでできあがっちまった。もちろん血中のアルコール濃度も規制値をはるかに超えてた。なのに、お開きになったとき、グリーンフォード署のフォーンビー主任警部が出席者のうち四名を車に同乗させて、それぞれの家まで送り届けることになったんだと。もちろん、当のフォーンビーだってまともに運転できるような状態じゃない。ところが主任警部にとっちゃ、それしきのことでは運転を思い留まる理由にならなかったんだな。会場になったパブの駐車場を出てすぐのところに街灯があった。フォーンビーのおっさん、その街灯に車をぶつけちまったのさ。文字どおり激突したんだそうだ。街灯が根本から折れちまったってことだから、スピードも相当出てたんじゃないか」

フロストは晴れやかな笑みを浮かべた。「感動したよ。〝めでたし、めでたし〟で終わる話は、いつ聞いてもいいもんだな」

「実はもっと感動的なおちがついててね」とウェルズは言った。「フォーンビーの車に同乗していた四名はひとり残らず、肋骨《あばら》やら腕やらを骨折してフェルスタッドの総合病院に入院中だ――フォーンビー当人も脚を骨折したそうな」

「いい薬だ」とフロストは言った。「そう、気の利かない野暮天《やぼてん》にはそのぐらいの目に遭ってもらわないと。フォーンビーのろくでなしに人並みの気遣いってもんができりゃ、アレンとマレットのことも車に乗せてやって、あいつらの脚もへし折ってくれてたはずなんだから」

制服姿の次の一団が玄関ロビーに押し寄せてきた。第一陣と同様、その連中にも階上の食堂に向かうよう指示をすると、ウェルズは改めてフロストに身を寄せ、声をひそめて言った。

「ここからが傑作なんだ、ジャック。現場には救急車が呼ばれ、交通課の坊やたちも馳せ参じた。で、坊やたちは運転していた人物の呼気検査を強く要求した――事故を起こした車ときたら、ひと嗅ぎしただけでモルト・ウィスキーとわかる臭いがぷんぷんしてたんだから」

「くそっ、惜しいことした」とフロストは言った。「フォーンビー級の豚のけつの呼気検査に立ち会えるんなら、年金を返上してもいいと思ってるのに」

「ところが、ジャック、フォーンビーはまんまと呼気検査を免れたんだよ。地位にものを言わせて、裏からこっそり手をまわしてやったやつがいるらしい」

「いやはや、嘆かわしい、警察官ともあろう者どもが」

「しかし、まあ、それでも幹部クラスの警察官が五名も入院しちまったんだ、今後何週間かはわれわれの頭のうえの風通しもいくらかよくなろうってもんじゃないかね？」受付デスクのうえの内線電話が鳴った。マレットからだった。「あんたに会いたいそうだ」とウェルズはフロストに言った。

「我が儘なやつだな、そうやって希望を言えば必ず叶えられると思ってるんだから」

マレットはアルカセルツァーの錠剤をグラスの水に放り込み、錠剤の溶けるシューッという音に思わず身をこわばらせた。その程度の音でも頭が割れるように痛んだ。昨夜の酒量が悔やまれた。自重すべきだとわかってはいたが、しきりに勧められるものを無下に断るわけにもいかないではないか。そんなことをすれば、酒も呑まない分からず屋のレッテルを貼られ、周囲からひとり浮きあがってしまう。デントン警察署を預かる身にとって、そういう事態は百害あって一利なしというものだった。ドアを叩く音がした。ぞんざいで熱意にかけた叩き方だった。

「入りたまえ」と言うより先にドアが開き、フロストがいかにも大儀そうにのそのそと入室してきた。マレットは思わずうめいた。この男は、今着ている一着以外に、スーツというものを持っていないのだろうか？　こわばった口元を無理やり緩め、かろうじて笑みらしきものを浮かべると、マレットはフロスト警部の坐るべき椅子を指し示してから、グラスの中身をひと息に飲み干した。

「休暇を満喫しているかね？」と尋ねた。

「雨に祟られてますよ。一週間ずっと、切れの悪い小便みたいに降ってやがって」フロストはぼやいた。

「それは何よりだ」とマレットは言った。返答の中身には注意を払っていなかった。

「そうだ、旅先から滑稽味あふれる軽妙洒脱な葉書を送ったんだけど、届きましたか？」とフロストは尋ねた。

マレットは眉間に皺を寄せ、渋面を作った。フロストの言う葉書は、確かに届いていた。届いたその場で細かく引き裂き、破り捨てていた。「あれは……はっきり言ってすこぶる下品で、すこぶる卑猥な文面だった」

フロストは怪訝そうな顔をした。「下品で卑猥？　それじゃ、警視《スーパー》はあの文面には別の意味があるって言いたいわけで？　そりゃ、すごい深読みだよ、おれが気づかなかった裏の意味まで読み取っちゃうんだから」

マレットは無造作な手のひと振りで、その話題はこれにて打ち切りだということを伝えた。「それより、フロスト警部、きみには申し訳なく思っている。休暇中のところを引っ張り出すことになって。しかし、昨夜、突如として、そうせざるを得ない状況が出来《しゆつたい》してね。実は車の事故が発生し、われわれの身内とも言うべき州警察の警察官のなかでも、かなり高位の職位にある五名が、その事故に巻き込まれてしまったのだよ」

「ああ、その話ね」とフロストは言った。「洩れ承ってますよ。誰かさんの車が街灯に喧嘩を売ったんだって？」

「そうなんだよ——路面に何やらオイルのようなものが垂れていたらしい。それでタイアが滑った、ということのようだ」嘘をつき慣れていないマレットは、ことばに迫力と説得力が欠けていた。

「フォーンビーに呼気検査は？」とフロストは尋ねた。「聞くとこによると、かなり酩酊あそばしてたそうだし」

「いや、フォーンビー主任警部は運転していたわけではないからね」フロストの眼を慎重に避けながら、マレットは言った。「運転していたのは、彼のお嬢さんだったんだよ。お嬢さんのほうは、昨夜は一滴も呑んでいなかったんだが……」

フロストは笑みを浮かべると、事情は心得ていると言いたげに片眼をつむった。「なんとまあ、猿知恵のまわること！　警視《スーパー》も、なかなかどうして食えないお人だ。おれとしては、ほかに言いようがない」

「どういう意味だね？」

「どういう意味も、こういう意味も。わかりきったことでしょう。運転してたのは、フォーンビーだ。だが、へべれけの主任警部に呼気検査を受けさせるわけにはいかない。で、あんたらはフォーンビーの自宅から娘を連れてきて、事故を起こしたときには娘が運転してたってことにした」

マレットとしては、自分の口調がその場にふさわしく、いかにも衝撃を受けているように聞こえることを願うばかりだった。「何を言う、フロスト警部。きみは身内を誹謗中傷しようというのかね？　運転していたのは、主任警部のお嬢さんだ。交通課に事情を訊かれた際にも、われわれ全員がその旨間違いなしと証言している」

「だったら、まったく別のことを主張する目撃者が現れた場合は、そいつのほうが嘘をついてるってことですね？」とフロストは言った。こうしたやりとりの際の常套手段として、いかにも実直そうな、他意などかけらもないといった表情を浮かべて。「ところで、おれに用があるって聞いてきたんだけど……？」

だが、マレットは、いささか度を失っていた。「なんなんだ、その目撃者というのは？　何を見たと言ってるんだね？　詳しく説明したまえ」

「警視《スーパー》の言ってることが本当なら、そのおっさんには目撃したと言ってることを目撃できたはずがない。ってことでしょう、警視《スーパー》？」フロストは物わかりよく言った。「なんせ、誰あろう、デントン警察署の署長がそう言ってるわけですからね。ことばの重みが違いますよ。相手がたとえ牧師だろうと」

マレットは眼のまえの男をひとしきり見据えてから、手元のメモ用紙に留意事項を書きつけた。この男とは本件について改めて話しあう必要がありそうだった。率直に肚《はら》を割ってあくまでも友好的に。マレットにしてみれば、そもそもからして気が進まなかったのだ。こんなお粗末な隠蔽工作に荷担することは。なのに、連中は地位にものを言わせ、権威を振りかざして、デントン警察署の署長の反論を封殺したのである。マレットはひとつ咳払いをして口を開いた。

「その、不幸にして起こってしまった昨晩の事故で、幹部クラスの警察官五名が骨折を負い、治療のため現在も入院を強いられている」

「それじゃ、悪いことばかりでもなかったわけだ」とフロストは言った。

マレットは、その発言については無視することにした。「そうなると、言うまでもないことだが、人事面でも調整の必要が生じるわけで、一時的な措置としていくつかの配置転換が行われることとなった。わが署からは、アレン警部が主任警部代行としてグリーンフォード署の応援に赴く。差し当たりフォーンビー主任警部の職場復帰が叶うまでは、その体制が続くものと考えてほしい」

「それで、敏腕警部殿はいつから向こうに？」とフロストは尋ねた。

「今日付けで着任した。昨夜のうちに異動が決定したもんでね」

「それじゃ、なんですか」とフロストは言った。「警視《スーパー》の言ってることを整理すると、要するに、アレンは昨夜、一時的なことだからとかなんとかうまいこと言ってあのぼうずの事件をおれに押しつけやがったけど、そのときにはもう、今日からここの所属じゃなくなることを知ってたわけか？」

「そこまでは、わたしにはわかりかねる」とマレットは言った。今度もまた、フロストと眼を合わせようとはしなかった。

「くそっ、こすっからい真似しやがって」フロストはそう言うと、マレットのデスクに握り拳を叩きつけた。その衝撃音と振動によって、マレットの頭痛は旺盛な活動期に突入した。

「フロスト警部！　そういう真似は……」マレットは頭を抱え込んだ。「いや、きみがなんと言おうと、アレン警部が担当していた事件はすべてきみに引き継いでもらう」

「だとしても、うちの署から人員がひとり減っちまうことに変わりはない」

「それについては考えてある。アレン警部の抜けた穴を埋めるため、臨時の異動が発令されるはずだ。部長刑事が臨時で警部代行を務めることになるのではないかな。最終的な承認がおりるのを待ってる段階なので、はっきりしたことはまだ言えないが」

「だったら、あんまり待たせないでほしいね——うちの署は今だって、人員《ひと》があり余ってるわけじゃないんだから」

面談が終わったことを示すため、マレットは手を振った。「ならば余計に、きみをいつまでも引き留めていては申し訳ない。休暇を途中で切りあげなくてはならなくなったことについては気の毒としか言いようがないが、今回は事情が事情で致し方なかった。きみにも理解してもらえるものと思っている」

「昨夜、誰かさんたちが最後の何杯かを我慢してりゃ、致し方なくなんかならなかったと思うけどね」フロストは椅子から腰をあげた。

フロストが退出し、執務室のドアが閉まった直後、秘書のオフィスのほうから怒りと驚きの入り混じった甲高い悲鳴があがった。それに続いて、フロストの下卑た馬鹿笑いが聞こえた。

「屈み込んでるきみを見ちゃったもんでね、アイダ、つい……」

デントン警察署の署長は、なんとも情けない思いで首を横に振った。フロストのような部下をいかに御したものか？　上司として、マレットの苦悩は深まるばかりだった。

捜索隊を組織して概況説明を行うため、食堂に向かう途中で、フロストはふと思いついてアレンのオフィスに寄ってみた。室内をのぞき込んだとたん、ぞっとして思わず身震いが出た。どこもかしこも、あまりに整然としすぎていて、見ているだけで気が滅入りそうだった。デスクはすっきりと片づき、天板のうえには余計な紙一枚、クリップひとつ載っていない。表やらグラフやらの掲示物の類は、寸分の歪みもなくいかにも几帳面に壁に貼り出されている。おまけに気取り屋で掃除好きの婆さんを思わせる臭いがした。家具の光沢《つや》出しワックスのラヴェンダーの臭いだった。冷え冷えとしていて、人のぬくもりというものが感じられない部屋。昨日までの主人《あるじ》の人間性を、如実に物語る部屋だった。フロストにしてみれば、今すぐ回れ右をして、暖房が効いてむっとするほど暖かい、あの散らかり放題に散らかった自分のオフィスに退却してしまいたかった。デスクのうえの未決書類のトレイに手を伸ばし、これまた整然と積みあげられていた報告書の書式やらもろもろの申請用紙やら提出書類やらの束を引っ張り出した。提出書類のひとつは必要事項を洩れなく記入したうえで州警察本部に返送することが求められていた。提出期限は十一月三日。こんなしち面倒くさいものをあとに残していくとは。いかにも、あの奸智に長けたエゴイストのやりそうなことだった。フロストは書類をトレイに戻してオフィスを出ると、廊下を歩いて殺人事件の捜査本部の部屋に向かった。捜査本部の部屋にはリズ・モードが詰めていた。前日のままの地味なグレイのスーツ姿で。フロストに気づくと、リズは驚いたような顔をした。

「警部、週明けまで休暇だったんじゃないですか?」

フロストは、休暇を召しあげられた経緯と、アレンがフォーンビー主任警部の代行としてグリーンフォード署の応援に赴いたことを話して聞かせた。リズの眼が細くすがめられ、不敵な光を帯びた。部長刑事の地位にある者が臨時で警部代行を務めるのだとしたら、このリズ・モード部長刑事を措いて適任者はいないはずだ。

「そういえば、あの辣腕警部のオフィスに州警察本部に提出しなくちゃならない書類だかなんだかが置いてあった」詳細を曖昧にして、フロストは言った。「きみならなんとか処理できるんじゃないかと思うんだ。ついでのときにちょっくら見てみてくれないかな？」

「お安いご用です」とリズは言った。「こっちが一段落したら、わたしの席をアレン警部のオフィスに移します」

「ってことは、やっぱりボビー・カービィはまだ見つかってないんだな？」

「ええ、残念ながら。五分後には捜索隊向けの概況説明が予定されてます」

「ああ、そうだった……その概況説明ってやつはおれがやらなくちゃならないらしい」

リズ・モードは落胆の色を押し隠した。アレン警部が不在と聞いて、ならばボビー・カービィの捜索責任者を任せてもらえるのではないか、と密かに期待していたのだった。

「死体で発見されたぼうずの身元は？」

「まだ調査中です」

「くそっ、難儀なこった」フロストは煙草に火をつけると、窓越しに戸外《そと》の駐車場を見つめた。「あんな乳くさい子どもだぞ。どう見たって、せいぜい八歳ぐらいだろう？　しかも殺されてから、半日以上も経ってるんだ。なぜ親は何も言ってこない？　子どもがいなくなりゃ、親は普通、警察に通報してくるもんじゃないのか？」煙草の煙を深々と吸い込み、少しのあいだ考え込む顔つきになった。「それをいまだに何も言ってこないのは……親が犯人だからって線もあるな」フロストはリズのほうに向きなおった。「学校の始業時刻になったら、市内の各小学校に電話をかけて校長に問い合わせてみてくれ。七歳、いや、八歳までの男子児童で、今日、登校してきてない子がいないか」

「諒解」

「ただし、その子が死んじまってることは伏せとかないとな。ぼうずの身元を突き止めて親に知らせるまでは」

「もちろん」リズ・モード部長刑事とて、多少の常識ぐらいは持ち合わせていようというものだ。

「現場から回収してきたゴミ袋はどうだ？　なんか収穫はあったかい？」

「指紋は大量に採取できました。今日じゅうに周辺店舗の経営者や従業員から指紋を採取させてもらって、それらと一致したものを除外していく作業が残っています。それから被害者の少年の着衣ですが、ゴミ袋からは発見されませんでした」

「捜索隊に参加する連中に写真は配ったかい――ボビー・カービィのだけじゃなく、死体で発見されたぼうずのほうのも？」

「ええ」

「ガイ・フォークスの人形の写真も？　ぼうずのほうは覚えてなくても、あのガイ人形なら身覚えがあるってやつがいるかもしれない」

「ガイ人形の写真も配布済みです。ボビー・カービィについては、新聞各紙と各テレビ局にも写真を配布しました。それから捜索願のポスターの印刷も手配してあります。例の《行方不明：この少年を見かけませんでしたか？》というものですが、特大サイズのものも何枚か用意することにしました。拡声器を積んだ広報車に貼りつけて、市内と近隣地域を巡回させるつもりです」

「よろしい。上出来だ」フロストは頷いた。広報車を利用する手があったことは、今の今まで忘れていた。「それじゃ、捜索隊の諸君のために、概況説明とやらを一発ぶっこいてくるか」

食堂は満員の状態だった。まずは紅茶の入ったマグカップとベーコンのサンドウィッチを確保してから、フロストは肘で人を押しのけながらまえに進み出た。「諸君、ちょっくらちょいとお耳を拝借」

食堂にざわめきが拡がった。誰もが捜索の指揮はアレン警部が執るものと思っていたからだった。

「まずは、いい知らせから――ただし、聞いても絶対に笑わないと約束してもらいたい。昨夜のことだが、フォーンビー主任警部が車の事故に遭った。脚ばかりか両腕まで骨折して現在、入院しておられる」いきなり湧き起こった歓喜の哄笑に、フロストは話の一時中断を余儀なくされた。「いや、歓ぶのはこいつを聞いてからにしたほうがいい――フォーンビー主任警部の怪我だが、相当に痛むらしい。痛い、痛いとそりゃもう大騒ぎだってことだ」

哄笑の渦のなかから、今度はひと声ふた声、歓呼の声があがった。フォーンビー主任警部は、他人《ひと》を小馬鹿にしたような尊大な態度と皮肉をたっぷりと利かせた痛烈な物言いとで名を馳せており、州警察内では決して受けがいいとは言いがたい人物だった。

「悪いほうの知らせは、アレン警部が主任警部代行としてグリーンフォード署の応援に徴用されちまったもんだから、本日の捜索はこのおれが指揮を執ることになった。諸君に捜してもらいたいのは、ボビー・カービィという少年だ。年齢は七歳。顔写真と身体的特徴をリストにしたものが諸君の手元に渡ってると思う。両親は離婚してて、カービィ少年は母親に引き取られ、現在は母親とそのボーイフレンドと三人で暮らしてる。昨夜、母親はちょいと一杯引っかけるため、ボーイフレンドと近所のパブまで出かけた。七歳の子どもをひとりきりで家に残して。でもって、十時ちょっと過ぎに帰宅してみたら、ぼうずがいなくなっていた。どうやら、大人が出かけた隙に家を抜け出したらしいんだ。ガイ人形を見せてまわって小遣いをせびるために。午後十一時少しまえ、カービィ少年のガイ人形が見つかった。パトリオット・ストリートの店屋の軒先に、翌朝の収集に備えて積みあげてあったゴミの袋の山に埋もれてたんだ。同じ山のなかから少年が死体で発見された。ゴミ収集用のビニール袋に詰め込まれて。見たところ、七歳から八歳ぐらいの少年だ。クロロフォルムを嗅がされ、猿轡の代わりにビニールの粘着テープで口をふさがれ、そのせいで自分の反吐を咽喉に詰まらせて窒息したらしい。素っ裸にされてたけど、性的暴行を受けた痕跡はなし。この少年なんだが、実はなんとボビー・カービィじゃなかった。今のところ、少年の人相特徴に合致するような子どもが行方不明になったという届けは出てないし、要するにどこの御曹司であらせられるのか、われわれにはまったく把握できてないってことだな。とりあえず学校の始業時刻になったら、ただちに問い合わせてみるけど。そんなわけなんで、本日の任務にはふたつの目的があると思ってもらいたい。ひとつめはボビー・カービィの迅速な発見。ふたつめとして、死体で発見された少年に関する情報を可能な限り拾い集める」

少年の右手の小指が切断されていたことは、敢えて伏せた。公開捜査に踏み切った場合、捜査本部には往々にして、虚報やら面白半分の悪戯電話やらやってもいない犯罪の自白やらが雪崩のように押し寄せてくるものである。犯人の決め手として、本物の殺人犯しか知り得ない情報がひとつぐらいあってしかるべきだった。

「身元不明の少年だが、死亡する三十分ほどまえにハンバーガーを食ってる。こういうことは、まあ、はっきり言ってくそ時間のくそ無駄遣い以外の何ものでもないだろうが、いちおうデントン市内にあるファーストフードの店を虱潰《しらみ》しに当たってほしい。店員に少年の写真を見せて、昨日の……そうだな、だいたい午後四時から五時ぐらいのあいだに、この少年からハンバーガーなるこの国じゃ超がつくほど珍しい食べ物の注文を受けたことを覚えてる者がいないか、訊いてまわってもらいたい。その結果、われわれは、ざっと三百件に及ぶ、手がかりの〝て〟にも満たないかすネタばかりを抱え込むことになると思う。だとしても、こいつはやらないわけにはいかないんでね。何か質問は？」

レクストン署から派遣されてきた、ダッフルコート姿の巡査が手を挙げた。「警部は、死亡した少年とボビー・カービィとのあいだに、なんらかの接点があったとお考えですか？」

「死亡した少年は、ボビーのガイ人形のすぐ隣で発見された。現時点では両者のあいだの接点と呼べるものはそれしかない。でも、それだけありゃ、おれには充分だよ。ああ、接点はあった。少なくともおれはそう考えてる」フロストは食堂内をひとわたり見まわした。ほかに手を挙げる者はいなかった。「よし。各自の捜索区域はこちらで割り振っておいた。あとは、諸君の健闘に期待するしかない。みんな、頑張ってくれ」

捜索隊の面々は、少年たちの写真を手に、列を成して食堂から出ていった。その後ろ姿を見送りながら、フロストはみぞおちのあたりから不穏なざわめきが這いあがってくるのを感じた。捜索の責任者としてはもちろん、最善の結果を期待している。それでも……いやな予感がした。今日の捜索は、なんの収穫もないまま終えることになりそうな気がしてならなかった。

第三章

捜査本部の部屋の電話は、ノンストップで鳴り続けていた。テレビのニュースでボビー・カービィの行方不明が報じられ、無事の帰宅を願って気も狂わんばかりの両親の映像が――涙に暮れる母親とその腰をしっかりと抱き寄せる父親の映像が――流れた結果、ボビー少年の姿を目撃したと確信する者たちからの、熱烈なる反響を引き起こしたのだった。テリー・グリーンと中国系の看護師の存在を隠蔽したことも、功を奏したのかもしれなかった。そうして寄せられた情報はどれも、手がかりとしてはさほど有望そうには思えなかったが、それでも追跡調査は行わなくてはならない。

ボビー・カービィの行方不明を伝えたニュース番組のなかで、死体で発見された少年の顔写真も公開され、警察がこの少年の身元の割り出しを急いでいることが報じられた。写真の少年が死亡している事実は伏せられ、またボビー少年が行方不明になっていることと関連があるかもしれない点も言及されなかった。

バートン刑事は、通報者の話を聞きながら所定の用紙に必要事項を手早く書き込むと、感謝のことばをつぶやいて受話器を置き、書きあげたばかりの用紙を書類整理用のバスケットに放り込んだ。あまりにも長いこと、それもひっきりなしに受話器を耳に押し当てているせいで、耳殻が痺れたようになっていた。

「科研から何か言ってきたかい？」フロストは尋ねながら、バートンの隣の席に腰をおろした。

「収穫と呼べるほどのことは何も。まず、少年の顔面に貼られていたビニールの粘着テープですが、指紋は採取できなかったそうです。粘着テープ自体もごく一般的に流通している量産品だし、脱脂綿も規格品とのことです。左手をくるんでいたビニール袋は〈ビーワイズ〉の自社ブランドの製品《もの》――これまた量産品です。死体が入れられていたゴミ収集用のビニール袋についても、採取できた指紋はゼロ」

「科研なんてものがない時代のお巡りは、手繰るべき手がかりが皆無だってことをどうやって知ったのかね？」とフロストは言った。「ほかのゴミの袋の指紋は？」

「これまでに採取できた指紋は、すべて現場付近の商店の従業員のものでした」

「敵もさる者、引っかく者だな。指紋を残していくほど間抜けじゃないか」フロストは沈んだ声で言い、壁の時計を見あげた。午前九時二十五分。身元不詳の少年が死亡してすでに十六時間近くが経過していたが、うちの子どもの行方がわからないと泣きついてくる保護者はいまだ現れていなかった。「小学校のほうの確認作業は？」

「〝ワンダー・ウーマン〟がやってますよ。アレン警部のオフィスにいるはずです」

「そうか」フロストは重い身体を持ちあげ、席を立った。「それじゃ、ちょっくらのぞきにいってみるよ。あの張り切り嬢ちゃんのお手並み拝見だ――おい、坊や、そんなふうに先輩警察官のことば尻をとらえて、助平なこと想像するもんじゃない」

ビル・ウェルズは、署内便で届いた郵便物を配布しているところだった。アレン警部のオフィスのドアをノックしたのは、習慣の為せる業というやつだった。ドアのうえの標示灯《ライト》が点灯し、《待機》の赤い文字が浮かびあがった。標示に従って、ウェルズは恭《うやうや》しく待機した。標示灯の文字が緑に変わり、ウェルズ巡査部長に《入室を許可》した。ウェルズはなかに入り……驚愕のあまり眼を剝いた。アレン警部のデスクに、あろうことかあるまいことか、リズ・くそったれ・モードがついていた。まるでこのオフィスの主《ぬし》のような顔をして。なんて女だ。標示灯を点灯して、このビル・ウェルズ巡査部長を待機させるとは。いったい全体、何様のつもりだ？

リズ・モードは顔もあげなかった。デスクのうえの《未決》のトレイに向かって人差し指を振り立て、ただひと言「そこにお願い」と言っただけだった。ウェルズは憤然として、郵便物を《未決》のトレイに投げ落とした。廊下に出ようとしたところで、背後から声がかかった。

「巡査部長！」

ウェルズは振り返った。リズ・モードは赤い表紙のフォルダーを掲げてみせ、今一度デスクのまえまで戻ってくるようウェルズに向かって手招きしていた。「これをマレット署長に届けてもらえないかしら？」

「ああ、もらえない」ウェルズはぴしゃりと言った。立ち去り際、ウェルズは署内全館に響き渡るほどのなんとも派手な音を立てて、ドアを閉めていった。

リズは肩をすくめた。ウェルズ巡査部長の恨みを買っていることは承知していた。でも、そう、あの巡査部長にも、そろそろ女に命令されることに慣れておいてもらったほうがいいかもしれない。なぜなら、リズ・モードとしては、アレン警部の不在中、一時的とはいえ警部代行の地位に昇進することが、当面の目標だったから。マレット署長には先刻、面会を求めて、今回の臨時の特進に自分こそ誰よりも最もふさわしい人材であることを、その根拠を挙げて訴えた。署長は熱っぽく頷き、彼女の言うひと言ひと言に、心から、真剣に同意してくれた。「ただ、あいにく最終的な決定権はわたしにはないもんでね」署長はリズにそう言った。「それでもこの件についてはは、わたしが個人的に強力に推すことはできると思う」マレット署長という人物をまだ充分に理解していなかったので、リズはそのことばを信じたのだった。

憤懣やるかたない思いを抱えたウェルズ巡査部長は、フロスト警部が殺人事件の捜査本部の部屋から出てきたところをつかまえ、唾を飛ばさんばかりの勢いでリズ・モードに関する恨み辛《つら》みをぶちまけた。「アレンのオフィスにいたんだぞ——でもって、ドアの標示灯《ライト》を赤にしやがったんだぞ」

「ふむ、ライトを赤にしたか……あの部屋を淫売宿にしようとしてるのかもしれないな」フロストは思いつくままに言った。

だが、今日のウェルズは癪の虫がなんとしても治まらず、冗談につきあうどころではないようだった。「あの女、自分のことを何様だと思ってやがるんだ、ええ？　あいつはただの部長刑事だろうが。あの色気のかけらもないけつにまだ巡査の殻をひっつけてるような、ぺえぺえの下っ端部長刑事だろうが。なのに、まるで――」ウェルズはことばを呑み、口をあんぐりと開けた。まさに想像を絶するようなことを思いついてしまったからだった。「おいおい、冗談じゃないぞ、ジャック。まさか、あの女が警部代行に昇進するなんてこと、ないよな？　そんな馬鹿なこと、あるわけないよな？」

「いや、可能性はなくはない」とフロストは言った。「さっき、あの張り切り嬢ちゃんが片手に脱ぎたてほやほやのズロースを握り締めて、マレットの執務室から出てくるとこを見かけたことだし」

「へえ、あの女がそんなもんを穿いてたことのほうが驚きだよ」ウェルズは刺々しくわめき立てると、足音荒く歩き去った――「部長刑事に昇進したときも、その手を使ったに決まってる」と言い捨てて。

フロストはアレンのオフィスに入った。標示灯は赤になっていたが、ノックをする手間は省いた。「小学校の校長連中から何か聞き出せたか？」と尋ねた。

「該当する年齢の男子児童で今日の授業を欠席している者は、全部で五名いました」とリズはフロストに報告した。「うち三名については、欠席の理由がわかっています。ひとりは歯科医に、もうひとりは病院に行ったためです。残るひとりは母親から電話で、風邪を引いたので今日は学校を休ませる、という連絡があったそうで――」

「そいつは確認を取れ」とフロストは言った。「母親が嘘をついてる可能性もある。あとの二名は？」

「コリアー巡査を派遣しました。それぞれの家をまわって事情を聴いてくるよう指示してあります。巡査が戻り次第、警部にもご報告するつもりでした」

午前十時。殺人事件の捜査本部はひと時の沈静状態にあった。電話もごくたまにしか鳴らなくなった。フロストはデスクの角に尻を預けて、リズ・モード部長刑事が身を乗り出し、ついでに片方の脚を盛大に露出させながら、壁の地図に色のついたピンを刺していくのを見物していた。それぞれのピンは捜索に携わる各班の正確な現在位置を示していた。「こりゃ、また、絶景だな」とフロストはバートンの耳元で囁いた。「あんな景色を見ちまうと、おれは正直言ってピンなんかじゃなくて、もっと別のものを刺したくなるよ」

捜索の進み具合も、捜査の経過も、いずれもはかばかしくなかった。これまでのところ、何もかもが空振りに終わっていた。学校を欠席していた五名の少年については、それぞれに欠席してしかるべき理由があったことが明らかになった。ゴミの袋から採取された指紋は、どれも現場付近の商店の従業員のものだと判明した。不鮮明で判別に適さない指紋も二点ほどあったが、それもおそらくはほかの指紋と同様、店員のものではないかと思われた。またボビー・カービィの父親と同棲中の中国系の小柄な看護師についても、ボビーのことを大変可愛がっており、危害を加えることなど考えられないとの報告が寄せられていた。ボビー・カービィの行方はわからないまま、身元不詳の少年の身元も不詳のまま、追うべき手がかりもゼロのまま。

電話が鳴った。今度こそ。期待を込めて、フロストは顔をあげた。だが、マレット署長からだった。その後の進捗状況を報告するよう求めてきたのだった。

「目下の状況は、ふたつの単語から成り立ってると言ってやれ」フロストは鼻息荒く言った。「〝詰《づ》まり〟って単語の頭に二文字つく状態だってな」

「これまでに得られた情報を、引き続き追跡しているところです」リズはフロストのことばを翻訳して受話器の向こうの相手に伝えた。「なんらかの進展がありましたら、ただちにご報告いたします」電話を終えると、リズはまた壁の地図のところに戻った。

ビル・ウェルズが顔を出した。口元をにんまりと締まりなくほころばせていた。「たった今、自家用車を運転中の男から司令室に通報があった。ハンガー・レーンを通行中、全裸の若い娘に停車を求められたそうだ」

フロストはにわかに晴れやかな表情になった。全裸の若い娘には大いに興味を惹かれるものがあった。「で、乗せてやったのか？」

「いや、停まってる余裕がなかったそうだ。約束に遅れそうで、急いでたんだと。携帯電話から通報してきたんだよ」

フロストは眉間に皺を寄せ、信じられないといった思いを隠そうともしないで首を横に振った。「全裸の若い娘に停車を求められたのに、停まらなかった？　なんとまあ、おれなら半裸でも停まってやるのに——いや、いや、たとえ服を着てたって、おっぱいの片っぽでもちらっとのぞかせてくれてりゃ、もう即座に停まってやるな」

「だろうな、ジャック、あんたは親切心が服を着て歩いてるようなもんだから」とウェルズは言った。

「ちんぽこが服を着て歩いてるようだ、という評判も立ってる」とフロストは言った。「でも、自慢が過ぎるのもなんだからな」その発言は、軽蔑の念もあらわなリズ・モード部長刑事の鼻を鳴らす音で迎えられた。フロストはウェルズだけに見えるよう、こっそりと天を仰ぐ仕種をしてみせた。

「裸ん坊娘のお迎えだが、ジョーダンとシムズを行かせた」とウェルズは言った。

「世の中のつきをあのふたりが独占か」とフロストは言った。

また電話が鳴った。リズ・モードが受話器を取った。相手の話を聞くうちに、リズの表情が変わった。

「どうした?」とフロストは尋ねた。

「その全裸の若い娘のことです。警部は悪ふざけかいたずらかなんかだと思ってらっしゃるみたいだけれど、事情が違いました。その子はまだ十五歳です。昨夜、自宅に侵入してきた男数名に誘拐され、両親が二万五千ポンドの身代金の支払いに応じたので、解放されたんです」

「くそっ!」フロストは毒づいた。「それでなくとも、われわれはくそがつくほど手いっぱいの目いっぱいの腹いっぱいだってのに……」そこでふと考え込む表情になってリズの顔をひとしきり見つめ、ある結論に達した。「その裸ん坊娘の件だがな、嬢ちゃん、なんならおまえさんの担当ってことにしてもいいぞ」とフロストは言った。「——おれを同行させてくれるんなら」

一行はリズの運転する車で出発した。フロストは助手席に陣取り、現場捜査担当のエヴァンズが後部座席に乗り込んだ。目的地までは手に汗握るドライヴとなった。リズは狭い田舎道に強引に進入してから過ちに気づき、反対車線をやってくる車なり生き物なりが何もないことをひたすら願いつつ、己の幸運のみを頼りにもとの道まで這い出すタイプの運転者だった。フロストは今にもずり落ちそうな体勢で助手席にへばりつき、懸命に足を踏ん張って耐えた。リズがステアリングを切り、急ブレーキを踏み、タイアを滑らせ、間一髪のタイミングで大惨事を逃れるたびに、フロントガラスの表面を高速で右に左に流れるように過ぎていく緑樹のにじんだような影には、努めて眼を遣らないようにした。

「そこを左だ」とフロストは小声で言った。

「違う——右だ」後部座席からエヴァンズが言った。

リズは右にステアリングを切った。これまでのところ、進むべき方向についてフロストの出す指示はことごとく間違っていた。おかげでリズは、そのたびに急ブレーキを踏み、急角度のUターンを強いられることになっていた。

「ああ、あそこだ」とエヴァンズが言った。

リズはステアリングを切り、前方に長く延びる細い道に車を入れた。細い道の突き当たり、一面の草地の真ん中に一軒だけ、外壁を蔦に覆われた、エドワード朝様式の大きな屋敷が建っていた。フロストはその屋敷に眼を凝らした。見覚えのある外観だった。そう、この屋敷には以前にも来たことがある。それだけは間違いなく覚えがあった。だが、それがいつのことで、なんのための訪問だったのか……とんと覚えていなかった。正面玄関のまんまえに警察車輌が駐まっていた。リズは車を徐行させ、そのうしろに停めた。フロストはエヴァンズ共々、よろめきながら車を降りた。屋敷内からジョーダン巡査が出てきて、これまでに知り得た事柄をかいつまんで報告した。

「一家は三人暮らしです――だんなとかみさんと、例の十五歳になる娘の三人です。昨夜、だんなとかみさんは芝居を見にロンドンまで出かけて、午前三時近くに帰宅したところ、屋敷内は荒らされ、装身具や毛皮など被害額にしてほぼ五万ポンド相当の貴重品が盗まれていた。で、キッチンのテーブルのうえにこれが載ってたそうです」ジョーダンはそう言って、透明なフォルダーに挟んだA4判の白い紙をフロストに手渡して寄越した。透明なフォルダーに挟んであるのは、紙面に万一、指紋が残されていた場合を想定しての処置だった。白い紙に綴られたメッセージは、インクジェット式のプリンターで打ち出されたもののようだった。曰く――

スタンフィールド氏並びに令夫人

おたくの娘を預かった。警察に通報したら、娘を輪姦《まわ》す。ちなみに、われわれには血液検査の結果、HIV陽性と診断された者がいることを申し添えておく。

娘を無事に、無傷のまま帰してほしければ、明朝午前九時三十分、開店時刻と同時におたくの口座がある銀行に赴き、使用済み紙幣にて二万五千ポンドを引き出してもらいたい。用意した現金は小型スーツケースに詰めること。車でクレイ・レーンに向かい、ホワイト・ゲートを通過した直後、現金入りのスーツケースを側溝に投げ入れ、その後どこにも立ち寄らず自宅まで戻ること。現金投下後、背後を確認することは認めない。

以上の指示に従い、つまらない小細工を仕組んだりしていないことが確認されたら、娘は無傷のまま解放する。馬鹿な真似をすれば、娘が戻ってきたとき、その帰宅を素直に歓べないことになるだけだ。添付のものを参照のこと。これが単なる虚仮《こけ》威しではないことがよくわかるだろう。


「これです、こいつが一緒に置いてあったんです」ジョーダンはそう言って、これまた透明なフォルダーに挟んだ一枚のポラロイド写真をフロストに手渡した。ひとりの少女が、床に膝をついた恰好で写っていた。背後から髪の毛をつかまれて仰け反り、咽喉元にナイフの刃を押し当てられて、少女はぎゅっと眼をつむり、唇を力なく半開きにしていた。その体勢で裸の身体をさらしていた。

「侵入してきた連中にナイフで寝巻を切り裂かれて裸にされたそうです」とジョーダンは言った。

「おれとは流儀が違うな。おれは歯で嚙み切る派だから」フロストは低い声でぼそりと言うと、写真と脅迫状をリズ・モードにまわした。

「両親と娘は居間にいます。シムズが付き添ってます」とジョーダンはフロストに言った。

「お会いになりますか?」

「そのまえにまわりをちょっくら案内してくれ」とフロストは言った。それで記憶が刺激されて、以前にこの屋敷を訪れた経緯を思い出せるのではないかと期待して。「どこから押し入ったんだい、誘拐犯は?」

「裏口のドアを押し破って侵入したようです——来てください、こっちです」

ジョーダンは先に立って屋敷の横手にまわり込み、細い邸内路を抜けて一同を屋敷の裏手に案内した。芝生に覆われた庭に面して、こぢんまりとしたテラスが設けられていて、木桶に植え込んだ植物が並んでいた。その向こうにドアがあって屋敷内から庭に出られるようになっている。ドアに嵌め込まれたガラスの一枚が割れていた。侵入犯はガラスを叩き割り、その穴から手を突っ込んでドアの鍵を——ちょうど都合よく鍵穴に差したままになっていた鍵を回して、ドアを開けたようだった。

割れたガラス越しに、フロストは屋内《なか》をのぞき込んだ。「あれまあ、尻抜けってのはこのことだな。見てみろ、わざわざドアの端っこを削って、あんな立派な六枚金の箱錠を取りつけておきながら、肝心の鍵を差しっぱなしにしちまうなんて」現場捜査担当のエヴァンズが手袋を嵌めた手で慎重にドアを開けるのを待って、一同は足元のマットに飛び散ったガラスの破片をまたぎ、キッチンに入った。エヴァンズはあとに残り、裏口のドアから指紋を採取する作業に取りかかった。松材のテーブルに、カップとシリアル用のボウルが並んでいた。前夜のうちに用意され、結局は使われなかった朝食用の食器類と思われた。フロストはシリアルの箱を手に取った。「《オールブラン——自然からの贈り物、畑の整腸剤》。今朝は必要なかったな」ジョーダンは笑い声をあげたが、リズには面白いとは思えなかった。「賊は何匹だったんだい？」とフロストは尋ねた。

「四名だと思われます」ジョーダンはキッチンの戸口を抜け、フロストとリズを廊下に案内した。「押し入ってすぐ、犯人グループはブレーカーを落として電気を切ったようです」そう言って階段のしたの小さな扉を開け、セントラルヒーティングの調節装置のしたに並んだ電気とガスの計器類を示した。

フロストは顔をしかめた。「なんのために？」

「電話を使えないようにしたんです、娘が警察を呼んだりしないように。娘の寝室にも例のコードレスタイプの電話があるんです。でも電源が落ちてれば、使い物になりませんから」

「あの手の電話機は充電式なんだと思ってたわ」とリズは言った。

「電話機自体は充電式だけど、本体まで充電式ってのはめったになくて、たいていはコンセントから電気を取り込んでいるんです。なので、ブレーカーが落ちてると使えません」

「おれはまた、ああいうくそがつくほど近代的な代物は、床にでも落っことさない限り、いつでも使えるもんだと思ってたよ」とフロストはそう言って、セントラルヒーティングのタイマー用の時計の時刻表示を自分の腕時計と見比べた。時刻表示の遅れは、ほんの数分だった。

「ってことは、電気が止まってたのは、そんなに長い時間じゃないいな」

「娘の身柄を確保したあと、ブレーカーを戻したようですね。うちのなかを物色して歩くのに明かりが必要だったんでしょう」

　裏口から引きあげてきたエヴァンズが一同に合流し、悲しそうな顔で首を横に振った。「最近じゃ、もう指紋を残すやつなんかいやしない」

「ああ、昨今の悪党どもは警察に対する思い遣りに欠けてるんだよ」とフロストは言った。以前にこの屋敷を訪ねてきたときの訪問の理由が、まだ思い出せなかった。「とりあえず、娘の寝室をちょいと見学させてもらうかな」

　一同が足を運んだ先は、いかにも十代の女の子の寝室らしい寝室だった。突き当たりの壁は、何枚ものポップコンサートの記念ポスターに占領されている。大判の一枚には《鯨を救おう！》というメッセージが書かれていた。一方の壁面に造りつけた黒梣《クロトネリコ》の棚にはワーフデルの小型スピーカー二基を備えたハイファイ・オーディオ装置一式に十インチの小型カラーテレビ。室内は荒らされていた。抽斗という抽斗が残らず引き出され、床一面に中身を吐き出していた。フロストは鼻孔をひくつかせた。部屋の住人がつけている香水の匂い。十五歳の少女にしては、いささか官能的な香りだった。それは床に落ちているショーツについても同様だった——使用されている布地がきわめて乏しい、いわゆるスキャンティというやつだった。フロストは前屈みになってつまみあげ、リズのほうに差し出してみせた。「こういうセクシーなズロースを穿こうと思ったら、嬢ちゃんの場合、おっぱいの嵩上げが必要になりそうだな。ハンカチが何枚あっても足らないんじゃないか？」

ジョーダンはにやりと笑ったが、リズは冷ややかな沈黙と冷ややかな眼差しで応じた。現代の警察機構にありながら、ここまで不適切な台詞《せりふ》をここまで平然と言い放ってしまうとは。まさに無神経の極み、豚にも劣る厚顔無恥。

フロストは部屋の向こう側めがけて、ショーツを放った。件《くだん》の物体は蝶のように軽やかに宙を舞い、ふわりと絨毯に着地した。「で、ジョーダン、この部屋からは何が盗《と》られたんだい?」

「娘はかなり動揺しているので、まだ確認できる状態ではありません。でも、母親の話では、なくなっているものはなさそうだってことです」ジョーダンは床にぶちまけられた装身具類——飴玉を連ねたようなビーズのネックレスやら手錠のような太い腕輪やら派手なペンダント等々からなる小山を指さした。「こういうのは安物ですからね、くすねていくだけの価値もないってことでしょう」

「でも、あの小型テレビまで置いてくか?」とフロストは言った。「おれなら迷わずいただいちまうけどな」

「押し入った連中は、もっぱら大物狙いだったんです」とジョーダンは言った。「来てください、こっちを見てもらえばわかります」

主寝室の散らかりようは、さしずめ娘の寝室の拡大版といったところだった。こちらも抽斗という抽斗が残らず引っ張り出され、無意味に衣類が散乱していた。徹底的に散らかすという目的で、ただそれだけのために床に放り出されたものと思われた。大型のダブルベッドにも抽斗の中身がぶちまけられていた——下着類と香水の瓶と各種化粧品とが渾然一体となって、何やら雑然とした小塚をこしらえていた。「その抽斗には宝石や装身具なんかもしまっていたんだそうです」とジョーダンは言った。「それが盗られてます。宝石箱ごとごっそりと。被害額にして五万ポンド相当だということです——それにクロゼットに入れてあった毛皮のコートなんかを加えると、金額はもっとずっと膨れあがる、と夫妻は言ってます」ジョーダンは部屋の突き当たり、造りつけのクロゼットのほうを顎で示した。クロゼットは引き戸を開けられ、何も掛かっていないハンガーがずらりと並んでいた。そこに掛かっていたと思われる婦人物のコートやドレスは乱暴にはずされ、クロゼットの床に無惨に折り重なっていた。

床に散乱したあれやこれやのあいだを縫って、フロストはクロゼットに近づいた。「しかし、なんのために、ここに掛かってた服を一枚残らずハンガーからはずしたりしたんだ?」とフロストは言った。「わざわざこんな手間をかけなくたって、毛皮のコートがどこにあるかぐらい、見りゃわかるじゃないか」

「侵入した先を徹底的に荒らすことに歓びを感じる手合いもいますから」とリズ・モードが言った。

返事の代わりに、フロストはひと声、うめき声ともうなり声ともつかないものを発した。考えられないことではなかった。そういう手合いは、確かにいる。嵌めごろしにした一枚ガラスの大きな窓から、庭とその先に拡がる一面の草地が見えた。窓越しに眼を凝らし、その草地のなかを緩やかに蛇行しながら延びるドライヴウェイをたどった。この屋敷に出入りするには、そのドライヴウェイを通るしか道筋はないようだった。草地のずっと先に、かなりの距離を隔てて数軒の家屋が建っているものの、人影はどこにも見当たらない。煙草を探してポケットのなかをまさぐりはじめたとき、階下から雄牛の鳴き声を思わせる、男の野太い声が響いてきた。

「人の寝室をあさるのもたいがいにして、そろそろこっちに降りてきてわれわれの話を聞いたらどうだね——それとも、被害者なんかにもう用はないってか？」

フロストは廊下に出て、階段のてっぺんから階下《した》を見おろした。男がこちらを見あげていた。険悪な形相で、眼に怒りをたぎらせて。この屋敷の主人《あるじ》、ロバート・スタンフィールドと思われた。年齢は五十の坂をいくつか越えたあたり、血色の悪い顔、小作りな口元、きつく引き結ばれた薄い唇。

フロストは眉根を寄せた。この男には会ったことがある——この屋敷を訪ねてきたときに、間違いなく会っている。だが、そのときの状況が……どうしても思い出せないのである。騒々しい足音を立てて、フロストは階段を降りた。リズとジョーダンもそれに同行し、階下に降りた。エヴァンズは今回もまた、被害の状況を写真に収め、指紋を採取する作業のため、あとに残った。記憶はいきなり甦った。フロストはたちまち相好を崩し、やけに愛想のいい笑みを浮かべた。「またお会いしましたね、スタンフィールドさん」

男はフロストの顔に視線を這わせた。男のほうの記憶は、わずかの時間で甦ったようだった。一瞬の間《ま》を置いて、男の口元に冷ややかな薄ら笑いが拡がった。「ああ、あの放火事件のときの——今回はああいうことじゃ困るよ、警部。もっとしっかりしてもらわないと。来たまえ、こっちだ」ロバート・スタンフィールドは首のひと振りで、一同を居間に通した。

戸口のそばの椅子に坐っていたシムズ巡査が慌てて席を立ち、フロスト警部を迎えた。室内は広く、ゆったりとしていて、見るからに居心地のよさそうな居間だった。暖炉はちょうど火を入れたところのようで、薪の爆ぜるぱちぱちという音を立てながら炎があがりはじめていた。庭に面して大きな両開きの窓。部屋の一隅に置かれた専用のキャビネットには大画面テレビが鎮座ましまし、そのしたにはヴィデオの録画装置が収まっている。録画装置の時計は00：00の表示のまま明滅を繰り返していた――電源がいったん切れたまま、まだリセットされていないということだ。

スタンフィールドは、暖炉のそばの肘掛け椅子に身を投げ出すようにして坐り込むと、肘掛けの部分に置いてあったグラスの、ウィスキーと思われる中身をひと息にあおった。

肘掛け椅子と向かいあう恰好で、これまた暖炉の火のすぐそばまで引き寄せられたソファに、彼の妻と娘が坐っていた。ロバート・スタンフィールドの妻、マーガレットは黒髪で、年齢は四十代前半といったところ。赤地に黒をあしらったサテンの部屋着姿には、けばけばしさと紙一重ながら、人目を惹かずにはおかない魅力があった。フロストは自問した――前回この屋敷を訪ねてきたとき、この女にも会っただろうか？　覚えがなかった。フロストの関心はむしろ、娘のキャロルのほうに向けられた。シムズ巡査のトップコートを羽織ったその姿は十五歳という年齢よりずっと大人びて見え、長く伸ばした焦げ茶色の髪を、豊かに波打つまま束ねるでもなく無造作におろしているせいか、野性味といおうか、飼い慣らされることを拒否する姿勢のようなものが感じられた。じっとうつむいたまま顔をあげようとしないのに、父親そっくりの眼を細くすがめて、いかにも胡散くさそうにフロストをじろじろと観察している。その眼つきはフロストに、すべてを失い、追い詰められ、もはや反撃に出るしかなくなった動物を思い起こさせた。

そういう眼をされちまうと、どうも信用できない気がするんだよ、お嬢ちゃんのことは――胸の奥でつぶやきながら、フロストはキャロル・スタンフィールドに微笑みかけた。〝安心しなさい、小父さんはきみの味方だからね〟の笑みに見えることを願って。

「きみたち警察に願うことはひとつ、犯人のくそったれどもを逮捕してもらいたいということだ」とスタンフィールドは言った。「あいつらは家内の宝石と毛皮を盗み、娘に身も凍るような恐怖の一夜を過ごさせ、卑怯にもわたしを脅迫して二万五千ポンドを奪った!」

「なるほど、おたくにとっちゃ、とんだ厄日だったようですね」とフロストは言った。

スタンフィールドは反論を試みた。が、口を開けかけたところで、フロストのあとから入室していたリズ・モードの存在に気づいた。「何者だね、そこの……その女は?」

リズはバッグから身分証明書を取り出し、ロバート・スタンフィールドに差し出した。スタンフィールドは身分証明書を受け取り、いちおう見るだけ見て返却した。小馬鹿にしたような冷笑と共に。「女の部長刑事だと? わたしもずいぶん見くびられたもんだな、その場しのぎの二線級を差し向けられるとはね」

「いや、そんなことはない」とフロストは言った。「おれはその場しのぎの二線級だけど――この人は一線級の部長刑事だからね。おたくの事件は、この一線級の部長刑事が担当しますから」スタンフィールドは勢いよく鼻を鳴らすことで、己の感じたところを雄弁に伝えた。二名の警官は共に椅子を勧めてもらえなかった。フロストは対になった肘掛け椅子の片割れを暖炉のそばまで引っ張ってきて、そこにリズを坐らせ、自分は肘掛けの部分に尻を載せた。「では、部長刑事、こちらの紳士に訊くべきことを訊くように」

リズは手帳を開き、メモを取る用意を整えた。「では、最初から全部、話してください――起こったことや気づいたことを順番に、ひとつ残らず」

「それなら、そこの巡査にもう話した」シムズに向かって顎をしゃくり、彼が〝そこの巡査〟であることを示しながらスタンフィールドは言った。「メモもあるはずだ。わたしの言うことをいちいち書き留めてたんだから」

「あいつの筆跡はわれわれには判読不能でね」とフロストは言った。「なので、もう一度頼みますよ」

「昨夜は、家内とふたりでロンドンまで芝居を見にいった――『オペラ座の怪人』を見てきたんだよ」

「ご夫婦おふたりだけで?」リズが質問を挟んだ。「お嬢さんはご一緒ではなかったんですね?」

「あのな、きみ、娘はわれわれの留守のあいだに、くそ野郎どもに誘拐されたんだぞ。われわれと一緒じゃなかったことぐらい、訊くまでもなくわかりそうなもんじゃないかね」

「お嬢さんがご一緒でなかったということは、もちろん承知しています」リズは歯を食いしばり、苛立ちをこらえて言った。「お訊きしたかったのは、なぜお嬢さんを一緒に連れていらっしゃらなかったのか、ということです」

「わたしが自分でチケットの手配をしたんなら、当然、娘の分も買っていただろう。だが、昨夜のチケットを取ったのは友人夫婦でね。自分たちが行くつもりで昨夜の公演の席を取っていたんだが、あいにく行けなくなってしまったということで、われわれ夫婦に譲ってくれた、そういうことだ。納得いったかね、知りたがり屋のお姐《ダーリン》ちゃん?」

〝お姐《ダーリン》ちゃん〟とは……歯を食いしばるどころか、ぎりぎりと歯軋りしてしまいそうだった。リズ・モードは黙って頷き、話を続けるよう促した。

「うちを出たのが午後四時過ぎ。車でロンドンに出て、芝居を見て、食事をして帰宅した」

「ご自宅に帰り着いた時刻は?」

「午前三時をまわってた。わたしが車を停めてるあいだに、家内は電気毛布のスウィッチを入れておくと言って先に二階にあがり……寝室が荒らされていることに気づいた」

「香水やらお化粧品やらドレスやらが散乱してて、もう足の踏み場もないって感じで」妻のマーガレットが言った。「思わず悲鳴をあげて、夫を呼びました。ロバートは階段を駆けあがってくるなり、キャロルの部屋に飛び込んだんです。娘の無事を確かめるため」

「でも、この子はいなかった、野獣《けだもの》どもにさらわれてしまってた」とスタンフィールドは言った。「真っ先に、警察に電話しなくては、と思った。なのに、電話機が見当たらないんだ。キャロルの部屋にもコードレスの電話機があるはずなんだが。いつもはベッドの枕元の棚に置いてあったんだ」

「あいつらが捨てたのよ、窓から戸外《そと》に放り投げたの」とキャロル・スタンフィールドが言った。前方に視線を据えたまま、抑揚のない一本調子な喋り方で。母親が抱き寄せるように娘の肩に腕をまわした。

「ともかく」ロバート・スタンフィールドは続けた。「キャロルの部屋の電話が見つからなかったもんだから、居間のあの電話を使うことにした」テレビの隣に置かれた電話機を指さした。「で、降りてきてみたら、手紙が立てかけてあったんだよ、写真と一緒に。あの電話機に」

「ええ、手紙も写真も先ほど見せていただきました」とリズは言った。

「だったら、警察に通報するわけにはいかなかった事情も理解できるだろう。あの脅し文句を読めば。選択の余地はなかった。向こうが言ってきたとおりにしたよ。家内とふたり、ここに坐り込んで互いの顔をじっと見つめあったまま、銀行の開店時刻になるのをただひたすら待った。長かった。長かったなんてもんじゃない。夜があんなにくそ長く感じたのは、生まれて初めてだ。で、開店と同時に現金を引き出し、車でクレイ・レーンに向かった。そして指示された場所でスーツケースを放り投げると、急いでうちに戻り、それからまた待った。待つしかなかったから。心配で心配で、気が変になりそうだった。そこにおたくの署からふたりの警官が訪ねてきたというわけだ――そう、うちの娘を連れて」

「要求金額は二万五千ポンドでしたね？　それだけの金額をすぐに引き出せる口座に常時入れてらっしゃるわけですか？」

「ああ、そのとおり。中古車販売の事業を手がけている関係でね。中古車業界は現金取引が基本だから。ほとんどの業者が現金でないと取引には応じないと言ってくる」

リズは続いて娘のほうに顔を向けた。父親が話しているあいだ、キャロル・スタンフィールドはむっつりと押し黙ったまま、ひたすら床を見つめていた。「それじゃ、キャロル、今度はあなたの話を聞かせてほしいの。昨夜のこと、話してもらえる？」

キャロルは、シムズ巡査から借りたトップコートの胸元を掻きあわせ、身体にしっかりと巻きつけるようにした。その仕種でフロストは、トップコートのしたは全裸だということを察知した。娘は囁くような声で喋った。耳をそばだてなくては聞き取れないほど、低く押しころした声で——午前零時過ぎにベッドに入って、ちょうどうとうとしかけたとき、階下で物音が聞こえた。ガラスが割れるような音だった。両親が予定よりも早く帰宅したのかもしれないと思って、枕元のスタンドの明かりをつけた。その直後、スタンドの明かりが消えた。続いて複数の男の声がした。戸外《そと》ではなく家のなかから。暗闇のなか、手探りでコードレス電話をつかみ、緊急通報の番号——九九九を押した。反応なし。電話は繋がっていなかった。階段を登ってくる、ずしっずしっという地響きのような足音が聞こえて——

「ベッドに寝てる場合じゃないって思って、ともかくドアをブロックしなきゃって思って。で、椅子を把手のしたにあてがって、つっかい棒にしようとしたんだけど、いきなりドアが開いて男が飛び込んできて……懐中電灯の光を当てられて、まぶしくて何も見えないし、何がなんだかわからないし、そしたらいきなり……いきなり、ナイフが——」キャロルは小刻みに震えだした。母親は娘の肩をさらにしっかりと抱き寄せた。

「慌てることないよ、お嬢ちゃん」とフロストは言った。

「叫ぼうとしたんだけど、口を開けようとしたら、咽喉のとこにナイフを突きつけられて。ひと言でも声を出したら、声帯を切り裂いてやるって言われて……あとはよく覚えてない。たぶん、気を失っちゃったんだと思うけど」そのときのことを思い出したのか、キャロルはトップコートを羽織った肩をすぼめ、身を縮めるようにした。「それから、なんだか身体が揺れてる感じがして……ヴァンのうしろに乗せられてることに気づいた。眼隠しをされて。スピードはずいぶん出てたみたい。あと、とにかく寒くて。なんだかざらざらした麻袋みたいなものを身体に掛けられてたんだけど、それでももうめちゃくちゃ寒くて。身体を起こそうとしたら、座席に押し戻されて、男の声がした――『おい、気がついたようだぜ』って。それから……あいつらは、あたしの身体に掛けてた麻袋を引き剝がした」

「あいつら？」とリズは訊き返した。

「ふたり乗ってたから、ヴァンのうしろにあたしと一緒に。そいつらは麻袋を引き剝がして、いろんなことを……いろんなことをした」

「くそっ、なんてやつらだ！」スタンフィールドは父親としての怒りを爆発させた。

「いろんなことって？」とリズは尋ねた。

キャロルは首を横に振った。「そのことは話したくない」

「レイプされたってこと？」とリズは重ねて訊いた。

「違う」

「何匹いたんだい、車に乗ってた連中は？」とフロストが言った。

キャロルは顔をあげ、虚ろな眼差しでフロストを見つめた。「四人。あたしと一緒にうしろに乗ってたのがふたりで、あとまえにふたり」

「で、そいつらは全員男だったんだね？」

「男の声しか聞こえなかったから」

「何歳ぐらいだと思った？」

キャロルは肩をすくめた。「そんなの、わかんない——二十七とか八とか……三十超えてたかも」

「声に聞き覚えは？」

「なかった」

フロストが質問を終えるのを、リズは忍耐力を試されている思いで待った。「キャロル、あなたにはお医者さんの診察を受けてもらいたいの」

「それはいや」

「レイプされたんだとしたら、DNAを調べて犯人の特定に役立てることができるんだけど」

「だから言ったじゃない、レイプはされてないって。そのことは……ともかく、そのことはもう喋りたくないの」

「いいわ、わかった」リズはなだめる口調で言った。「それじゃ、話を戻しましょう。それから何があったか、聞かせてもらえる?」

「ヴァンが停まって、あいつらは場所を交替した――それまであたしと一緒にいたふたりがまえに移って、まえに乗ってたやつらがうしろに乗り込んできた。あたし、気を失ったふりをしたんだ。意識とかなければ、何もされないんじゃないかなって思って。実際、そうだったし。まえから移ってきたふたりは、ただ坐って煙草を吸ってただけ。それから、ずいぶん経ってから――ほんとのとこは、わかんないけど、あたしには、ともかくものすごく長い時間が経ったように感じたから――いきなり、誰かがヴァンの横っ腹を叩いて、「現金《かね》は回収した」って怒鳴る声が聞こえた。すぐにヴァンは走りだして、少し走ったところで停まったかと思ったら、いきなり車外《そと》に押し出された。急いで眼隠しをはずしたんだけど、そのときにはもうヴァンはどっかに行っちゃってた。あとは通りかかった車に乗せてもらえなくて……合図したのに停まってもらえなくて……そのうち警察の車が来て乗せてくれた」キャロルはそう言って口をつぐむと、トップコートの襟元をさらにきつく掻きあわせ、繭に引きこもるように背中を丸めた。

「あなたの気持ちもわかるんだけど、やっぱりお医者さんの診察を受けてもらえないかしら?」リズは改めてもうひと押しを試みた。

「いや!」キャロルは悲鳴のような声を張りあげて言った。「あたし、なんともないもん。大丈夫だから、放っておいて」不意に身を揺すり、肩を抱いていた母親の腕を振り払った。「いいから、放っておいて」

「気が動転してるんです」と母親が言った。

「よくぞ言った」スタンフィールドは皮肉のたっぷり混じった怒りの声を張りあげた。「ああ、見てわかりそうなことでも、この連中にはちゃんと説明してやりたまえ。さもなきゃ理解できないようだから」次いでフロストのほうに向きなおった。「さて、警部、わが家の椅子には、もう充分すぎるほど坐ったはずだ。そろそろその重い尻を持ちあげて、犯人のくそ野郎どもの逮捕に向かったらどうだね？」

「でも、あといくつか確認したいことがあるもんで」フロストはそう言うと、キャロルに向かって愛想よく笑いかけた。「ガラスの割れる音を聞いたと言ったね。それで枕元のスタンドの明かりをつけて、警察に電話をしようとしたら、明かりが消えてしまった。電話も不通になって——」

「そりゃ、そうだろう。わが家に侵入した野獣《けだもの》どもが電源を切ったんだから」とスタンフィールドは言った。きわめて物わかりの悪い相手に、物事の道理を説いて聞かせる口調で。

「そう、いかにも。それじゃ、キャロル、きみがガラスの割れる音を聞いた時点から、つまり犯人たちがこの家に押し入った時点から、枕元のスタンドの明かりが消えるまで、どのぐらいの時間があったかかな？」

「よく、わかんない……ほんの何秒かって感じ……かな？」

フロストは頷いた。「そりゃ、またずいぶんと手際のいいことだよ。ブレーカーのある場所をあらかじめ知ってたとしか思えない」

「ブレーカーのある場所ぐらい、天才的な頭脳の持ち主でなくても考えつくさ」スタンフィールドは声を大にして主張した。「電気やガスの計器類ってのは、一般家庭ではだいたい、階段のしたに取りつけてあるものと相場が決まってるんだから」

「確かに」フロストは同意した。「でも、押し入った連中としては、そこで危ない橋を渡るわけにはいかなかったと思うんだ。ごくごく短時間のうちに、それこそあっという間もないうちに、確実に電源を切らないことには、キャロルが警察に通報しちまうかもしれないんだから。この屋敷に出入りする道筋は、ひとつしかない。ここから出ていこうと思ったら、あの野中の細道を延々四マイル通っていくしかない。通報されて、あの細道の出口のとこに網を張られちまったら、それこそ一巻の終わりじゃないか。それにキャロルの寝室にある電話機がコードレスだってこと、そいつもどうしてわかったんだか……」

「この屋敷は四ヶ月まえから売りに出してる」とスタンフィールドが言った。「おかげでこのところ、不動産業者が査定のために出たり入ったりしてるし、購入を検討してる客も訪ねてくる。これがまた、どいつもこいつもど厚かましいのなんの、眼についたとこは片っ端からのぞき込むわ、小汚い手で他人の私物をいじくりまわすわ……そういう行儀の悪い客のふりをして下見をしていった、ということは考えられなくもない」

「そういう事情でしたら、ここを訪ねてきた人たちのリストが必要になりますね」リズは言った。

「だったら、知りたがり屋のお姐《ダーリン》ちゃん、不動産業者に問い合わせることだな。購入を検討してると言って訪ねてくるやつらは、いちいち名刺を置いていったりしない。せいぜい壁紙に薄汚い指の跡を残していくだけでね」

「昨夜の芝居のチケットは、友人夫婦から譲られたものだってことだったけど……」とフロストは言った。「具体的にはいつでした、チケットを譲ると言われたのは？」

「一昨日だ。仕事の都合で急遽、パリに出張しなくてはならなくなったとかで。なぜ、そんなことを？」

「いや、ちょっと気になったもんだから。昨夜、お嬢さんがひとりで留守番してることを、悪党どもはどうして知ってたんだろうって」

「目をつけられていたのかもしれない。密かに屋敷の様子をうかがい、われわれが出かけてしまって娘がひとりになるときを待っていたんじゃなかろうか？　わが家の場合、夜に夫婦だけで出かけるのは珍しいことじゃないから」

フロストは、顔をしかめた。ロバート・スタンフィールドのその説明は、どうも心に響かなかった。次の質問を繰り出そうとしたとき、居間の戸口のところからジョーダンが顔をのぞかせ手招きをした。「邪魔して申し訳ありませんが、警部、緊急事態なんで」

フロストは椅子の肘掛けから腰をあげた。「盗まれた宝石ですが、被害額にしてどのぐらいになりそうですか？」

「まだ計算してみていませんけど……五万ポンドぐらいかしら」とスタンフィールド夫人は言った。

「でも、どうせ保険に入ってるんだろうから――」

「お金の問題じゃありません。だって、お金で思い出が買えますか？　宝石にはそういう価値もあるんです」

「ほう、なるほど、ものは言いようだな」とフロストは言った。

スタンフィールドが飛びあがるような勢いで席を立った。「おい、何が言いたい？」

フロストはそうした際の常套手段、痛くもない肚《はら》を探られて困惑している好人物といった表情を浮かべた。「いやいや、スタンフィールドさん、別に他意はないですよ。ほんとだって。申し訳ないけど、ちょいと失礼して……」

そしてジョーダンのあとについて廊下に出ると、居間のドアを閉めた。「なんなんだ、坊や、緊急事態というのは？」

それは署の司令室から無線で伝えられてきたことだった。八歳の息子の母親という女が署に電話をかけてきたのである——昨日の正午《ひる》過ぎから息子の消息がわからなくなっている、と。息子の外見的な特徴は、死体で発見された少年のそれにきわめてよく合致していた。

フロストは低い声で悪態をついた。「まさか、その気の毒なおっ母《か》さんに、坊やは死んでるかもしれない、なんてほのめかしたりしてないだろうな？」

「大丈夫です、警部、その点は心配ありません」とジョーダンは言った。

「よし、署に戻る」とフロストは言った。「おまえさんの車に乗せてってくれ。ここの後始末はモード部長刑事に任す」居間に引き返すとリズを脇に呼び、声をひそめて事の次第を説明した。「では、おれはこれで」とロバート・スタンフィールドに告げた。「重大事件が発生しちまったもんでね」

スタンフィールドは信じられないといった思いを隠そうともしないで、フロストの顔をまじまじと見つめた。「重大事件？　うちの件よりも重大だと言うのかね？」

「そう、重大なんです」フロストは溜め息をついた。「おたくの件よりも」


ジョーダン巡査は巧みにステアリングを操り、スタンフィールド邸から本道までの四マイル弱の細道に次から次へと現れる紆余やら曲折やらをなんなく擦り抜けていった。その運転ぶりには、技術の点からも慎重さの点からも、リズ・モード部長刑事とは比べものにならない安心感が感じられた。助手席に坐ったフロストは、黙々と煙草をふかしながら、しばしのあいだ考えをめぐらせた。昨夜パトリオット・ストリートで死体で発見された少年が、これから会いにいく女の息子だったことが確認された場合、当の女にそれをどう伝えたものか？　しかもその息子ってのは、まだ八歳だということは……いやはや。考えたところで、妙案は浮かびそうになかった。バートン刑事に無線を入れ、通報してきた女の自宅のまえで落ちあう手筈を調《ととの》えた。こういう場合には、できれば婦人警官に同行を求めたほうが何かと好都合なのだが、デントン警察署の動員可能な人員は目下、ひとり残らずボビー・カービィの捜索に駆り出されている。婦人警官も然り。捜索隊の員数はひとりたりとも減らせなかった。それに、その手の知らせを伝える役目は、これまでにも何度も果たしている。そう、思い出したくもないぐらい何度も。

辛気くさい物思いの泥沼に足を取られていたフロストを、ジョーダン巡査が現実に連れ戻した。「スタンフィールドの娘の誘拐事件ですがね、警部はどう見ます？　首謀者はどういう筋でしょうね？」

フロストは煙草を唇から抜き取り、吸い込んだ煙を鼻孔から細く長く吐き出した。「はっきり言って、坊や、おれは誘拐事件なんてものがあったかどうかも疑わしいと思う」

ジョーダンは眉間に皺を寄せた。「どういう意味です？」

「あのスタンフィールドっておっさんとは、実は浅からぬ因縁があってね。あの狸親爺は中古車の商売をしてるんだが、今を去ること四年まえ、政府の関税消費税庁に目をつけられた。付加価値税《VAT》をちょろまかしてるんじゃないかって疑いをかけられたんだよ。でもって、監査が入ることになったんだが、明日には当局の検査官が乗り込んでくるという日、摩訶不思議にも、はたまた実になんとも好都合にも、やっこさんのオフィスが放火の被害に遭った。売上げの記録やら帳簿の類《たぐい》は丸焼け、まさしく灰燼に帰すってやつさ」

「で、警部はその放火事件はスタンフィールドの自作自演だと睨んでるわけですね？」

「いや、睨んでるんじゃない、ありゃ間違いなく自作自演だよ。おれにはわかるんだ、坊や。だけど証拠がなかった」フロストはそう言うと、助手席側の窓を開け、吸いかけの煙草を車外に投げ捨てた。「まあ、そういう曰く因縁のある相手だからな、おれの言うことなんて独断と偏見の塊みたいなものかもしれないけど、でも昨夜の騒ぎは……ありゃ保険金目当ての狂言だよ。毛皮やら宝石やらをどっかに隠しといて保険金を請求しようって魂胆に決まってる」

「しかし、保険金目当ての狂言だとしたら——」ジョーダンは異を唱える口調で言った。「あの誘拐された娘も一枚嚙んでるってことですか？」

「そりゃ、もう、一枚どころか二枚も三枚もがっちり嚙んでるよ」

ジョーダンはステアリングを切って車をハンガー・レーンに入れた。「このあたりですよ、スタンフィールドの娘を拾った現場は……通りのまん真ん中に突っ立ってたんです、正真正銘の素っ裸で」

「正真正銘の？　おれを羨ましがらせようと思って誇張して喋ってないか？」フロストはそう言うと、ふとあることを思いついた。「停めてくれ！」

ジョーダンは車を路肩のしかるべき場所に寄せながら、緩やかにブレーキを踏み込み、緩やかに停車させた。ジョーダンはそのまま車内に留まり、道路の縁に沿って野放図に繁った草叢《くさむら》を、フロストが掻き分けたりのぞき込んだりするのを運転席から眺めた。次いでフロストは生け垣の隙間を強引に擦り抜け、向こう側に姿を消した。しばらくのあいだ、草叢を掻き分けるときの葉擦れの音が聞こえ……いきなり歓声があがった。そして先ほどの生け垣の隙間からフロストが姿を現し、再び車に乗り込んできた。見ると、何やら灰色の物体を抱えていた。「こいつはなんだと思う、坊や？」

「毛布ですね」とジョーダンは言った。「シングルベッド用のものみたいだ」

「ご名答」

ジョーダンはわけがわからないまま、フロストの膝のうえの物体をただ眺めた。いったい全体、警部は何を言わんとしているのか、ジョーダンにはさっぱり読めなかった。

「いいか」とフロストは言った。「おまえさんが太腿むちむち、おっぱいぷるぷるの芳紀まさに十五歳の娘っ子だったとする。父親に連れてこられて、ここの道端に置き去りにされたとこだとしよう。移動手段《あし》を確保しようと思ったら、通りがかりの車を呼び止めて乗せてもらうしかない。しかも、おまえさんは素っ裸だ。戸外《そと》は凍りつきそうなほど寒いし、白々と明け初める暁の光が、その氷のような指先で乙女の秘所を満天下に開帳しようとしてる。そんなとき、おまえさんだったら、どうする？　毛布にくるまって少しでも寒さを防ごうと思うよな。でもって、車の音が聞こえたら、いきなり毛布を生け垣のうしろに投げ捨てて道路のまん真ん中に飛び出し、盛大におっぱいを振りまわす。車が停まってくれなけりゃ、また毛布をひっかぶって次の車が通りかかるのを待つ」

「ええ、まあ、そういうことも考えられなくはないと思いますが……」ジョーダンは歯切れ悪く言った。

「嗅いでみな」とフロストは言った。

ジョーダンは毛布を恐る恐る鼻先に近づけた。「香水の匂い……かな？」

「あのお嬢ちゃんのぴちぴち、むちむち、ぷるぷるの裸の身体をくるんでたシムズのトップコートの匂いを嗅いで、同じ香水の匂いがする確率は、果たしてどれぐらいだと思う？」

「しかし、誘拐犯の一味があの娘を連れ去るときに、ついでにベッドにあった毛布を持っていってあの娘をくるんでやってたとも考えられます」

「だったら、通りがかりの車を停めるときも、あの罪作りなぴちぴちの身体をその毛布でくるんでたってよさそうなもんじゃないか？」フロストは溜め息をついた。「でも、残念ながら、今はこのささやかな謎にかまけてる場合じゃない。ああいうことは、先に延ばせば気が楽になるってもんでもないからな。早いとこ、おっ母さんに対面して、おたくの坊やは殺されてましたって伝えちまおう」そう言って毛布を後部座席に放り投げると、フロストはまた助手席にもたれかかり、あとは司令室が伝えてきた住所に該当する通りに到着するまで黙って煙草を吸い続けた。

ケントン・ストリートには、もとは古い邸宅だったものを分割して共同住宅に転用した大きな三階建ての建物が何棟か並んでいた。当該の住所、三番地Aの建物のまえでバートン刑事が待っていた。フロストは覚悟を決め、煙草のパックをまさぐってもう一本抜き取った。母親と対面するまえにもうちょっとだけ、急いで一服するあいだだけ時間稼ぎをしたかった。だが、昨夜訪ねたボビー・カービィの母親と同様、署に電話をかけてきた女も警察の到着を出迎えるように玄関の階段のところに出てきていた。通りに警察の車輌が入ってくるところを、家のなかから見ていたのかもしれなかった。フロストは咽喉の奥でひと声うめき、抜き出した煙草をパックに戻した。「やれやれだよ、まったく。母親ってのは、良くない知らせを聞くのが待ちきれないのかね」そして車を降りると、バートンに向かって短く一度頷いた。「行くぞ、坊や。安心しろ、語り手の役目はおれが引き受けるから」

ジョイ・アンダースンは黒髪で、小柄ながら肉付きのいいむっちりとした身体つきをしていた。年齢は三十歳までにはまだ何年か間《ま》がある、といったところ。自分のほうに近づいてくる二名の刑事を、息を呑むようにしてじっと見つめていた。不安を抱えた者が朗報の兆しを探す眼で。「うちの子、見つかったんですか？」

「いや、まだですよ、奥さん」とフロストは言った。「もうちょっと時間をいただかないと。われわれはたった今、あなたから通報があったという連絡を受けたばかりですからね」

フロストとバートンは、ジョイ・アンダースンのあとについて玄関先の階段を登り、通りに面した部屋に入った。どちらかといえば広い部類に入りそうな部屋だったが、実際に面積があるというよりは、がらんとしているせいで広く感じるようだった。必要最小限の家具しか揃っていないうえに、私物と思われるものもほとんど見当たらず、まるでホテルの一室のようだった。ベージュのモケット張りのふたり掛けのソファの横に、大きなスーツケースがふたつ並んでいる。

フロストは窓際に置いてあった椅子に腰をおろした。「息子さんはディーンというそうですね。行方がわからないってことだけど、息子さんの所在がわからなくなったのは？」

ジョイ・アンダースンはフロストと向かいあう位置に置かれた椅子に坐り、質問に答えるあいだずっと、窓のそとに眼を向けていた。そして通りの角を曲がってケントン・ストリートに入ってくる人影が見えるたびに弾かれたように身を乗り出し、それが息子ではないことを見て取ると、また椅子の背に力なくもたれかかることを繰り返した。「昨日の午後から。二時半ぐらいから、わからないんです」

「だけど、警察には今朝になるまで知らせなかった」とバートンは言った。

フロストは彼女に煙草を勧めて自分も一本くわえ、それぞれに火をつけた。「それは……あたしが悪いの」とジョイ・アンダースンは言った。「何もかも、あたしが悪いのよ。あの子は寝てるもんだとばかり思ってたの」彼女は煙草を唇から離すと指に挟み、先端から立ちのぼる煙の行方を追うように天井を見あげた。

　フロストは何も言わなかった。彼女の気のすむまで時間をかけさせた。

「あたし、〈ココナッツ・グローヴ〉ってとこで働いてるんです。デントン・ウッドの森の近くにあるカジノなんだけど」

「ああ、〈ココナッツ・グローヴ〉ね」フロストは頷いた。「知ってますよ、あの店ならよく知ってる」

「そこでブラックジャックのディーラーをやってるんです――毎晩八時から明け方の四時まで。自慢できるような仕事じゃないけど、でも贅沢は言ってらんないから」彼女の煙草の長く伸びた灰が、光沢《つや》が出るまで磨き込んだテーブルの天板にこぼれ落ちた。ジョイ・アンダースンは唇をすぼめてそれを吹き飛ばした。「ディーンは……息子は、あたしが仕事でいないときはひとりでベッドに入って、ひとりで寝てるんです。いつもは帰ってきてからあの子の部屋をのぞいて様子を見るんだけど、今朝は帰ってきたときに……」彼女は言いよどみ、視線を膝に落とした。「今朝は男と一緒だったのよ」ジョイ・アンダースンは顔をあげ、挑むような眼でフロストを睨みつけた。「断っとくけど、あたしは娼婦じゃない――ときどき、そういうことをするだけよ。お金《かね》に困ったときだけ」

「わかるよ」とフロストは言った。〈ココナッ・グローヴ〉の事業主、ハリー・バスキンはジョイ・アンダースンのような若い女を店に大勢抱えている。カジノの客が店に足を運ぶ目的が第一義的にはギャンブルを楽しむことにあり、副次的には性欲を満たすことにあるのだとしたら、どちらの娯楽も提供してしまおうではないか、というのがハリー・バスキンの経営方針なのだ。このアパートメントも、あるいはバスキンが所有しているのかもしれなかった。フロストは黙って頷き、彼女が先を続けるのを待った。

「子どもがいることは知られたくなかった……とたんに萎えちゃうやつがいるのよ、子どもがいるってわかると。〈ココナッ・グローヴ〉に勤めるときだって、ディーンのことは言わなかったし。あたしは男と寝て、そいつは朝の六時ちょっと過ぎには帰っていったんだけど、あたし、死ぬほど疲れてたからそのまま眠り込んじゃったんです。でも、三十分ぐらいしてはっと眼が覚めたわ。ディーンに朝ごはんを食べさせなきゃって。よろよろしながら、あの子の部屋をのぞきにいったら、ベッドが空っぽで、寝た様子もなくて……」ジョイ・アンダースンは、どっしりとした重そうなガラスの灰皿で煙草を揉み消した。「きっと迷子になったのよ、そうに決まってる。あたしたち、ほんの二日まえにデントンに越してきたばかりなんです。だから、あの子、この市《まち》の道なんか全然知らないし」

「息子さんの姿を最後に見たのは？」

「昨日の正午《ひる》過ぎです。ひとりで遊ぶのも、うちにばかりいるのも、もう飽きちゃったって言うもんだから、お金《かね》を渡して映画を見にいかせたんです。出かけていったのが二時半ぐらいだったから」

そうか、映画館を忘れてたよ――フロストは声に出さずにつぶやいた。映画館の売店でもハンバーガーは買える。ディーン少年もきっと売店でハンバーガーを買い、映画を見ながら食べたのだろう。「仕事に出かけるとき、ディーンのことが心配にならなかったんですか――まだ帰ってきてなくても？」

「仕事のまえに髪をセットしてもらわなくちゃならなくて。それに昨日は制服を試着してみることにもなってたし。それで五時ちょっと過ぎにはうちを出ちゃったんです。ディーンには電子レンジの使い方を教えてあるんで、おなかが空けばひとりでなんでも食べられますから」

「出かけたときの服装は？」

「黒いズボンに『ジュラシック・パーク』のTシャツ、そのうえから白地に赤い線の入ったトラック・スーツのジャンパー――あの、まえにファスナーがついてて外側がナイロン地の防水になってるやつ。あと青いスニーカーを履いてたはずだけど」

バートンが詳細を手帳に控えた。フロストはボビー・カービィの写真を取り出し、彼女に見せた。「この少年と息子さんが知り合いだった可能性は？」

ジョイ・アンダースンは窓のそとに向けていた顔を戻し、差し出された写真に眼を向けた。

「さあ、どうかしら。友だちができたとは思えないけど。新しい学校にもまだ通いはじめてないんだもの。でも、どうしてそんなことを？」

「いや、なに、大したことじゃないんです」フロストは嘘をついた。それから先刻のジョイ・

アンダースンにならってガラスの灰皿で煙草を揉み消すと、ひとつ大きく深呼吸をした。ここからが正念場、覚悟を決めるべき時だった。「アンダースン夫人、最近撮影したディーンの写真はありますか？」

「あたし、〝夫人〟じゃありません」彼女は訂正する口調で言った。「結婚してるわけじゃありませんから、ただのアンダースンさんで充分です」ジョイ・アンダースンは椅子の背もたれに掛けてあったハンドバッグに手を伸ばし、なかを探って一枚の写真を引っ張り出した。「それは三ヶ月ぐらいまえに撮ったものだから、今のほうがもうちょっとふっくらしてるかもしれないわ」

フロストは受け取った写真をひとしきり眺めてから、バートンにまわした。バートンは一瞬、わずかに眼を瞠《みは》ったものの、それ以外はまったく表情を変えずに写真をフロストに戻して寄越した。疑いを差し挟む余地はなかった――皆無だった。それは間違いなく、昨夜、パトリオット・ストリートで死体で発見された少年だった。

「アンダースンさん、あなたの年齢は？」フロストは尋ねた。

「二十四です」

現在の年齢が二十四歳――ということは、ディーンを産んだとき、ジョイ・アンダースンは十六歳だったということになる。「ディーンの父親は？」

「今はバーミンガムに住んでるわ。奥さんと一緒に」

「養育費は？」

「いいえ、貰ってません。ディーンはおれの子どもじゃないって。そんなふうに言われちゃうと、あたしのほうも絶対にあの人の子だって言いきれる自信はなかったから」

「親戚とか友だちとか、誰かそばにいて助けてくれるような人はいませんか？」

「いいえ！」ジョイ・アンダースンは勢いよく立ちあがり、うえからフロストを睨みつけた。「あのね、あたしは助けてほしいなんて思ってないの。息子を見つけてほしいの、ただそれだけ」

フロストは立ちあがり、彼女の手を取って言った。「あなたに良くない知らせを伝えなくちゃならない」

彼女は食い入るような眼でフロストの顔を見つめた。「良くないって……どのぐらい？」

「とても良くない知らせです」とフロストは言った。「最悪と言ったほうがいいかもしれない」

ジョイ・アンダースンは首を横に振った。「嘘よ！」

「息子さんはもう帰ってこない」とフロストは言った。「昨夜、死体で発見されたんです。でも身元がわからなくて」

「嘘よ」彼女は低い声でつぶやくように言った。それから、ぶるっと肩を震わせた。眼の縁からあふれ出した涙が頬を伝い落ちた。「そんなの、嘘よ……」

フロストは彼女の肩に腕をまわし、小刻みに震えている身体をしっかりと抱き締めた。「ああ、泣いたっていいよ」とフロストは言った。「泣かなきゃやってけないもんな、泣きたいだけ泣くといい……」

第四章

殺人事件の捜査本部が置かれた部屋の壁には、被害者の少年、ディーン・アンダースンの写真を大きく引き伸ばしたものが貼り出されていた。写真のなかのディーン少年は行方不明になった当日、家を出たときの恰好、鮮やかな黄色の『ジュラシック・パーク』のTシャツに、赤い線の入った白いトラック・スーツのジャンパーという恰好で、笑みを浮かべていた。実は合成写真だった。ディーンが最後に目撃されたときと同じ服装をさせた別の八歳の少年の写真に、ディーン少年の写真の頭部を巧みに嵌め込んだものだった。その合成写真の横には、目下行方不明のボビー・カービィの写真――学校アルバム用の写真をこれまた大きく引き伸ばしたもの――が貼り出されていた。

フロストが部屋に足を踏み入れると、報告すべき案件を抱えた面々がいっせいに寄り集まってきた。フロストは目玉焼きを挟んだサンドウィッチを振りかざして、一同の襲撃を退《しりぞ》けた。

「めしぐらい食わせてくれ」とりあえず空いている椅子を見つけて腰をおろした。「よし、報告すべきことがあるやつ、言っていいぞ。何がどうなってる?」

「行方不明の少年はまだ見つかっていません」とバートンが言った。

「だと思ったよ」フロストはそう言うと、食後のデザートを用意しておくべく、ポケットをまさぐり、煙草のパックを引っ張り出した。「見つかってりゃ、おれのとこにも知らせが来ただろうからな。ほかには？」

「情報提供の電話はかかってきてるんです、こんなにどっさり」ランバート巡査は通報内容を書き留めた用紙の束を差し出した。

フロストはさもいやそうな一瞥をくれた。「そんなもん、このおれがいちいち読むわけないだろが。耳寄りな情報はあったか？」

「耳寄りといえば、どれもこれも耳寄りですよ。ボビー少年を目撃したという通報者、全二十三名のことばを信じるなら。問題はボビー同様、ガイ人形を抱えて歩いてた少年が市内《まちなか》にはうじゃうじゃしてたってことなんです。おかげで、いわゆる有力な目撃情報ってやつが、デントン市内全域から寄せられてきちゃって。目下、一件ずつ追跡調査にまわってるとこです」

フロストはサンドウィッチにかぶりつき、もうひと口分齧り取った。「そうだな、その件は差し当たりそれでかまわない。決定的な情報なり証拠なりが出てくるまでは、ほかに何ができるとも思えないからな。捜索隊のいずれかの班が、無事にぼうずを見つけ出してくれることに一縷の望みを繋ぐしかないだろう。よし、しばらくはもうひとりのぼうずが死体で発見された件に捜査の軸足を置くことにする」フロストはそう言うと席を立ち、歯形のついたサンドウィッチでディーン・アンダースンの写真を指し示した。「すでに諸君の大半が知ってることだと思うが、昨夜死体で発見された少年の身元が判明した。ディーン・アンダースンという八歳になるぼうずだ。保護者は母親のジョイ・アンダースン。いわゆる母子家庭で、母親は〈ココナツ・グローヴ〉でブラックジャックのディーラー兼……そうだな、ほかにいい表現もないんで、ここでは仮に〝ホステス〟とでも言っておく。親子はほんの二日まえに当デントン市に引っ越してきたばかりだ。ディーン少年は知り合いなんてもちろんいないし、市内の地理にも大して詳しくはなかったはずだが、かろうじて映画館の場所は知ってたものと思われる」ジョイ・アンダースンから得られたもろもろの情報を伝達している途中で、電話が鳴った。リズ・モードが受話器を取った。

「捜索隊の第三班からでした」とリズ・モードは報告した。「第二地区の捜索終了。成果なし。引き続き第三地区の捜索に移るそうです。第三地区ということは、デントン・ウッドの森ですね」そう言うと壁に貼り出された地図に近づき、地図上のあちこちに打たれていた色のついたピンのうち一本を引き抜いて、別の場所に打ちなおした。

フロストは以前にも、行方不明になった八歳の少女を捜して、デントン・ウッドの森に捜索隊を派遣したことがあるのを思い出した。背筋を冷たい指で撫でられたような気がした。あのときは雪深い森のなか、それこそ草の根を分けるようにして捜索を敢行したが、結局少女は死体となって発見された。今度もまた同じことが繰り返されないよう、フロストは声に出さずに祈った。すでに子どもがひとり生命《いのち》を落としているのだ。酷い目に遭う子どもは、もうこれ以上出したくなかった。だが、このところ、フロスト警部の祈りが聞き届けられる機会は激減している。ほとんど皆無と言ってもいいほどに。フロストはディーン・アンダースンの写真に向きなおった。「まずは母親の話の裏を取ることだ。容疑者の在庫がきわめて乏しい現状に鑑みるに、ジョイ・アンダースンはわれわれにとって貴重な第一容疑者だからな」

「彼女が息子の殺害に至るには、その動機としてどのようなものが考えられ得るでしょうか?」リズ・モードは尋ねた。

「男を自宅に連れ帰るのに邪魔だったのかもしれない」とフロストは言った。「女の太腿を撫でくりまわしてる最中に、いきなりくそガキに飛び込んでこられて、『アイスキャンディちょうだい』なんて言われてみろ。男にしてみたら、これ以上ないぐらい興醒めだよ」

この無神経の鈍感親爺。あなたって人には思い遣りのかけらもない。リズは胸のうちでフロスト警部を徹底的にこきおろした。

「まあ、はっきり言って、まずありそうにない筋書きだけどな」とフロストは言った。「それでも、いちおうジョイ・アンダースンの話は裏を取っておきたい。ディーン少年はほんとにあのおっ母《か》さんが言った時刻に家を出たのか? だとすれば、家を出るとこを見かけた者はいないか? おっ母さんが〈ココナッ・グローヴ〉に出勤していくとこを見かけた者はいないか? 店には何時ごろ出て、何時ごろ退《ひ》けたのか? ああ、それからジョイ・アンダースンが個人的にもてなした、昨夜の客からも話を聞かないとな」

「そうしたお客は通常、氏名や住所の類《たぐい》の個人を特定できるような情報は残していかないものだと思いますけど」とリズ・モードは指摘した。

「〈ココナッ・グローヴ〉はカジノ・クラブだ。店で遊ぶには会員にならなくちゃならない。それにちょいと世故に長けてるやつなら、ジョイ・アンダースンに支払うものを支払うときも、たぶんクレジットカードを使う。エア・マイルズ（商品の購入に応じて貰えるブリティッシュ・エアウェイズの航空クーポン）のポイント目当てに。そんなこんなを取っかかりにすりゃ、件《くだん》の客の住所と氏名なんてあっさり突き止められちまう。大騒ぎするほどのことじゃないよ」フロストは、メモ用紙代わりの紙切れをめくった。「ええと、映画館に聞き込みにまわったやつがいたはずだな」

ジョーダンが、まわりの者たちを肘で押しのけるようにして、進み出てきた。「自分が行ってきました。映画館の従業員連中に話を聞いたんですが、そう言われてみれば昨日の午後にディーンを見かけたような気もすると言ってます。ただ映画館ってところは正午《ひる》を過ぎると、子どもがけっこう来るそうなんです。午後の授業をサボって学校から脱走してきた連中がしけ込むんですよ。チケット売場の女は、ディーンと思われる少年に入場券を売った記憶があると言ってました。午後三時ぐらいのことだったそうです。売店でハンバーガーを売ってる女にも訊きました。昨日、売店で買い食いした子たちのなかにディーン・アンダースンがいたような気もすると言ってますが……なにぶん、あの年頃の子どもなんてどの子も同じように見えるそうで」

「そりゃ、まあ、無理もないな」フロストはそう言うと、サンドウィッチを最後にもうひと齧りして残ったパンの耳の部分を屑籠に放り込んだ。それからジャケットの前身頃をナプキン代わりにして指先を拭い、煙草に火をつけ、改めて椅子に腰を落ち着けた。「ディーン少年が午後三時ごろに映画館に着き、次の回の映画を最後まで見たとしよう。その場合、映画館を出るのは何時ごろになる？」

「午後四時半から五時といったとこじゃないですか?」

「そろそろ陽の落ちる時刻だな。戸外《そと》は薄暗いし、人通りもめっきり減って街角はさながら墓場か霊安室かって雰囲気だったと思う。八歳の子どもにしてみたら、ぐずぐずしてたい場所じゃない。大急ぎで家に帰ろうと思ったはずだ」フロストは坐っていた椅子ごとぐるりと向きを変え、壁に貼られた大判の地図、デントン市内の詳細な街路地図に眼を遣った。「ぼうずは映画館のあるあたりの地理に詳しいわけじゃないから、急ぐと言っても裏路地を抜けて近道するなんて芸当はできない。地道に大通りを歩いていったはずだ」

「でも、そうなると、死体が発見されたパトリオット・ストリートはおろか、その近くも通らない」とバートンが言った。

フロストは頷いた。「そうなんだ、坊や、まさにおまえさんの言うとおりなんだ。そこで叩き台としてこんな仮説を立ててみた。映画館を出たディーン少年は徒歩で家に向かった。そこに極悪非道な犯人のくそ野郎が車に乗って通りかかる。クラクションを鳴らして、『坊や、おうちまで乗せてってあげようか?』とかなんとか言う。でもってぼうずを車に誘い込み、クロロフォルムを嗅がせたら、あっさり死なれちまったもんだから、焦りまくり、始末に困って死体を捨てた。という線で考えると――」フロストは壁の地図の一点を突っついた。「ここだな。今夜この地点に検問を敷く。通りかかった車を片っ端から停めて訊きまくってくれ――『昨夜、今ぐらいの時間帯にここを通りかかりませんでしたか? 子どもを車に乗せてやってた人物を見かけませんでしたか?』手順は心得てるだろうから、細かい段取りは任せる」

「諒解。それはおれが手配します」バートンは手帳にメモを取りながら言った。

「いや、ちょっと待った！」フロストは声をあげた。思いがけないところに問題点が潜んでいたことに気づいたのだった。「事はそんなに単純じゃなかったよ。だろう？　ぼうずはデントンに引っ越してきたばかりだ。見当違いの方向に歩きだしちまって道に迷ったことも考えられる。ぼうずは困り果て、通りかかった車を呼び止める――『すみません、小父さんは親切そうだからお尋ねします。ケントン・ストリートに行きたいんですけど、道を教えていただけませんか？』『ケントン・ストリート？　そいつはずいぶん遠いよ、坊や。乗りなさい、小父さんが送っていってあげよう。ああ、その瓶の中身はクロロフォルムだから気をつけるんだよ。ナイフもあるからね、油断しちゃ駄目だよ』」

「だったら交通課に言って、ありとあらゆる方面に向かう、ありとあらゆる道路に検問を敷かせます」とバートンは言った。「そうなると、また超過勤務手当がどっさりと発生することになりますね。マレット署長がいい顔しそうにないな」

フロストは片手をひと振りして、バートンの懸念を却下した。「心配するなって。マネキン野郎の痛烈な皮肉と果てしない愚痴は毎度のことだ。おれが一手に引き受けるよ。この際だから、マスコミも巻き込んで情報提供を求めるってのはどうだ？　デントン警察署は目下、昨日の午後……そうだな、だいたい午後二時から七時ぐらいまでのあいだに、市内の〈カーゾン・シネマ〉にいた人たちの協力を求めています、という具合に。通話の内容はすべて極秘事項として扱うことも付け加えたほうがいいな。でないと、学校をサボって映画館にしけ込んでた連中が名乗り出てこない。あとは……ああ、料金受信人払いの電話も受け付ける。親にばれるのがいやで自宅の電話を使いたくないってやつもいるだろうから、それから……」フロストは考え込む顔つきで右頰の傷跡をつまんだ。「何か言い忘れてることがあるかもしれない。そいつも含めて、ともかくやってみてくれ」

「市内のハンバーガー・ショップに対する聞き込みですが、このまま続行しますか？」

「おれはそのほうがいいと思うよ、坊や。今、科研のほうで、ディーン少年の胃袋の内容物を分析して、映画館で売られていたハンバーガーから採取した試料と比較してるはずだが、検査の結果が出て、両者が同じものであると確認されるまでは、ほかの可能性も排除したくない。聞き込みのほうも中止しないほうがいいんじゃないか？」フロストはそう言うと、出かかった欠伸《あくび》を嚙みころした。思い起こせば、空が白みはじめるころになってようやくもぐり込んだ寝床から、今朝は今朝とてまだ夜も明けやらぬうちに這い出る羽目になったのだ、あの狡猾にして腹黒い、マレットという名の眼鏡猿に呼びつけられたせいで。捜査本部に居残っている面々も、その大半は、せめて今夜ぐらいは早じまいをしたほうがよさそうな顔をしていた。殺人事件の捜査が始まって、まだほんの数時間しか経過していないというのに。「よし、二班に分かれろ——まずはこっちの半分、二時間か三時間ほど仮眠を取っていいぞ。それから残りのやつらと交替してやれ。おまえさんたちが、ふやけたゾンビみたいな姿でふらふらしてるようじゃ困る。デントン警察署ってとこは、それじゃなくても役立たずだらけなんだから」顔をあげると、ちょうどマレットが部屋に入ってきたところだった。フロストは表情を変えずに言った。

「おや、まあ、署長。こりゃ、どうも。今ちょうど、署長のことを話題にしてたとこだったんだ」

マレットは笑みを浮かべ、捜査本部に集った面々に頷きかけた。数名の者が、何やら真顔を保つことに苦労している様子なのが解せなかった。さり気なく眼を伏せ、己のズボンのファスナーが開いているわけではないことを確認してから、マレットは言った。「ちょっといいかね、警部。きみの耳に入れておきたいことがある」

「そういうことなら、署長、しばしお待ちを」フロストはそう応えると、捜査班の面々に向きなおった。「最後にあとひとつだけ。ディーン・アンダースンが指を切り落とされてたことは、外部には決して洩らさないように。そのうち、頭のネジが一本足りない奇人変人どもが、わんさか電話をかけてくる。あの子を殺したのはおれだ、と言ってくる。大部分は耳を傾けたとこで時間の無駄にしかならない寝言のオンパレードだと思うが、もし指のことを口にするやつがいたら、そいつは即刻引っ捕らえてほしい」

一同は散会し、それぞれが向かうべき場所に向かった。リズ・モードは捜索隊からの電話を受け、その班もまた担当区域の捜索が不首尾に終わったことを告げられると、壁の地図から黄色いピンを抜き取り、次なる捜索区域に刺しなおした。マレットはフロストの腕を取ってリズ・モードから離れた場所に連れていった。これから話す事柄は、その性質上他聞をはばからねばならないのである。「いくらか進展はあったかね？」

「捜査班の連中は、ひとり残らず、そりゃもう骨身を砕いて削って粉にして奮闘してるけど、今のところ、これといった成果はあがってませんね」フロストはぼやき混じりに言った。

「本件のような事案は、早期解決を図ることこそ肝要だよ、フロスト警部。これまでに発生している超過勤務手当を含めると、今回の捜索にかかる費用は桁外れに高額であると言わざるを得ない。近隣の署から派遣してもらっている応援要員のことだが、彼らはもちろん実際に必要なんだろうね？　きみも承知していることと思うが、あの連中の経費はそれぞれの署が持つわけではない。わが署で引き受けなくちゃならんのだよ」

「いろいろと大変だね、署長も」口先だけの同情を込めて、フロストは言った。「でも、そう、あの連中はひとり残らず必要ですよ。行方不明の少年を無事に保護するには、生きてるうちに保護するには、捜索を急がなくちゃならない。一刻も早く見つけ出してやらなくちゃならない。戸外《そと》はくそがつくほど冷え込んでるんだから。警視《スーパー》も気づいたでしょう、昨夜へべれけの千鳥足でパブから出てきたときに」

マレットの顔が赤らんだ。その件は、マレットにとって、できれば思い出したくない出来事だった。「今日のうちに発見できそうかね？」

「さあ、おれに訊かれてもね。占い師じゃないもんで」

「わが署の予算を、すべて捜索隊の経費やら超過勤務手当やらに注ぎ込んでしまうわけにはいかない。うちの予算規模では、あと八時間分を捻出するのが限界だ。それを超えた分については、わたし自らが州警察本部まで出向き、七重の膝を八重に折って負担をお願いせねばなるまい」

そう、必要とあらば、膝でもどこでも折ればいいのである。なんならちんぽこでも、とフロストは胸の奥でつぶやいた。声に出して言ったのは別のことだった。「捜索にかかる時間は、かかるだけかかるんです。ひとりが力んでみたとこで短縮できるもんじゃない」この状況でマレットに、今夜は交通課にも超過勤務手当を支給する必要が生じそうだということを打ち明けるのは、時宜を得た発言とは呼べないように思われた。フロストはまたまた欠伸を嚙みころした。疲労の大波に頭から呑み込まれてしまいそうな気がした。「で、アレン警部の穴埋め要員は、いつになったら来るんです？」

リズ・モードは、ふたりから離れた場所にいながら、思わず耳をそばだてた。それこそ知りたくてたまらない情報だった。マレットの顔がこちらに向けられたので、リズは慌てて手元に視線を落とし、フォルダーの中身に気を取られているふうを装った。

マレットは声を落として言った。「その件については、ほどなくわたしのところに連絡が来ることになっている。あとは本部の承認待ちなんだよ」捜査本部の部屋を出ていくとき、リズと眼が合うとマレットはかすかに笑みを浮かべてみせた。その笑みに秘められたメッセージを読み取り、リズは満面の笑みで応じた。臨時の異動が発令されれば、職位の階段を登ることになるのは、このリズ・モード部長刑事である。リズにはその確信があった。ふと気がつくと、フロスト警部が傍らに立っていた。リズはフォルダーを閉じた。「なんでしょう、警部？」

「おまえさんが担当してる誘拐事件のことだ。誘拐されたと言ってるあのお嬢ちゃんと、もう一度お喋りしてみるってのはどうだい？」キャロル・スタンフィールドが警察車輛に保護された地点のほど近く、道路脇の野原から毛布が見つかったことを、フロストはリズに伝えた。

「では、警部は何もかもでっちあげだとおっしゃりたいんでしょうか？　キャロル・スタンフィールドは誘拐などされていないし、強盗の被害も捏造だということでしょうか？」

フロストは頷いた。「おっぱい娘をさらった悪党どもがあの家の内情に通じすぎてる。なんでもかんでも知りすぎてる。配電盤の在処どころか、二階の寝室にはコードレス電話しかないってことまで。両親が出かけることも、午前零時を過ぎたぐらいじゃまだ帰ってきやしないことも」

リズは肩をすくめた。「そういうことは、事前に調べる手立てがいくらでもあったと思います」

「要求された身代金は、二万五千ポンド。スタンフィールドの当座預金の口座にいくら入ってたか知ってるか？　銀行に電話して訊いてみたよ。二万五千ポンド、プラス端数だった。犯人が要求してきたのが、ぎりぎり支払える額だったってのも妙な話だと思わないかい？」

「だとしても、なんの証拠にもなりません」リズ・モードは譲らなかった。「だいたい、いくら保険金を詐取するためでも自分の娘をあんな目に遭わせるなんて、父親がそんなこと――」

「するんだよ、これが。ロバート・スタンフィールドという父親なら」とフロストは言った。

「そんなフォルダーなんていじくりまわしてないで、お出かけの仕度をするんだ。ちょいと足を延ばしてスタンフィールド邸に再度お邪魔させてもらおう」

リズ・モードの仕度が調《ととの》うのを待つあいだ、フロストは自分のオフィスをのぞいてみることにした。マレットがまたぞろ屁の突っ張りにもならないことを思いつき、例の〝伝達メモ〟なるものに仕立ててフロスト警部の《未決》のトレイに放り込んでいったかもしれない。玄関ロビーを突っ切ろうとしたとき、ビル・ウェルズ巡査部長に呼び止められた。「あんたに会いたいというご婦人が来てるよ、警部」ウェルズが顎をしゃくった先で、色褪せた茶色のコートに身を包んだ小柄な老女がロビーの隅にある木のベンチから立ちあがった。年齢《とし》のころは七十代半ば。老女は、あまり確かとは言えない足取りでよろよろとフロストのほうに近づいてきた。

「また来てしまいましたよ、フロスト警部」老女は声を張りあげ、申し訳なさそうに話しかけてきた。

「いったい全体、誰なんだ、あの婆さまは?」フロストは声をひそめてウェルズに尋ねた。フロスト警部を名指しで訪ねてきた者がいると言われると、妙にどきりとするのである。ジャック・フロスト警部の脳内の記憶システムは、犯罪者の顔はめったなことでは忘れないようにできていたが、相手が一般市民の場合、どういうわけか、データそのものが保存されない。だが、ウェルズが答えるまえに、老女はフロストのいるところまでの距離を踏破してしまっていた。

「あの、お願いしてある品々のことなんだけど、まだ取り戻していただけてませんの?」

そう言われて、フロストもようやく思い出した。未解決のままの連続窃盗事件——犯人はどうやら、水道会社の作業員を詐称して一般家庭にあがり込んでいるらしい。この老女の場合、確か自身の装身具数点と夫が戦時中に授与された勲章をごっそりと持っていかれたはずだった。

そう、この鶏ガラみたいに萎びた婆さまのご亭主は第二次世界大戦中、イギリス空軍の戦闘機乗りとして、ドイツのイギリス本土侵入作戦を阻むべく勇猛果敢に戦い、もろもろの勲章に加えて空軍殊勲章《DFM》を授けられたのだった。フロストは老女と眼を合わせないようにして、首を横に振った。「あいにくだけど、奥さん、まだなんだ。もちろん、捜査は続けてるけど」気の毒な老女に嘘をついてしまう心理は、当のフロスト自身にも理解できなかった。その事件の捜査はもう何ヶ月もまえに打ち切っていた。フロスト警部の判断で。

　老女は、最後の希望を奪い取られたような顔をした。「わたしの宝石なんか、どうだっていいの。でも、勲章だけは……どうしても諦めきれなくて。だって、亡くなった主人があれほど誇りにしていたんですもの」

「わかりますよ、よくわかる」とフロストは言った。もっとも、空軍殊勲章は追贈されたものだった。老女の夫が乗っていたスピットファイア戦闘機の燃料タンクに、敵の放った曳光弾が命中し、円蓋《キャノピー》が熱で変形して開かなくなったのだ。脱出を阻まれた飛行士は、炎上して熔鉱炉と化した操縦席で断末魔の悲鳴をあげながら、ケント州某所の草原に機体もろとも激突し、慈悲深い死を迎えた。一九四〇年八月の燃えるように暑いある夏の日のことだった。

「盗んだ人が捕まるまで、あとどのぐらいかかるかしら?」

「それはなんとも言えません、奥さん。目下、いくつかの手がかりを追ってるとこだけど」またしても嘘。手がかりの〝て〟の字もつかんでいないのに。「捜査に進展があり次第、すぐに連絡します」――そんなときは永遠に来やしないだろうけど。「申し訳ない、いい知らせをお聞かせできなくて」

「いいんです、最善を尽くしてくださってることはわかってますから」と老女は言った。

彼女の帰り際、フロストは正面玄関のドアのところまで付き添った。そして、バスの高齢者福祉乗車券でも捜しているのか、手提げ袋をまさぐりながら、よたよたと通りを渡っていく後ろ姿を見守った。見られていることに気づいて、老女は途中で振り向き、フロストに向かって手を振って寄越した。

余計に気分が沈み込んだ。フロストは背中を丸め、重い足を引きずりながらオフィスに戻ると、《未決》トレイの書類の山に案の定、忍び込んでいたマレットの差し出がましいだけの〝伝達メモ〟二通を、くしゃくしゃに丸めて屑籠に叩き込んだ。埃だらけの汚らしい窓から眺めるともなく戸外《そと》を眺めた。今のフロストの気分には、雹《ひょう》が降ってくるような荒天こそふさわしかった。あるいは吹雪が舞うとか、せめて切れの悪い小便のような氷雨でも降っていてほしかった。なのに、薄汚れた窓ガラス越しに、なんと薄陽が射し込んできている。天候にまでそっぽを向かれたような気がした。

戸口のところからリズ・モードが顔をのぞかせた。「仕度できました、警部？」

「ああ、できた」フロストは頷いた。「いつでも出られるよ」

ふたりはフロストの車に乗り込み、出発した。道中、助手席に坐ったフロストが身を硬くして縮こまっている横で、リズ・モードは今回もまたモナコ・グランプリに出場中のレーシング・ドライヴァー顔負けの運転を披露した。行く手にジグザグ・コースが待ち受けていようと、かまわずにひたすら突き進んだ。リズがステアリングを切るたびに、車内から見える太陽が、ちょうどタイプライターのキャリッジのように、フロントガラスのうえを右に左に忙しなく動いた。左手前方、遠くの野原に、その区域を割り振られた捜索班の連中と思われる、ひと固まりの人影が見えた気がしたが、瞬きする間にその光景は背後に流れ去っていた。少し先で道は急角度で曲がっていた。その急カーヴをリズはタイアを軋らせて曲がり込み……曲がったとたん、フロストの身体は前方に投げ出された。リズが猛然とブレーキを踏み込んだからだった。

「ちょっと、何よ、馬鹿じゃないの」リズは罵声を張りあげた。通りは縦列に停められた車の列に占領されており、その最後尾の車に危うく激突するところだったのだ。車列の右側、丘の裾野の急斜面にしがみつくように、先ほどとは別の捜索班が散開していた。

「ちょっと待った！」フロストはこわばった指先でぎごちなくシートベルトをはずすと、車外にこっそりと滑り出た。ほんの眼と鼻の先、道の縁に沿って帯のように延びている草地のところで、捜索班の責任者、アーサー・ハンロン部長刑事がしゃがみ込んで、ほどけた靴紐を結びなおしていた。背中をフロストのほうに向け、丸々と太った臀部をさらして。ズボンの尻の部分は今にも縫い目がはち切れそうだった。抗いがたい標的。フロストは慎重に狙いを定めると、寸分と狂わぬ正確さで太くて短い指を標的に突き立てた。「浣腸は好きかい、アーサー？」という勝利の雄叫びと共に。

ハンロンは飛びあがり、短くひと声、憤激の悲鳴を放った。が、相手がジャック・フロストだとわかると、怒りの形相は跡形もなく消え去った。「ジャック、あんたってやつは、まったく……！　おれがしゃがみ込んでると、必ずどこからともなく現れるんだから」

「これは宿命だよ、アーサー。立てた指はどこかに突き出すしかない、突き出した指はどこかに立てるしかない」フロストは眼を細くすがめて丘の斜面を振り仰いだ。捜索班の先頭の数名が急斜面を登りきって丘の頂上を越えていこうとしているところだった。「次の捜索区域は？」

「この丘の向こう側の古い別荘村だよ」ハンロン部長刑事が言っているのは、戦前に建てられた安普請のバンガローが寄り集まっている区画のことで、今では住み手を失った建物の大半は屋根が落ち、朽ちかけた骨組みだけがかろうじて残っている状態だった。当初の計画では住人の立ち退きが完了した段階で、上物を残らず取り壊して更地にすることになっていたのだが、その後市の予算はより有効に活用すべきであると市議会が決定したことにより計画は頓挫し、その後幾星霜を重ねているのだった。「ボビーは無事に見つかると思うかい？　あんたの直感はなんと言ってる？」

「聞かないほうがいいよ、アーサー。志気が下がるだけだから」フロストは最後にもう一度、丘の斜面に眼を遣った。捜索班のしんがりが丘の頂上に這いあがり、向こう側に姿を消そうとしていた。「今日じゅうに見つからなければ、明日からは川と運河を浚《さら》うことになるな」挨拶代わりに小さく頷くと、ハンロンをその場に残してフロストは車に戻った。

　キャロル・スタンフィールドは、今回は服を着ていた。ぴったりとした細身のジーンズに、よりぴったりとした灰色のウールのセーター。髪も肩に軽く垂れかかるようなスタイルにきれいに梳かしつけられていた。キャロルがそばを通り過ぎたとき、フロストの鼻先を、例の毛布で嗅いだのと同じ匂いがかすめた。キャロルの両親は先刻と同様、肘掛け椅子とソファに分かれ、暖炉を挟んで坐り込んでいた。ロバート・スタンフィールドは苛立ちに尖った眼を向けてきた。「どういうことだ、まだ訊きたいことがあるってのは？　話すべきことはみんな話した。こんなとこでぐずぐずしてないで、犯人のくそったれどもを引っ捕らえに向かうべきだろう」

フロストはソファの空きスペースに身を沈め、マフラーを緩めた。居間はむっとするほど暖房が効いていた。「われわれが発見したものを見てもらおうと思ってね」フロストはビニールの手提げ袋から灰色の毛布を引っ張り出して、スタンフィールド夫人に差し出した。「こいつはお宅にあったものですか？」

マーガレット・スタンフィールドは怪訝そうな顔で毛布を検めた。「どうかしら、うちのもののような気もするけれど」

「うちのよ」部屋の隅のほうからキャロルが言った。十五歳の娘は暖炉のまえの大人たちに背を向け、窓のそとに眼を据えていた。「あいつらがベッドから引っ剥がしていったんだから」

「ほう、そいつは今、初めて聞いたよ」とフロストは言った。

キャロルは肩をすくめた。「ヴァンのなかで、あたしの身体をくるむのに使ったの」

「実に感心なやつらだ、思い遣りってもんを心得てる」とフロストは言った。

「めちゃくちゃ寒かったって言ったでしょ？　あたし、裸だったんだし」

「ヴァンのそとはもっともっと寒かった。なのに、犯人どもはその毛布を取りあげて、きみを素っ裸のままおっぽり出して行っちまったわけだ」

「っていうより、ヴァンから降ろされたときに、ずり落ちたって感じかもしれない」

「だとしたら、道路に落ちてるはずだ。ところが、そいつは道端の草っ原で見つかってる」

「だったら、あいつらが逃げてくときに、ヴァンから放り投げていったんじゃない？」

「それならきみにも見えたはずだ」とフロストは言った。

父親がすかさず顔をあげた。「おい、見えていれば、拾って使うぐらいの知恵はうちの娘にもある。道端に素っ裸で突っ立ったまま、凍死しそうになったりなんかしてない」

「でも、見逃したんだとしたら、それもまた解せないんだな」フロストは食い下がった。「あんな草っ原のど真ん中に落ちてたんだから」キャロルの嘘を暴こうとして言ってみた。誘いに乗って向こうが「ど真ん中なんかじゃないわよ、あたしは生け垣の根方に突っ込んでおいたんだから」と洩らしてくれれば、しめたものだった。だが、キャロルが応えるよりも先に、母親が口を挟んできた。「おっしゃるほどには目立つ場所ではなかったんじゃありません？　そちらのお巡りさんだって、今朝は毛布が落ちてることに気づかなかったぐらいですもの」

「いや、そうか、そうだよな。おれとしたことが、そこまでは考えが及ばなかったよ」フロストはこわばった笑みを無理やり浮かべると、ソファから腰をあげ、母親から毛布を受け取ってビニールの手提げ袋に突っ込んだ。「これはしばらくお預かりします。科学捜査研究所という専門機関にまわして調べてみますよ——隅から隅まで徹底的に」

リズ・モードを引き連れて車に戻るまでが、フロストの我慢の限界だった。車に乗り込んだとたん、癇癪玉が破裂した。「くそっ、これだからちんけな悪党ってのは始末に悪いんだよ！　つまらないところで妙に鼻が利きやがる。毛布を取りに戻ったら、なくなってたもんだから、ぴんときたのさ、警察に見つけられたにちがいないって」

「それでも、彼らが本当のことを言っている可能性も皆無ではないと思います」リズはいきなりステアリングを切り、車を急角度でUターンさせた。

「馬鹿言え」フロストは荒っぽい方向転換に顔をしかめた。無駄にタイアを擦り減らしてなんになる？「あの家には強盗なんて入っちゃいない。誘拐事件もなし。だから、手っ取り早くけりをつけちまわないとな。こっちは解決しなくちゃならない本物の事件を山のように抱え込んでるんだ。こんな猿芝居にいつまでも悠長につきあってやってる義理も暇もないんだよ」

草地のはずれにぽつんとたたずむ一軒家のまえを通りかかったとき、リズはまたしてもいきなりブレーキを踏み込んだ。フロストはフロントガラスに額をしたたか打ちつけ、シートベルトを締め忘れていたことを思い出した。「おい、いったい全体なんだって――？」

「すみません」と言いながら、リズはもう車を降りていた。「ここの家に寄らせてください。今朝も訪ねてみたんです。ヴァンを見かけてないか、話を聞かせてもらおうと思って。そのときはノックしても誰も出てこなかったんですが、今通ったら、家のなかに人がいるみたいだったから」

「ああ、素っ裸のティーンエイジャーを乗せたとされる、この世に実在しない幻のヴァンのことか」瘤《こぶ》のできた額をさすりながら、フロストは言った。「わかったよ、ただし手短にすませろ」

そしてリズがその家の庭先の小道を玄関まで歩き、ドアをノックするのを車の窓から見物した。リズのノックに応えて玄関のドアが開き、老人が顔を出した。

「こちら、司令室。フロスト警部、応答願います」

フロストは無線機のマイクを取りあげた。「はいよ、こちら、フロスト」と言うと、あとは相手の言うことに耳を傾けた。いい知らせではなかった。

リズは老人から話を聞きながら、せっせとメモを取っていた。車のクラクションが鳴った。立て続けに何度も忙しない鳴り方で。無視してしまおうとしたが、けたたましい連打はいつまでも続いた。見ると、フロスト警部が血相を変えて手を振り、戻ってこいと叫んでいた。老人に詫びのことばをつぶやくと、リズは駆け足で車に戻った。今度はいったい何が起こったというのか？

運転席に移動したフロストが、助手席側のドアを開けて待っていた。「乗れ！」とひと言叫ぶと、フロストはリズがドアを閉めるのも待たずに車を出した。

「どうしてあそこで呼び戻したりしたんですか？」リズは抗議する口調で言った。「まだ話を聞いてる途中だったのに。あの人、ヴァンを見たそうですよ。この世に実在しない幻のヴァンが、昨夜遅くにスタンフィールド邸のほうに走っていくのを見た、と言ってます。車体の色も覚えてました――薄茶色だったそうです」

タイアが横滑りするのもかまわず、フロストは強引に急カーヴを曲がり込んだ。その過程で、道端の生け垣が数インチほど削り取られた。「司令室から無線が入った。アーサー・ハンロンが率いてる捜索班が、あの古い別荘村を捜索してた班が、死体を発見したそうだ」

リズははっとして身を硬くした。「例の行方不明になってる少年ですか？」

「いや、世の中ってのは、それほどくそ単純にはできてない」フロストは鼻を鳴らした。「少年じゃなくて成人男子の死体だそうだ。たぶん浮浪者の行き倒れだろう。死体ってのは見つかるときは立て続けに見つかりやがる。まったく、降れば必ず土砂降りってことわざのとおりだよ」

デントン・ヒルズの丘陵地帯に入ると、急勾配の坂道が続くようになった。エンジンが苦しげな溜め息を連発し、オイルの焼ける不吉な臭いを漂わせるなか、フロストの車は青息吐息で胸突き坂を這い登り、森のはずれに出た。丘陵地帯でもとりわけ寂れた一帯だった。かつては戦前に建てられたバンガロー群と都市生活者向けの週末の別荘とが混在する地区だったが、下水道設備はおろか電気も通じておらず、居住者の生活環境としては甚だ以て原始的なものだった。やがて、そうした標準的な要件を満たさない住居は人が生活するには適さないと判断されるに至り、今を去ること十数年まえ、デントン市議会は当該地区の居住者の立ち退きを決議し、居住者には新たな住まいが提供された。一帯の土地は市が強制的に収用したのち、しかるべく再利用されることになったのだが、その後の資金繰りが難航、計画は店ざらしのまま、事実上頓挫して久しい。住み手を失った家はたちまち破壊行為の対象となり、次いで雨や風や灼熱の陽射しに無防備にさらされ、そうこうするうちに誰からも顧みられない廃屋群が誕生していたというわけだった。その荒廃ぶりたるや、今や地元の無頼の輩の興味すら惹かないほどで、屋根が落ち、窓ガラスが叩き割られ、ドアが蝶番のところから引き剝がされて、すっかり脆弱になった建物が雨に打たれ、風になぶられながら、じっと身を縮めてうずくまるばかり。そこに廃墟につきものの植生が傍若無人に生い茂り、あたり一帯には湿気と黴《かび》と腐敗の臭いが漂っていた。

アーサー・ハンロンが制服警官一名を従え、ふたりの到着を待ち受けていた。ハンロンも制服警官も、両手をポケットに深々と突っ込み、寒さでかじかんだ爪先にぬくもりを送り込むため、その場でせっせと足踏みをしていた。澄み渡った高空に、太陽が病みあがりのような黄ばんだ顔をのぞかせていた。今夜は凍えるほど寒い夜になりそうだった。

ハンロンが先頭に立ち、その昔は前庭だったと思われる野放図に繁った草葉のなかに踏み入った。葉先に膕を叩かれながら藪を抜け、ほぼアスベストの壁のみと成り果てたバンガローの残骸に行き着いた。外壁のところどころに、剝げ残ったピンクの塗料が色褪せたままへばりついていた。ガラスの抜けた窓から、フロストはなかをのぞいた。床一面にゴミが散乱していた。床板のところどころが黒く焦げているのは、ここに侵入した者が焚き火を試みたものの、湿気が多すぎてうまく燃えなかった跡のようだった。「おれの家もこのぐらいこざっぱりしててくれると助かるんだがな」フロストは低い声でひとりつぶやいた。

草を踏みながらバンガローの横を抜けて裏手にまわった。裏庭もまた旺盛に繁る草叢《くさむら》と化していた。見る限り、近隣の庭も同様の状態だった。雑草の海のあちこちに木造の小屋が今にも崩壊寸前といったしどけない姿でたたずんでいた。いずれも守衛の詰め所程度の大きさの小屋だった。「屋外便所だよ」とハンロンが説明役を買ってでた。「旧式の糞壺に木の便座を渡しただけの代物さ――このあたりには下水管が埋設されてなかったから」

「まさか、あんなかのどれかで死体が見つかったわけじゃないだろうな？」フロストは気遣わしげに尋ねた。

ハンロンは首を横に振り、フロストの懸念を打ち消した。

フロストは安堵の溜め息を洩らした。「そいつはたぶん、このおれが現場に出張ってくるとは知らずに死んだんだな。知ってりゃ、おそらく中身のたっぷり詰まった糞壺に頭から突っ込んで死んでただろうから」

ハンロンはにやりと笑った。そう、確かにジャック・フロスト警部には、聞くだに鼻をつまみたくなるような尾籠な事件にこそ、人並みはずれた親和性を示す傾向がある。「貯蔵庫《バンカー》だよ、ジャック。貯蔵庫で見つかったんだ」

「地下壕《バンカー》だと？　おい、ヒットラーの死体を見つけちまったわけじゃないだろうな？」

「貯蔵庫《バンカー》は貯蔵庫《バンカー》でも石炭貯蔵庫《コール・バンカー》だよ。ほら、あそこだ」ハンロンの指さすほう、腰までの高さの一面の雑草のなかに細い一本道ができていた。そこまでの道筋を往復した足が、薙ぎ倒したり踏みしだいたりした跡だった。その突き当たりに制服警官が警備に立っていて、背後に立入禁止のテープが渡してあるのが、かろうじて見て取れた。さらにその奥の草陰に煉瓦造りの石炭貯蔵庫が見え隠れしている。幅およそ四フィート、高さは三フィートほどありそうだった。その片側に錆の浮いたなまこ板が立てかけてあった。石炭庫が現役のころは、そのなまこ板が蓋の役目を果たしていたものと思われた。有機物が分解されていくときの強烈な悪臭が、一同を出迎えた。

フロストは鼻孔をわななかせた。「なんとまあ、すさまじい臭いだな、アーサー。だから、いつも言ってるじゃないか、靴下はこまめに履き替えないと駄目だって」

ハンロンは忍び笑いを洩らした。「たぶん、浮浪者の行き倒れだよ……ちょうどいいねぐらを見つけたと思ってもぐり込んで、眠りこけてるうちに凍死しちまったんだろう」

フロストはひとつ大きく深呼吸してから、覚悟を決めてなかをのぞいた。「……うわっ、なんだ、こりゃ?」慌ててうしろに跳びのき、冷たく澄んだ空気を胸いっぱいに吸い込んだ。煙草をくわえ、その場に居合わせた者たちにも煙草のパックをまわし、さらに何歩か後ずさった。それでもその臭いから逃れられた気がしなかった。入れ替わりにリズが石炭庫をのぞこうとしていることに気づいて、フロストは片手を突き出し、行く手を遮った。「悪いことは言わない、張り切り嬢ちゃん、これだけはやめといたほうがいい」

リズは腹立たしげにその手を払い除けた。「死体を見るのは、これが初めてってわけじゃありませんから」そう言い放つと、深く吸い込んだ息を止め、貯蔵庫のなかをのぞき込んだ。それは貯蔵庫の底に溜まった、数インチの深さの濁った雨水に浸かり、手足を丸めてうずくまっていた。腐敗の進んだ男の死体。顔面は黒っぽい黴のようなものに覆い尽くされ、眼鼻の判別もつかない。リズはうしろに下がり、止めていた息をゆっくりと吐き出した。そのまま何度か深呼吸を繰り返し、突きあげてくる吐き気を押さえ込んだ。

「大丈夫か？」とフロストは言った。

「ええ、もちろん」リズはぴしゃりと言った。「大丈夫に決まってるじゃないですか」

「そういえば、おまえさんにはまだ、おれが猛暑の盛りに死んだ宿無しの死体を見つけたときの話はしてなかったよな」とフロストはリズに言った。「そのうち詳しく聞かせてやるけど、あれならゲロを吐いても立派に大義名分の立つ代物だったよ。あのときの臭いに比べたら、こんなのはシャネルの五番かってなもんだし――」

「こいつにその話だけはさせないほうがいいよ、リズ」とアーサー・ハンロンが言った。「ことに腹がいっぱいのときには。おれなんか、そのあともう胸が悪くて悪くて、三日も食欲が湧かなかった」

「いや、あんたは勘違いしてる」とフロストは言った。「それは友人と賭けをして痰壺の中身を飲んだ男の話を聞かせたときだ」

ハンロンの顔が蒼ざめた。「そうだった、その話もあったんだった」ハンロンは顔をしかめた。「いいか、リズ、きみの胃袋のためだ、その話もさせちゃいかんよ、絶対に」

診療鞄を手にした背が低くて小太りな人物が、息を切らしながら歩いてくるのが見えた。フロストはその人物に向かって手を振り、声を張りあげた。「こっちだよ、先生《ドク》」

その日の当番医、モルトビー医師は相手がフロスト警部だと気づいて、ほっとしたような笑みを浮かべた。「なんだ、休暇を取ってるんじゃなかったのか？」

「デントン警察署は、おれなしでは立ち行かないと言われたもんでね」フロストは親指を立て、肩越しに石炭貯蔵庫を指して言った。「先生に診てもらいたい患者はそこだ」

モルトビー医師は石炭庫のなかをひとのぞきした。「ふむ、こいつは絶命してる」警察医は宣告した。

「それだけかい、先生《ドク》？　手当と称して警察からしこたまふんだくってるくせに、もっとほかに言うべきことはないのかい？　死亡推定時刻は？」

モルトビーは肩をすくめた。「見当もつかんよ、ジャック。何週間も経ってるだろうから……いや、何ヶ月も経ってると考えるべきだろうな。死体が発見されたときには、そのなまこ板の蓋がかぶさっていたんじゃないかね？」

「いかにも、おっしゃるとおり」とハンロンが言った。

「そこに太陽が照りつければ、石炭庫のなかはオーヴンと化す。しかも底には優に二インチは水が溜まってる。これまた促進要因として働く。そんな条件下に置かれたら、死後数時間で腐敗が始まったとしてもおかしくない」

「死因は？」

「これまた見当もつかんね。おたくらが屋外《そと》に連れ出してくれれば、もう少し詳しく診察してもやれるが、わたしにそのなかに入って診てくれというのは……」

「いいよ、わかったよ」フロストは溜め息混じりに言うと、ハンロンを脇に連れていって言った。「仕方ない、検屍官と科研と現場捜査の連中を呼ぼう。それから搬送の手配も。あとはあんたに任せるよ」

「それじゃ、こいつは他殺ってことか？」

「あんただって見ただろ、アーサー？　石炭庫の底には水が溜まってるし、煉瓦のかけらだって散らばってる。いくら宿無しの浮浪者だって、選りに選ってこんなとこにもぐり込んで寝ようと思うか？」

「それじゃ、わたしはこれで失礼するよ」モルトビーの声がした。見ると、警察医はさっさと歩きだしていた。

「助かったよ、先生《ドク》」とフロストは叫び返した。「先生《ドク》に死んでるって教えてもらわなかったら、今ごろまだあの気の毒なおっさんにアスピリンを呑ませようとしてた」手を振って警察医を見送ると、ハンロンのほうに顔を向けた。「こいつはどう考えてもあんたが担当すべきだよ、アーサー。あんたの班が死体を発見したんだから。その後始末もセットで引き受けてもらわないと」最後にもう一度石炭貯蔵庫に眼を遣り、ぶるっと身を震わせた。「あのおっさんを運び出す役目だけはご免こうむりたい。言っておくが、腕をつかんで引っ張りあげるなんて無精ったらしい真似はするなよ。腕だけもげちまうからな。同じ理由で、ちんぽこだけつかんで持ちあげるのも厳禁とする」

リズは思い切り顔をしかめることで嫌悪の情を示した。人間の死を冗談にしてしまうなど、彼女に言わせればもってのほかの振る舞いだった。

「このままじゃ、いずれ手が足らなくなるぞ、ジャック。戦力を補充してもらわないことには」ハンロンは歩き去ろうとするフロストの背中に向かって声を張りあげた。

「その件については、われらが敬愛すべき署長殿がすでに手を打ってくださってる」とフロストは言った。「われわれには遠からず、警部がもうひとり遣わされることになるそうだ」

フロストと一緒に来た道を引き返し、車に乗り込んだところで、リズはふと恐ろしい可能性に思い当たった。それが間違いであることを願って、フロストに意見を求めてみることにした。

「部長刑事を警部代行に昇進させる件ですが、マレット署長はあのハンロン部長刑事のことを念頭に置いておっしゃったわけじゃないですよね？」

「それはないよ」フロストはもぞもぞと身をよじって、助手席に尻を落ち着けようとしながら言った。「アーサーは愛嬌があって憎めないやつだが、おれと同じく警部の器じゃない。マレットだってそのぐらいのことはわかってるよ」

「そうですか」リズはそう言うと、ひとり密かに笑みを浮かべた。ならば警部代行に昇進するのは、このリズ・モード部長刑事と考えて間違いはないということだった。

ビル・ウェルズ巡査部長は受付デスクについたまま、マグカップの紅茶をひと口飲むと、人目につかぬよう素早く煙草を口に運んで深々と一服吸い込んだ。その午後、初めて得られた、束の間の休息だった。先刻から再三にわたってマレットが玄関ロビーに顔を出しては、署長に面会を求めてきた者はいないかと尋ねるものだから、ウェルズ巡査部長としては気の安まる間《ま》がなかった。しかも肝心の待ち人の名は、頑として明かそうとしないのだ。正面玄関のドアが開き、一陣の風がロビーに吹き込んできた。ウェルズは素早く煙草の先をつまんで火を消すと同時に、紅茶の入ったマグカップを受付デスクのカウンターのしたに滑り込ませた。熟練の為せる早業だった。「どうぞ、そのまま受付に。ご用件は？」

正面玄関から入ってきた男は、スーツケースを提げたままロビーを突っ切り、受付デスクまで足を運んだ。ブロンドの髪にがっしりとした身体つきの男だった。男はビル・ウェルズに向かって短く頷きかけた。

ウェルズは眼のまえにいるのが、なんと見知った相手だということに気づいた。思わず声が大きくなった。「ジム・キャシディじゃないか。デントンくんだりまではるばる遠征してくるなんて、何か特別な用事でも？」

キャシディと呼ばれた男はスーツケースをしたに置くと、口元をかすかに引き攣らせた。笑みを浮かべたつもりかもしれなかったが、それにしても力のこもらない笑みだった。巡査部長の興奮ぶりには遠く及ばない、きわめて冷静な反応だった。「やあ、ビル」

「聞いたよ、酷い目に遭ったな。追い詰めたらやばい野郎を追い詰めて刺されたんだって？」

キャシディは素っ気なく頷くことで、その件は話題にしたくないことを表明した。「今日はマレット署長に会いにきた」

なるほど、マレットが先刻からちょこまかと足繁く玄関ロビーをのぞきにきていたのは、キャシディの到着を待ちわびていたからか。ウェルズはようやく合点がいった。しかし、それは誰にも明かさず極秘にするようなことだろうか？　「で、用向きは？」内線電話の受話器を取りあげ、署長執務室の番号を打ち込みながらウェルズはさり気なく尋ねた。

キャシディは眉根を寄せ、困惑の面持ちになった。今ごろはもう署内ではあまねく知れ渡っているものと思っていたのだが……。「今日からしばらくのあいだ、またここで働くことになった。このたび警部代行を拝命して、このデントン警察署の業務を補佐することになったもんでね」

ウェルズは口をあんぐりと開けた。ジム・キャシディが警部代行？　このビル・ウェルズ巡査部長を差し置いて？　こいつがまだけつの青い見習い巡査だったときから巡査部長の職位にある歴戦の古強者《ふるつわもの》を飛び越えて？　そう、組織内にあっては、その水に馴染む者は、組織の水に馴染むというだけの理由で出世の階段を着々と登っていくのに、それ以外の者は身を粉にして日夜忠勤に励もうとも、毎年クリスマス当日の勤務を押しつけられるという憂き目に……気がつくと、いつの間にかマレットが電話に出ていて、ウェルズの耳元で怒りに任せて吼え立てていた。ウェルズは慌てて言った。「キャシディ部長刑事が来てます。署長にお目にかかりたいということで……わかりました、署長、その旨伝えます」ウェルズは受話器を置いた。「署長は執務室でお待ちだ、ジム。案内してやらなくても迷子になることはないよな、古巣なんだから」

キャシディは短く頷くと、スーツケースを受付デスクに載せてウェルズのほうに押し遣り、一時預かりを所望した。そのまま署長執務室に向かうものと思いきや、廊下との境のスウィング・ドアのところで足を止めた。「巡査部長、この機会にひとつ大事なことを言っておこう。わたしが警部代行を務めているあいだは、それ相応の扱いをしてほしい。わたしに呼びかけるときは〝警部〟か〝警部殿〟を使うこと。〝ジム〟呼ばわりは遠慮願いたい」

無理に無理を重ねて、ウェルズは笑みを浮かべた。腸《はらわた》が煮えくり返るとはまさにこのことだった。ジム・キャシディという男がいかに恩知らずで、いかにいけ好かない野郎か、今の台詞《せりふ》でよくわかるというものだった。昇進したての分際で、しかも警部代行などという中途半端な地位を振りかざして、このウェルズ巡査部長に指図しようというのだから。「ああ、わかったよ。よくわかりましたよ……警部殿。そういえば、このあいだ市内《まち》であんたの奥方を……いや、じゃなくて元奥方を見かけたよ」

キャシディは身をこわばらせた。だが、ここで尻尾を巻いてすごすごと退散するわけにはいかなかった。そう、断じて。今のひと言がどれほど深く胸をえぐったか、この小癪に障る万年巡査部長風情に悟らせるつもりはなかった。「ほう、彼女にね。で、巡査部長、どんな様子だったかね?」

「そりゃ、もちろん元気そうだったよ。ひと皮剝けたって感じだな。新しいだんなも一緒だったし。ご両人とも、もう幸せで幸せでたまらないって顔をしてたよ」

キャシディの背後でスウィング・ドアが閉まった。ウェルズの胸を意地の悪い歓びが満たした。高笑いのひとつも放ってやりたいところだった。「この勝負、こっちの完勝だな」ウェルズは会心の笑みを浮かべると、カウンターのしたにしまっておいたマグカップを手元に引き寄せた。

「いったい全体、今のはなんだったんです、巡査部長?」

ウェルズは声のしたほうを振り返った。コリアー巡査だった。休憩時間に入ったので階上の食堂に行こうとしてロビーを通りかかり、今し方演じられた束の間の人間ドラマをつぶさに目にすることとなったのだった。

普段なら部下のそうした質問は、〝おまえには関係のないことだ〟のひと言で斬り捨ててしまうところだったが、先ほどのささやかな勝利の余韻が心地よく胸を温めていたこともあり、ウェルズはいつになく寛大な気持ちになっていた。で、説明してやることにした。「今そこのドアから出ていったうぬぼれの塊みたいな野郎は、ジム・キャシディといって四年ほどまえまではうちの署の犯罪捜査部の下っ端刑事だったんだ。ああ、おまえがお巡りになるまえのことだよ。上昇志向が服を着て歩いてるようなやつだった。昇進することしか頭にないんだよ。目標めがけてまっしぐらに突き進むんだ。邪魔するやつは撥ね飛ばす。途中で他人を踏みつけにしようが、蹴落とすことになろうが、まるで頓着しない。手柄はすべて独り占め、他人の手柄も自分の手柄。超過勤務も厭わず朝昼晩ぶっ通しで働いて、しかも時間外手当も申請しないもんだから、当然のことながら、マレットの覚えもめでたい。と、まあ、そういうやつだったわけだ。で、ある晩のこと、あいつにはティーンエイジャーの娘がいたんだが、あいつはその娘を映画に連れてってやる約束になってた。娘のほうはどうしても見たい映画だったから、えらく楽しみにしてた。ところが、土壇場になって仕事が入ってきたもんだから、キャシディは娘との約束をあっさり反故にしたんだよ。娘はひとりで出かけた。そして轢き逃げに遭って死んじまったんだ。そりゃ、まいるよ、キャシディみたいなやつでも。かみさんともうまくいかなくなって、結局別れることになったしな。そのうちに、あいつはうちの署の人間をくそみそにこきおろしはじめた。どいつもこいつも警察官として無能だ、三流以下だとか言いやがった。轢き逃げの犯人をいつまでも挙げられずにいたもんだから。でも、そうなっちまったら、もう一緒には働けないだろう？　で、あいつはレクスフォード署に異動になった。その時点でおれたちはあいつを嫌うことをやめた。それは向こうの連中に任せとけばいいから」

「その人が今度、警部代行としてうちの署に戻ってきたってことですか？」

ウェルズは重々しく頷いた。「そう、言ってみりゃ、鳩の群れに猫を放ったようなもんだからな。平穏無事にはすまないだろうよ」ジム・キャシディの物語には実はまだ続きがあるのだが、その部分は胸に納めておくことにした。あのキャシディが古巣に舞い戻ったと知ったら、ジャック・フロストはどんな顔をするだろうか？　ウェルズとしてはその顔を見るのが待ちきれない気分だった。受付デスクのうえの内線電話が鳴った。マレットからだった。コーヒーをふたり分、署長執務室に、との注文だった。

ウェルズは顔をあげた。が、コリアーの姿はすでになかった。「申し訳ありませんが、署長、あいにく手の空いている者がおりませんので——」

「ついでに、ビスケットも見つくろってきてくれたまえ」マレットはそう言うと、一方的に電話を切った。

「入りたまえ、ジム。さあ、遠慮してないで」マレットは熱烈に歓迎している口調で言うと、片手を差し出した。「うちの署にまたきみを迎えることができて、これほど嬉しいことはないよ」

キャシディは握手に応じた。磨き込まれたマホガニーのデスクのまえには、ありがたいことに、座面が見るからに硬そうな椅子が置かれていた。だが、マレットは賓客のために用意してある二脚の肘掛け椅子の片方に坐るよう、身振りで勧めてきたのである。クッションのきいた坐り心地のいい椅子は、今のキャシディには却って迷惑な代物だった。くそっ——キャシディは胸のうちで悪態をついた。椅子に腰をおろす分には、もうほとんど支障はなくなっていたが、座面が柔らかい椅子だと腰が沈んでしまって、立ちあがるときが厄介なのだ。腰を持ちあげようとする行為が痛みの引き金になってしまう。奥歯をしっかりと噛み締めると、キャシディは勧められた椅子にそろそろと腰をおろした。刺された傷跡がいまだに痛むことは、誰にも知られてはならなかった。とりわけ今回のこの暫定的な異動先で、警部代行として完璧に勤めあげることが、警部への昇進の足がかりになるとあっては。キャシディはへの字に結んでいた口元を緩め、感謝の笑みを浮かべた。とたんにみぞおちから痛みのさざ波が拡がった。椅子は思っていたよりも低く、介助も支えもなしに坐ったので、傷口に無理な力がかかったのかもしれなかった。

マレットはデスクを挟んで向かいあう恰好で肘掛け椅子に腰を落ち着けると、キャシディのそれとわかるほどやつれた顔を気遣わしげにのぞき込んだ。「大変な目に遭ったそうだね。刺されたと聞いたが、傷のほうはもう癒えたのかね？」

「完治しました。問題ありません」キャシディは事実をねじ曲げて答えた。痛みを気取らせない術《すべ》は、着実に学習しつつあった。警察医を騙しおおせたのだ。マレットや配下のぼんくらどもの眼をごまかすことなど、わけもないに決まっている。「今から腕が鳴っています、すぐにでも仕事に取りかかりたくて。さっそくですが、署長、アレン警部は異動まえに少年が殺害された事件の捜査を担当していたと聞いています。いつの時点からわたしが引き継げばいいものか、ご指示いただけるでしょうか？」

「正確には、ひとりの少年が死体で発見され、もうひとりの少年が行方不明になっている事件と言うべきだろうな」マレットはそう言うと、そこでいったん口をつぐんだ。ウェルズ巡査部長がコーヒーを運んできたからだった。ウェルズ巡査部長はふてくされた顔をしていた。コーヒーの入ったカップをデスクに置くときも、叩きつけるような粗雑きわまりない置き方をしたうえ、コーヒーが受け皿にこぼれても、知らん顔を決め込んだ。ウェルズが退室するのを待って、マレットは話を再開した。「その事件については、きみにはフロスト警部と共に捜査に当たってもらうことになると思う」

キャシディは弾かれたように素早く顔をあげた。「フロスト警部？　あのジャック・フロストのことですか？」

マレットは、窓のそとにきわめて興味深い観察対象物を発見し、それを熱心に眺めはじめた

——通りを挟んだ向かい側の建物の、なんの変哲もないのっぺりとした壁を。「まあ、なんというか……そういうことだな」

「わたしが聞いているところでは——」

「状況が変わってしまってね」マレットは相手のことばを遮って言った。「当初、きみにはアレン警部が担当していた事件をそっくりそのまま引き継いでもらって、きみ独自で捜査を進めてもらおうと考えていたんだが——」

「そう聞いたからこそ、こちらに戻ってくることを承知したんです」今度はキャシディが相手の発言に口を挟んだ。「デントンはわたしにとって、辛い思い出が多く残る土地だということを、どうか察していただきたいと思います」

「その点は、わたしとしても充分に理解しているつもりだ。だが、それはそれだよ。きみはやはりフロスト警部のしたで捜査に当たってもらうことになる」

「したで？　わたしはこの署では警部代行として遇されるはずです。引き続き部長刑事の仕事をするために、遠路はるばる戻ってきたわけじゃありません」

「しかし、警察長はきみの健康状態をいささか案じておられるようで——」

「健康状態には、なんの問題もありません」

「——おまけに警察長はフロスト警部を非常に高く評価している。そう、こう言ってはなんだが、警部と共に仕事をしなくてはならない立場にある者からすれば、あるいは過剰なまでに高いのではないかと思えるほどに。そういう次第で、きみにはフロスト警部の指揮下で捜査に当たってもらうのが順当だろう、ということになったのだ。本件の捜査には、経験豊かな警察官のリーダーシップが不可欠だというのが警察長のお考えなんだよ」

ままならない身体をどうにか押しあげるようにして、キャシディは椅子から立ちあがった。怒りのあまり、一瞬痛みを忘れていた。「こんなことは申しあげたくありませんが、署長、フロスト警部と共に捜査に当たるというのは、わたしにはできそうにありません。あの男は、わたしの娘が死亡した轢き逃げ事件の捜査を担当しておきながら、ろくすっぽ指揮も執らず、なんの成果も出せなかった。あのときの体たらくを思えば……」

マレットは大きくひとつ溜め息をついた。「きみが当時、フロスト警部の捜査の進め方に納得していなかったことは承知している。それに、フロスト警部が何事につけ、型破りだということは、わたしも――」

「はっ、型破り？」キャシディは激して言った。「型破りなんて、そんな甘っちょろいもんじゃない。あんなだらしなくて、怠慢で、無能で、ルール違反ばかり平気で――」

「そのぐらいにしておきたまえ！」マレットは怒りに任せてデスクに拳を叩きつけた。キャシディの見解に賛同できなかったからではなく――いや、それどころか、マレット自身にあのジャック・フロストを語らせたら、費やすことばはその程度ではすまなかったものと思われるが――ともかくも一介の部長刑事がそうした事柄を口にするのを、黙って許しておくわけにはいかなかったからである。ことに、それがほかの署から来た部長刑事で、この臨時の任用期間が満了すれば本来の所属署に戻って、あれこれ報告する可能性のある人物である場合はなおのこと。マレットとしては、フロスト警部の欠点の数々が各署にあまねく知れ渡るようなことになってほしくなかった。そんなことになろうものなら、フロストをどこぞの疑うことを知らない署に押っつけることは、格段に難しくなってしまうではないか。体裁よく厄介払いできる機会が、激減してしまうではないか。「キャシディ警部代行、きみがフロスト警部のことを個人的にどう思おうと、それはきみの自由だ。しかし、きみの個人的な感情はこの際、脇に置いてもらわねばならない。きみはフロスト警部と共に捜査に当たり、捜査の指揮はフロスト警部が執るものとする。これは警察長の命令と心得るように」

「納得できません、署長」

「きみが納得していない旨、留意する」とマレットは言った。「しかし、ひとつ助言させてもらえるだろうか。どうせなら、この機会を最大限に利用することを考えてみてはどうかね？」マレットの口元に偽善者の笑みが浮かんだ。「きみが結果を出した場合、それはもちろんしかるべく記録に残す。その点は信じてもらいたい。フロスト警部に代わって捜査の指揮を執る人間が必要になる場合も、ないとは限らないだろうし……」ことばに含みを残して肩をすくめることで、キャシディの眼のまえに人参をぶら下げたつもりだった。「それでも、フロスト警部と一緒にやっていくのはどうしても無理だということなら、きみの気持ちは動かしようがないということなら、その場合は州警察本部のほうで新たに、別の部長刑事を選任してもらうことになるだろう。話に飛びついてくる部長刑事は、おそらく、いくらでもいると思う。警部代行は、立場こそ暫定的なものだが、昇進のチャンスに直結する職位だからね」

キャシディには不承不承、腰をおろしてこう答えるしかなかった。「……共に捜査に当たることは、わたしにもできると思います」

「そう、その意気だよ」マレットは晴れやかな笑顔になった。「さて、すぐにでも仕事に取りかかりたいということだったね。きみのことだから、きっとそう言うのではないかと思っていたよ。ここにいるあいだは、アレン警部のオフィスを使うといい。場所は……ああ、教えるまでもないな」マレットは席を立ち、面談は終了したことを示した。「ちょうどよかったよ、きみとこうして忌憚のないところを語りあえて」

キャシディが椅子から立ちあがりかけたときだった。不意に、眼もくらむほど強烈な痛みに襲われた。キャシディはうっと息を呑み、歯を食いしばった。

「大丈夫かね？」マレットが尋ねた。

「道中が長かったので、どうも脚がこわばってしまったようで」キャシディはそう釈明すると、署長執務室のそとに出るまでは何がなんでも足を引きずらずに歩く決意を固めた。

「おお、そうだった――あとひとつだけ」マレットは入念に練習してきた台詞を、さもその場で思いついたことのように口にした。「きみのお嬢さんのことなんだが……」

キャシディはゆっくりと振り返り、署長と向かいあった。「ええ、それが何か？」

「あの件の捜査は終了している――もうすんだことだ」マレットはキャシディの腕に手を置き、〝わかってくれるな？〟の意を込めて、ぎゅっと握った。

「ええ、そうです」キャシディは短く言った。「もうすんだことです」署長執務室のそとの廊下には、人の姿はなかった。アレンのオフィスに向かうあいだ、キャシディは思うさま足を引きずりながら歩く贅沢を自分に許した。

ベニントン銀行デントン支店の支店次長、トーマス・アーノルドは眼鏡の分厚いレンズ越しにフロストを見つめ、落ち着きなく眼を瞬いた。彼の隣には、その日の朝、ロバート・スタンフィールドが二万五千ポンドを引き出したときに対応した出納係の男が控えていた。支店次長は、彼の秘書がフロストとリズにインスタントの粉末で淹れた生ぬるいコーヒーを供し退室するまで待って、出納係の男に頷きかけ、話を続けるよう促した。

「スタンフィールド氏は、わたしどもが午前九時三十分に弊店を開けましたときには、すでにおもてでお待ちになってらっしゃいました」と出納係の男は言った。「店内に入ってこられて、わたしに預金払戻伝票をお渡しになられました。金額が金額でしたので、わたしは思わず眼を丸くして『これは大金ですね』と言ってしまったんです。すると、『いいからおろせ』とおっしゃって。ご承知かと思いますが、わたしどもでもそれだけの大金は通常、窓口には置いておりません。また、その場で紙幣を数えてお渡しするのもためらわれる金額でした。そこで、アーノルド次長のオフィスにご案内して、金庫室のほうで現金の準備が調うまでのあいだ、お待ちいただくことにしたわけです」

「ええ、間違いありません」とトーマス・アーノルドは言った。「コーヒーをいかがですかと申しあげましたが、いらないとおっしゃって」

フロストはコーヒーのカップを、半分以上飲み残したまま押し遣った。「そりゃ、まあ、無理もない」

「スタンフィールド氏ですが、どんな様子でした？」とリズ・モードが尋ねた。

「どんな、とは？」

「つまり、この人が訊いてるのは――」とフロストは言った。「――さっさと金《かね》を払わなければ娘を強姦するぞ、と脅迫されている父親のように見えたか、あるいはいたって普通に振る舞ってたかってことだよ」

「ずいぶんと苛立っておいでになるような印象を受けました――まあ、あの方の場合、普段からそんなご様子ですが」と支店次長は言った。「現金を用意するのに時間がかかったと申しましても、たかだか八分ほどのことです。それさえ待ちきれないと言わんばかりで」

「現金をお持ちすると、お渡しする間もなく、わたしの手元から引ったくっていかれました」と出納係の男も言った。「金額に間違いないことを確認もしないんです。ご持参のブリーフケースにぎゅうぎゅう詰め込んで、そそくさとお帰りになりました」

「それだけの大金を現金で引き出したのに、おたくとしては不思議にも思わなかったんだね？」

「正直に申しあげましょう」とトーマス・アーノルドは言った。「高飛びする気ではないかと思ったんです……つまり、その、国外に逐電してしまうつもりなのだろうと。あの方はまえまえから関税消費税庁と内国歳入庁に目をつけられていて、今にも首根っこを押さえられそうになっていますからね……いや、しかし、これはここだけの話にしてくださいよ。申しあげるまでもないでしょうけど」

フロストとリズは共に頷き、感謝のことばを述べて、銀行をあとにした。

「どう思われました？」車に乗り込むと、リズは得意げに笑みを浮かべた。「ロバート・スタンフィールドは動揺して、苛立っていた――誘拐が本物だったと判断する根拠のようにも聞こえるんですけど」

「そりゃ、もちろん、動揺してるように見えるさ。いくらなんでも《今再び幸せな日々が》《ハッピー・デイズ・アー・ヒア・アゲイン》を口笛で吹いてるわけにはいかんだろうが。百戦錬磨の強者は、あとで警察が防犯ヴィデオを確認することぐらい先刻お見通しなんだよ」

「ならば、わたしが先ほど話を聞いた目撃者は？　ヴァンを見たと言ってましたけど？」

「たとえ、そいつがくそいまいましいヴァンを百台見たと言おうと、二百台見たと言おうと、おれにとっちゃ屁でもない。スタンフィールドのとこの侵入窃盗と誘拐は、おれが最初に睨んだとおり、税金逃れと保険金詐取のために仕組まれた手の込んだ猿芝居だよ。おれにはわかるんだ」

「もうしばらく様子を見るしかないですね」リズは笑みを浮かべた。フロスト警部は間違っている。リズ・モード部長刑事は、そのことをいずれきっちりと証明してみせるべく、決意を新たにした。

フロストはリズの下宿のまえで彼女を降ろした。「おまえさんも少し睡眠を取ったほうがいい。何時間か寝てこい。あとで署で会おう」

それから彼自身も家路に就いた。帰り着くと、手っ取り早く紅茶を淹れ、肘掛け椅子に力なく坐り込んで紅茶を飲んだ。彼は疲れていた。疲労困憊していた。背もたれのクッションに頭を預け、ほんの数秒のつもりで眼をつむった。そして、はっとして眼が覚めた。飲みかけの紅茶は冷めてしまっていた。戸外はせっかちな夕闇に包まれはじめていた。電話が鳴っていた。

「はいよ、こちらフロスト」と寝ぼけ眼《まなこ》で言った。

電話をかけてきたのは、ビル・ウェルズと交替した内勤の巡査部長、ジョニー・ジョンスンだった。「大至急、こっちに来てもらったほうがよさそうなんだ。子どもがまたひとり、行方不明になった」

「わかった、すぐに行く」とフロストは言った。

第五章

眠気の残る眼をこすりながら、フロストは怠惰な足運びで捜査本部の置かれた部屋に入った。

「子どもがまたひとり行方不明になったって？　いったい全体何がどうなってるんだ？」と欠《あく》伸《び》混じりに言った。

「ジュディ・グリースンという十四歳の女の子です」とバートンが言った。

フロストは椅子に崩れ込むように坐った。行方不明になったのが、八歳の少年ではなかったことに、ひとまず安堵の胸を撫でおろした。「詳しく話してくれ」

「母親は仕事を持っていて、仕事先から帰宅したのが午後五時過ぎ。娘の姿はなく、母親が帰宅するまでに、夕食の皿をテーブルに並べておくことになっているのに、それもやっていなかった。なので、ボーイフレンドと遊び歩いているんだろう、ぐらいに思ってたそうです。ところが六時半をまわってもまだ帰ってこないので、心配になってあちこちに電話をかけまくった。で、ジュディがその日は朝から学校に行っていなかったことを知ったようです」

報告を聞き終えると、フロストは考え込む顔つきになった。「……別件だな。ぼうずが行方不明になってる件とは接点がなさそうだもの。おまえさんの話を聞く限りでは、ごく一般的な娘っ子がごく一般的な家出をしたようにしか思えない」

「同感です。でも、いちおう万一の可能性も考慮に入れておくべきだと考えまして。今、モード部長刑事が母親のとこに出向いて事情を聴いてます。間もなく戻ると思いますが」

「ああ、それで充分だよ」とフロストは言った。「ボビー・カービィの捜索のほうはどんな按配だ？」

バートンは状況を説明した。捜索隊の各班とも根気のいる遅々とした作業を地道に進めてきたものの、夕闇が迫りつつあるなか、眼が頼りの捜索活動をそれ以上続けることは難しく、今日のところはそろそろ捜索を打ち切る潮時かもしれなかった。少年が発見されそうな場所はすでにあらかた捜し尽くし、現時点では捜索の範囲を発見の可能性があまり見込めない地域にまで拡大している。

「明日の朝からは〝どぶ浚《さら》い〟も必要になるので、潜水要員の手配をしておきました」

諒承したしるしに、フロストは短く頷いた。「女王陛下の偉大なる臣民に協力を呼びかけた反応は？」

その質問にはランバート巡査が答えた。「新たに三十五件の目撃情報が寄せられてます。うち八件は、当該児童と思われる少年が成人の男に連れられてるのを目撃した、というものです」

「どうせ親子連れだろう？　ぼくちゃんがお迎えにきたパパと一緒におうちに帰っていくところを見ただけだよ。死体で発見されたぼうずのほうは？　あの子があんなことになるまえに、どこぞで姿を見かけたってやつは出てきたかい？」

「それが思わぬとこで苦戦を強いられてて」とバートンは言った。「あのふたりの少年は、似たような服装で出かけてるんです。ジャンパーを着た少年を見かけたという通報はないわけじゃない。でも、それだけでは、なんとも……。通報者が目撃したのはボビー・カービィかもしれないし、ディーン・アンダースンかもしれない」

「あるいは、どちらでもないかもしれない」とフロストは言った。「映画館のほうは？」

「昨日の午後、学校をサボって〈カーゾン・シネマ〉にしけ込んでた悪ガキ三人組が、映画館のなかでディーン・アンダースンと思われる少年を確かに見かけたと言ってます。連れはなかったようですね、座席にぽつんと独りで坐ってた、と言ってるので。ただ特に意識してたわけでも、その子ばかり眺めてたわけでもないので、映画館を出ていくとこなんかは見てないそうです」

リズ・モードが戸口のところから顔だけのぞかせて言った。「行方不明の通報があった女の子の自宅を訪ねてきました。とりあえず、その子の特徴を全パトロールに流しておきましたけど、状況から判断してこれはただの家出かもしれません。彼女の友人にも話を聞いてみましたが、ジュディは両親と反目しあっていたというか、よく親子喧嘩をしてたそうです。ちなみに母親はそのことを否定していますが」

フロストは返事に代えて手を振った。その意味するところは——そうか、どうも、ご苦労さん。今日び家出をする子どもは、珍しくもなんともない。

リズは署内の目下の仮寓先、アレン警部のオフィスに戻ると、手始めに《未決》のトレイを確認するべくデスクのところに直行した。その状況をひと目見た瞬間、血が逆流するほどの苛立ちを覚えた。なんと留守のあいだに無断でオフィスに侵入し、アレン警部のデスクに置いておいた彼女の所持品を残らず、オフィスの隅に置かれた予備の小さなデスクのほうに移動させた者がいたのである。おおかた、ビル・ウェルズの仕業だろうと思われた。あのぼやきと不満の歩く百科事典が、またしてもくだらない嫌がらせを仕掛けてきたに決まっている。憤りをふつふつとたぎらせながら、リズは所持品をひとつ残らずまたアレン警部のデスクに戻した。いったい全体どういう料簡なのか、ウェルズ巡査部長をこってり絞りあげてやるつもりで内線電話の受話器に手を伸ばしかけたとき、いきなりドアが開き、がっしりした身体つきの四十がらみの男が足音も荒く入ってきた。

「ちょっと、そこのあなた、わたしのオフィスに入ってくるときには、ノックぐらいしてもらえない?」リズ・モードはぴしゃりと言った。

無断で入室してきた男は彼女を睨みつけると、野太い声を張りあげて言った。「では、そこのきみ、わたしのデスクを明け渡してもらえないだろうか?」

ジム・キャシディ警部代行は下宿先に立ち寄ってスーツケースを置き、一別以来の市《まち》の変貌ぶりを自分の眼で確かめるため、デントン市内をしばらく車で流してきたところだった。以前に住んでいた家のまえも通った。離婚の際の取り決めで、女房にくれてやった家だった。階下の窓には煌々と明かりが灯り、前庭の芝生はひと筋の刈り残しもなく入念に手入れされていた。

彼が住まっていたころとは雲泥の差だった。当時の彼には、庭仕事をする時間などあったためしがなかった。車を停めて、二階の小さな窓に眼を凝らした。娘が寝室として使っていた部屋だった。生きていれば、あの子は今日で十八歳になったのだ。今日はキャシディの娘の誕生日だった。だが、そんなことはもう誰も思い出しもしないのだ。父親である彼以外には。

花屋のまえを通りかかったとき、花屋はちょうど店を閉めようとしていたところだったが、衝動的に車を停めて小さな花束を買った。あの子は、ベッキーは花が大好きだった。

暗くなりかけていても、その場所はすぐに見つかった。案じたほど時間もかからず、手間取ることもなかった。小さな白い墓石が目印だった。墓碑銘はレベッカ・キャシディ——享年十四歳。癪に障ることに、すでにピンクのカーネーションの大きな花束が手向けられていた。これ見よがしで派手派手しいだけの品のない花束だった。添えられていたカードには——《愛しい娘に、お誕生日おめでとう。ママとジェフより》。ジェフというのは、キャシディの別れた妻の再婚相手だった。あのくそったれの豚野郎——キャシディは憤りに震えた。どこまで厚かましいのか。どこまで恥知らずなのか。他人《ひと》の娘の墓に花束を供えるとは。おれの娘のことなど知りもしないくせに。キャシディはカーネーションの花束を乱暴につかみ、墓石のまえから取り除けた。カードは細かく引き裂いた。そのうえで自分の持参したささやかな贈り物を、墓前にそっと手向けた。享年十四歳。娘はわずか十四歳でこの世を去らなくてはならなかったのだ。洋々たる前途が、希望に満ちた未来が待ち受けていたというのに、どこかの大馬鹿野郎が——おそらくは一杯機嫌で——運転していた車に無惨にも轢き殺されてしまったのだ。しかも、そいつには人間の心がなかった。車を停めて娘の生死を確かめることすらしないで走り去った。そして、事件の捜査を担当したジャック・フロストには人並みの能力がなかった。

キャシディは娘の墓前をあとにした。握ったままのカーネーションの花束は、途中でゴミ箱を見つけて叩き込むつもりだった。野放図に伸び育った草葉の陰からくすんだ墓石がのぞいているのは、長いこと訪れる人のない墓だろうと思われた。そんな墓のまえでキャシディは足を止めた。噂をすれば影が差す。噂をしていたわけでもないが、つまらないやつのことを思い出したりしたからかもしれなかった。こんなときに、こんな場所で、フロストの妻の墓を見つけてしまうとは。墓碑は伸び放題の雑草に半ば埋もれかけ、花瓶の花束は朽ち果てて細長い茎だけが残っている。あの薄情者は女房が埋葬されて以来、一度も墓に詣でてやっていないのではないか。カーネーションの花束を置こうにも場所がなかったので、キャシディは手近なところから雑草を引き抜きはじめた。次の瞬間、うっと息を呑んだ。冷たい夜気は傷にこたえる。みぞおちをえぐるような痛みがぶり返してきた。キャシディは雑草のあいだに花束を押し込むと、急ぎ足で車に引き返し、車内のぬくもりに身を浸した。

マレットは捜査本部の部屋に入ってくると、そのままつかつかとフロストのところに直行した。「子どもがまたひとり行方不明になったと聞いたが？」と声高に言った。それもこれもフロスト警部の落ち度だと言わんばかりの口調だった。

「そうなんですよ、警視《スーパー》。なんとも実に申し訳ない。こういうことが今後二度と起こらないよう、おれとしてもせいぜい気をつけますよ」フロストはそう言うと書類を掻き集め、それを手にさも忙しそうに戸口に向かった。が、敢えなく途中で呼び止められた。

「交通課の者が今夜もまた超過勤務だというようなことを言っているのを小耳に挟んだが、わたしはそのような超過勤務の申請を受理した覚えも、許可した覚えもない。どういうことだね？　説明したまえ」

「おや、ちょうどよかった」とフロストは言った。検問を敷くために交通課に動員をかけたことなど、今の今まですっかり忘れていたにもかかわらず。「実はその件で、これから警視《スーパー》にお目通りを願い出ようと思ってたとこだったんだ」ところが、そのとき、思いがけないところから救いの手が差し伸べられ、フロスト警部はからくも窮地を脱することとなった。憤懣の塊と化したリズ・モードが、猛然と飛び込んできたのだった。彼女に続いて――なんとまあ！　リズを押しのけるように入室してきた人物を見て、フロストは声に出さずに毒づいた。ジム・面倒の種・キャシディ。この難物が、どういうわけで今この場に、そのしけた仏頂面をさらしているのか？

「ああ、そうだった」とマレットは言った。「いい機会と言ってはなんだが、この折に諸君にも紹介しておこう。以前、当デントン署に在勤していたジム・キャシディ君だ。このたび、警部代行として彼にとっては古巣である当署に着任することになった――アレン警部が戻ってくるまでの限られた期間ではあるんだが。それでも、こうして有能なメンバーがチームに加わるというのは、われわれにとって実に心強いことではないかね。諸君としても大いに歓迎するところと思う」

その告知は、沈黙で以て迎えられた。居合わせた一同が揃ってあっけに取られ、声も出ない場合の沈黙だった。しばらくしてリズ・モードがそれを破った。「署長、ちょっとよろしいでしょうか？」その眼を見れば、彼女の胸中で今まさに憤りの炎が盛大に燃えさかっていることが知れるというものだった。マレットは彼女の昇進を約束したも同然のことを言っていた。それを撤回するというのなら、その理由ぐらい教えてもらっても罰は当たらないはずである。

「あとだ、あとにしてくれ」とマレットは言った。「わたしに話があるなら、まず秘書に申し出て面談の予約を入れたまえ。このところ何かと多忙なものでね」そそくさと執務室に引きあげると、マレットはドアの標示灯のスウィッチを入れて《執務中――入室禁止》の赤ランプを点灯させた。確かに、ジム・キャシディには面倒を引き起こしかねない懸念がつきまとう。しかし、だからといって、この署に女の警部を置くというのは、マレットにしてみればあり得ない選択肢だった。それがたとえ一時的な措置であっても。


「お帰り、ジム」とフロストは言った。握手は求めなかった。求めたところで、キャシディが応じるわけがないことはわかっていたから。代わりに紹介の労を取り、居あわせた者たちにジム・キャシディを引きあわせてまわった。デントン署在勤当時のキャシディを知る者も、ひとりふたりはいたものの、いずれも内心の動揺をおもてに表さないことで精一杯のようだった。

「あとは……そうそう、こちらのモード部長刑事には、今さら引きあわすまでもないだろう？」

キャシディは、リズのほうにろくに眼も向けずに素っ気なく頷いた。「オフィスはわたし専用にしてもらいたい。この人には、あなたのオフィスのほうで席を用意するなりしてもらえないだろうか？」

「ああ、それでかまわないよ」フロストは同意した。今この場でキャシディと口論にはなりたくなかった。

「それから、書類の整理やもろもろの雑用を頼みたいので、専属の者をひとりつけてほしいと思ってるんだが」キャシディはそう言うと、バートンを指さした。「彼など適任じゃないだろうか」

「うちの署ではみんな自分でやってる、書類の整理ももろもろの雑用も」とフロストは言った。「頼めるやつがいないんだよ、しち面倒くさい事件をあれこれ抱え込んじまってるもんだから」

キャシディは表情ひとつ変えなかった。「そうか、よくわかった。では、そのあれこれ抱え込んでいるという事件について、それぞれの概要を聞かせてもらおう」

フロストは、少年二名が行方不明になり、一方の少年が死体で発見されたことについて話した。それから信憑性の点で大いに疑問の残る侵入窃盗と誘拐事件が発生したことについて話し、就寝中の幼児に刃物を突き刺してまわる変態が出没していることについて話し、廃屋となった住居の石炭貯蔵庫で死体が発見されたことについて話した。その間、キャシディはひと言も差し挟まず、ひたすら聞き役に徹した。デスクについて坐り、ちまちました几帳面な字体でおびただしい量のメモを取り続けた。そしてフロストが話を終えると、メモを取るのに使っていた万年筆にキャップを嵌め、冷ややかな薄ら笑いを浮かべた。「今、聞かせてもらった限りでは、どの事件においても捜査は実質的にはほとんど進展していないと言っているように聞こえる」

フロストがそれに答えようとしたとき、電話が鳴った。死体保管所に出向いたアーサー・ハンロンからだった。ハンロン部長刑事は目下、石炭貯蔵庫で発見された死体の検視解剖に立ち会っているのだった。「ジャック、あんたにも急いでこっちに来てもらったほうがよさそうだ。おかしなことになってるんだよ、死体が」

「ちんぽこが二本生えてたのか？」とフロストは尋ねた。「だったら、リズを行かせるけど」

「手の指先が切り落とされてるんだ、三本も。検屍官が言うには、死後切断されたものらしい」


死体保管所のまえの駐車スペースには、ドライズデールのロールス・ロイスと霊柩車が駐まっていた。フロストは運転してきた車をバックさせ、その二台のあいだの狭苦しいスペースに尻から強引に滑り込ませた。受付を通り過ぎるとき、奥のこぢんまりとした控え室で台帳に何やらせっせと記入していた死体保管所の係員が顔をあげ、こちらに手を振ってきた。フロスト警部はここでは、頻繁に通ってくる顔馴染みの訪問者として扱われていた。

解剖室のなかは暗闇に沈んでいた――いちばん奥の解剖台を除いて。天井の照明灯が緑色の手術着に身を包んで解剖台に屈み込むドライズデールと、そこから慎ましやかに距離を置いて寄り集まる数名の男たちの姿を照らし出していた。ドライズデールは細心の注意を払って解剖用のメスを振るっているところだった。解剖室のなかには胸が悪くなりそうな臭いが充満していた。ドライズデールのメスが死体の胃袋に至ると、臭いの濃度が一挙に増した。頭上の排気装置はうなりをあげてフル稼働していたが、その効果は焼け石に水といったところだった。ドライズデールのゴム手袋を嵌めた手が切開創に差し入れられ、なかから何かをつまみあげた。

「おたくのニャン子にお土産かい、先生《ドク》？」

ドライズデールの背筋がこわばった。またしても、あの男か。フロストという男の浅薄さは、ドライズデールも充分に承知しているつもりだが、こういう場面でも悪趣味な冗談を披露せずにいられない、あの無神経さにはほとほと閉口させられる。愚にもつかない冗談には、聞こえないふりで報いてやるしかあるまい。ドライズデールは粛々と作業を進めた。

解剖台の周囲の暗闇からフロストが進み出てきて、照明灯の光のなかにいつものだらしのない風体をさらした。「なんとまあ、あいかわらずぐにゃっと寝てるだけじゃないか。ほんと、頑張りのきかないおっさんだな」マッチを擦る音がした。なんと、フロストは煙草を吸おうというのである。

「喫煙は遠慮してもらいたい」ドライズデールは間髪を入れずにぴしゃりと言った。「解剖の邪魔だ。臭いで判断しなくてはならないときに判断が狂う」

「物好きだね、先生《ドク》も」とフロストは言った。マッチを振って火は消したが、煙草はくわえたままだった。「で、先生のお見立ては？」

「現段階での予備的な所見は、すでにおたくの部長刑事に伝えてある」とドライズデールは言った。「同じことを繰り返し説明する趣味は、わたしにはない」

　おたくの部長刑事ことアーサー・ハンロンが、解剖台をまわり込んでフロストの隣にやってきた。その蒼ざめた顔は、吐き気を必死でこらえていることを雄弁に物語っていた。また、その吐き気が検視解剖に立ち会ったことで生じたものだということも。「やっぱり昨日今日死んだわけじゃなかったよ、ジャック。死後少なくとも二ヶ月、というよりもむしろ概《おおむ》ね三ヶ月近く経ってると見ていいそうだ。死因は後頭部に加えられた鈍器による殴打。頭蓋骨骨折が確認されている。発見現場とは別の場所で殺害され、死後ほどなくあの石炭貯蔵庫に遺棄された」

「ひと言付け加えるなら、死亡するおよそ一時間から二時間ほどまえに最後の食事を摂っている」ドライズデールはそう言って何やら見るもおぞましげな物体を標本瓶に入れ、その標本瓶を秘書兼助手の女に手渡して、識別用のラベルを貼るよう指示をした。「分量のある充実した食事だから、おそらく昼食か夕食だったのではないだろうか」ドライズデールは一歩下がって解剖台から離れると、手からゴム手袋を引き剝がしにかかった。「わたしの仕事はこれにて終了だ。では、切開箇所の縫合に取りかかってくれたまえ」

　フロストは煙草に火をつけようとしてマッチを持ったままの手で、解剖助手を務める死体保管所の係員を押しとどめた。「ちょっと待ってもらえないかな」そして、ハンロンのほうに向き直った。「で、アーサー、あんたが言ってた手の指先が切り落とされてるってのは？」

　ハンロンは咽喉を詰まらせたようなくぐもった声を洩らした。腐敗ガスで膨れあがったぶよぶよの肉塊に触れるのは、断じてご免こうむりたかった。「右手だよ、ジャック、そいつの右手を見てくれ」

　フロストは指定された箇所に眼を凝らし、さらに顔を近づけて観察した。解剖台に寝かされた男の右手は、親指と小指は無傷で残っていたが、そのあいだの三本は第一関節から先がなくなっていた。「この三本の指だけど、先生《ドク》、事故ってことは考えられないかな――たとえば、うっかりドアに挟んじまったとか？」

「いや、それはない」毎度のことながら〝先生《ドク》〟と呼ばれた屈辱に耐えながら、ドライズデールは言った。「あり得ないね。その手指の切断は死後、意図的になされたものだ。ナイフ、もしくはナイフ様の鋭利な刃物を関節部にあてがい、そこに小槌なり金槌なりの重量のある鈍器で殴打を加えることで切断している。切断に至るまでに、行為者は複数回の試みを余儀なくされていることがわかる――関節部のすぐしたのところを見てみたまえ。切断に失敗した跡が残っているだろう？」ドライズデールは切断面に平行に引かれた赤黒い線のような割創を指し示した。

　フロストは身体を起こした。「切り落とされた指の先っちょは、見つかってないんだろう？あの石炭貯蔵庫のなかは捜してみたか、アーサー？」

　捜してみていなかった。アーサー・ハンロンは携帯無線機を引っ張り出すと、フロストに指摘されたことを実行するよう指示を出した。

　フロストはもう一度、解剖台の死体に眼を遣った。年齢は四十代半ばといったところ。身長は六フィート少々、体重は超過気味。長くてこしのない髪は、水気を含んで黒っぽい色をしている。「図体はでかいほうだな」思ったことを口に出すと、考え込む面持ちになり、男のぼってりとした顔を眺めた。青紫色の唇、膨張して浮腫《むく》んだような頬、眼は黴《かび》の生えた贅肉《にく》に埋もれて水の溜まった細い切れ込みにしか見えない。頭の奥の警報機が鈍い音を響かせ、眠っている記憶を叩き起こそうとしはじめた。フロストは男の顔をじっと見つめた。ひたすら見つめながら、生前の面立ちを思い描こうとした。「おれはこいつを知ってる気がする。どこかで顔を合わせてる気がする。何か身元がわかるようなものは身に着けてなかったか？」

「いや、それが何も。発見されたときには、自動車の修理工が着るみたいな上下が繋がった作業服にジャンパーを羽織ってたんだけど、どのポケットもなかは空っぽでね。着ていたものはいちおう科研にまわして、ひととおりの検査をしてもらおうと思ってるけど」

然《しか》らば、エヴァンズの出番だった。エヴァンズは死体からできるだけ離れたところに控えていたが、フロストの手招きに不承不承応じた。「気の毒だが、坊や、このおっさんに触ってもらわなくちゃならなくなった。残ってる指の指紋を採って照合にかけてくれ。おっさんに前科《まえ》がありゃ、一発で身元が割れる」フロストはそう言うと吸っていた煙草の先をつまんで火を消した。煙草の煙は死体の味がした。「出よう、アーサー、長居は無用だ」

ふたりが解剖台を離れると、入れ替わりに死体保管所の係員が進み出て、何やら調子はずれの口笛を低く吹きながら、解剖後の縫合に取りかかった。腹部の切開箇所を縫うときは、エヴァンズの入念な指紋採取の邪魔にならないよう、解剖台の反対側にまわり込んで作業を進めた。

戸外《そと》の空気は澄んでいて、秋の夜の清々しい匂いがした。だが、いかんせん寒かった。身を切るように寒かった。しかも行方不明の少年は、いまだ発見されていないのだ。「あのおっさんには悪いけど、この件に全力投球してる場合じゃないな、アーサー」とフロストは言った。そこにドライズデールが秘書兼助手を従えて通りかかった。忠実な助手は、彼女が持ち歩くにはどう見ても重すぎる金属製の標本ケースを提げ、その重みに足を取られながら、それでも上司に遅れまいと懸命に足を運んでいた。ドライズデールはふたりの刑事に素っ気なく頷いてみせただけで、あとは脇目もふらず、ロールス・ロイスに向かって大股で突き進んでいった。「おっさんは死んでからもう何週間も経っちまってる」検屍官を見送ると、フロストは話を続けた。「あともう何日か、あのまま放っておいたって、今さら何がどうなるわけじゃない。とりあえず、捜査本部ぐらいは立ちあげないわけにはいかないだろうし、あのマレットの馬鹿たれがしゃしゃり出てきて、あの不恰好な鼻を突っ込んでこないとも限らないから、いちおう捜査にいそしんでるふりぐらいはしてもいい。だが、当面はボビー・カービィの捜索を最優先にする。ボビー少年を発見し、保護することに全力投球してもらう。それと、もうひとりのぼうずを殺しやがった犯人のくそ野郎を挙げることに」フロストはぶるっと身を震わせた。今夜の寒さは骨の髄まで染みとおってくるようだった。「くそっ、やけに冷え込んできやがった。行方不明のちびすけが、戸外《そと》をうろうろしてないことを願うよ」

捜査本部に戻ると、ここでもまた意気を阻喪させられそうな冴えない報告が待ち受けていた。追跡調査が可能だった数少ない目撃情報は、いずれも空振りだったことが判明したのである。

「ディーン・アンダースンの母親の線は？　ブラックジャックのディーラーをやってると言ってただろう？　あのおっ母《か》さんの話の裏は取れたのか？」

「今日の午後、ハリー・バスキンのとこに話を聞きにいってきた――」バートンが報告を始めたとたん、隅のデスクから声があがった。

「ハリー・バスキン？」キャシディだった。それまでひと言も挟まずに、デスクについたまま黙々とメモを取っていたのだった。「いまだにあの〈ココナッツ・グローヴ〉とかいう店で怪しげな商売を営んでるのか？」

バートンは頷いた。「ジョイ・アンダースンは、昨夜は午後八時からクラブの仕事に就き、途中に食事のための休憩時間を挟んで午前四時近くまで勤務。その後、クラブに来店していた客のひとりを伴って帰宅した、とバスキンは言ってます」

「ディーン坊やは午後八時には死亡してた」とフロストは言った。「時間的には、我が子を手にかけてから出勤することもできたはずだ。ジョイ・アンダースンの客ってやつに会って話を聞かないとな。彼女の住まいでもてなしを受けたときに、なんか妙だなと思ったことはなかったか。たとえば、クロロフォルムの臭いがしたとか、パン切り台に切断された指の先っちょが載ってたとか」

「その客ですが、バスキンは氏名を明かすことを拒否しました。〈ココナッツ・グローヴ〉は何よりも顧客のプライヴァシーを重んじ、その保護については最大限の配慮を旨としている、などとうそぶいてまして」

フロストは席を立ち、マフラーをつかんだ。「こいつは殺人事件の捜査だからな。顧客の名前は何がなんでも教えられないってことなら、公序良俗に反するいかがわしい娯楽を斡旋し、その上前を撥ね、世を横ざまに渡ってきた容疑で、しょっぴいてやるまでさ」

「待ってくれ」キャシディは声を張りあげ、フロストにならって席を立った。「わたしも同行する」

「ああ、かまわんよ」フロストは頷いた。「あんたが来てくれれば何かと助かるだろうしな」だが、事の成り行きを歓ぶ気持ちにはなれなかった。この訪問によって古傷がまたぱっくりと口を開きかねないことが危惧された。キャシディの娘は〈ココナッツ・グローヴ〉の店のまんまえで轢き逃げに遭い、生命《いのち》を落としている。

ふたりはキャシディの車に乗り込み、〈ココナッツ・グローヴ〉に向かった。キャシディはフロストの同乗を致し方なく認めているに過ぎないことを、無言のうちにはっきりと態度で示したものだから、目的地までは沈黙が支配する重苦しいドライヴとあいなった。〈ココナッツ・グローヴ〉は盛況を呈しており、駐車場は四分の三ほど埋まっていた。玄関ロビーに詰めていた用心棒の決まり文句、「あいにくだけど、おふたりさん、当店は会員制のクラブでね」を振り切り、ふたりの帽子とコートを預かろうと脚線美を見せびらかしながら進み出てきたブロンドの女も無視して、フロストとキャシディはハリー・バスキンのオフィスに直行した。オフィスのドアには《私室・入室ご遠慮ください》と記されていた。ふたりはなかに入った。ノックをする手間は省いた。

ハリー・バスキンはそろそろ四十に手が届こうかという年恰好の、黒っぽい髪に浅黒い肌をした男で、デスクから顔をあげると、不機嫌そうに眉間に皺を寄せ、剣呑な眼つきになった。「おまえら、字が読めないのか？」一喝してしまってから来訪者の正体に気づいたようだった。バスキンはひとつ大きく溜め息を洩らした。「いったい全体、なんの用だ？」

フロストは手近なところにあった椅子を引っ張ってきて腰をおろすと、親指で連れを指さした。「ジム・キャシディだ。覚えてるだろ？」

バスキンは虚を衝かれたように見受けられたが、次の瞬間にはもういつもの鉄面皮の落ち着きを取り戻していた。「ああ、ジム・キャシディ！　風の便りに聞いたよ、古巣のデントンに舞い戻ってきたって？」それからおもむろに手をひと振りして、キャシディにも椅子を勧めた。「まあ、まあ、掛けてくれ」

だが、キャシディはいつの間にやらバスキンの背後の窓のところに移動していた。クラブのまえを通る道路が見渡せる窓のところに。デントン市内に入る手前でカーヴに差しかかるまで、道路はただひたすら一直線に延びている。そこをかなりのスピードで次々と通過していく車を、キャシディはじっと見つめていた。そうして窓のそとに眼を凝らしたまま、自分自身に言い聞かせるような口調で低くつぶやいていた。「あそこか、現場は」

バスキンは物問いたげな眼でフロストを見遣ったが、その無表情な顔からはなんの返答も読み取れなかった。「それは昔々の話じゃないか、キャシディのだんな」とバスキンは言った。「あのとき運転してたのは、おたくのクラブから帰ろうとしてた酔っ払いの人でなしだった。

違うか、ハリー？」

「そういうことは、あのときにはっきりさせたはずだ。さんざっぱら事情を聴かれて、喋れることは洗いざらい喋った。運転してた野郎は車を停めなかった。だから、こっちとしても知りようがなかったんだよ、運転してたのがどこのどいつだったのか」バスキンは椅子をまわしてフロストのほうに向きなおった。「こんな話をするために来たのか――昔々も大昔の、もう苔《こけ》が生えちまってるような話を蒸し返すために？」

「ジョイ・アンダースンのことで話を聞きにきたんだよ」とフロストは言った。

「ああ、あの新入り。ガキがいるってわかってりゃ、端から雇いやしなかったんだが」

「そのガキはもういない」とフロストは言った。「死んじまったんだよ、ハリー」

ハリー・バスキンは手のひらをうえに向けて、肩をすくめた。純金製の特大のカフスリンクが手鎖のような音を立てた。「知ってるよ、おれの耳にもちゃんと入ってる」バスキンは不運を嘆く口調で言った。「まったく、うちにしてみりゃ、いい面《つら》の皮だぜ。とんだ宣伝効果だよ。だろ？　ブラックジャックをやりにきて、ガキを殺された姐ちゃんに手札を配られてみな。勝負する気なんていっぺんで失せちまうだろうが。おれだって血も涙もないわけじゃない。人並みの情ってもんはあるつもりだ。けどな、フロストのだんな、あの女は疫病神だ。辞めてもらうしかない」

「いや、ハリー、人並みの情があるやつはそういう理屈はこねくりまわさない」フロストはぴしゃりと言った。「あの子は、あんな若い身空で、背負《しょ》いきれないぐらい重たいもんを背負《しょ》っちまったんだ。そんな可哀想な相手から仕事まで取りあげる気か？」

「わかった、わかったよ」とバスキンは言った。話のわかる男と思われたいのかもしれなかった。「二日《ふつか》三日《みっか》のことなら仕事を休んでも大目に見てやる。なんなら、そのあいだの給料も出してやらないでもない。だがな、仕事に復帰する以上はしけた面《つら》は厳禁だからな。クラブってのは客をもてなして、愉しませてやらなくちゃならないとこなんだから」

「そりゃ、そうさ。でなきゃ、搾れるもんも搾れないもの。だからこそ、昨夜、ジョイ・アンダースンも、とあるギャンブル好きのおっさんをもてなして愉しませてやったわけだろう？おれたちとしては、そのおっさんの名前が知りたい」

「それについては、おたくの署の刑事だという兄さんにちゃんと説明したはずだ。当クラブの利用客にも当然のことながら、プライヴァシーってもんがあるんだよ。そのお尋ねの紳士が、店が退《ひ》けたあとのジョイ・アンダースンとどういう話し合いを持ち、どういう合意事項に達したか、そいつは百パーセントその紳士のプライヴァシーに属することだと言っておこう」

フロストはいたって愛想のいい笑みを浮かべた。「血のめぐりの悪いおつむでも理解できるよう、もっとわかりやすい言い方をさせてくれ。要するに、ハリー、こういうことだろう？客はあんたのクラブに賭け事と賭け事では得られないもうひとつの刺激を求めてやってくる。あんたは歓んでその両者を提供する、客の払いが滞らない限りは。あんたのクラブで働いてる女の子たちは大半が、店外でそのもうひとつの刺激を提供してる。そのことはいわば公然の秘密というやつだ。でもって、あんたはそんな姫君たちが店外の副業で稼いだ上《あ》がりの、少なくても半分を上納金としてせしめてる。客が姫君への支払いにクレジットカードを使った場合は、おそらく半分どころじゃなく、もっとがっぽりとピン撥ねしてる。おまけに従業員の女の子たちにアパートメントを提供し、その家賃と称して眼の球が飛び出るほどの金額をむしり取ってもいる。そこで、そんなあんたにひとつ提案があるんだ。ハリー・バスキン氏を本年度の最も阿漕な売春斡旋業者に与えられる栄えある極悪ポン引き大賞に推挙し、併せて公序良俗に反するいかがわしい娯楽を斡旋し、その上前を撥ね、世を横ざまに渡ってきた容疑で、しょっぴくってのはどうだろう？」

バスキンの顔が赤黒く染まった。「ここは歴とした会員制のクラブだぞ。こっちがその気になりゃ、あんたを名誉毀損で訴えてやることだってできなくもない……しかし、まあ、年端もいかないぼうずを殺した犯人を引っ捕らえるため、と言われちゃな……」バスキンは剝ぎ取り式のメモ用紙に何事か書き殴ると、そのページを破り取って言った。「ほらよ、件《くだん》の紳士の名前と住所だ。そいつを持ってとっとと引きあげてくれ」

フロストは受け取ったメモ用紙をちらりと見遣っただけで、レインコートのポケットに無造作に突っ込んだ。「いや、ハリー、助かったよ。あんたのその純な良心に訴えれば、きっと協力してもらえるとは思ってたけど、やっぱりな。さすが、おれの見込んだ男だけのことはあったよ」バスキンに言うべきことを言ってしまうと、椅子から立ちあがり、キャシディのほうに眼を向けて声をかけた。「行くか？」

キャシディは窓辺にへばりついたまま、相も変わらずそとの道路を眺めていた。フロストとバスキンとのやりとりには、まるで関心がないようだった。考え事の邪魔をされたとでも言うように、キャシディは不機嫌な顔で振り向いた。「えっ？」

「引きあげるぞ」

「ああ、そうだな」窓のそとを最後にもうひと眺めしてから、キャシディは言った。「そうしよう」


ジョイ・アンダースンの前夜の客は、レキシントンに在住していた。フロストはレキシントン署に無線連絡を入れ、当該人物を当該住所に訪ねて事情を聴取するよう依頼した。キャシディを引き連れて署に戻り、署内に足を踏み入れたとたん、満面に輝くばかりの笑みを浮かべたアーサー・ハンロンが駆け寄ってきて、フロストに一瞬、ボビー・カービィが無事に保護されたのかもしれないとの偽りの期待を抱かせた。「いや、そうじゃなくて石炭貯蔵庫で発見された死体の件だよ、ジャック。あんたの言ったとおりだった。指紋が一致した——死体の身元が割れたんだよ」

「で、アーサー、そいつの名前を教えてもらえるのかい？　それとも、おれが正解を言い当てなくちゃならないのか——三回以内に？」

「ホクストンだったんだよ、あの死体の男は。レミー・ホクストン」

ハンロンはそう言うと、レミー・ホクストンの前科記録を差し出した。フロストは受け取ろうとしなかった。口を半開きにしたまま、ただハンロンを見つめ返した。レミー・ホクストン

――その名前をよもやこれほど意外な状況で聞かされることになろうとは。石炭貯蔵庫で見かけた、腐敗が進み、ガスで風船のように膨れあがったあの顔が、眼のまえに浮かびあがった。そこに生前のレミー・ホクストンの面影を探した。ホクストンはもろもろの軽犯罪を専門分野とする、粗暴にして懲りるということを知らない常習犯で、フロストが自らの手で逮捕したことも一度や二度ではなかった。「アーサー、この事件の捜査にしゃかりきになることはないぞ」とフロストは言った。「レミーを殺したやつは、それだけで叙勲に値する」それから、やおらポケットに手を突っ込み、煙草を探しにかかった。

「ホクストンは何ヶ月もまえに死亡してた。にもかかわらず、ホクストンの女房からは亭主の捜索願は出されていない。ということは……?」その点に注目すべきだという口調で、キャシディは言った。

「そりゃ、きっと自分の幸運が信じられなかったからだよ」フロストはそう言ってから、溜め息をついた。「だが、おまえさんの指摘は正しい。それについちゃ、ホクストンの古女房にも古女房なりの言い分ってもんが、そりゃもうどっさりあるだろう。そいつを拝聴しに、ちょっくら押しかけてみるか」


レミー・ホクストンの家は隣家と棟続きの二階建て住宅で、前庭をアスファルトで舗装してレミーの愛車、メタリック・ブロンズのトヨタ用の駐車スペースを確保していた。レミーの死後三ヶ月が経過しても、その駐車スペースには件《くだん》のトヨタが納まり返っていた。家そのものは宵闇をまとって薄暗く静まり返り、どの窓もカーテンが引かれている。見たところ留守のようだったが、フロストはとりあえず玄関の呼び鈴を押して待った。応答はなかった。キャシディが苛立たしげに足を踏み替えた。自分が呼び鈴を押せばドアはすんなりと開くはずだと言わんばかりに。いちいち当てつけがましい男だった。癪に障ったのでもう一度呼び鈴を押した。それでもなかから人の出てくる気配はなかった。玄関脇の郵便受けに屈み込み、フラップを持ちあげてなかをのぞいた。屋内特有の密度の濃い闇。眼をすがめ、その奥を見透かそうとしたとき、それが聞こえた。フロストは思わず身を硬くした。空耳でも、聞き間違いでもなかった。家の裏口のドアがそっと閉まった音。

「ふむ、裏にまわってみたほうがよさそうだ」

家の横手を抜けて裏庭に踏み込もうとしたところで、フロストはいきなり足を止めた。キャシディに手を振って静粛を求めてから、行く手の一点を指さした。キャシディは暗がりの奥に眼を凝らした。何かが動いていた。突き当たりの板塀を乗り越えて、何者かが裏庭に侵入してこようとしている——人目を忍んで。侵入者は裏庭の芝生を突っ切り、次の瞬間、暗闇に呑み込まれるように姿を消した。上げ下げ式の窓がそろそろと開く音がした。続いてそれを閉める音。

「なんとまあ、こそ泥だよ」フロストはうめいた。「願ってもないもんに遭遇しちまった」侵入者の玄関口からの逃走を阻むため、キャシディをおもてにまわらせると、フロストは足音を忍ばせて裏庭を突っ切った。芝生の伸び具合と雑草の交じり加減から、おそらくレミー・ホクストンが三ヶ月ほどまえに刈ったのを最後に、それ以降なんの手入れもされていないものと思われた。色違いの敷石を市松模様に敷き詰めた小さなテラスにあがり、裏口まで進み、ドアの把手をつかんだ。ドアには鍵がかかっていた。ドアの少し先に小さな窓があって、その窓だけはカーテンが完全に閉めきられていなかった。その隙間から懐中電灯の光を向けた。洗濯機と食器洗い機が置いてある狭苦しい小部屋。家事室のようだった。

ありがたいことに、家事室の窓は造作なく開いた。フロストは窓枠と桟のあいだに身体を押し込むようにして屋内に滑り込み、家事室の暗がりのなかに降り立った。くぐり抜けてきたばかりの窓を、音を立てないよう用心深く閉め、掛け金をかけて侵入者の退路を断った。向かって右手にドアがあった。そのドアから真っ暗な廊下に足を踏み出した。かさっという音がした。フロストはその場に立ちすくんだ。衣擦れのようなその音は、廊下の左側の部屋から聞こえてきていた。爪先立ちで廊下を進み、ドアに耳を押し当てた。また聞こえた。かさっ、かさっ。人が足音を忍ばせて歩きまわっている気配。フロストは抜き足差し足でドアのまえを離れると、廊下伝いにそっと玄関に向かい、おもてで待機していたキャシディを屋内に招じ入れた。人差し指を唇に当て、もう一方の手で音の発生源である部屋を指さした。キャシディは黙って頷いた。血気に逸り、眼を爛々と輝かせて。フロストはドアの把手をつかむと、音をさせないよう慎重に回した。ひと呼吸置き、インチ刻みでそろそろとドアを開けた。部屋のなかは真っ暗だったが、ヒーターがフル稼働していてむっとするほど暖かく……フロストは鼻をうごめかせた。汗の臭いがした。男の汗の強烈な臭い。

戸口から手を差し入れ、その手を壁に這わせて明かりのスウィッチを探り当てた。万一の場合を想定して、棍棒代わりに使えるよう、懐中電灯を握りなおした。出し抜けに悲鳴があがった。苦痛に耐えかねた女の悲鳴。フロストは明かりのスウィッチを入れた。

部屋のまん真ん中に、縞模様の布を張った馬鹿でかいソファが鎮座していた。そのうえに裸体がふたつ。突然の明かりに眼を瞬きながら、絡まりあった手脚を引き離すべく大いに慌てふためいている。女のほうは赤毛にしみの浮き出した肌、重量感たっぷりの臀部、張りを失ってうなだれた胸——五十歳をいくつか過ぎているにちがいない。男のほうは……いや、男ではない。まだ少年だった。どう見ても十五歳、年嵩に見積もってもせいぜい十六歳といったところで、実際はそれよりも幼いのではないかと思われた。女の身体を押しのけて自由の身になると、少年はフロストめがけて突進してきた。ナイフを握り締めて。

たちまち大混乱が出来《しゅったい》した。女は「駄目よ、ウェイン！」と金切り声を張りあげ、キャシディは「警察だ！」と怒鳴ったきり根が生えてしまったかのように立ち尽くし、ナイフを握った手が突き出され、フロストはその腕めがけてずしりと重い懐中電灯を振りおろし、腕に一撃を喰らった若造は聞くに堪えない卑猥なことばをわめき散らした。

キャシディはその場に凍りついた。身動きが取れなかった。ナイフから眼が離せなかった。若造の手元から繰り出されるたびに一閃、空《くう》を刺す、冷ややかな鋼鉄の刃から。そのとき不意に、自分を縛りつけているものの正体に思い当たった——怯えているのだ。またしても凶刃を喰らうのではないかと、すくんでしまっているのだ。いや、もしかすると、フロストが眼のまえで刺されることを望んでいる自分自身に怯えたのかもしれなかった。初動捜査を誤り、娘を轢き殺した犯人を挙げ損ねた警察官の風上にも置けない愚か者など、どうとでもなってしまえと思っている自分自身に。歯を食いしばり、動くことを自分に強いた。だが、キャシディが行動を起こすまえに、フロストの膝頭が鋭く標的をとらえた。若造は苦悶の叫びを放つと、ナイフを取り落とし、床に倒れ込んだ。股間をしっかりと押さえて。

フロストはすかさずナイフを拾いあげてポケットに収め、それから女のほうに向きなおった。女は慌ててつかんだドレッシング・ガウンで懸命に裸体を覆い隠そうとしていた。「見るんじゃないわよ、この助平爺い！」

「助平爺い？」キャシディは相手の口真似をして言った。「笑止千万だな、マギー、きみのような人間がそんなことばを口にするとは。承諾年齢に満たない子どもと性交渉を持っているところに踏み込まれたくせに」

「承諾年齢にはなってるわよ。この子はもう十六なんだから」

「そいつはナニの長さだろう？　このあんちゃんは十六のあとにインチはつくけど、歳《さい》はつかない」ことばもなく床をのたうちまわる若造を見おろしながら、フロストは言った。「おい、坊や、服を着ろ。おまえさんを見てると、こっちが自信喪失しちまうよ」

若造は床を這いずってソファのところまで戻ると、苦悶に顔を歪めながら色褪せたジーンズを引き寄せ、足を入れはじめた。

「あんたたちには、人の家に無断で踏み込んでくる権利なんてないはずよ」とマギー・ホクストンは言った。

「呼び鈴を押したんだけど、応答がなかったもんだから」フロストは弁明を試みた。「そしたら、たまたま、そこのでかちん大王がお宅の裏の窓から忍び込むとこを目撃してな。で、てっきり泥棒だと思ったんだよ」

「あのね、ご近所の目ってもんがあるの。このあたりには三度の食事よりも他人の私生活をのぞき見するほうが好きっていう連中が住んでるの。この子がおもての玄関から入ってきたりしたら、そういう連中の舌がいっせいにうごめきだして、この通りに噂の嵐が吹き荒れるってわけ」

「でもって、裏の窓から忍び込んでくるときには、このあんちゃんのちんぽこがうごめきだして、ソファのうえに情熱の嵐が吹き荒れるってわけだな」フロストは若造のほうに眼を向けた。若造はジーンズを穿き終え、赤いTシャツに頭を突っ込んでいるところだった。「そこの威勢のいい坊や、おまえさんに訊きたい。どういうつもりで、ナイフなんか振りまわしたりした――祖母《ばあ》ちゃんを守ろうってか？」

「この人はおれの祖母《ばあ》ちゃんじゃない」若造は口のなかでもごもご言った。

「まあ、年齢《とし》に不足はないけどな」

「あんたのこと、この人のだんなだと思ったんだよ。この人のだんなはめちゃくちゃ凶暴なやつだって聞いてたから」

フロストは頷いた。「ああ、レミーなら、おまえさんをふたつに畳んでのしちまってたよ、坊や。少なくとも大事なとこを、これまでどおりぶら下げては帰れなかったと思う」若造の事情聴取はキャシディに任せることにして、別の部屋を使ってはどうかと提案した。マギー・ホクストンには余人を交えず、差しで話を聞きたかった。

「で、マギー？」

マギー・ホクストンは気遣わしげな面持ちになっていた。「別に悪いことしてるわけじゃない。あの子はあたしの愛玩用の坊やなんだから」

「ああ、そいつはわかってるよ」とフロストは言った。「おまえさんがあのあんちゃんのちんぽこを愛玩してるとこを見せられたばかりなんだから」彼は肘掛け椅子に腰を落ち着け、マフラーを緩めた。「今日はあのあんちゃんのことで訪ねてきたわけじゃない。レミーのことだ」

「へえ、そう」当人としては、関心はないという口調で言ったつもりのようだったが、マギー・ホクストンは明らかに落ち着きを失っていた。フロストと眼を合わせようとしないままドレッシング・ガウンのポケットに手を突っ込んで煙草のパックを取り出すと、部屋の奥の暖炉のところまで歩き、炉棚のうえのライターを手に取った。それもまた、こちらに背中を向けたままでいるための方便かもしれなかった。

フロストはマギーの一挙一動をつぶさに眼で追いかけた。顔を見られないのが残念だった。

「レミーは死んだよ、マギー」

マギーの背中がこわばった。マギーの握ったライターが、煙草の一インチほど手前で一瞬だけ止まったことをフロストは見逃さなかった。煙草に火をつけたとき、その手が小刻みに震えていたことも。マギーはゆっくりと振り向いた。「死んだ？」

フロストは頷いた。「ああ、世を去って早三ヶ月近くになろうとしてる」

マギー・ホクストンは、フロストと向かいあう位置にあった椅子に腰をおろすと、煙草の煙を深々と吸い込んだ。「どうして、そんなことになったわけ？」

「何者かに頭蓋骨を叩きつぶされたんだ」

マギーは、それとはわからないほどかすかに肩をすくめた。「あら、まあ」

「大したもんだな、マギー。哀しい知らせを聞かされたってのに、あんたのその冷静な態度には感心させられる」

マギー・ホクストンは鼻先で笑った。「あたしがよよと泣き崩れるとでも思ってた？　おあいにくさま、それは期待されても無理ってもんだわ。レミーはろくでなしだった――凶暴で、人を痛めつけるのが何より好きっていう正真正銘のくそったれだった。そんな亭主が死んでくれたってことなら、あたしには嬉しいとしか言いようがない……ええ、もう、嬉しくて嬉しくて、天にも昇る気持ちってとこだわね」

「レミーの姿を最後に見たのは？」

マギーは眉間に皺を寄せて、考え込む顔つきになった。「八月の初めごろ……だったと思う。ちょっと派手に遣りあったことがあって。で、出ていっちゃったの」喋りながら暖炉のほうに手を伸ばして煙草の灰を落とした。距離が足らずに灰は絨毯のうえに落ちたが、マギーとしてはそういうことはまるで気にならないようだった。なんとまあ――フロストは思った――おれ好みの女だよ。

「出ていった？　あのレミーがぷいっと出ていっちまったってのかい？　家や車を残して？」

「そうよ」

「いや、マギー、そいつは買えないな。にわかには信じがたいよ。遣りあった原因はなんだったんだい――聖書の解釈をめぐる神学論争か？」

「浮気よ。あいつ、浮気してたの」

「相手の女は？」

「知るもんですか……リリーとかいう女よ、確か」

「どこに住んでるんだ、そのリリーとかいう女は？」

「住所？　さあ、知らない。あたしに忠告してくれた人がいるの。レミーには女がいるって。だから、あいつを問い詰めてやったのよ。そしたら、喧嘩になって……あいつは出ていっちゃった、というわけ」

「いや、もっと説得力のある筋書きを思いついた」部屋に戻ってきたキャシディが言った。戸口のところから暖炉のまえに直行すると、マギーをうえから見おろす恰好で立ちはだかった。「レミーは女房を満足させられなかった。だから、きみは若い男を引っ張り込むようになった。まだ子どもと言ってもいいような年齢の若者を相手に、現金《かね》と引き換えの性交渉を持つようになった。そんなある日、レミーが予定より早く帰宅して、きみが事に及んでいる現場を目撃したことから喧嘩になり、きみはレミーを殺してしまう」

マギーは猛然と立ちあがり、金切り声を張りあげていた。「そんなの、大嘘よ！　でたらめもいいとこよ！」

「そうかな？」キャシディは薄ら笑いを浮かべながら言った。「隣の部屋で、きみの可愛がってる坊やから話を聞いてきた。この界隈のあの年頃の若者たちのあいだでは、きみはなかなかの有名人らしい。退廃的な生活習慣の持ち主ってことで。一回当たり十ポンド、だろう？　もう何ヵ月もまえからそういうことをしているそうだな——レミーが生きていたころから」

マギーはキャシディを睨みつけた。「仮に——あくまでも〝仮に〟よ、あんたの言うことなんか何ひとつ認めちゃいないんだからね——あたしが若い男の子とそういうことをしてたとしても、これだけは言っとくけど、相手の子はみんなちゃんと十六歳以上だからね」

「それじゃ、何かい——あんたの坊やたちは片手にちんぽこを、もう片方の手に出生証明書を握り締めてここを訪ねてくるのかい？」とフロストは尋ねた。

キャシディは露骨に顔をしかめた。これは殺人事件の捜査であり、殺人事件の捜査とはあくまでも真摯に、どこまでも真剣に取り組むべきものである。フロストの幼稚きわまりない冗談は捜査の邪魔以外の何ものでもなかった。「きみは若い坊やと事に及んでるところをレミーに見られた。だろう、マギー？　坊やのほうは間一髪、どうにか逃げ出すことができたが、きみはレミーにとっつかまって、いやというほどぶん殴られた」

「ああ、もう、わかったわよ——そのとおりよ。確かに、事に及んでるとこをあいつに見られた。でも、だから？　だから、なんだっていうのよ？」

「きみは、まだ子どもみたいな坊やちゃんと同衾してるところをレミーに見つかり、さんざっぱら殴られた。なのに、きみが浮気の件を問い詰めると、レミーはすごすごと尻尾を巻いて出ていったというのか——車も置いたまま？」

「そうよ」マギー・ホクストンはそう言うと、キャシディに向かって挑むように顎を突き出した。「事実、そのとおりだったんだから」

「よし、マギー、ズロースを穿け」とフロストは言った。「話の続きは署で聞くよ」服に着替えるため、二階に向かったマギー・ホクストンを待つあいだ、フロストはキャシディが事情聴取した若造について尋ねた。「あの坊やだけど、ほんとのとこは何歳なんだ？　ご婦人とそういうことをいたしても問題のない年齢に達してるのか？」

「当人は十六歳だと言い張っている」

「署に戻ったら、あの坊やについても、いちおう身元やらなんやらを洗ってみるか」

「事情聴取はわたしが担当する」とキャシディは言った。それは個人的な要望ではなく、一方的な宣言だった。

「この事件はアーサー・ハンロンの担当だぞ」とフロストは言った。

「ハンロンは一介の部長刑事に過ぎない」

フロストは肩をすくめた。勝手にしろ、と声に出さずに毒づいた。アーサーにしたところで、しち面倒くさい事件の捜査担当から解放されりゃ、歓びこそすれ文句は言うまい。「なら、そういうことにすりゃいいよ……この件の捜査は、今後はおまえさんに任せる」

事の成り行きに満足して、キャシディはうっすらと笑みを浮かべた。マギー・ホクストンの言っていることは信憑性に著しく欠けている。この程度の主張なら造作なく突き崩してみせる自信があった。ついでに、完璧な自供を引き出してみせる自信も。あとはマレットの御前に出頭し、助っ人の身の程をわきまえた、あくまでも慎ましやかな口調で、こんなふうに言うまでだった――「ご報告します、署長。わたしが担当していた事件が、ひとつ解決しました」

「科研の鑑識チームと現場捜査の連中を寄越してもらったほうがいいな」とフロストは言った。「家のなかを徹底的に捜索させよう。レミーがかみさんに殺されたんだとしたら、拭きそびれた血痕とか、断ち落としたまま拾い忘れてる指の先っぽとかが見つかるかもしれない。あのマギーってのは、およそこまめに掃除をするような女じゃないからな」

携帯無線機で署の司令室を呼び出し、その旨指示を与え終えたところで、ビル・ウェルズ巡査部長が無線に出てきて言った。「ジャック――あんたの今いるところからなら、ルーク・ストリートの古い住宅団地は、ほんの眼と鼻の先だろう？」

「おや、そうなるかい？」フロストは肯定とも否定ともつかないことばを不明瞭につぶやいた。「今いるとこって言われても、肝心の現在位置がおれにもよくわからないもんでね。いささか心細くなってたとこなんだ」

「娘が帰ってこないと母親が連絡してきただろう？　そう、ジュディ・グリースンって女の子だ。今し方、電話で通報してきたやつがいる。匿名で。男が若い女をルーク・ストリートの空き家に連れ込むとこを目撃したって言うんだよ」

「どの空き家だ？　あの界隈は空き家だらけだぞ」

「通報してきたやつは、ただ空き家としか言わなかった。こっちが確認するまえに電話を切られちまったもんだから」

「いやはや、なんとも思い遣り深くて気遣いにあふれた野郎だな」とフロストは言った。「一軒ずつ虱《しらみ》潰しに捜してまわれってか？　そりゃ、捜せなくはないだろうさ――四時間かかろうと五時間かかろうと、かまわないってんなら。援軍が必要だ」

「〝ワンダー・ウーマン〟とバートンが向かってる」

「現地で合流する。通りの角で拾ってもらうよ」とフロストは言った。


ルーク・ストリートの住宅団地は一九五〇年代の初頭、当時としては最先端の、フランスで開発された、あらかじめ規定のサイズと形に成型したコンクリート板を金属製の接合ロッドを用いて組みあげていくという工法で建設された。そのため、安価に、しかも短期間のうちに完成するに至った。見てくれは、さながら刑務所の監房棟といった趣きだったが、住居を切実に求めていた人々にとっては、住居さえ手に入るのならその見てくれなど二の次、三の次だった。やがて何年もの歳月を経て、重大な欠陥が徐々に明らかになりはじめた。

そもそもは建設時にコンクリート板を製造した際、骨材の選択を誤っていたことに端を発する。コンクリートに含まれるアルカリ分が骨材のある成分と反応したため、コンクリート板には亀裂が生じて脆くなった。コンクリート板に亀裂が生じたことから、金属製の接合ロッドが錆に蝕まれて、これまた非常に脆くなった。そんなこんなで建物全体がきわめて危険な状態にあることが判明したのである。専門家の下した診断は――対処方法がないわけではないが、いずれも莫大な費用がかかる。ほどなく建物は使用禁止となり、退去を命じられた居住者には新たな落ち着き先が提供された。

そうして現在、ルーク・ストリートはふた筋の朽ちゆく家並みに挟まれ、寒々とした心悲《うらがな》しい通りとなっている。過剰の水分で黒ずんだコンクリートの外壁、厚さ十八ミリの合板を六インチの針で打ちつけてふさいだ窓やドア。人声が途絶えて久しい通りには荒廃の臭い、湿気と黴の臭いが澱んでいた。

バートンが徐行運転で車を進めるなか、フロストとリズ・モードは通り過ぎる家々に懐中電灯の光を向けて、外部から無理やり侵入した痕跡を捜した。これまでのところ異状は認められなかった。通りから見る限り、どの家の窓もドアも板で厳重にふさがれているようだった。

「目下、わが署総出で行方不明のぼうずを捜してるんだから、このあたりも一度は捜索してるんじゃないのか?」とフロストは尋ねた。

「ええ、この通りを含む区域には、真っ先に捜索隊が入ってます」とバートンは答えた。「でも、そのときはたぶん、ただ各家の窓やドアがふさがれてることを確認してまわった程度だったんじゃないかな」

「だったら、明日にでもやりなおしだな。こういう場所は徹底的に調べたほうがいいんだよ」とフロストは言った。「裏にまわってみるか――空き家に忍び込もうってときは、おれなら裏から攻めるからな」

三人は車から降りた。通りを吹き抜けてきた一陣の風が、路面に落ちていた古びた新聞紙を高々と蹴りあげ、舗道に転がっていた空き缶を小刻みなドリブルで縁石沿いに運び去った。

通りに面した家並みの裏手は、高い板塀で守られていた。フロストは板塀に飛びつき、うえまでよじ登った。板から飛び出していた古釘にレインコートが引っかかった。力任せに引っ張ると、布地が裂けた。食いしばった歯のあいだから声にならない悪態が洩れた。登りきると、板塀のてっぺんにまたがり、前屈みになってリズ・モードを引きあげようとした。が、リズは援助の手を無視して独力でよじ登ることを選んだばかりか、塀登りに四苦八苦しているバートンに向かって手を差し伸べることまでしてみせた。三名は板塀から飛び降り、以前の裏庭――現在はがらくたとゴミの散乱するジャングルに着地した。冴え冴えしい月明かりを浴びて、隣家との境の塀越しに家並みの裏側が見通せた。板でふさがれた窓とドアの行列。見たところ、いずれもしっかりと打ちつけられていて、引き剝がされたり、蹴破られたりしているものはなさそうだった。隣家との境の塀をよじ登っては越えながら、三人は一軒ずつ慎重に見てまわった。

道路の反対側に移動し、調べはじめて三軒めの家で、押し入った跡が見つかった。一階の窓をふさいでいた厚板が、引き剝がされていた。その場の状況から、引き剝がされたばかりだということもわかった。侵入者が屋内に居残っていた場合、おもての玄関から逃走を試みることも考えられた。フロストはバートンに、念のためおもてにまわるよう身振りで伝えた。それから窓枠に手をかけ、弾みをつけて桟を乗り越え、家のなかに降り立った。リズ・モードがあとに続いた。廃屋に巣くう暗闇はねっとりと濃密で、リズの照らす懐中電灯の光ごときはあっさりと呑み込んでしまうようだった。剝き出しの床板をできるだけそっと踏みながら、ふたりはまえに進んだ。半開きのドアが音もなく揺れていた。フロストはそろそろと手を伸ばし、ドアを押し開けながら、リズ・モードに手を振って懐中電灯を消すよう合図した。頭上の床板が軋む音。二階を歩きまわっている者がいる。

くぐもった声が聞こえた、と思った瞬間、悲鳴があがった。苦痛にのたうつ者が長々と放つ、およそ人間のものとは思えないおぞましい悲鳴。

「行くぞ！」とフロストは叫んだ。

リズを従え、一段飛ばしで階段を駆けあがった。一気にうえまで登りきった。階段のうえの床板に、ドアのしたの隙間から弱々しいオレンジ色の光が洩れ出してきていた。その光めがけて突進し、部屋のなかに飛び込んだ。窓を板でふさがれて、室内には暗闇がのさばっていた。光源は暖炉のうえの飾り棚に置かれた一本の蠟燭のみ。不安定に揺らめく火明かりのなか、こちらに背中を向ける恰好で屈み込む男の姿がかろうじて見分けられた。男の足元の床に横たわる人影も。横たわっているのは女だった。少女も同然のごく若い娘だった。その子の放った悲鳴の残響で、部屋の空気はまだ震えていた。

ふたりが踏み込んだ瞬間、男はくるりと振り向いた。蠟燭の明かりに、男の握るナイフの刃がまがまがしく光った。

くそっ、またか？——フロストは声に出さずに毒づいた。なんだってまた、ナイフなんてろくでもない代物が飛び出してきやがるんだか？

じりじりと歩を進めて、間合いを詰めにかかったが、次の瞬間、慌てて身をかわし、うしろに跳びすさった。男の繰り出したナイフは、虚しく空《くう》を突いた。間一髪のタイミングだった。男の眼に獰猛な光が浮かんだ。自制がきかなくなっているようだった。「下がれ、近づくんじゃない。一歩でも近づいたら、その腹をかっ捌いて——」

「ナイフを捨てなさい！」いつの間にか男の背後にまわり込んでいたリズ・モードが、ナイフを持っているほうの腕につかみかかった。男はがむしゃらに振り払おうとしたが、リズは頑として手を緩めなかった。ブルドッグ並みのしぶとさで男の腕にひたすらしがみつき、その腕を力まかせに背中のほうにねじりあげた。「ナイフを捨てなさい。言うとおりにしないと、腕を骨折することになるわよ」憤怒の咆哮をひと声放つと、男は再び猛然と腕を振りまわし、拘束から逃れようとした。そのときだった、ぼきっという胸が悪くなるような音が響いた。一拍置いて甲高い悲鳴があがり、最後にナイフが床に転がる音がした。フロストは、その日はそれで二度めだったが、すかさず凶器を拾いあげた。

「その人を放して。余計なことしないで」床に横たわったまま、少女が叫んだ。

「警察だ」フロストは、ポケットから身分証明書をのぞかせて言った。「大丈夫か、お嬢ちゃん？　怪我はないか？」

少女は剝き出しの床に横たわり、うえからコートを二枚掛けられていた。額に玉の汗を浮かべ、よほど強く嚙み締めていたのか、唇が切れて血がにじんでいた。

男が短く鋭い悲鳴をあげた。リズが男の手首に手錠を叩きつけたのだった。「くそっ、腕を折りやがったな」

フロストは見向きもしなかった。男のことより、少女の様子が気がかりだった。「お嬢ちゃん、あいつに何をされた？」

血のにじんだ唇が声もなく動いた。訊かれたことに答えようとするかのように。次の瞬間、少女はかっと眼を剝き、あえぐように口を開けて絶叫しながら、背中を弓なりに反らせた。身体に掛けていたコートが滑り落ちかけたほどの勢いで。

「救急車を呼べ」とフロストはリズに叫んだ。リズが携帯無線機で司令室を呼び出すあいだ、少女のほうに屈み込み、身体を覆っていたコートをめくった。フロストは口をあんぐりと開けた。「おい、嘘だろ！　赤ん坊か？　赤ん坊が産まれるのか？」

リズは拘束者の腕をつかんだまま、その場に立ちすくんだ。少女は痙攣を起こしていた。成熟しきっていないわが身に、十四歳の自分の身体に起こりつつあることに怯え、その激しい痛みと恐れとで汗みずくになって震えていた。間欠的に四肢をこわばらせ、首を激しく左右に振りながら。

フロストは後ずさった。自分がどうしようもない役立たずになった気がした。何をすればいいのか、まるで見当もつかないのだ。できることなら、この場から逃げ出してしまいたかった。とりあえずリズ・モードをそばに呼び寄せた。「手伝ってやれ」

だが、見ると、リズは顔面蒼白になっていた。蒼ざめていることにかけては、フロスト警部と大差はなさそうだった。「出産については、わたし、なんの知識もありません」

フロストは携帯無線機でバートンを呼び出した。「赤ん坊が産まれそうなんだ。何をどう手伝ってやればいいか、わかるか？」

「ええ、わかりますよ」とバートンは言った。

「だったら、こっちに来てくれ。二階にいる——大至急、来てくれよ」窓をふさがれた部屋は蒸し暑く、風通しも悪くて、血と汗と蠟燭の燃える臭いとで息が詰まりそうだった。リズ・モードは今にも失神しそうな顔をしていた。

「そいつを車に連れていけ」フロストは声を張りあげ、リズが捕らえた男を顎で指した。ここでもうひとり、介抱しなくてはならない羽目に陥ることだけは断じてご免こうむりたかった。フロストは少女のところに戻った。少女はフロストの手首を、爪が食い込むほどきつく握り締めてきた。次の痛みが襲ってくると、こらえきれずにまたしても大きな悲鳴をあげた。「頼む、バートン、早く来てくれ」フロストは気づくと、声に出して懇願していた。「頼むから、早く……」サイレンの音を先触れに、救急車が住宅団地の角を曲がってルーク・ストリートに入ってきたとき、部屋のなかに赤ん坊の泣き声が響き渡った。

第六章

「どうだ、なんか成果《ジョイ》はあったかい?」ウェルズ巡査部長は、疲労困憊の足取りで署の玄関ロビーに入ってきたフロストに声をかけた。

「ああ、今を去ること九ヶ月まえに、そりゃもう、くそがつくほどたっぷりとお楽しみ《ジョイ》あそばしたおふたりさんがいたってことがわかった」フロストはそう言うと、ウェルズに事の次第を話して聞かせた。「十四歳だぞ。法律の定めるところに従えば、煙草のひとパックも買えない年齢だってのに、赤ん坊を産むのはお咎めなしってか?」嘆かわしげに首を横に振ると、煙草を探してあちこちのポケットに手を突っ込んだ。ようやく見つけたパックはすかすかで、煙草はわずか三本を残すのみとなっていた。つまり可及的速やかに署長執務室に侵入し、新たな在庫を調達してくる必要があるということだった。「角縁眼鏡のマネキン野郎はいるかい?」

フロストのその質問は、当のマレット署長の上機嫌な声が聞こえてきたことで自ずと答えを得られたことになった。マレットは正面玄関のスウィング・ドアを抜けて、足取りも軽やかにロビーに入ってきたところだった。満面の笑みを浮かべて。「聞いたよ、レミー・ホクストン殺害事件は、キャシディ警部が見事、解決に導いたそうじゃないか。わたしとしてはこういう展開を期待しているんだよ、フロスト警部、迅速に結果を出すことを。どうも、キャシディ警部以外の諸君には、そうした姿勢が嘆かわしいほど欠如しているように思えてならないんだがね」マレットはこうした際の常套手段、〝言わんとするところはわかると思うが？〟の視線でフロスト警部をじっと凝視した。フロストのほうは〝はて、さて、なんのことやら〟の表情で押し通した。

「それじゃ、マギー・ホクストンは亭主を殺したことを認めたわけですか？」とフロストは尋ねた。

「正式に認めたわけではないようだが、自白を得るのも、もはや時間の問題だろう。キャシディ警部によれば、本件は単純明快な事件だということだからね。マギー・ホクストンは、夫が行方不明になったというのに警察に捜索願を出していない。さらには夫の署名を真似て小切手を不正に使用している。おまけに、それではまだ悪事の限りを尽くし足りないとでもいうように、将来のある若い青年を金銭で買っていた――不道徳きわまりない意図のもとに。これだけの罪証が揃っているのだ、自白を待つまでもなく、犯行は裏づけられたものと考えて差し支えない事案だろう」

「小切手の不正使用ってのは初耳だな」とフロストは言った。

マレットは、皮肉混じりの薄い笑みを浮かべた。「家宅捜索の過程で、ハンロン部長刑事が証拠を押さえたそうだ。上位《うえ》に立つ者として、捜査の最新情報は常に把握しておくよう心がけるべきじゃないのかね、フロスト警部。目下のところ、きみは曲がりなりにもわが署の犯罪捜査部の責任者ということになっているのだから。すべての捜査に目を配ってもらわないと困るよ」マレットはそう言うと、くるりと背中を向け、丸太小屋仕立ての安息所に引きこもるため、歩きだした。背後で何やら湿った音がした。嘲りを込めた放屁の音にあまりにも似ていたが、マレットは唇をきつく引き結んで聞こえないふりを貫き、決して足を止めなかった。

フロストはもう一方の廊下を突き進み、捜査本部の置かれた部屋に向かった。アーサー・ハンロン部長刑事はデスクをひとつ占領し、巨大な段ボール箱をまえにその中身——レミー・ホクストン宅の捜索で押収してきた物品——の目録を作成しているところだった。「アーサー、どこぞの小蝿野郎がマレットの頭のまわりを飛びまわって、おれの知らないことをあれこれご注進に及んでるそうだな」

「偽の署名で振り出された小切手のことかい？　まだ見つけたばかりだぞ、ジャック。キャシディ警部代行にも報告してない」ハンロンは〝代行〟という単語をことさら強調して言った。「こいつだよ、見てくれ」

ハンロンが差し出した罫線入りのメモ用紙には、〝レミー・ホクストン〟という署名が何度も繰り返し書きつけられていた。回を重ねるごとに、より本物らしくなっていく様子が見て取れる。次いで白い封筒が取り出され、デスクのうえで逆さにして振られた。天板にこんもりと、紙片の小山ができた。銀行で清算されたあとの支払い済み小切手の小山。フロストは小山を崩し、何枚かの小切手の日付を検めた。いずれもレミー・ホクストンの死亡後の日付になっていた。「古い小切手もあるんだ」ハンロンは、追加でもう一枚、渡して寄越した。「そいつにはレミー本人の署名が入ってる。でも、そこにある日付の新しいやつは署名を偽造したものだ」

フロストはデスクのうえの小山から一枚抜き取り、ハンロンに渡された追加の小切手としばしじっくりと見比べたのち、頷いた。「マギーはレミーの野郎が帰ってこないことを知ってたんだな。亭主と顔を合わせることはもうないって絶対の自信を持ってた。でなけりゃ、こんな大胆不敵なことを思いつくわけがないよ。あとは何が入ってるんだい、その場所ふさぎな箱には？　値打ちのあるもんだったら、あんたとおれとで山分けってことにしてもいいぞ」

どこまでも気のいい男、アーサー・ハンロンはフロストの冗談に含み笑いを洩らすと、段ボール箱に手を突っ込んで不恰好に膨らんだビニールの手提げ袋を引っ張り出し、デスクのうえに中身を空けた。「こいつはレミーの家の水洗タンクの裏に押し込んであったんだが、押し込み方が不充分でね、端っこが飛び出してたもんだから見つけちまった。盗難届が出てるお宝のリストと照合してみるつもりだよ」

フロストはデスクの天板に新しくできた小山、種々雑多な装身具と一般には家族の思い出の品と呼ばれるがらくたとから成る押収品の堆積層を突《つつ》きまわした。何本ものネックレス、銀めっきやら金張りやらのコンパクト、まがい物の真珠の首飾り数本、家族写真ひと重ね、リボンでくくられた手紙の束がいくつか。金張りのライターも出てきた。フロストはライターを手に取り、火打ち金《がね》を弾いた。火はつかなかった。もう一度試してみたが、やはり火はつかなかった。フロストはライターをがらくたの山に戻した。「くすねるほどのものはなさそうだな。おや、こいつはなんだい？」黒い模造皮革《レキシン》張りの小箱。蓋の部分に金箔押しのＤＦＭの文字が読み取れた。フロストは小箱の留め金を押して蓋を開けた。青いビロードを敷き込んだ台座に白地に栗色の綬と大振りのメダルが載っていた——空軍殊勲章《DFM》。フロストは勲章を手に取り、とくと眺めた。勲章はJ・V・ミラー上等兵曹に授与されていた。ミラー……フロストは記憶をまさぐった。そう、水道会社の作業員を詐称する男が盗みに入ったと届け出てきたあの婆さまのことだった。ということは、レミー・ホクストンの鼬鼠《いたち》野郎は、あの婆さまが被害に遭った身分詐称及び侵入窃盗事件に関与していると見るのが筋である。ところが、レミー・ホクストンの外見は、ミラー夫人の言っていた男の人相風体には合致しなかった。ミラー夫人によれば、犯人の男は痩せた小柄な男で口髭を蓄えていたそうだから。フロストは勲章を台座に戻し、ケースごとハンロンのほうに押し出した。「ミラー夫人に家宝を取り戻したと伝えてやってくれ。あの萎びた婆さまもこれで寿命が百年は延びたな。ホパロング・キャシディ（アメリカの作家、C・E・マルフォードの手になるカウボーイ。のちに漫画化、映画化され、テレビやラジオのシリーズ番組にもなる。正義の味方、国民的ヒーローという位置づけ）はどこだい？」

「引き続きマギーを締めあげてるよ、第二取調室で」

「それじゃ、ちょっくら鼻を突っ込んでくるよ——少なくとも、あいつの神経を逆撫でしてやれるだろ？」

だが、ひと足違いで、ジム・キャシディ警部代行は第二取調室を出ていったところだった。マギー・ホクストンもこれから留置場に戻すところだ、とコリアー巡査は言った。

フロストは手招きしてコリアー巡査を廊下に呼び出した。「どんな按配だ？」

「自供はまだ取れてませんが、キャシディ警部は自信満々ですよ。落ちるのも時間の問題だって言ってます」

「それじゃ、このフロスト小父さんにちょっくら運試しをさせてくれ」フロストはコリアー巡査を引き連れて第二取調室に戻った。マギー・ホクストンは腕組みをして椅子に坐ったまま、ふてぶてしさを絵に描いたような態度でフロストを見あげ、睨みつけた。フロストはテーブルを挟んで向かいあう位置にあった椅子に腰をおろすと、相手の警戒心を解く際に常用している人畜無害の好人物の笑みを浮かべた。マギーはたちどころに身構え、警戒する顔つきになった。フロストは煙草のパックを押し出してマギーにも勧め、彼女が一本抜き取ってくわえるのを待ってふたり分の煙草に火をつけた。「状況はあんまり芳しくないらしいな、マギー、あんたにとっちゃ」

マギーは勝ち誇ったような薄ら笑いを浮かべた。「だったら、なんで逮捕されてないんだろうね？　証拠がないからじゃないの？　あたしを犯人に仕立てあげたくても、肝心の証拠がないから。そりゃ、そうよ。さっき、あの威張りくさった感じの悪い刑事さんにも言ったけど、あたしたちは喧嘩したの。で、レミーはぷいっと出ていっちゃったの。それっきりうちには一度も帰ってきてないし、顔も見てないんだから」

「ほう、なるほどね。それじゃ、マギー、ご亭主は出ていくときにこんなふうに言ってなかったかい――『愛するマギーよ、世話になった。おれは今日を限りに戻ってこない。もう二度と』ってな」

「まさか。なんにも言いやしないわよ。玄関のドアをただばたんと閉めて出ていっただけ」

「そりゃ、また、ご亭主らしくない。出ていきがけの駄賃に、いつものあの可愛らしい暴れん坊ぶりを発揮していったかと思ったんだがね。たとえば、玄関のドアをばたんと閉めるひょうしに、あんたの手を挟んじまう、なんてことは？」

「いいえ」

「でも、ご亭主は着替えも予備の猿股も何も持たずに出ていっちまったわけだろう？　ご自慢のあのブロンズ色のトヨタも置きっぱなしで。変だとは思わなかったのかい？」

マギーは肩をすくめた。「必要なかったんじゃない？　新しくこしらえた愛人がうなるほどお金を持ってたのかもしれないし」

フロストは大袈裟に相好を崩した。「なんとまあ、こいつは以心伝心ってやつかね、マギー。あんたのほうから金《かね》の話を持ち出してくれるとは。これから訊こうと思ってたとこなんだ。ご亭主は出ていくときに、あんたが暮らしに困らないぐらいのものは置いていってくれたのか？」

「まさか」

「だったら、ときどき小切手を送ってきてくれたとか？」

「ご冗談でしょ。あいつはね、あたしのことなんか、鼠の鼻糞ほども気にかけちゃいなかったんだから」

「おいおい、マギー、あんたは誤解してる。レミーはできた亭主だった。かみさんの暮らし向きが気がかりで気がかりでどうにもしょうがなかったもんだから、死んじまったあとも、朽ちていく身体で鼻ももげそうな体臭をあたりに振りまきながら、そりゃもう必死に頑張って小切手にせっせとサインしてたんだぜ。あんたが何不自由なくペットの坊やをもてなせるようにってな」フロストはそう言うと、ポケットから引っ張り出した支払い済み小切手の束をテーブルのうえに投げ出した。「レミーは三ヶ月まえには死んでた。なのに、そこにあるそいつには先週の日付が書き込まれてる」

マギーは、眼のまえに置かれた小切手の束をじっと見据えた。そのあいだに筋のとおった申し開きをなんとかひねり出そうとしているのかもしれなかったが、いくら頭脳をフル回転させても、何も思い浮かばなかったようだった。「わかった、わかりました。おっしゃるとおりよ。あの人のサインを偽造したわよ。だって、どうやって食べていけっていうの？　あのろくでなしは出ていったのよ、あたしを捨てて出ていっちゃったのよ」

「レミーが生きてるとわかってたら、サインを真似して無断で小切手を切るなんて大胆な真似はできなかったはずだ。ご亭主にばれた日には、身体じゅうの骨をへし折られちまう。それをあんたは堂々とやってのけてた。レミーが死んでることを知ってたからだ。そりゃ、知ってるよ、あんたが殺したんだから。あんたとあのでかちん坊やとで」フロストはとびきりにこやかな笑みを浮かべた。「そういうわけだから、おれとしてはあんたとあのぼくちゃんのふたりを殺人の容疑でパクるつもりだ」

マギー・ホクストンは吸いかけの煙草を唇のあいだから抜き取り、テーブルのうえに身を乗り出した。「言っとくけど、あたしに罪を着せようったって、そうはいかないからね。だって、あたしは殺してないんだから」

「だったら、マギー、誰があんたのご亭主を殺したんだい？」

「あたしが知るわけないじゃない」マギーは椅子の背にもたれかかると、煙草を口に持っていって深々と煙を吸い込んだ。「わかったわよ、ほんとのことを話すわよ、話せばいいんでしょ？　喧嘩したっていうのは嘘よ。別に喧嘩したわけじゃないの。ある日出かけていって、それっきり戻ってこなかったの……それだけ。でもね、ほら、ことわざでも言うじゃない？　贈り物を貰ったら粗探しはするなって。あの人には苦労をかけられっぱなしだった。はっきり言って、とんでもないろくでなしよ。これまでどんだけ殴られたか。生活費だってろくに渡してくれなかったし。だからね、あいつの身に何が起ころうとあたしの知ったことかって思ったの。いい厄介払いができたんだもの、ありがたいと思わなくちゃって」

「で、あんたとしては、ご亭主の身に何が起こったと思ったんだい？」

「最初はパクられたんだと思ったわ。あの日は仕事に行くって出かけていったから」

「たとえば、年金暮らしの年寄りのとこに小間物をくすねにいくとか？」さり気なく水を向ける口調でフロストは言った。

「いかにもね。あの人らしいわ、そういうのって。でも、仕事の内容までは聞いてない。ともかく、あの人は出かけていったきり戻ってこなかった——はい、あたしに言えるのはそれだけ」

「でもって、あんたはご亭主のサインを偽造して小切手を切りはじめた？」

「一週間ばかり経ってからだけどね。食べてかなきゃならないもの、でしょ？」

「ひょっとして死んでるんじゃないか、とはちらっとでも思わなかったのかい？」

「ちらっと思うどころか、ばっちり当て込んでたわよ」

「だったら、なぜ警察に通報してこなかったんだい？　あんたとあの雇われちんぽこ坊やが殺したんじゃないなら、警察に通報したとこでけつに火がつくわけじゃなし」

「警察に通報して、あんたたちがあの人の死体を見つけちゃったりしたら、本物のホクストン夫人に、あの性根の腐った業突張《ごうつくば》りに、今の住まいもあの人の蓄えも何から何までぶんどられちゃうからよ」

フロストは口をあんぐりと開けた。「本物のホクストン夫人？　なんとまあ、おれはあんたがレミーの本妻だとばかり思ってたよ」

マギーは首を横に振った。「あの人は、十年まえに本物の女房を捨てて、あたしとひっついたのよ。その女房ってのが、もう欲の皮が突っ張ってるなんてもんじゃなくて、超がつくほどがめついの――亭主が死んだことがあの女の耳に入りでもしたら、あたしはレミーの棺桶が墓穴に降ろされるのを見届けることもできずに、あの家から叩き出されて、路頭に迷うことになってたわ」

「そうか。レミーは家を出ていったきり戻ってこなかったけど、あんたはそれについちゃ捜索願はおろか、げっぷひとつ出さなかった。そういうことだな」

マギーは挑みかかるようにフロストを睨み返した。「でも、それは別に法律違反でもなんでもないと思うけど」

「小切手に偽の署名をすることは、立派な法律違反だよ」とフロストは言った。

「あたしはレミー・ホクストンの、いわゆる内縁の妻ってやつだったのよ。そのあたしがお金に困ってた。で、亭主のサインを真似て小切手を切ったからって、あたしに有罪の判決を下す陪審員なんていやしない。違う？」

フロストは、空《から》になった煙草のパックでテーブルの縁を軽く叩きながら言った。「なあ、マギー、あんたは本当のことを言ってるのかもしれない。それでも困ったことに、あんたはやっぱりおれたちの描いた筋書きにぴたりとはまるんだよ、容疑者として。仕事に出かけたレミーがひょっこり帰ってきてみると、あんたはあのウェイン坊やと腰振りダンスの真っ最中だった。そりゃ、当然、喧嘩になるわな。で、あんたはレミーを殺し、死体を捨てた。あとはもうちんぽこ三昧に贅沢三昧だよ、何不自由なく暮らしましたとさ——って筋書きなんだけど」

マギーは出し抜けにコリアー巡査のほうを振り向き、ぱちんと指を鳴らした。「ちょっと、悪いけど、あたしのハンドバッグを」ハンドバッグを渡されると、口金を開けてなかから窓付き封筒を取り出し、フロストの鼻先に突きつけた。「これ、見てみるといいわ」

窓付き封筒には折りたたまれた文書が入っていた。フロストはそれを抜き出して拡げた。ヴィザカードからレミー・ホクストンに請求されたクレジットの利用代金明細書だった。請求金額は六百九十九ポンド九十九ペンス。デントン市内の〈スーパーテック〉なるディスカウント・ストアで購入した物品の代金だった。フロストは明細書の数字をひとしきり見つめ、次いでマギーに眼を向けた。「見たよ。それで？」

「レミーは、クレジットカードは肌身離さず持ち歩く主義だったわ。いつも持ち歩いてる札入れに入れてた。出かけるときには忘れずにってわけ。あの人、三ヶ月まえに死んだんでしょ？ってことは八月よね。だったら、どうして十月になってからこんな七百ポンド近くもの買い物ができたわけ？」

フロストはもう一度、明細書に眼を遣った。カードが利用された日付は十月十二日になっていた。「つまり、あんたが買ったわけじゃないってことだね？」

「あの人のクレジットカードなんか持ってないもの。持ってもいないカードをどうやって使うわけ？　犯人が使ったのよ。あの人を殺した犯人が。そこのお店に確認してみればいいじゃない——七百ポンドもするものを買ってるんだから。そういう客のことは覚えてるはずよ」

フロストは明細書を元どおりに折りたたみ、封筒に滑り込ませた。「わかったよ、マギー。調べてみよう」

取調室を出て、とりあえず捜査本部の部屋に戻った。アーサー・ハンロンが捜索作業の分担表に最後の調整を加えているところだった。ハンロンは分担表をひとまとめにすると、フロストのほうに差し出す仕種をした。

「明日は捜索範囲を湖や運河やなんかにも拡げることになってるんでね。作業の割り振りをしてたんだよ。確認するかい、ジャック？」

フロストは首を横に振った。「いや、アーサー、遠慮しとくよ。信じてるから。あんたがこしらえた分担表なら、そりゃもう完全無欠に決まってる」そこでひとつ大きく欠伸《あくび》を洩らした。

「ちょっくら家に帰ってひと眠りしてくるよ。二時間ばかり。そのあいだに手や足の指先、もしくはちんぽこの先っちょを切断された死体が見つかった場合は、キャシディ警部に捜査の指揮を任せるように」

帰りがけに、特にこれといった目的もなく自分のオフィスに寄ってみた。予備のデスクに、警察官が事務処理に必要とする各種の物品が整然と積みあげてあった。アレン警部のオフィスを放逐されたあと、フロスト警部のオフィスに間借りすることになったリズ・モード部長刑事が運び込んだものだった。自分のデスクに近づき、《未決》のトレイをのぞき込んで、おざなりに中身を確認した。マレットがまたしても、どうでもいいようなくそくだらない用件をメモに書きつけて寄越していた。そのしたにはもろもろの申請書やら調査報告書やらの書式がごっそりとひと束分、記入を待っている。デスクの天板の真ん中に、リズ・モードが作成したスタンフィールド邸侵入窃盗事件の被害品目とされる毛皮と宝石のリストが載っていた。保険会社に提出された保険金請求書のコピーも添付してあった。請求書の金額欄には、王室の戴冠式用の宝玉を盗まれたのかと錯覚しそうな数字が書き込まれていた。フロストはさしたる興味もなくリストと申請書にざっと眼を通すと、デスクのうえに戻した――リズ・モードのデスクのうえに。目下のところ、考えるべきことはほかにいくらでもあった。もっと重要で、もっと焦眉の問題が。

署の駐車場に停めておいた車のところまでは、無事にたどり着いた。ドアのロックを解除しようとしたとき、署の裏口から猛然と飛び出してきたウェルズ巡査部長に呼び止められた。ウェルズは通報記録とおぼしき紙片を盛大に振りまわしていた。「まただよ、ジャック！　またやられた。ベッドで寝てた子どもが刺されたんだよ」

「リズ・モードをつかまえりゃいいだろ」とフロストは言った。「あいつの担当なんだから」

「非番なんだと。それにマレット署長じきじきのご指名なんだよ、本件はフロスト警部が担当するようにってな」

「おれが？　なんでまた？」

「あんたが警部だからだよ。刺された子どもの父親はマレット署長のご友人であらせられるんだそうな」

「マレットの友は、おれの敵だ。どんなやつだろうと、無条件に。マレットには、ひと足違いでおれをつかまえ損ねたって言っときゃいい」

そうは言ったものの、署長執務室の窓辺に、こちらをじっと眺めているマレットの姿があることには気づいていた。深々とひとつ諦念の溜め息をつくと、フロストはウェルズの手から通報記録の用紙を取りあげ、車に乗り込んだ。


通報記録の用紙に書き込まれていた住所には、田園地帯の別荘を模したバンガロー風の建物が建っていた。金《かね》に飽かして設《しつら》えたことが一目瞭然の邸宅で、広大な庭を擁し、裏手の〈デントン・ゴルフ・クラブ〉のコースと境界を接していた。家のまえに警察車輌が一台、駐まっていた。フロストはそのうしろに車を入れた。降りようとしたとき、背後のスペースに車がもう一台滑り込んできて、タイアを軋らせながら停まった。降りてきたのはリズ・モードだった。髪が乱れ放題に乱れていた。緊急通報を車載無線で聞きつけて、ただちに駆けつけてきたのだった。

先着していたジョーダン巡査がふたりを屋内《なか》に通した。家の奥のほうから怒鳴り声が聞こえた。「父親です」ジョーダン巡査が言った。「どれだけ偉いんだか知らないけど、やたらめったら威張りやがって……ほんと、いけ好かない野郎ですよ」

「だろうな」フロストは頷いた。「なんせ、マレット署長のご友人であらせられるそうだから」今すぐ奥に直行して怒鳴りつけられたい心境ではなかったので、とりあえずジョーダンにこれまでの経緯を説明するよう求めた。

ジョーダンは手帳を開いた。「被害に遭った子どもの両親ですが、ウィルクスといいます――ウィルクス夫妻。事件発生当時、夫妻はゴルフ・クラブに出かけていて不在。今夜は毎年恒例の晩餐と舞踏の夕べとやらが催されたんだそうで。で、夫婦揃ってそいつに出かけたので、四歳の娘は住み込みのベビーシッターが寝かしつけたそうです。その後、おおよそ午後十一時半ごろ、そのベビーシッターが子どもの悲鳴を聞きつけた。子ども部屋に駆けつけたけど、内側からドアに突《つ》っ支《か》いが噛ましてあってすぐにはなかに入れなかった。最終的には蹴って開けた、と言ってます。室内に飛び込むと、窓が大きく開け放たれていて、子どもは泣き叫んでいた――血のついたパジャマ姿で。とっさに窓のそとに眼を遣ると、人影が見えた。裏庭の突き当たりの柵によじ登って、隣のゴルフ・コースに逃げ込もうとしてたそうです」

「刺された少女だけど、傷の程度は？」とリズ・モードが尋ねた。

「まあ、かすり傷だな。大事にならなくてほっとしたよ、ほんとに。もうベッドに戻って、今ごろはまたすやすや夢のなかじゃないか——」家の奥からまた怒気を含んだ大声が響き渡った。ジョーダンは眉をひそめた。「まあ、こんなくそとんでもない騒音のなかでも眠れるものなら」

「まずは侵入経路を確認しとこうか」とフロストは言った。ジョーダンはふたりの刑事を平屋建ての建物の裏手に案内した。途中でテラスに面した居間の窓のまえを通過した。窓越しに、室内を大股で行きつ戻りつしながらシムズ巡査に向かって何やら大声でわめき立てている男の姿が見えた。その男が被害に遭った娘の父親と思われた。父親がこちらをぎろりと睨んだ。険悪そのものの視線を浴びながら、一行は足を速めてその場を通り抜けた。

建物のいちばん端の窓、そとに向かって大きく開け放たれた両開きの窓のすぐしたで、科学捜査研究所から派遣されてきた鑑識チームの一員が、使い終わった商売道具をケースにしまい込んでいた。フロストの姿に気づくと、現場捜査の担当者は首を横に振った。「収穫ゼロだよ。母親とベビーシッターの指紋しか出なかった」

「科研ってとこは、ほんと、とことん役立たずの集まりだな」フロストはそう言うと、子ども部屋のなかをのぞき込んだ。内装はピンクと白。開け放たれたままのドアのまえに横倒しになっている木の椅子もピンクと白。壁際に寄せて置かれたベビーベッドも、これまたピンクと白。ベッドに子どもの姿はなかった。「おや、小さなお姫さまは？」

「ベビーシッターの部屋です」

フロストはうしろを振り返って裏庭をひとわたり眺め、さらに突き当たりのゴルフ・コースのほうに眼を遣った。「ああ、あの柵だな、男がよじ登って逃げたってのは？」見たところ、地境の塀はさほど高くはなさそうだった。

フロストは窓の桟に片脚をかけ、ひとまたぎで子ども部屋に降り立った。リズ・モードとジョーダン巡査もそれにならった。「ふむ、人並みの運動神経がありゃ、ここには侵入できるってことだな」フロストは独り言のようにつぶやくと、ベビーベッドに近づいた。ベッドには、サーカスにまつわるあれこれを図柄にしたベッドカヴァーが拡げてあった。図柄のひとつ、歯を剥き出して笑うピエロの白い顔に、赤い雀斑《そばかす》のような小さな血痕が散っていた。フロストはベッドカヴァーに顔を近づけ、しばし観察したのち頷いた。ここにはもう見るべきものはなかった。「仕方ないな、時間稼ぎのネタも尽きちまったようだし――マレット署長のご友人とやらのご尊顔を拝するとしよう」

被害に遭った子どもの母親は、三十代半ばぐらいの年恰好に見えた。ブロンドの髪は色味がきわめて薄く、ほとんど銀色に見える。着ているものは、胸元を深く刳ったエメラルド・グリーンのイヴニングドレス。壁に埋め込んだ暖炉で燃えさかる、電気の炎のまえに、背中を丸めて坐り込んでいた。父親のほうは黒っぽい髪に黒々とした手入れの行き届いた口髭を蓄え、白いディナージャケットに黒い蝶ネクタイという恰好だった。フロストが居間に足を踏み入れた瞬間、ウィルクスはくるりと向きなおり、怒りを剥き出しにして吼え立てた。「遅いっ、遅すぎるっ。だから逃げられてしまうのだ。きみらがその肥えてたるんだ尻をどっかり据えたまま、のらくらと無為に時を過ごしたりしていなければ、警察官なら警察官らしくもっと迅速に行動して いれば、現行犯で逮捕できた可能性もあったというのに」

フロストは勧められるのを待たずに、空いていた椅子にちゃっかりと腰を落ち着け、したから見あげる恰好でウィルクスに愛想よく笑いかけた。「その肥えてたるんだ尻って言い方だけど、おれの同僚の女刑事に対して使うには、いささか不適切な表現だと思う——どう見たって、おたくのそのおけつより、ずっとこぢんまりしてるもの」

ウィルクスの口元がぴくりとこわばり、険悪の度合いがなお一層高まった。「わたしに対して、そういう口のきき方はやめたまえ、警部。わたしは被害者だ、どこの誰ともわからないいかれた変質者がわたしの家に押し入り、わたしの大切な娘を刺したのだ。本来なら捜索と警護のために警察官が最低でも二十名は派遣されてきてしかるべき事態だ。にもかかわらず、通報を受けてやってきたのは警察車輛一台に制服警官二名。たったの二名だ。情けないとは思わないのか？　恥ずかしいとは思わないのか？」

「そりゃ無理ってもんです、ご主人」とフロストは穏やかに言った。「二十名なんて人数は、出したくたって出せません。目下、うちの署で動かせるのは八名しかいない。しかもその八名でデントン市内全域を受け持ってるんだから。残りは全員、今日は一日じゅう行方不明の男の子の捜索に駆り出されてた。捜索活動ってのは、まだ夜も明けきらないうちから陽が落ちるまで続くんです。暗くてもう捜しようがなくなるまで。今日、捜索に当たってた連中は、今ごろ仮眠を取ってるはずです。で、明日また夜明けまえから、捜索活動を再開するんです」

しかし、被害に遭った子どもの父親としては、デントン警察署の実状にも員数の遣り繰り算段にも興味はないようだった。「変質者が野放しになってるんだぞ！　幼い子どもを刃物で刺してまわってるんだぞ！」ウィルクスは声を張りあげて怒鳴った。「こんな手薄な態勢で何ができるというんだね？　増員したまえ！　いいから、ともかく増員したまえ！」

フロストは両手を小さく挙げて降参の身振りをした。「まあまあ、ウィルクスさん、お互いちょっと頭を冷やしましょうや。おたくは犯人を逮捕してほしいと願っていて、おれたちとしても是非そうしたいと願ってる。それには、こんなふうに怒鳴りあってても、なんの足しにもなりゃしない。事件が発生したとき、おたくも奥方も外出しててその場には居合わせなかった――ですね？　ならば、とりあえずベビーシッターの話を聞きましょう。少なくとも、犯人と思われる男を見てるそうだし」

ベビーシッターということばからフロストが想像していたのは、昔風の子守のお仕着せを着て膏薬の臭いをさせている、白髪交じりの小柄な老女の姿だった。だから、スウェーデン出身と思われる、ブロンドの髪に見あげるような長身の、どう見ても二十歳《はたち》まえにしか見えない娘が、毛布にくるまれて眠る子どもを胸に抱いて登場してきたのは、嬉しい誤算というやつだった。

「なんとまあ」フロストはリズ・モードの耳元で囁いた。「ああいうベビーシッターなら、おれもぐずったりしないでおっぱいを飲むよ。なんなら母乳でもいい」

リズ・モード部長刑事としては、聞こえなかったふりをしつつ、今の台詞《せりふ》がウィルクス夫妻の耳には届かなかったことを願うばかりだった。時と場所をわきまえず、最も言ってはいけないタイミングで悪趣味きわまりない冗談を口にすることにかけて、フロスト警部はまさに天才としか言いようがない。

「ヘルガは、英語がまだあまりうまくない」とウィルクスは言った。

でも、〝ねえ、お願い〟の言い方は心得てる――とフロストは声に出さずにつぶやいた。それだけ言えれば、意思の疎通は充分に図れるというものだ。気後れすることはないと伝えたくて、フロストは笑みを浮かべた。「ええと……ヘルガ、きみは悲鳴を聞いた。それで子ども部屋に駆けつけたんだね？」

ヘルガは頷いた。眼を輝かせているのは、冒険譚を披露できる機会がめぐってきたことで興奮しているせいかもしれなかった。「あたし、ゾーイ泣いてるの聞くでした。だから走った。子ども部屋に。でも、ドア、開かない。あたし蹴《け》た、ドア開いたです。ゾーイ、血ついてた。あたし、窓のそと見た。男が柵、登る見た、ゴルフ場に消える見たです」

「その男の特徴を教えてもらえる？」リズ・モードがペンを手にメモを取る構えで言った。

「駄目です。暗すぎで遠すぎでした。あたし電話しましたです。ゴルフのクラブに。ウィルクスさんいたのとこに」

「ああ、間違いない」ウィルクスは頷いた。「ヘルガの電話を受けて、その場で警察に通報し、われわれも急いで帰宅した」

「暗すぎで遠すぎだったんなら、きみが見たのは女だった可能性もあるね？」とフロストは尋ねた。

思ってもいなかったことを訊かれたからか、ヘルガは眼を丸くした。「女、小っさな赤ちゃんに、そんなのことするですか？」

「男女同権の世の中だからね、除外すると女に怒られる」とフロストは言った。「ゾーイの傷の程度は確かめたかい？　お医者は呼ばなかったんだね？」

「お尻に、小っさな刺した跡、みっつ」とヘルガは言った。「あたし、それにばんそこ貼ったです」彼女は子どものパジャマのズボンをおろして、尻の傷に貼った絆創膏を見せた。確かに、その程度の手当てで事足りる傷のようだった。子どもは身じろぎもしないで、ベビーシッターの腕のなかですやすやと寝息を立てている。

「ヘルガが駆けつけなかったら、変態野郎に何をされてたか……考えるだけでも身の毛がよだつ」ウィルクスはそう言うと、思いついたように妻のほうに向きなおった。「うちじゅうの窓という窓に防犯用の格子を取りつけさせよう——明日の朝いちばんに」

「刑務所みたいになりそう」ウィルクス夫人は不服そうに言った。

「かまうもんか。見てくれを気にしてる場合じゃあるまい？　このぐずのお巡りどもが犯人を逮捕するまで、こっちは枕を高くして寝るわけにはいかないんだから」

〝ぐずのお巡りども〟の部分については不問に付すことにして、フロストはベビーシッターに言った。「ゾーイが今着てるのは、刺されたときに着てたものじゃないね？」

「はい、違います。あたし、着替えさせたです。血ついてたから」

「最初に着てたパジャマを持ってきてもらえないかな？」フロストは頼んだ。笑顔を添えて。

　数分後、子どもをベッドに寝かしてベビーシッターが戻ってきた。ケア・ベア（一九八一年アメリカでグリーティングカードの挿絵として誕生した熊の人気キャラクター）のキャラクターがついたパジャマを小さく丸めて持っていた。ヘルガが足を踏み出すたびに、両の胸の膨らみが豊満に揺れ、見る者にえもいわれぬ歓びをもたらした。何か持ってきてもらうたびに、こんな光景を拝めるのだとしたら……フロスト警部としては、パジャマ以外に所望できるものがないのが残念だった。ヘルガからパジャマを受け取り、眼のまえで拡げた。ズボンの尻の部分に、ちょうど刺し傷と一致しそうな箇所に、斑点を打ったような血痕が認められた。顔を近づけ、詳しく検めた。パジャマの布地は無傷だった——刃物を突き刺した場合にできるはずの裂け目がない。「子ども部屋に飛び込んだとき、ゾーイのパジャマのズボンはずりおろされてたかい？」

　ヘルガは首を横に振った。ブロンドの髪が左右に揺れてちらちらと瞬いた。「いいえ、おろされてないでした。上掛け、めくってあるでした。ゾーイはお腹《なか》したにして寝てたです。でも、パジャマはおろしてなかったでした」

　ねぎらいの気持ちを込めて、フロストは笑みを浮かべた。「なるほど、よくわかったよ」受け取ったパジャマをモード部長刑事に渡した。「差し支えなければ、このパジャマはしばらく預からせてください」フロストは椅子から立ちあがった。「ああ、見送りはけっこうですよ。出口はわかりますから」

「これにて終了かね？」非を難じる口調でウィルクスは言った。「せめて付近一帯を捜索するぐらいしたらどうなんだ？」

「捜索って……何を捜すんです？」フロストは訊き返した。「人相風体もわからない男を捜すんですか？」

「だったら、何をしてくれるんだね？」

「目下、有望そうな手がかりがいくつかあるんで、そいつを徹底的に追っかけますよ。何かわかったら随時お知らせします、ウィルクスさん」

「忘れてもらっては困るから、改めてはっきり言っておこう。わたしはデントン警察署の署長であるマレット警視と個人的に親しい友人関係にある」

「大丈夫ですよ、ウィルクスさん」とフロストは言った。「そのことでおたくを悪く言おうとは思ってないから」

戸外《そと》に出ると、フロストはリズ・モードに尋ねた。「この幼児を狙った連続刺傷事件なんだけどな……ほかの子どもたちの傷も、ここの子みたいなやつだったのかい？　先の尖ったもので刺されたみたいな、ちっちゃな傷だった？」

「ええ、そうです」とリズは答えた。

「刺傷事件なんて言うから、おれはてっきり刃物かなんかで刺されたか、切られたかしたんだとばかり思ってたよ」

「いいえ、違います。詳細は報告書にまとめといたはずです——警部のデスクに置いておきましたけど」

「おれは報告書と名のつくものは読まない主義なんでね。以後、覚えておくように」とフロストは言った。「ほかの子どもたちも、けつを刺されてたのかい？」

「臀部が二名、太腿が一名、上腕部が三名です」

フロストは車のドアを開け、運転席に滑り込んだ。「そのうち着衣のうえから刺された子は？」

リズ・モードは少し考えてから言った。「いいえ、ひとりもいません。いずれの場合も素肌を露出させて刺してます。シャツみたいな寝巻なら裾をまくって、パジャマみたいに上下に分かれてるものならズボンをおろしたり、上着をはだけたりして」

「今夜のあの小さなお姫さまだけど……」フロストはダッシュボードの物入れやらドアポケットやらを探って煙草を探した。せめて比較的長めの吸い殻の一本ぐらい、どこかにあってもよさそうなものだ。「あの子のパジャマのズボンにはゴムが入ってる。おけつをひと刺しするときに、犯人の野郎はパジャマのズボンをぐっと引っ張ったんだな、きっと。でもって、あとは手を放してズボンがもとの位置に戻るに任せた」悦ばしいことに、それなりの長さを残した吸い殻が見つかった。フロストはそれを唇のあいだに押し込み、眉間に皺を寄せた。指先にべったりとニコチンのしみがついていた。

「それは重要なことでしょうか？」とリズはいささか尖った声で尋ねた。車中のフロスト警部と話をするために身を屈めているので、腰が痛くなりかけていた。

「ひょっとするとな」とフロストは言った。「署に戻る。おれの車についてきてくれ――後れを取るなよ」

署に戻ったふたりを待ち受けていたのは、怒り心頭に発した態でアレン警部のオフィスのまえの廊下を行きつ戻りつしていたキャシディ警部代行だった。「警部、あなたに話がある」キャシディは刺々しく言い捨てると、先に立ってアレン警部のオフィスに入り、フロストがあとから入ってくるのを待った。

「いいとも」フロストは大声で返事をしながら自分のオフィスに入り、キャシディ警部代行があとから入ってくるのを待った。数分ののち、ようやく状況を理解したキャシディが、フロストのオフィスに押しかけてきた。「きみはしばらく席をはずしてくれ、部長刑事」怒鳴りつけるような口調で、キャシディはリズ・モードに命じた。

「だったら、嬢ちゃん、ビル・ウェルズのけつを蹴飛ばしてきてくれや、例のファイルをさっさと持ってこいって」フロストは笑顔で言った。リズ・モードが出ていくのを待ち、椅子をくるりと回してキャシディのほうに向きなおった。「なんなんだ、今度は?」

「マギー・ホクストンの事情聴取は、わたしが担当していたはずだ。亭主のレミーを殺害した容疑で。ひと息入れるために中座して、戻ってみたら、どうなっていたか？　厚顔にして無神経きわまりないことに、わたしに成り代わってある人物が事情聴取を続行していた。わたしには開示されていない証拠物件をもとに」

「いや、なに、おまえさんがいなかったもんだから、ちょっとね」とフロストは言った。

「だからといって、あなたには他人《ひと》の事件を横取りする権利はない。他人《ひと》の証拠物件を勝手にいじくりまわす権利もなければ、他人《ひと》の容疑者を勝手に取り調べる権利もない」

「悪かった、坊や」とフロストは言った。「どうもおれは微妙な配慮ってやつが苦手でな。そこまで気がまわらないっていうか。おまえさんの言うとおりだよ。あれはおまえさんの事件だ。二度と手出しはしないよ」

キャシディは来客用の椅子に腰をおろした。相手はいきりたって反論してくるだろうから、マレットの面前に引きずり出し、その場で決着をつけてやる心積もりだったのに……なんと全面的に非を認めてあっさりと謝罪してきたのである。難詰したほうとしては、面食らってしまうではないか。「今さらそんなふうに言われても……納得できない」と言い返してはみたものの迫力に欠けていた。

「だろうな、坊や、そう言われても当然だよ。おれのしたことは、立派な越権行為だ。言語道断だ」熱を帯びた口調で、フロストは言った。

キャシディとしては、まだ言い足りなかった。駄目押しをするつもりで口を開きかけて、途中でまた口をつぐんだ。言うべきことばが見つからなかった。そのとき、リズ・モードがビル・ウェルズを従えて戻ってこなければ、もっと間の悪い思いを味わう羽目になっていただろう。ふたりは、それぞれ腕に抱えていた埃だらけのファイルの山をフロストのデスクにどさりとおろした。

「本当なら、アルファベット順に並んでなきゃならないんだが」ウェルズ巡査部長は弁明する口調で言った。「ごちゃごちゃになっちまってる。ボイラーの貯水槽が破裂して、以前《もと》の記録保管室が水浸しになったことがあっただろう？　あのとき慌てて運び出したもんだから」

「なんだ、また言い訳か」とフロストは言った。「よく、まあ、そう次から次へと、面白くもない言い訳をひねり出せるもんだな。そもそも己の仕事に真摯に取り組もうという姿勢に欠けてる。巡査部長なら率先垂範するべきだ。クリスマスの日に自主的に出勤してきて整理するとか」

「ああ、あんたに言われなくても、クリスマス当日には出勤してくる」機を逃さず、ウェルズはわが身の不幸を訴えた。「くそいまいましい勤務表がそうなってるからな。毎年毎年、どういうわけか、そういうふうに組まれてるからな」

「そうだった」とフロストは言った。「忘れてたよ……あんたのまえでこの話題は禁物だってこと」ファイルの山は四つに分けられ、その場に居合わせた全員に平等に分配された。「これから発掘作業に取りかかる。掘り出すのは、シドニー・スネルのファイルだ」

キャシディは素早く顔をあげた。「もう一度、氏名を」その名前には聞き覚えがあるような気がした。

「シドニー・スネル――通称〝なめくじ《スライミー》〟シド。おいたの常習犯だよ。子ども相手に猥褻行為を働くんだ。医者を騙《かた》るってのが手口でね」

キャシディは指を鳴らした。ようやく思い出した。「幼い子どものいる家庭を訪ねて、市の保健局から派遣されてきたと称して母親を騙してたやつだ。おたくのお子さんには予防接種の必要がありますと言って」

「予防接種？」リズ・モードが訊き返した。

「そう、卑劣な手口だよ、部長刑事。シドニーというのは、謂うところの変質者だ。子どもの尻っぺたやぽっちゃりとした腕に注射針を突き立てるのが趣味って野郎だ。子どもが血を流すのを見たり、泣き声や悲鳴を聞いたりすることで興奮を得ていた」

「子どもの腕やお尻に注射をしていたってことですか？」リズ・モードは再度確認するように言った。

「中身はただの水だよ」とフロストが言った。「要は子どもの柔肌に針を突き立てたかったんだな。血を見るために。御用になるまでに、六人だか七人だかのおちびさんが被害に遭ってる。さらに遡れば、ご開チン行為の前科もある。公園でベビーカーを押してるママさんたちに自慢のムスコを披露して歩いた」

「それなら今朝も二件、通報があったよ」とウェルズが言った。「公園にいたご婦人に向かって下半身を露出させた男がいるって」

リズは背後に手を伸ばして自分のデスクからタイプ打ちの書面を取りあげると、怒りを込めてウェルズ巡査部長の鼻先に突きつけた。「あなたには、幼児がらみの猥褻行為や未成年相手の性犯罪で前科のある者はひとり残らずリストアップして、と頼んだはずよ。これがあなたの提出したリストよね。どうしてスネルの名前が載ってないの？」

「そりゃ、昔々のお話だからだよ」とウェルズは言い返した。「かれこれ十年まえ……いや、十一年まえのことを今さらほじくり返しても――」

「だとしても、判断するのは――」リズは口を挟みかけた。

「悪いけど、部長刑事、人の話は最後まで聞いていただけませんでしょうか」ウェルズは冷笑混じりに言った。「スネルはもうデントンには住んでない。五年ほどまえになるかな、お勤めを終えて刑務所《ムショ》を出たあと、北のほうに越してった。デントンに舞い戻ってくることは、住民が許さなかった。小さい子どものいる親たちが。うろうろしてるとこを見かけたら袋叩きにしてやるってな、言ってみれば脅したわけだ」

「まあ」リズは勢いを失った。おまけに決まりも悪かった。先ほどから、どうもフロスト警部は胸に一物あるのではないかと思っていたが、案の定。恥をかかされた腹いせに、苛立ちの矛先をフロストに向けた。「ならば、どうして、そんな人物のファイルを捜したりして貴重な時間の無駄遣いをしてるんです？」

「気になるんだ、なんとなくあの野郎がデントンにこっそり舞い戻ってきてるんじゃないかって」とフロストは言った。「昨日、あいつを見かけたような気がするんだよ」

「にもかかわらず、それを誰にも言わなかった。情報を得ても、われわれとは共有するまでもないと判断したわけだ？」辛辣な口調で、キャシディは言った。

「確信が持てなかったんだ」眼のまえに積みあげた埃だらけのファイルの山から一冊抜き取り、おざなりに眼を通したのち、また山の適当な場所に突っ込むことを繰り返しながらフロストは言った。「なんせ最後に顔を見たのは、十年もまえのことだし」ウェルズの叫び声で顔をあげた。「あったぞ《ビンゴ》!」ウェルズは一冊のファイルを高々と掲げ、フロストのほうにひょいと放って寄越した。フロストはファイルの表紙に息を吹きかけ、埃を飛ばしてから開き、なかに添付してあった写真を眺めた。三十歳を何歳《いくつ》か出たぐらいの、下膨れな顔をした男が写っていた。カメラを睨みつけるように眉根をぎゅっと寄せている。ニコチンの染みついた指先で、フロストは写真の男を突っついた。「やっぱりそうだ。おれが見かけたのはスネルだったよ」

「間違いありませんか?」リズは念を押した。これを機に一挙に逮捕に持ち込めるかもしれないと思うと、いやでも胸が躍った。

「ああ、間違いない」とフロストは言った。「十年経っても、この豚そっくりの細っこい眼は変わってなかったからな」

「デントンに住んでたときは、母親と同居してた」とウェルズが言った。「由緒正しき筋金入りのマザコン坊やだったのさ」フロストの肩越しにファイルをのぞき込み、記載されていた住所を指さした。「パーネル・テラス三十九番——十年まえの住所だからな。野郎のおっ母《か》さんだって果たして今もそこに住んでるかどうか」

リズ・モードはハンドバッグを引き寄せ、デントン市内の街路地図が入っていることを確かめた。「これから行ってきます。行ってみれば、わかることでしょう?」

「待ちたまえ」今度はキャシディが興奮した声を張りあげた。「警部、見ると、あなたは重要なことを見落としている」キャシディはシドニー・スネルの逮捕記録をフロストの眼のまえに突き出した。

「見落とし？」フロストは慌てて逮捕記録に眼を通した。「医者を詐称していた当時、スネルは本物の診療鞄を持ち歩いてた」

「ああ、知ってるよ」とフロストは言った。

「だったら、鞄の中身は？」

フロストは肩をすくめた。「注射器だろ？　あとは包帯に、ヨードチンキに……」

「クロロフォルムがひと瓶」キャシディはひとり悦に入った様子で薄ら笑いを浮かべると、逮捕記録に記入された当該事項を指さした。

フロストは低く口笛を吹いた。「なんとまあ、おれとしたことが！　すっかり忘れてたよ。おまえさんの言うとおり、こいつを見落としちゃいかんな」

「クロロフォルム……？」とリズ・モードは言った。

フロストは頷いた。「犯行時に使った証拠は出なかったけどな。聞くところによると、スネルの野郎には、身内に医者をやってた伯父さんだかなんだかがいたらしい。で、その伯父さんが死んじまったんで、〝なめくじ《スライミー》〟シドはこれ幸いと診療鞄をくすねたわけさ」親指の爪を噛みながら、フロストはそのことについて考えをめぐらせた。「クロロフォルム……ふむ。おれたちがそこまでつきに恵まれてるとも思えないけど、子どもを刺してまわってたのも、ディーン・アンダースンを殺したのもシドニーの野郎だったってことになりゃ、こっちとしては願ったりかなったりだもんな」フロストは立ちあがった。「よし、運転はおれが引き受けた」

「待ってくれ」ジャケットのボタンをはめながら、キャシディが言った。「わたしも同行する」

難事件解決の栄誉が、それも二件分も、眼のまえにぶら下がっているのである。この好機を逃す手はない。マレットに事件解決を報告する場面が目に浮かんだ。「あれからさらに二件の事件が解決しました」——あくまでも謙虚に、慎ましやかに切り出すのである。「ファイルを調べているときに、たまたま自分がクロロフォルムの記載に気づいたのです。あとは簡単な足し算みたいなものでした。あちらの事実とこちらの事実を考え合わせてみれば、自ずと答えが出てくるわけで……」

「三人も要らないよ」とフロストは事実を指摘した。

「ならば、モード部長刑事は署に残って管理業務に当たればいい」とキャシディは言った。

リズ・モードは激怒した。「これはわたしの担当している事件です！」

「捜査にも優先順位というものがある」とキャシディは言った。「少年の殺害事件のほうが重要事案だ。きみは署内に残ったほうが戦力になる。ウェルズ巡査部長を手伝って、これらのファイルをアルファベット順に整理しなおしておいたらどうだね」

リズはフロスト警部の視線をとらえ、無言のうちに訴えたが、フロストは肩をすくめただけで、ひと言もなくオフィスを出ていった。キャシディもすかさずあとに続いた。リズ・モードは手近な山からファイルを一冊手に取ると、あらん限りの力を込めてオフィスの壁めがけて投げつけた。ファイルが弾け、挟み込まれていた紙があたり一面にはらはらと舞い散った。共感を求めて、リズはウェルズ巡査部長を振り返った。ウェルズの内心では、高慢ちきな雌狐が切歯扼腕するさまをざまあみろと思う気持ちとキャシディに対する反感とが激しくせめぎあっていた。結局は反感が勝利を収めた。「ああ、あいつはいけ好かない野郎だよ」とウェルズは言った。

キャシディはステアリングを切って車をパーネル・テラスの通りに入れながら、フロストがジャケットの裏地の破れ目から発掘した煙草の湿気くさい煙を追い払うべく、当てつけがましく鼻先を手で扇いだ。通りの両側には、いずれもまったく同じ外観の醜悪なテラスハウス――あらかじめ形成してあるコンクリートの建築資材をただ組みあげただけの即製住宅が建ち並んでいた。そのあいだを車は這うように進んだ。明かりはどこにも見当たらない。家並みはふてくされたように鬱々と黙り込み、通りには何やら異様な静寂が重苦しく垂れ込めている。キャシディの気持ちは沈んだ。この区画は廃墟と化している。こんなところに住んでいる者などいるわけがなかった。無人の家々はドアを厚い板でふさがれ、そこに土木建築業者の手になると思われるチョーク書きの符牒のような短いことばが書きつけられている――ガスOFF、電気OFF、水道OFF。

「足りないのは、小便OFF《ピス・オフ》だけだな（ピス・オフには〝とっと失せろ〟の意味もある）」フロストはむっつりと言った。

「いったい全体、どういうわけで――」

「コンクリートの癌（コンクリートのアルカリ骨材反応のこと。コンクリートの膨張、破壊をもたらす）ってやつだよ」とフロストが説明した。

「さっき行ってきたルーク・ストリートの住宅にも同じ症状が出てた。だから、十四歳の女の子が空き家に入り込んで赤ん坊を産み落とすなんてことになるのさ」そういえば、地元の新聞に関連記事が出ていたことを思い出した。「そういう家に住むことはまかりならんってわけで、住人は退去させられてる。新しい家を餌に」

ならば、ここまで足を運んだのも、時間と労力の無駄遣い以外の何ものでもなかったわけである。それに類することを聞こえよがしにつぶやきながら、キャシディはとりあえず通りの突き当たりまで車を走らせ、そこでUターンして署に戻ることにした。

まさにそのとき、その瞬間、絶妙のタイミングでフロストが顔をあげていなければ、それは見逃されていたかもしれなかった。一軒の家から洩れてきたひと筋の光。眼を向けたとたん、窓のカーテンは慌てたように閉められた。が、一瞬だけ生じたカーテンの隙間から蒼白い顔がこちらを見おろしていた。間違いなかった。

「なんだろう、あの向こうの窓から射してくる光は？（シェイクスピア『ロミオとジュリエット』第二幕第二場のロミオの台詞にちなむ）」——フロストは歓声をあげると、キャシディの脇腹を肘で突《つつ》き、明かりの洩れてきた窓を指さした。「あそこに誰かいる、あの家だ」

パーネル・テラスの通りで唯一その建物だけ、まだ窓にもドアにも厚板が打ちつけられていなかった。住所表示は三十九番地。

玄関まえの階段のうえに一列に並んだ空の牛乳瓶が四本、もはや来ることのない配達人を虚しく待ちわびていた。フロストは呼び鈴に親指をあてがい、そこに全体重をかけて押した。家の奥でブザーがひと声甲高く鳴った。その音がやむと、フロストはドアをふた蹴りした。それでも返事がないので、今度は大声を張りあげた——「ドアを開けろ、警察だ！」

家のなかでかちっという音がして明かりがつき、玄関の扇形の明かり窓の、汚れのこびりついたガラス越しに弱々しい光が洩れてきた。続いておぼつかない足取りで階段を降りてくる音がした。

「どちらさま？」

「エイヴォン化粧品から来た訪問販売員《エイヴォン・レディ》だよ」とフロストは言った。「気取ってないで、シドニー、さっさとドアを開けてくれ。どちらさま、なんて訊くまでもないだろう？」

チェーンの音をさせながら、ドアが細めに開き、澱んだ水溜まりのような眼がのぞいて、キャシディが差し出した身分証明書を確認した。チェーンのはずれる音がして、ドアが大きく開いた。赤い縞模様のパジャマにドレッシング・ガウンを羽織った四十がらみの男が、戸惑った様子で眼をしばたたいていた。後退しかかった生え際、眼のうえにまばらに垂れかかったこしのない茶色の髪、見るからに気の弱そうな男だった。「なんでしょう？　なんの用でお見えになったんですか？」

「やあやあ、シドニー君」フロストは愛想のいい笑みを浮かべた。「長らくのご無沙汰だったね。ずいぶん久しぶりじゃないか」

シドニー・スネルは眼をすがめ、声をかけてきた相手をじっと見つめた。「……フロスト部長刑事！」スネルはそう言うなり、ぶるっと身を震わせ、ドレッシング・ガウンの襟元をきつく掻きあわせた。「あなたには二度とお会いしたくないと思っていたのに」

フロストは渋面をこしらえた。「なんだ、おれって案外、人望がないんだな」すかさず玄関に滑り込み、背後のドアを蹴って閉めた。「邪魔させてもらうよ」

　家のなかは黴《かび》の臭いがした。スネルはふたりの刑事を居間に通した。年代物のみすぼらしい家具が置かれた、冷え冷えとした部屋だった。片隅に傷だらけのスーツケースがふたつ、その隣に不恰好に膨らんだ買い物用の手提げ袋が山と積みあげられていた。サイドボードの中央に写真が一枚立てかけられている。自宅の庭先で撮ったものと思われる、まだ少年のころのシドニー・スネルと母親の写真だった。スネルは貧弱な電気ヒーターのスウィッチを入れ、二本の電熱灯が赤く染まりはじめると、フロストとキャシディに身振りで椅子を勧めた。「さて、こうして辛抱強く待ってるんです、そろそろご用の向きを話しちゃもらえませんかね？」

「たまたま通りかかったら、おたくの明かりが見えたもんでね。あんたとおれの間柄だ、ここでちょこっと顔を見せたらきっと大歓迎されて、ちっちゃなスポンジケーキ《フェアリー・ケーキ》（フェアリーには女性的な同性愛者の意味もある）のひとつもご馳走してもらえるんじゃないかと思ったんだよ」とフロストは言った。「おっと、いけない、いけない、礼儀作法ってもんを忘れちまうとこだった。おふくろさんの具合はどうだい？」

　スネルの唇が小刻みに震えだした。「母は……母は先日、亡くなったんです」

「それはそれは。心からお悔やみを申しあげるよ」とフロストは言った。スネルの母親はその昔、長きにわたって息子をかばい、鉄壁のアリバイというやつを提供し続けてきた、警察にとっては眼のうえのたん瘤《こぶ》のような食えない婆さまだったことを忘れるわけにはいかなかった。

　スネルは拳で目頭を押さえた。「心から、ですか？　では、今日のところはそれを信じることにして、ありがとうと言っておきましょう」そしてひとつ深々と溜め息をついた。「あたしには辛すぎる。辛すぎてなかなか受け容れられないんです、母が死んだということを」

「そんなに急なことだったのかい？」とフロストは訊いた。

スネルは首を横に振った。「二ヶ月近くも入院してましたから。三週間ほどまえに病院から電話をもらって、母が危篤に陥ったと知らされたんです。いつ息を引き取ってもおかしくない状態だって。それで取るものも取りあえず駆けつけたんだけど……あたしが病院に着く三十分まえに逝ってしまったんです」スネルは両手に顔を埋めた。「さよならも言えなかった」

「三週間まえ？　それじゃ、三週間まえからずっとデントンにいたってことかい？」

スネルは頷いた。「でも、ご心配なく。このまま居坐るつもりはありませんから。そうしたくてもできないって言うべきでしょうね。市議会の決定でこの通り一帯の取り壊しが始まるそうですから」

「ほう、そこまでやるのか。市議会もけっこう過激だね。たかがあんたひとりを立ち退かせるために」とフロストは言った。

それを無視してスネルは言った。「母はいわゆる〝躓きの石（新約聖書『ローマ人への手紙』九章三十二、三十三節にちなむ。進歩や信仰、理解などの障害となるもののたとえ）〟だったんです。立ち退きには頑として応じませんでしたから。その母が死んだことを聞きつけると――なんと、まだ埋葬もすんでないというのに――市議会はすかさず、この家の解体に伴う退去命令とかいうものを送りつけて寄越した。それで大急ぎで母の遺品を整理しているんです。でも、母は物持ちってわけじゃないですからね、遺品といってもたかが知れてます。この分なら明日にはニューカッスルに戻れそうだと思ってたところでね」スネルは部屋の隅に置かれたスーツケースに向かって顎をしゃくった。「だから、あたしが何かしでかすんじゃないかっていうのは無用の心配です」

「これは、今後おまえが何かしでかすんじゃないかという問題ではない」とキャシディが言った。そろそろ自分の存在を主張すべき頃合いだろうと判断しての発言だった。「すでにしたことだ」

スネルはキャシディを見つめ、当惑の面持ちで眼を瞬いた。「あたしにもわかるようにご説明いただくわけにはいきませんかな」

「おまえがデントンに舞い戻ってきた翌日、子ども連れの母親に下半身を露出してみせる男がうろついてるとの通報を複数受けた。おまえには同様の犯歴があったな？」

「偶然ですよ」

「偶然ってのは便利なことばだが、超極小サイズのちんぽこには使えない。そんなにありふれたもんじゃないから」とフロストが口を挟んだ。「被害に遭った母親のうち二名が、あんなちっぽけな一物は生まれて初めて見たと言ってるんだ。それですぐに、あんたのことを思い出したってわけでね」

スネルの顔が赤煉瓦色に染まった。「ずいぶん失礼なことを言うんですね」

「それだけじゃない」キャシディがすかさずあとを受けて言った。この事情聴取は自分が主導しているのだということをフロスト警部に知らしめるため、いささか声を張りあげ気味にした。

「このところ、就寝中の幼児が腕や臀部を刺されるという事件も頻発している。それもまた、おまえが医療従事者を詐称してしばしば行っていた行為に、あまりに酷似している」

スネルはゆっくりと立ちあがった——憤りを抑えかねたように身体を小刻みに震わせながら。

「十年まえ、あたしは確かに罪を犯した。でも逮捕されて罰を受けた。教訓はちゃんと学び取ったんです、とんでもなく高い授業料を払って」次いでフロストのほうに向きなおった。「幼児相手の性犯罪者というのは刑務所では嫌われ者なんですよ」

「そりゃ、おれだって願い下げだよ、その手の連中は」とフロストは言った。

「刑務所では、どれだけいじめられたことか。バケツに入った汚物を頭から浴びせられたりもしたんです。あんな目には二度と遭いたくない。もう懲り懲りなんです。あの経験を思い起こせば、妙な気の起きようはずがありません」

「ならば訊く——今朝、午前八時三十分ごろ、どこで何をしていた？」とキャシディは言った。

「うちにいましたよ。ここで母の遺品を片づけてた」

「ならば今夜は？　午後十時以降、どこで何をしていたか言ってみろ」

「うちにいました。今日は一度も外出していませんからね」

「ガールフレンドができたのか？」とフロストは尋ねた。

「いいえ」

「じゃあ、ボーイフレンドか？」

「いいえ」

「ほう。しかも赤ん坊に毛の生えたようなちっちゃな子どもに注射針やら刃物やらを突き刺して、ぴいぴい泣き叫ぶ声を聞いたり、ハムのような丸々太った腕やらふんわり柔らかなおけつから血が出るところを見物したりもしてない。だったら、むらむらっときたときには、どうしてるんだい？　なんで気持ちよくなってるんだい？」

スネルの顔に、人を見くだしたようなおつに澄ました笑みが浮かんだ。サイドボードの抽斗を開けると、なかから一冊の聖書を取り出し、フロストの鼻先に振りかざした。「あなたには理解できないかもしれませんがね、フロストさん、あたしはこのすばらしい書物で、あなたの言い方を借りるなら、気持ちよくなっているんです。あたしは生まれ変わったんです。クリスチャンとして、信仰を新たにしたんです」

「でも、今朝方、行き合ったご婦人に振り立ててみせたのは聖書じゃなかった」とフロストは言った。「あんたのその小指サイズのちんぽこだった。だろう？」

「もう……何度言えばわかってもらえるんです？　今日は朝から一日じゅう、外出していません。なんなら聖書に手を置いて誓ってもいい」

「そりゃそうだろう」キャシディは怒鳴りつけるように言った。「おまえのような卑劣漢なら、聖書に手を置いて嘘をつくことぐらい屁でもなかろう」

スネルはキャシディを睨みつけた。「こんな……こんな嫌がらせを受ける謂れはない。手ごろな容疑者がいないもんだから、あたしを犯人に仕立てあげようとしやがって。こっちはこの十年間、ただの一度も道を踏みはずすことなく、こつこつと地道に生きてきたってのに」

キャシディはジャケットの内ポケットに手を突っ込み、二枚の写真を取り出した。一枚めは行方不明になっている少年の写真だった。それをスネルに手渡してキャシディは言った。「その少年をどこで拾った?」

スネルが写真を眺めるうちに、その表情が当惑から安堵へと移り変わっていくさまをフロストはつぶさに観察した。これが演技だとしたら、シドニー・スネルは大した役者だった。

「この子には一度も会ったことがない」

「では、この少年はどうだ?」キャシディに促されて、スネルはディーン・アンダースンの写真を受け取ったが、写真を見ようとはしなかった。フロストの動きから眼を離せなかったからだ。フロストはいつの間にか席を立ち、部屋のなかを歩きながら、ときどき抽斗を開け、中身を引っかきまわしている。「令状をお持ちなんですか?」スネルはたまりかねて大声を張りあげた。

フロストはすかさず晴れやかな笑みを浮かべた。「まさか。そんな野暮《やぼ》なもの、もちろん持ってないよ、シドニー。ちょっとご機嫌うかがいに寄っただけだもの」

「おい、写真だ、ちゃんと見たまえ」相手の注意を惹くため、写真を指先で叩きながら、キャシディは語気鋭く言った。

スネルはほんの申し訳程度に一瞥しただけで、写真を突き返した。「一度も会ったことがない」

「その少年はクロロフォルムを嗅がされてた」とキャシディは言った。

「それが何か？」

「おまえが以前、持ち歩いていた診療鞄にはクロロフォルムが入ってたな」

「おや、そうでしたか？　だとしても、使ったことは一度もない。それに十年もまえの話じゃないですか。あたしは受けるべき罰をちゃんと受けた。そして主の御手に導きを求めたのです。あなた方はどうして、いまだにあたしを許そうとしないんです？　主は許してくださったというのに」

「そりゃ、主はご存じなかったからだよ、おまえさんが抽斗のなかにこんなもんを大事にしまい込んでることを」サイドボードのまえにいたフロストが言った。抽斗のなかで見つけた一枚のカラー写真を掲げていた。五歳ぐらいの幼い子どもがふたり、手を繋いだまま泣きべそをかいている写真だった。子どもはふたりとも全裸だった。フロストはその写真をスネルの鼻先に突きつけた。「そんなつまらない意地を張ってないで、シドニー、もう降参しちまったらどうだ、ええ？」

心外だと言わんばかりに、スネルは写真を引ったくった。「この写真のどこが問題なんです？　ふたりの可愛らしい子どもを写したただのスナップ写真じゃないですか。こんな罪のない写真が猥褻なものに見えるなんて、いったい全体どういう精神構造をしているんだか」

「おれみたいな精神構造の持ち主には――」とフロストは言った。「生まれ変わって信仰を新たにしたクリスチャンってのが、大嘘つきのどすけべ野郎に見えちまうんだよ」

スネルは憤然とフロストに詰め寄ると「こんな屈辱を、受ける、謂れはない！」とひと言ずつ区切って吐き捨てるように言った。「こんなのは不当きわまりない嫌がらせだ」

「黙れ！」フロストは一喝すると、スネルの胸を人差し指で小突いた。「そして坐れ！」スネルは尻餅をつくような恰好であたふたと椅子に坐り込んだ。「これから言うことをようく聞け。おまえは蛆虫《うじむし》にも劣る偽善者だ。聖書の陰に隠れてるつもりのようだが、昔の悪い癖はそう簡単に治るもんじゃない。ついつい手が出ちまった――だろう、シドニー？」

「違う、あたしは――」

「いや、そうだ。そうに決まってる。ちっぽけな一物を見せびらかして歩き、小さな子どもを刺してまわった。だがな、シドニー、今日はおれたちにしてみりゃとんだ厄日だけど、おまえにとっちゃ幸運の一日ってことになるらしい。デントン警察は目下、くそがつくほど忙しいんだよ。従って、おまえのような市《まち》のゴミを掃除している暇がない。ニューカッスルにはいつ帰るって？」

「明日です」

「だったら明日の朝いちばんで帰れ。いいな、顔も洗わず、くそも垂れずに、とっととこの市《まち》を出ていけ。自分の身が可愛けりゃ。なぜなら、ぽっちゃりおけつを刺される子どもがあとひとりでも出たら、微生物サイズのちんぽこ振り立て野郎を目撃するうら若きママさんがあとひとりでも出たら、そのときはおまえを厳罰に処してやるからだよ。ああ、おまえが実際にやっていようといまいと、そんなことには頓着しない。科せるなかでいちばん重い罪を科してやる。いいな、わかったな？」

「ちょっと待った！」キャシディがひと声鋭く叫んだ。

「いいから口を挟むな」フロストは手を振ってキャシディを黙らせた。「どうだ、シドニー、わかったのか？」

「聖書に手を置いて誓ってもいい、あたしはデントンに戻ってきてから法律に触れるようなことは何ひとつしちゃいない。でも、おたくたちの独断と偏見によって、きわめて不当な疑いをかけられてしまったことから、明日の朝いちばんでニューカッスルに戻らざるを得ないこととなった。どうだろう、これで満足してもらえただろうか？」

フロストは短くぶっきらぼうに頷いた。「わかれば、よろしい。見送りには及ばないよ。出口はわかるから」

車のところまで戻ると、キャシディは体当たりするような勢いで運転席に坐り込み、憤懣やるかたない思いを込めて握り拳をダッシュボードに叩きつけた。どうしてこうなるのか？　いくら考えても解しかねた。いざというときになると、なぜフロストがしゃしゃり出てきてその場の主導権をかっさらっていってしまうのか？　「スネルの事情聴取はわたしが――」

「〝なめくじ《スライミー》〟シドは、あのぼうずたちの事件とは無関係だ」とフロストは言った。「行方不明の子も殺されちまったほうの子も、あの野郎の好みからすれば年齢《とし》を食いすぎてる。六歳を超えちまったらもう子どもじゃない、あいつにとっては、皺くちゃの〝おじん〟に〝おばん〟ってことになるんだよ」

「なぜ、無関係だと言いきれる？」

「おまえさんがあのぼうずたちの写真を見せてるあいだ、あいつの表情を見てたんだけどな、あの野郎はほっとしてたんだよ。おまえさんの関心が刺傷事件から別のほうに逸れたと知って。ああ、子どものおけつを刺してまわってるのは、あの〝なめくじ《スライミー》〟シドの仕業と見て間違いない。だが、あのふたりのぼうずの件についちゃ、シロだよ」

「ならば、なぜ逮捕しなかった？」

「証拠がない」

「証拠なら捜せば出てくる」

「そんな暇、どこにあるんだ、坊や？　わが署は目下、行方不明のぼうずの捜索に殺人事件が二件、おまけに真偽のほどは甚だ疑わしいけど、いちおう誘拐事件とされるものまで抱えてるんだぞ。もう手いっぱいだろうが」

「下半身を露出したんだから、公然猥褻でしょっぴける」キャシディは食い下がった。「被害に遭った母親にスネルの顔を確認させればいい」

「そんなみみっちい事件までいちいちかまってられるか」

「うちの娘が殺された轢き逃げ事件も、そんなみみっちい事件だったから、いちいちかまっていられなかったわけだ？」

その種の発言に取りあうつもりは、フロストにはなかった。「スネルの野郎は明日の朝にはこの市《まち》を出ていくと言ってるんだ。明日以降はおれたちが頭を悩ませる問題じゃなくなるってことだろう？」

「そして本拠地に戻ったとたん、また幼児相手にあの胸くその悪い変態行為を繰り返すことになる」

「おまえさんも、取り越し苦労の絶えない男だな。安心しろ、ニューカッスル署の犯罪捜査部の連中にちゃんと耳打ちしとくから。あとは全部あちらさんにお任せして大船に乗った気持ちでいりゃいいのさ。晴れて逮捕の暁には、ついでにうちの管轄内で犯したもろもろのおいたについても自供を取ってくれるだろうから」

「それでは手柄も向こうの署に持っていかれる」

フロストは肩をすくめた。手柄はフロスト警部の関心の対象にはなかった。

「あなたの取った行動に、わたしは断固として反対したことをはっきりと記録に残しておくから、そのつもりで」

フロストは今度もまた肩をすくめた。「そうしたけりゃ、そうすりゃいいよ、坊や。ここは自由の国なんだから」そこで大きな欠伸を洩らした。「悪いけど、家まで送ってくれないか?」

フロストを自宅に送り届ける道すがら、キャシディ警部代行は冷ややかな沈黙を押し通した。

フロストはまたひとつ大きな欠伸を洩らした。「こりゃ、きっと枕に頭を載せたとたん眠り込んじまうよ。あとはおまえさんに任せた。くそがつくほどの緊急事態でなけりゃ、おれのことは叩き起こさないでいいからな」

午前三時過ぎ、執拗に鳴り続ける電話の音と玄関のドアを激しく乱打する音で、フロストは叩き起こされた。

くそがつくほどの緊急事態だった。

第七章

午前二時、外気は冷え込んでいた。身体の芯まで凍りつきそうな寒さだった。雲ひとつなく澄み渡った夜空の月が、霜に縁取られた下界を白々とねめつけている。身を切るような風がうなりをあげ、ちょうど通りの角を曲がってクレスウェル・ストリートに進入してきたフォード・トランジットのヴァンの深緑に塗られた横っ腹を激しく殴打した。ヴァンは小さなバンガローのまえで停まった。助手席に乗っていた男が降りてきて、ヴァンの後部にまわり込んだ。男はマーク・グローヴァーといった。年齢二十六歳、既婚、三人の子どもの父親で、もうじき四人めが生まれてくるところだった。グローヴァーはヴァンの後部扉を開け、愛用のブリキの道具箱を降ろした。そして扉を閉め、ヴァンの横っ腹を軽く叩いて運転席の男に合図を送った。運転席の男は、わざわざ振り返ったりしなかった。諒解の印に鼻を鳴らし、挨拶代わりにおざなりに手を振ると、車を出した。グローヴァーはヴァンが通りの角を曲がって尾灯が見えなくなるまで見送り、それから道具箱を担ぎあげると通りに背を向けて家に向かった。

一歩踏み出し、ぶるっと身を震わせた。寒さのせいばかりではなかった。誰かに見られている——そんな気配を感じて落ち着かなかった。通りの左右をうかがい、じっと眼を凝らした。風が樹木の梢を揺らすので、舗道を照らす月光がさざ波のように揺れている。だが、人影はどこにも見当たらなかった。

庭先の門扉が、風に煽られて揺れ、小さく軋みをあげていた。グローヴァーは眉根を寄せて記憶を手繰った。その晩、仕事に出かけるときに庭の門扉を閉めた覚えがあった。そう、間違いなく閉めたはずだ。庭の小道を玄関まで急いだ。ズボンのポケットに手を突っ込み、玄関の鍵を引っ張り出しながら。だが、鍵は必要なかった。玄関のドアも開いていたから。庭先の門扉と同様、風に煽られ揺れていた。いつもなら考えられないことだった。絶対に考えられないことだった。

真っ暗な玄関に足を踏み入れ、明かりのスウィッチを手探りで見つけようとしたとき、何かを叩きつけたような、ばたんという音がした。すさまじい音だった。不意を衝かれて、グローヴァーは思わず道具箱を取り落とし、慌ててうしろを振り返った。玄関のドアが閉まっていた。その音だったのだ。疾風のような強い風が頬を打った。家の裏手に面した窓か裏口のドアが開いているにちがいない。グローヴァーは小走りになって廊下を抜け、キッチンに飛び込んだ。思ったとおりだった。裏庭に出入りできるようになっているドアが大きく開け放してあった。戸外《そと》をのぞくと、灌木《かんぼく》に降りた霜が月光を受けてきらきらと光っている。突き当たりの板塀に設けられた木戸は敷地の裏を通る歩道に通じているのだが、その木戸はしっかりと閉まっているようだった。グローヴァーは裏口のドアを閉め、錠をおろして戸締まりをした。そのとき、ドアのガラスが割れてしまったところに応急処置として打ちつけておいたベニア合板が、緩んでいることに気づいた。木枠部分に打ち込んだ釘が引き抜かれているのだ。これは……もう、間違いない、何者かが家に押し入ったということだ。

マーク・グローヴァーは廊下に飛び出し、妻の名前を大声で呼んだ。夫婦の寝室のドアを力任せに開けた。妻の姿はなかった。廊下の向かい側の子ども部屋に突進した。ドアを開け、耳を澄ました……何も聞こえない。背筋が薄ら寒くなるほどの静寂。覚悟が決まると、グローヴァーは明かりのスウィッチを入れた。


通りを隔てた向かいの家に住む女は、眠れずにいた。いつもの強烈な偏頭痛が襲ってきているせいだった。ベッドにじっと横になり、唇を嚙み締めてしばらくのあいだ痛みをこらえた。それから上掛けを撥ねのけて起きあがると、窓辺に近づいておもての人気《ひとけ》の途絶えた通りに眼を凝らした。白銀の月光に照らされて、通りは昼間と見まごうばかりの明るさだった。しばらくしたとき、ヘッドライトを先触れに、トランジットのヴァンが通りに入ってきて停まった。向かいの家の女は、ヴァンから降りてきたマーク・グローヴァーが、自宅の玄関まで歩いていくのを眼で追いながら、睡眠薬をもう一錠吞んだものかどうか思案した。グローヴァーのバンガローに明かりが灯るのが見えた。あの家の子どもたちはよく前庭の芝生に出て遊んでいる。子どもたちの遊ぶ姿は、向かいの家の女には見慣れた光景だった。可愛らしい子どもたちだったが、はっきり言ってかなりやかましかった。母親がしっかりしていないから、躾《しつけ》が行き届いていないのだろう。

女は時刻を確かめた。午前二時五分過ぎ。眠れないまま輾転反側して過ごす時間が、あとまだ六時間もあるということだ。ベッドのところまで引き返し、枕元の戸棚の物入れから睡眠薬の瓶を取り出した。手のひらに二錠振り出し、グラス一杯の水で嚥みくだした。

耳をつんざくような声が聞こえた。泣き声とも叫び声ともつかない、まるで傷ついた野獣の咆哮のような苦しげな声だった。その声に引き寄せられるように、女はまた窓辺に戻った。向かいのバンガローから男がひとり、よろめき出てきた。何か腕に抱きかかえているようだけど……まあ、なんてこと！　女は息を呑んだ。男は子どもを抱えているのだ。男の足取りに合わせて、だらんと垂れた子どもの腕が右に左に揺れていた。こんな寒空に子どもを抱えて飛び出すなんて、あの人は正気をどこかに置き忘れてきてしまったにちがいない。

グローヴァーはわめいていた。絶叫していた。なんと言っているのか、わからなかった。言っていることが支離滅裂で、おまけにどうやら泣いてもいるようだった。近所の家々の明かりが連鎖反応のように次々に灯り、あちこちで窓を開ける音がした。二十五番地の家に住む女が、腹立たしげにグローヴァーを怒鳴りつけた——もう、うるさいったら！　うちの子どもたちが起きちゃうじゃないの。

騒ぎに耐えかねて、警察に苦情の電話をかけた者がいたようだった。デントン警察署のビル・ウェルズ巡査部長は欠伸《あくび》を嚙みころしながら、とりあえず様子を見にいかせるべく、通報のあった地区にパトロール・カーを派遣した。

フロストはよたよたとベッドを降り、鳴り続ける電話の受話器をつかんだ。玄関のドアを乱打しているオートバイ警官には、すぐに行くと怒鳴った。

電話をかけてきたのは、ビル・ウェルズ巡査部長だった。ウェルズは湿っぽい声で言った。

「ジャック、あんたのためにとびきり胸くその悪い事件を一丁、用意してやった。子ども三人が窒息死、その母親が行方不明になってる」

電話機のそばの椅子に背中を丸めて坐り込むと、フロストは尋ねた。「子どもらの年齢は?」

「いちばん年上《うえ》が三歳、次が二歳、いちばん年下《した》の子はまだ一歳にもなってない」

「くそっ」とフロストは低い声でつぶやいた。「くそっ、くそっ、くそっ」


そのころ、クレスウェル・ストリートの通りに面した大半の家々で明かりがつき、窓のカーテンを素早くめくる行為が繰り返されていた。好奇心を刺激された近隣の住人が事の成り行きを見物しようとしているのだった。何軒かの家では、ガウン姿の者数名が門扉のまえに寄り集まり、信じられない出来事を見聞きしたときの興奮を抑えかねた囁き声で語りあい、眼を見交わしては首を横に振っていた。なかにひとり、大胆不敵にも通りを渡って接近を試みた者がいたが、立哨に就いていた制服警官にたちまち追い返された。「向こう側にいらしてください、奥さん。見世物じゃないですから」

クレスウェル・ストリートの通りを挟んで、グローヴァー家のバンガローの向かい側の駐車スペースに一列に並んだ車輛はいずれも、ダッフルコートを着込んだ記者と、場違いなほど人目を惹く日本製のカメラを抱えたカメラマンを運んできたものだった。カメラマンのカメラにはどれも、馬鹿でかい望遠レンズが取りつけられていた。ロンドンの各大手日刊紙が送り込んできた取材スタッフから距離を置いたところに、地元『デントン・エコー』紙の主任記者、サンディ・レインが立っていた。大手新聞社の記者たちが話していることに耳をそばだてながらも、サンディ・レインとしては当地を地盤とする者ならではの親交と面識にものをいわせて関係者から話を聞き出そうという心積もりだった。このクラスの事件をネタに記事をものすれば、ロンドンの各日刊紙にも転載されるかもしれない。もちろん、サンディ・レインの署名入りで。もっとも明日の朝刊には間に合いそうになかったが。

ＢＢＣテレビの取材スタッフを乗せたヴァンは、現場への到着が早かったこともあり、殺人事件の現場となった家のほぼ真正面に駐車スペースを確保していた。撮影担当の男は魔法瓶から注いだコーヒーの残りを飲み干すと、デントン警察署犯罪捜査部のフロスト警部が現場に到着する瞬間を撮影するため、ヴィデオカメラを肩に担ぎあげた。クレスウェル・ストリートを進んでくるフォードの動きに合わせて、カメラをゆっくりと移動させた。フォードは咳き込むような音を立て、排気ガスを撒き散らしながら、すでに先着していたパトロール・カーやら警察車輌やらのうしろに滑り込み、タイアを軋らせて急停車した。撮影担当者はカメラの焦点を、フォードの運転席の男にぴたりと合わせた。お世辞にも清潔とは言えないレインコートにえび茶色のマフラーをした男だった。カメラをクローズアップに切り替え、その男が大儀そうな様子で車を降り、小さなバンガロー風の件《くだん》の家をひとわたり眺め遣る姿も撮影した。殺人事件の現場となったその家は、どの部屋にも煌々と明かりがついていた。

玄関のまえにマイク・パッカーが立っていた。昨夜、パトリオット・ストリートで八歳の少年、ディーン・アンダースンの死体を発見した、まだ年若い巡査だった。現場に到着したフロスト警部を家のなかに通すため、パッカー巡査は戸口の脇に寄りながら伝えた。「屋内《なか》にハンロン部長刑事がいます、警部」

フロストはうしろを振り返り、近隣の家々のまえに出てきている野次馬の群れを眺めた。「ここで時間を無駄にすることはないな。坊や、戸別訪問にまわってくれ。話を聞いてきてほしいんだ。この通りの住人はどっちみちほとんど起きちまっただろうから。明日の朝聞き込みにまわる時間が節約できる」仕事らしい仕事を割り当てられたことに安堵して、マイク・パッカー巡査はいそいそと持ち場を離れた。

今夜の当番だった警察医は、一刻も早く辞去したいという願望を隠そうともしないで、玄関のドアのすぐ内側でフロスト警部を待ち受けていた。玄関から廊下にかけて敷き込まれた灰色の絨毯には、現場保護のため、ビニールのシートがかぶせられていた。廊下の奥のドアのほうから、悲痛なうめき声が聞こえていた。絶望のどん底に叩き落とされた男の声だった。「父親だよ」と警察医はその声の発生源を明かした。「ショック状態に陥ってる。効き目が穏やかな部類の鎮静剤を与えておいたが、あの様子では入院が必要だ。救急車を手配しておいた。もうじき到着するだろう」

「話は聞けそうかい？」

「わたしとしては、できれば今は遠慮してもらいたい。いずれにしろ、もう間もなく意識が朦朧としてきて、話どころじゃなくなるだろうし」

フロストは医師の助言に納得したように頷いたものの、警察医が引きあげてしまったら、すぐにでも父親から事情を聴くつもりだった。「子どもらは？」

「死因は、気道口閉塞による窒息。おそらく、枕を顔に押し当てられたんだろうな。死後およそ二時間から三時間が経過している。詳しくは専門家に訊くんだな。検屍官を呼びなさい」

「ああ、ドライズデールがこっちに向かってる」とフロストは言った。

警察医は慌てて診療鞄をつかみ、玄関のドアの把手に手を伸ばした。「それなら、わたしがいなくても大丈夫だ」フロスト警部と同様、この警察医も内務省登録の病理学者で検屍官を務めるサミュエル・ドライズデールとは、どうも折り合いが芳しくなかった。

身も世もなく泣きむせぶ悲痛な声が聞こえてくる部屋から、アーサー・ハンロン部長刑事が廊下に滑り出てきた。アーサー・ハンロンはどんな状況下にあっても常に笑顔を忘れない根っから陽気な男だったが、さしもの彼も今回ばかりは疲労の色をにじませ、意気消沈していた。

「最悪だよ、ジャック。最低最悪だ。まだ幼い子どもが三人も死んだんだ。おまけにその子たちの母親が行方不明……」

フロストは廊下の壁に寄りかかり、ポケットを探って煙草のパックを取り出した。この手の事件は苦手だった。嫌悪感を覚えずにはいられなかった。「母親が殺して逃げたってことか？おっ母《かあ》さんも何をそんなに思い詰めちまったんだか。気の毒にな。母親の行方は追ってるんだろう？　捜索は始めたか？」

「ああ、もう手配した」とハンロンは言った。「母親の人相着衣を全パトロールに流した」

かじかんだ指先に血を送り込むため、フロストは両手をこすりあわせた。死の気配が充満しているせいで、家のなかにいるのに、やけに寒く感じるのかもしれなかった。木枯らしが吹きすさぶ戸外にいるほうが、あの鋸で挽かれるような痛烈な冷たさになぶられるほうが、もっとずっと寒いはずだった。「母親の服装は？　コートは着ていったのかな？」

「さあ、どうだろうな。母親が出ていく姿を見た者がいないか、訊いてまわるところまでまだ手がまわってないんだよ」

玄関脇の壁にフックが一列に並んでいて、そこに何枚かの衣類が整然と行儀よく掛けてあった。男物のレインコート、男物のアノラック、鮮やかな色をした子ども用のコートやら帽子やらが掛かったフックが続き、その向こう、いちばん端に赤いコートが下がっていた――厚いウール地に、ぼってりとした大きな黒いボタンのついた女物のコートだった。フロストはそのコートのポケットのあたりをうえから叩き、財布を見つけた。スエード革の小ぶりな財布で、中身は紙幣と硬貨を合わせて、ざっと十九ポンドほど。「こいつはおっ母さんの普段用のコートだよ、アーサー。となると、コートも着ず、金《かね》も持たずに出ていったらしいな。着の身着のまま、悪くすりゃ寝巻しか着てないかもしれない。早いとこ見つけないと、凍死しちまう。訪ねていきそうな先に心当たりはないのか？　友だちとか、近所に住んでる親戚とか」

ハンロンは困惑の態で肩をすくめた。「亭主の言ってることは、何がなんだかさっぱりわけがわからんし、隣近所からも今のとこ、これといった情報は出てきてないからな。あまりつきあいがないらしい。話を聞いた連中はみんなそう言ってる。あと子どものことはとても可愛がってたって」

「いや、いいんだ、ちょっと訊いてみただけだから」とフロストは言った。「こんなときに友だちとか知り合いのとこに身を寄せるわけないもんな。考えてもみろ——『ねえ、ちょっと悪いけど、二、三日泊めてもらえない？　うちのくそガキどもを絞めてきたとこなの』なんて言えると思うか？」

「死体はまだ見てないんだろう？　案内するよ」とハンロンは言った。

フロストはもう一服、煙草の煙を深々と吸い込んだ。「そんなに慌てなさんな——死んじまってるもんは今さらどこにも行きゃしない」煙草の煙が肺腑にしみた。フロストは咳き込んだ。

「そのまえに、まずは事実関係ってやつを整理しておきたい。基本的なことを教えてくれや」

「当住居に在住しているのは婚姻関係にある夫と妻。夫の氏名はマーク・グローヴァー、年齢二十六歳——」

「あのすさまじい騒音の発生源だろ？」

ハンロンは頷いた。「ああ、なんせ子どもたちの父親だからな。おまけに死体の第一発見者でもあった。行方がわからなくなってるかみさんのほうはナンシー・グローヴァーといって年齢二十一歳。ふたりのあいだには子どもが三人いた。息子がふたりに娘がひとり。いちばん年嵩の子が三歳でいちばん年下《した》が——ちなみに、それが娘なんだが——生後十一ヶ月。今はまだ詳しい話を聞けるような状態にないけど、なけなしの情報の切れっ端をおれなりに繋ぎあわせてみたところでは、マーク・グローヴァーってのは絨毯の敷き込みを専門に請け負う内装業者を自営でやってるようだな。今夜は――いや、正確にはもう昨夜だな――急ぎの仕事が入って、午後八時ごろに家を出た」

「そりゃ、またずいぶん妙な時刻だな。絨毯の敷き込み作業をおっぱじめるには、ちょいと遅すぎやしないかい？」

「だろう？　それはおれも思ったよ。でも、まあ、ともかくグローヴァーは仕事に出かけ、日付が変わって午前二時ちょっと過ぎに帰宅したところ、そこの玄関のドアが開けっぱなしになってて、裏口のドアも同様に開いていた。で、慌てて子ども部屋に飛び込むと――」アーサー・ハンロンは咳払いをした。「案内するよ。あんた自身の眼で見てくれ、グローヴァーが見たものを」

最後にもう一服、煙草の煙を深々と吸い込むと、フロストは吸いさしをおもての通りに投げ捨てた。「よし、行くか」

ハンロンはいちばん手前のドアを開けた。柔らかなブルーに仕上げ塗りした、子ども部屋だということが一目瞭然のドアだった。ハンロンに続いて、フロストも室内に足を踏み入れた。こぢんまりとした部屋だった。これまた子ども部屋だということが一目瞭然の壁紙にオレンジの地に茶色をあしらった敷き込み式の絨毯。絨毯のほうはもっぱら、過酷な使用条件に耐え得るという観点から選ばれたもののようだった。室内の大して広くもない空間に、シングルベッドがふたつと子ども用ベッドがひとつ並んでいた。フロストは自分がいつの間にか息をころし、足音を忍ばせて歩いていたことに気づいた。まるでその三台のベッドで眠る子どもたちが眼を覚ましてしまわないよう、気遣ってでもいるかのように。ドアに近いほうのベッドに歩み寄り、そこに横たわる幼児の少し浮腫《むく》んだ冷たい頬に手を触れた。子どもは上掛けのうえに寝かされていて、白地に〝わんぱくデニス（イギリスの漫画の人気キャラクター。悪戯が大好きな男の子。子ども向けの週刊漫画雑誌《ビーノ》に一九五一年から連載された）〟の図柄がプリントされた綿ジャージのパジャマを着せられていた。

「この子の名前もデニスっていうんだよ」ハンロンは低い声でそっと言った。「年齢は三歳」

「発見されたときも、こんなふうに寝かされてたのかい——上掛けのうえに？」

「いや、ジャック、おれたちが到着したときには、父親に抱かれてたんだ。いくら言ってもなかなか離そうとしなくてな、父親を説得するのがまずひと仕事だったよ。ようやくこっちで引き取って、発見された場所に戻したんだがね」

フロストは頷いた。室内には、ジョンソンのベビーパウダーの匂いが残っていた。その匂いで、バートンと訪ねた先でお目もじかなった中国出身の小柄な看護師のことが懐かしく思い出された。だが、よく考えてみれば、あれはつい昨夜のことである。なんとまあ、時間《とき》の経つのの速いこと。

もう一台のベッドは窓際に置かれていた。ハンロンに先導されて、フロストはそちらに移動した。そこにも幼い男の子が横たわっていた。ブロンドの髪に兄よりもいくらかぽっちゃりとした顔立ち。両眼を大きく見開いている。よく見ると、鼻と耳の穴からわずかに出血していた。

この少年の場合、上掛けは顎のあたりまで引きあげられていた。

「この子はジミー、年齢は二歳」ハンロンはつぶやくように言った。「まだ二歳だってのに、こんな目に遭っちまうなんて……」

フロストはぶるっと身を震わせ、首を横に振った。

上掛けの足元に枕が載っていた。枕カヴァーは皺くちゃになっていて、真ん中のあたりにわずかに変色している箇所が認められた。それが三人の子どもを窒息死に至らしめた凶器にちがいなかった。

家のまえで車の停まる音がした。検屍官が到着したのだろう。確認のため、フロストは窓からおもての通りを見おろしたが、バンガローのまえに停まった車は黒いヴォクソールだった。はて、誰の車だったか？　持ち主を思い出せないままフロストは窓に背を向け、子ども用ベッドに近づいた。


サンディ・レインは寒さで麻痺したようになっている爪先に血を送り込むため、舗道で足踏みをした。顔をあげると、フロスト警部の車のうしろに黒いヴォクソールが停車するのが見えた。車から降りてきた男は、報道関係者の存在に気づいて顔をしかめた。見覚えのある顔だった。あれは……そう、キャシディだ。ジム・キャシディ部長刑事。四年ほどまえ、轢き逃げ事故で娘を亡くしたあと、デントン警察署を離れてよその署に転属したはずである。その男がまたデントンに舞い戻ってきたとは、これいかに？　関係者に要取材——サンディ・レインは忘れてしまわないよう、記憶の片隅にそうメモした。

子ども用ベッドに寝かされた赤ん坊は、小さな身体で身じろぎひとつしないので、玩具の人形のようだった。ピンクの寝巻を着て、両腕を上掛けのうえに出している。

「リンダ——生後十一ヶ月だ」とハンロンは言った。

フロストは静かに手を伸ばし、蒼ざめた頰にそっと優しく触れた。冷たくこわばっていて、氷に触れているようだった。もうたくさんだ、とフロストは声に出さずにつぶやいた。眼が潤んできそうになったので、急いで窓のほうを向き、通りに視線を走らせて眺めるべきものを探した。なんでもよかった、注意を逸らしてくれるものなら。こういうときはお巡りなどという因果な商売を選んでしまったことを、つくづく後悔したくなる。さしものフロスト警部といえども。「可哀想な子だよ。ほんと、可哀想な子だ」フロストは胸に低くつぶやいた。ほかに言うべきことばが見つからなかった。

玄関先で怒気を含んだ声があがった。フロストは顔をしかめた。様子を見にいったほうがよさそうだった。怒鳴り声の主《ぬし》はキャシディだった。年若いマイク・パッカー巡査を大喝しているところだった。

「巡査は玄関まえの立ち番と決まってる。それが巡査の任務というものだ」大音声の叱責が続いた。「立ち番がいないということは、誰でも自由に現場に立ち入れてしまうということだ」

「そのときは、どうぞお引き取りくださいって言えばいい」とフロストが巡査に代わって答えた。「おれが頼んだんだよ、近所の聞き込みにまわってくれって」

「では、玄関まえの立ち番に戻るよう、今この場でわたしが指示する」

すまなかったな、という思いを込めてフロストはパッカーと眼を見交わしたが、発言は控えた。この家では、まだ幼い子どもが三人も生命《いのち》を落としたのだ。そんな場所で屁の足しにもならないような事柄をネタに口論をおっ始める気にはなれなかった。それでなくとも今夜は気がくさくさしているのである。このうえ〝陽気で愉快なキャシディ君〟と角突きあわせるのはできれば願い下げにしたかった。そもそも仏頂面の帝王も出張ってくるとわかっていれば、本件の捜査責任者の任は慎んでお譲りしていたものを。

キャシディは苛立っていた。どういう手を使ったものか、フロストのほうが現場に先乗りしていたのである。腹が立つといったらなかった。とりあえずハンロンを伴って子ども部屋に入った。数分後、部屋から出てきたときには、唇をきつく引き結んでいた。その後、フロストも交えて夫婦の寝室に移動した。大型のダブルベッドに羽毛の入った深紅のキルトが掛かっていた。ベッドは整えられていて、頭板のところに上掛けの色に合わせた深紅の枕が並んでいた。ふっくらと膨らませてある枕のうえにはそれぞれ、几帳面に畳んだパジャマと女物の寝巻が載っていた。どちらも人が寝た形跡はなかった。

フロストはゆっくりと窓辺に近づくと、ヴェルヴェットのカーテンを少しだけ開けて裏庭を見おろした。バンガローの屋内から洩れる明かりで、裏庭も照明を当てられているような状態だった。敷地の先には、だだっ広い野原と黒々とした森がどこまでも果てしなく拡がっているようだった。眼路《めじ》の限り、人家はなかった。最初のうちは位置関係が把握できず、フロストはただ漫然と眼のまえの光景を眺めていたが、ふっとそれがゴルフ・コースだということに気づいた。このだだっ広い空間を挟んだ向こう側には、マレットのゴルフ仲間の邸宅があって、まだ幼い娘が刺される事件が発生したのだったということにも。「あのゴルフ・コースに何人か遣って捜索させたほうがよさそうだな。このうちのおっ母さんが、ふらふらっとコースに出ていってさまよい歩いてる可能性もなくはないだろう?」

「やってるよ、もう」とハンロンが言って窓越しに、はるか彼方の暗闇で小刻みに揺れ動く小さな光の斑点を指さした。捜索に繰り出した連中の懐中電灯の光だった。

三名の刑事はいったん玄関に戻り、父親のいる奥の部屋に向かった。マーク・グローヴァーはテーブルにつき、うつむき加減に前方の一点を凝視したまま坐っていた。警察医の与えた鎮静剤が効きはじめたようで、先刻よりはずいぶんおとなしくなっていたが、ときどき痙攣でも起こしたようにびくっびくっと身を震わせた。片手をテーブルに載せ、指先で天板を小刻みに叩いているのも、自分ではどうにも制御できない動きのようだった。ファスナーのついたスエードのジャケットを着込んでいたが、ジャケットには点々と油脂のしみが飛んでいて、何やらみすぼらしく見えた。前身頃の胸元にうっすらと汚れのようなものが付着している。血痕がこすれた跡だった。

「息子を抱いて通りに飛び出したんだ。そのときについたんじゃないかな」とハンロンは声をひそめて言った。

「誰かお茶を淹れてくれないか」フロストはそう言うと、椅子を引っ張ってきて父親と向かいあう恰好で腰をおろした。「グローヴァーさん、フロストという者です。デントン警察署から来ました」

マーク・グローヴァーはフロストの肩越しに前方を見据えたまま、わずかに唇を動かした。が、声にならなかった。

「グローヴァーさん……？」

グローヴァーはゆっくりと顔をあげた。頬が涙で濡れていた。「おれの子どもたちが……おれの子どもたちが……。あの女が殺《や》りやがった」

気付けにウィスキーを呑ませた者がいたのだろう。フロストはグローヴァーの息にその痕跡を嗅ぎ取った。「誰が殺したんです、グローヴァーさん？」

「あの馬鹿女が……あのくそったれの馬鹿女が……」天板を叩いていたグローヴァーの手がぴくりと跳ねあがり、空《くう》をつかむような仕種をした。誰かの咽喉首を絞めあげているようにも見えた。

「奥さんのことですか？」

グローヴァーは、そこで初めて気づいたかのように、眼のまえに坐っているフロストをいきなりまじまじと見つめた。「あんた、誰だ？」それから出し抜けに前屈みになると、両手に顔を埋めて激しく泣きはじめた。

フロストは居たたまれない気持ちになって、椅子に坐ったまま思わずもぞもぞと身を動かし、ポケットをあさって後生大事にとっておいた吸いさしの煙草を取り出した。この様子では、マーク・グローヴァーは誰にとっても世話の焼けるただの役立たずでしかない。少なくとも今夜のところは。いったい全体、救急車は何をしてやがるのか？

おもてがまた騒がしくなった。ややあってドアをノックする音がして、戸口のところからパッカー巡査が顔だけのぞかせて言った。「救急車が到着しました、警部。それから、捜査に協力したいという男が来てます。フィル・コラードと名乗ってます。今夜グローヴァー氏と一緒に仕事をしていて、仕事が終わったあと、このうちまで車で送り届けたと言ってます」

フィル・コラードなる人物が、太くて短い足でよたよたと部屋に入ってきた瞬間から、フロストはたちまちこの男に嫌悪感を抱いた。年齢《とし》のころは二十代後半、その年頃にしてすでに頭髪は心細くなりかけ、肥満傾向にあり、着々とせり出しつつあるビール腹の持ち主でもあり、仕事仲間に対しては口先だけのおもねるような気遣いを示した。「マーク！　おい、嘘だろう？　そんなこと、あるわけないよな。だろう？　頼むよ、なんかの間違いだと言ってくれよ」

グローヴァーは顔をあげると、コラードに向かって笑みを浮かべた。歓びや嬉しさとは無縁の冷え冷えとした笑みを。「あの子たちは死んだよ」淡々とした口調でグローヴァーは言った。「みんな死んじまった」それから救急隊員が来ていることに気づいて、椅子から立ちあがった。「病院に行かなくちゃ駄目だと言われてるんだ」そしてあとはもう誰とも眼を合わせず、一度もうしろを振り返らず、救急隊員に付き添われて出ていった。玄関先で蒼白い閃光が炸裂し、かしゃかしゃかしゃかしゃっという忙しない音があがった。おもてで待ち構えていたマスコミの取材陣が殺人事件の遺族を撮影するまたとない好機に、われ勝ちに飛びついたのだった。

　グローヴァーが去って空いた椅子に坐るよう、フロストはコラードに身振りで勧めた。「で、コラードさんとおっしゃいましたかな、おたくはどういう立場になるんです?」

「マークはおれのいちばんの親友だ。一緒に学校に通った仲だし、今じゃ一緒に仕事をしてる」

「絨毯の敷き込みの?」

「ああ、そうだ」

「捜査に協力したいってことだけど、今夜のことで何かわれわれに提供できる情報を持ってるってことかな?」

「いや、情報なんてそんな大したもんじゃないよ。マークとおれは仕事あがりに、いつもパブに寄って一杯やることにしてるんだ。ところが今夜は午後七時過ぎに〈デントン店舗設計〉っていう店舗専門の内装業者から電話がかかってきて、急ぎの仕事を引き受けちゃもらえないかって言われたもんでね」

「急ぎの仕事というと?」

「〈ボンレイズ百貨店〉のレストランに新しい絨毯を敷いてほしいっていうんだ。〈ボンレイズ〉は全館改装工事を終えたとこでね。近日中に華々しく新装開店を迎える予定になってる。なんでもテープカットには、あの俳優のデイヴィッド・ジェイスン（本シリーズをテレビドラマ化した『フロスト警部』でフロスト役を演じた）が来るらしい。なのにレストラン用に特注した絨毯ってのが、船で港に運ばれてきたあと通関の手続きに手間取っちまったもんだから、今夜十時過ぎないと店舗のほうには届かないって言うんだよ。それで徹夜で敷き込み作業をしてくれないかって。報酬はひとり頭、二百ポンド、それも非課税扱いで。おれたちは一も二もなく引き受けた。こんな割のいい仕事、飛びつかないほうがどうかしてる」

ドアをノックする音とカップの触れあう音がした。パッカー巡査が、キッチンで見つけたマグカップに紅茶を注いで運んできたのだった。パッカーは一同に紅茶を配ると、テーブルのうえに砂糖を袋ごと置いた。「どうも」フロストはぼそっと言うと、コラードに向かって頷き、話を続けるよう促した。

「八時過ぎにヴァンでマークを迎えにきた。マークのかみさんはナンシーっていうんだけど、ナンシーはご機嫌斜めだった。ぶすっとふてくされた顔して、そこに坐り込んでるだけで、ひと言も口をききゃしない……子どもたちがわめいたり、叫んだりしてるのに」

「ご機嫌斜めだった理由は？」

「恐いって言うんだよ。ひと晩じゅう家にひとりでいなくちゃならないのは、いやだって。でも、ひとりはいやだってのは、マークのかみさんの口癖みたいなもんだからね。おれたちがパブで一杯やるのだっていい顔はしないんだ。ほんの二時間ぐらいのことなのに。で、ええと……〈ボンレイズ〉には八時十五分ぐらいに着いて、とりあえず固定枠やら下敷きやらを敷き込む作業をすませちまおうってことになった。そうこうするうちに午後十時を五分ばかり過ぎて配達業者のヴァンが到着した。問題の絨毯がやっと届いたわけだ。それからはもう脇目も振らず、必死こいて作業したよ。何がなんでも終わらせちまわなきゃならないんだから。全部終わったのが、だいたい二時十分まえぐらいだったかな。帰りもマークを送ってやった。ここのうちのまえで落として、おれも自分のうちに戻った。しばらくすると、パトカーのサイレンがやけにたくさん聞こえてきたもんだから、様子を見に戸外《そと》に出てみたんだよ。そしたら、ナンシーが子どもたちを手にかけたって聞いてさ。信じられなくて、すっ飛んできたってわけなんだ」

「グローヴァー夫人のことなんだが、脅しめいたことを言ったりしたことは？　子どもに危害を加えるようなことを口にしたことは？」

「自殺してやるってのは、しょっちゅう言ってたよ。そのたびに大騒ぎして――くさい芝居につきあわされるこっちはへとへとだよ。でも、子どもをどうこうするってのはなかったな。あ、一度も聞いたことがない」

フロストは玄関脇に掛かっていた赤いコートをコラードに見せた。「グローヴァー夫人は普段出かけるときはこのコートを着てる？」

コラードは頷いた。「マークが買ってやったんだ、去年のクリスマスに」

「グローヴァー夫人が行きそうな先に心当たりはないかな？」

コラードは唇をすぼめて考え込む顔つきになり、ややあって首を横に振った。「逃走中だって言うんだろ？　いや、行くあてなんかどこにもないはずだけどな」

「友人は？　あるいは頼っていけるような親戚とか？」

「ナンシーは他人《ひと》と親しくなるってことができない女でね。なんて言うか、ちょっと変わってるんだよ。気分屋なとこもあるし。あと親戚ねえ……」コラードは肩をすくめた。「おれの知る限りでは、いないと思う。十四の歳に家出して以来、実家にも帰ってないってことだし。母親のボーイフレンドってのが、ナンシーのほうにちょっかいをかけてくるようになって、それで家を飛び出したって聞いたことがある」

フロストはマグカップを口元に運び、紅茶をひと口飲んだ。「いちおう確認までに訊くんだけど、コラードさん、おたくたちが深夜の時間帯にずっと〈ボンレイズ〉で仕事をしてたことを裏づけられる人物はいますか？」

「夜勤の警備員だろうな——午前六時までの勤務だから」コラードは、そこでようやく質問の含意に気づいたようだった。「まさか、このおれのことを……？」

フロストは笑みを浮かべた。「念のためですよ、コラードさん。警察ってとこは、なんでも片っ端から確認することになってるんでね。誰にでもそうやって訊くんです、疑わしい人物にも、そうでない人物にも」それから捜査に協力してくれた礼を述べ、フィル・コラードにはお引き取り願った。部外者が退散したところで、新しい煙草に火をつけた。「なんだかマーク・グローヴァーのかみさんが、えらく気の毒に思えてきたよ」とフロストはハンロンに言った。

「手のかかる子どもが三人もいるのに、友だちはひとりもいないし、亭主はパブでとぐろを巻いてるか、ひと晩中仕事でうちにいない……」

「いや、同情する気にはなれないね」とハンロンは言った。「殺された子どもたちのことを考えてみろ。あの子たちにはこの先何年、何十年って人生があったはずだ。それを母親が一方的に奪ったんだぞ」

「箍《たが》が弾けちまったんだよ、アーサー」とフロストは言った。紅茶のマグカップに口をつけようとしたとき、それが子ども用のマグカップだったことに気づいた。カップには〝デニス〟と名前が入っていた。フロストはカップをテーブルにおろし、向こうに押し遣った。もう紅茶を飲む気になれなかった。

　コラードの話の裏を取るべく、コリアー巡査に〈ボンレイズ百貨店〉に電話をかけるよう指示を出し、近隣の聞き込みから戻ったジョーダン巡査の報告に耳を傾けた。「問題の母親ですが、隣近所とはつきあいらしいつきあいがなかったようですね」とジョーダンは言った。「年がら年中、だんなと口論してたらしい。今夜も午後七時過ぎにふたりが言い争ってるのが聞こえた、という者がいましたよ。それから深夜、午前零時過ぎに悲鳴のような声を聞いたという者が一名、ただし声の出所がこのバンガローだったかどうかについては、よくわからない、と言ってます。あとは……ああ、そうだ、二十二番地に住んでる女が言ってました。二日まえの晩、着替えをしているときにふと窓のほうに眼を遣ったら、男がのぞいていたそうです」

「警察に通報は？」とキャシディが尋ねた。

「いや、してません。警察に届けたところで、何をしてくれるわけでもないから、と言ってました」

「おや、まあ、警察ってものをよくご存じだよ」とフロストはぼそりと言った。「のぞいてた

「男の人相特徴は？」

「不詳です。悲鳴をあげたら、逃げてしまったそうです」

フロストは頷いた。「ご苦労だった、巡査。まあ、無駄足も踏んでみないと無駄足ってわからないからな」顔をあげると、電話をかけにいっていたコリアー巡査が報告に戻ってきたところだった。〈ボンレイズ百貨店〉に電話をかけてみたが、何度かけても留守番電話が応答するだけだったとのこと。

「パトカーを差し向けろ」とフロストは命じた。「コラードとグローヴァーは何時何分に店に到着したか、何時何分に店を出たか？　正確な時刻が知りたい——それと、店に着いてから帰るまでのあいだ、一度も仕事場を離れなかったかどうか。そいつも忘れずに確認してきてくれ」

「おいおい、まさか、あのふたりが事件に関与してるってことじゃないよな？」とハンロンは尋ねた。

「おれは根が几帳面だからな、細かい点もゆるがせにできないんだよ」とフロストは言った。「マレット閣下にも言われてる、きみのその繊細にして感度抜群の局所にぴくんとくるものを感じた場合には、迷わずひと突きくれてみるようにって」

キャシディは一同からは距離を置き、会話に加わろうとしなかった。終始無言のまま紅茶を飲み干すと、部屋を抜け出し、もう一度子ども部屋に足を運んだ。事件現場をじっくりと自分の眼で検分するために。デニスの亡骸《なきがら》のうえに屈み込んだとき、フロストの例によって例のごとく行き当たりばったりでいい加減な検分では発見できなかったものを見つけた。少年が着ているパジャマの上着の、肘の少しうえのあたりに小さなしみがついていた。血痕そっくりのしみが。キャシディの眼が光った。そっと、細心の注意を払って少年の腕を持ちあげ、パジャマの袖をまくった。少年の上腕にぽつっとひとつ、小さな赤黒い点が盛りあがっていた。ごく最近に生じた傷からの出血。デニス・グローヴァーは先端が鋭く尖った細い物体を、上膊部に突き立てられたと見るべきだった。聞くところによると、ウィルクス家のバンガローで刺された幼い少女にも、これと酷似した傷があったというではないか。

少年のパジャマの袖をもとのとおりに直し、小さな腕ももとの位置におろした。それから、たった今知り得た事実をどうしたものか、考えをめぐらせた。キャシディ警部代行の口元に冷淡な笑みが浮かんだ。これはとっておきの情報である。今しばらく自分の胸に納めておいても罰は当たるまい。デントンに戻って以来初めて、キャシディは気持ちが浮きたつのを感じた。

奥の部屋に戻ると、フロストがむっつりとふさぎ込んだ表情で天井を見あげていた。「この事件だが、今後はわたしの担当ということで」とキャシディは宣言した。

「助かるよ」とフロストは言った。安堵と嬉しさが露骨に出てしまわないよう気をつけて。まさに渡りに船の申し出だった。手放せるものなら歓んで手放してしまいたい事件だった。もう踏ん張りのきかないところまで追い詰められ、ついに常軌を逸してしまった、そんな哀れな母親を逮捕して精神障害者のための施設に閉じ込めてみたところで、なんの得るものがあるというのか？

玄関に続く廊下に出たところで、リズ・モードと行き合った。「遅くなりました、申し訳ありません」とリズ・モードは言った。「途中で道に迷ってしまって。クレスウェル・ストリートが地図に出ていなかったものですから」

「謝るんなら、おまえさんをおまえさんのオフィスから蹴り出した男に謝るんだな」とフロストはリズに言った。「今後はあいつがこの事件の捜査責任者だから」

待ち構えていた記者連中から浴びせられる質問の速射にはいっさい耳を貸さず、フロストは自分の車のところまで歩いた。途中で、その場に居合わせた者の関心がいっせいに逸れた。検屍官の愛車であるロールス・ロイスが、黒塗りの車体を鈍く光らせて到着したからだった。フラッシュが盛大に焚かれるなか、ドライズデールが書記係の助手を従えてバンガローに入っていった。フラッシュが再び盛大に焚かれたのは、葬儀社の社員の手で子どもたちの亡骸が運び出されてきたときだった。亡骸はどれもあまりにも小さく、三人を納めるのに棺はひとつで充分だった。


フロストは帰途に就いた。道すがら、ゴルフ・コースの横を通過した。月光を浴びて、一面の漆黒の世界が銀粉を刷《は》いたような冷たい輝きを帯びている。クラブハウスの屋根でクラブの旗が木枯らしをいっぱいにはらんでいた。警官の懐中電灯の光らしきものがひとつも見当たらないところを見ると、ナンシー・グローヴァーの捜索は不首尾に終わったということだろう。

途中でまわり道をして、デントン・ウッドの森の外周道路を通った。家を飛び出した母親が森に向かった可能性も考えられなくはないからだ。ヘッドライトの光は何度か、素早く音も立てずに道路を突っ切る小動物の影をとらえたが、人間の女が飛び出してくることはなかった。車内はまた一段と冷え込んできたようだった。フロストはぶるっと身を震わせ、ヒーターの出力を強くした。そのとき、何やら白っぽい物体が眼に留まった。灌木の繁みの陰でうごめいている。フロストは慌ててブレーキを踏み込んだ。だが、眼を凝らすまでもなかった。風に吹き飛ばされてきた、ビニールの手提げ袋だった。

バース・ストリートに曲がり込んだとき、警察署の目印である青い電灯が眼に入った。フロストは車をバックさせ、署の駐車場に入った。自宅に戻ったところで誰が待っているわけじゃなし、一日じゅう火の気のなかった室内は冷え冷えとしているに決まってる。署内のほうが手っ取り早く暖を取れるというものだった。それに午前零時をまわった夜更けの警察署はなかなかくつろげる場所だということを、フロストは経験から知っていた。この時間帯になると、電話も鳴らず、各自のオフィスも無人となるので、足の向くまま気の向くまま、署内を歩きまわることもできるし、ついでに他人の《未決》のトレイをのぞき込んでデントン警察署内の最新の動向を知ることもできる。何より快適なのは、フロスト警部のやることなすことに粗を探し、難癖をつけずにはいられない、あのマレットがいないということだった。フロストは駐車場に車を駐め、署の建物に入った。

「いやな事件だな、子どもが三人もだろう?」ウェルズ巡査部長はフロストの勧めた煙草を受け取って言った。

「ああ、まったくだ」フロストはぼそりと言った。「ときにお茶の一杯ぐらい出てこないのか？」見ると、いつの間にやらフロストはツナのサンドウィッチにかぶりついていた。ウェルズが自分で食べるために持参したものだった。署内の食堂は午前五時にならないと営業が始まらないため、夜勤に就く署員はその間の糧食を各自で調達しておくことを余儀なくされている。

ウェルズは壁の低い位置にあるスウィッチを無精ったらしく足で入れた。電気湯沸かし器のプラグはコンセントに差し込んだままにしてあった。スウィッチひとつでいつでも湯が沸かせるように。「あんたには言ったかな？　マレットの陰謀で、おれはまたしてもクリスマス当日の勤務を割り当てられた」

「ああ、聞いた。あんたが言うのを確かに聞いた」とフロストは言った。このところ、ウェルズは顔を合わせれば、くそ面白くもないその話題ばかり持ち出してくる。だが、フロストとしては心底から同情する気にはなれなかった。なんとなればジャック・フロスト警部も毎年クリスマス当日の勤務を割り振られていたが、当人にしてみれば屁でもなかったからである。フロスト警部にとっては、クリスマス当日もほかの日も、同じ一日であることに変わりはなかったし、かてて加えてクリスマス当日に勤務に就く場合、署長の不在という特別賞与を手にすることができるのだから。

「この件については、一度がつんと言ってやろうと思ってる」ウェルズは諦め悪くなおも言った。「さすがのおれももう我慢の限界だからな」それから伝言メモを手に取った。「あれからまた二件、行方不明の少年を見かけたって通報があった。一件めの通報では、少年はマンチェスターで目撃されてる。二件めはサンダーランドだ」

「そうか。わざわざ、どうも」フロストは沈んだ声で低くつぶやくと、ウェルズに渡された伝言メモをポケットに突っ込んだ。「あと何時間かすりゃ、捜索活動が再開される。運河と湖の〝どぶ浚《さら》い〟も始めなくちゃならない。犬の死骸やら馬の死骸やらが、いったい何体あがるやら……だな」ウェルズがふたつのマグカップにそれぞれティーバッグを放り込み、うえから湯を注ぐのを眺めるともなく眺めた。先刻あとにしてきたばかりのバンガローの光景が思い浮かんだ。「そういえば、うちのなかには塵っ端ひとつ落ちてなかった。ちびすけどもも、がりがりに痩せてたわけじゃない。食うもんはちゃんと食わせてもらってたってことだよ。着てるものもこざっぱりしてたし、身体も清潔だったし……玩具だってたんとあった」フロストは溜め息をついた。「哀れだよ、ほんと哀れなおっ母さんだ。いっそのこと死んで発見されるほうが当人には幸せかもしれないな。我が子を殺しちまった自分とどうやって折り合いをつけるんだ？　これから先、どうやって生きてくんだ？」

ウェルズは同感の意を込めて頷くと、ミルクのカートンを取り出した。そこでいきなり手を止め、身をこわばらせた。聞き耳を立てずにはいられない物音がしたのだ。署の裏手の駐車場のほうから。車のドアを閉めたときのばたんという音。「あの音……マレットの車じゃないか。音が似てるぞ」

「またまた、おれをびびらせようと思って」とフロストは言った。

だが、果たせるかな、マレットだった。一分の隙もなく身体にぴったりと合った特別仕立ての制服を着込み、銀のボタンを眩《まばゆ》いほど光らせ、顎の髭剃りあともつややかに血色のいい顔をしていた。「今し方、クレスウェル・ストリートの現場を見てきたところだ」とマレットは言った。

「そうじゃないかと思いましたよ」フロストは訳知り顔に頷いた。マレットは常日頃からマスコミに名を売ることに余念がない。その機があれば逃さず飛びつく。それを知るキャシディがご注進に及んだものと思われた。新聞記者やらテレビの取材スタッフが、最低でも五十万ポンドはしそうな日本製のカメラを手に、大挙して押し寄せてきているとでも言ったのだろう。「写真を撮られにいったようなもんでしょう？　職務熱心だね、警視《スーパー》も」

マレットは口髭を撫でつけた。「母親の行方がわからないと聞いてね、せっかく報道陣が大勢集まっているのだから、テレビカメラのまえで協力を呼びかけてみるのも、この際有効なのではないかと判断したんだよ」マレットの口元を、おつに澄ました笑みがよぎった。「自分で言うのもなんだが、撮影はなかなかうまくいったと思う。明日の朝食時のニュース番組で流れることになるはずだ」

そんなものを見せられた日には——とフロストは胸の奥でつぶやいた——明日の朝はイギリス全土でコーンフレークの消費量が激減しちまう。

「おや、お茶を淹れてくれていたとは」マレットは相好を崩した。「気が利くじゃないか、巡査部長。わたしが来ることを見越していたようだね」かくして、ウェルズが自分のために淹れた紅茶のマグカップはマレットの手に渡った。「ああ、気遣いはいらない。このぐらいわたしが自分で持っていくから。それから——」とたんにマレットの顔から笑みが消えた。「フロスト警部、きみに話があるので署長執務室に来るように。すぐに来たまえ……今すぐに！」マレットはくるりと背中を向け、足音高く廊下を歩き去った。

「まずいな、煙草をくすねてることがばれちまったよ」フロストは考えるだに恐ろしいことを口にした。

「おれまで巻き込まないでくれよ」ウェルズは声を張りあげて言った。「おれは無関係なんだからな」ふと手元に眼を遣ると、貰い物の煙草から煙が立ちのぼっていた。ウェルズは慌てて揉み消した。

だが、案に相違してマレットの用件は煙草のことではなかった。「かけたまえ」マレットのその第一声は、これまた毎度のことながら遅きに失した。フロストは許可されるまえにさっさと来客用の椅子に坐り込み、熱い紅茶の入ったマグカップをマレットのデスクの丹念に磨き込んだ天板に無造作に置いていた。マレットは慌ててマグカップを持ちあげ、コースター代わりに吸い取り紙を敷いたうえに置きなおした。

「あの殺害されてしまった気の毒な子どもたちのことだが、キャシディ警部は母親の犯行ではない可能性もあると考えているようではないか」

「ほう？」とフロストは言った。「そいつは初耳だな」

「キャシディ警部は、今回のあのクレスウェル・ストリートの殺人事件と過去数週間にデントン市内で頻発している幼児の連続刺傷事件とのあいだに、顕著な類似点を発見したそうだ」

「連続刺傷事件と?」フロストは鸚鵡返しに訊いた。「グローヴァーの子どもたちは窒息死なんだけどな」

「年長の少年の上膊部に小さな刺創が認められたということだ」

フロストは眉間に皺を寄せた。「そんなもの、気づかなかったけど?」

「だが、キャシディ警部は気がついた。デントン署としては幸運だったよ。違うかね、警部? たまたまキャシディ君が居合わせたからいいようなものの、さもなければ決定的な手がかりが、危うく見落とされてしまうところだった」

「しかし、子どもってのは年がら年中、どこかしらぶつけたり引っかいたりしますからね」とフロストは言った。

「いや、キャシディ警部が発見したのは、間違いなく鋭く尖った刃物を突き立てたことによる刺創だった。検屍官の所見がそれを裏づけている。しかも現場で行われた予備的な検分の結果、死後につけられた傷だということも判明した」

キャシディの野郎、こすからいことをしやがる。フロストは声に出さずに毒づいた。知り得た情報をおれには伏せておきやがった。「それじゃ母親が見つかったら、訊いてみりゃいい。どういう事情でついた傷か、はっきりしますよ」

「それは、あくまでも、母親が関与していたものと仮定した場合の話だろう? キャシディ警部はシドニー・スネルの関与を疑いはじめている」

「あの〝なめくじ《スライミー》〟シドの? 馬鹿馬鹿しい」

「考えてもみたまえ、警部、あまりにも類似点が多すぎるではないか。乳幼児の上腕部及び臀部を刺すというのがスネルの得意とする手口だ。グローヴァー家の年長《うえ》の息子は上腕部を刺されていた。さらにスネルは、女が着替える様子を窓のそとからのぞくという嗜癖も持ち合わせている。今回の事件が発生したのと同じクレスウェル・ストリートでも、同種の迷惑行為に及んだ男の存在が報告されている。また直近の幼児刺傷事件は、〈デントン・ゴルフ・クラブ〉のコースに隣接するバンガローで発生している。今回の事件現場も、同様に〈デントン・ゴルフ・クラブ〉のコースに隣接するバンガローだ。これだけ類似点が多いと、もはや偶然の一致では片づけられないのではないかね？」

「スネルは、赤ん坊に毛の生えたような乳くさい子どもの丸々と太った腕やら尻やらを突き刺して、そこから盛りあがってくる血の滴《しずく》を眺めてうっとりするんですよ。枕で子どもを窒息させたりするもんか」

「何事にも初めてのときがある、と言うではないか」マレットはすかさず切り返した。「今夜は予定外の事態に見舞われたのかもしれない。子どもたちが眼を覚まして、泣きだしたとか。それで度を失い、枕で黙らせようとしたというのは、充分にあり得ることだと思うがね」

「だったら、母親が行方をくらましてることは？」

「キャシディ警部は、巻き添えを喰らって殺されたのではないかと睨んでいるようだね。子どもたちが泣きだし、騒ぎになったのを聞きつけた母親が、慌てて子ども部屋に駆けつけてきたため、スネルには逃げ出す時間がなかった。それで母親まで殺さざるを得なくなったのではないか、とね」

「でもって、殺しちまったあと、そのへんに死体を放置しておいて、蹴っつまずいて転んじまうやつが出るといけないってんで母親の死体を運び出した？」

マレットは手を振り、答えに窮するその質問を退《しりぞ》けた。「そういう細かい点を、これから検証していくのだよ」

「検証もくそもない、母親が殺《や》ったんですよ。三人のわが子を手にかけ、現場から逃走したんです」フロストはきっぱりと言った。「スネルはこの事件とは、百パーセントどころか二百パーセント無関係だよ」

「ほう、そうかね。では、きみのその仮説が正しいことを願おう――きみ自身のために」口先だけの気遣いと譲歩を示して、マレットは言った。「聞くところによると、キャシディ警部はスネルの身柄を拘束するよう求めたのに、きみはデントンから退去するよう警告を発するだけで事足れりとしたそうじゃないか。その理由をひとつ説明してもらえないだろうか、わたしにも理解できるように？」

「そりゃ、うちの署は目下手いっぱいの目いっぱいで、スネルなんて意気地なしのなめくじをいちいち退治してる暇はないからですよ。社会のゴミ掃除はニューカッスルの連中に任せときゃいい」

マレットは紅茶をひと口飲んだ。「では、この場でわたしの口からはっきりと申し渡しておこう。きみがそうやって手間を惜しみ、身柄を拘束せずにおいた男が退去するどころか大手を振って出歩き、あまつさえ、なんの罪も落ち度もない幼い子ども三人を殺害していたことが判明した場合、デントン市の治安を預かる者として、わたしはきみのその判断の甘さを徹底的に譴責せざるを得ない。フロスト警部、きみとしても、そのつもりでいるように」

フロストは屈託のない晴れやかそのものといった笑みを浮かべると、すかさず席を立ち、引きあげの態勢を整えた。「そりゃ、もうとうに諒解してますよ。おれのへまを大目に見る署長なんて考えられないもの」

廊下の先、署長執務室のほうから、何やら興奮気味のうわずった声が、ビル・ウェルズの詰めている受付デスクのところまで聞こえてきていた。いったい全体何が話しあわれているのか？　ビル・ウェルズ巡査部長としては気になるところだった。それを知る手がかりが洩れ聞こえてくることを期待して、偶然を装って執務室のまえを通ってみるというのもひとつの選択肢ではある。しかし……決心をつけかねていたとき、一陣の寒風が吹き込んできて、受付デスクに載っていた書類を掻き乱した。ウェルズは顔をあげた。おもての通りから、小柄な老女がおぼつかない足取りで署の玄関ロビーに入ってきたところだった。痩せ細った弱々しい身体つき、年齢もどうやらすでに八十歳を超えていそうだった。中身が何も入っていない買い物用の手提げ袋を、骨張った手でしっかりと握り締め、老女はロビーを突っ切って受付デスクに向かってきた。老女が足を踏み出すたびにぱたっぱたっという音がした。見ると、老女は赤い大きな飾り玉《ポンポン》のついたピンクのスリッパを履いていた。寝室用のスリッパだった。

「ちょっと、この市《まち》のバスは、いったいどうしちゃったの？」老女は震えを帯びた甲高い声で言った。「バス停で六番のバスを待ってるのに、さっきからずうっと待ってるのに、全然来ないじゃないの。来る気配もないんだから。あたし、お買い物に行かなくちゃいけないの。これじゃ、お店が閉まっちゃうじゃないの」

ウェルズ巡査部長は溜め息をつき、痛ましいものを見せられたように首を横に振った。「エイダ、今は午前四時なんだから、バスなんて走ってないよ。それに六番の路線はとっくの昔に廃止されてる。店だって今時分開いてるとこなんて一軒もないって。みんなベッドに入っておねんねしてる時刻なんだから。あんたもだよ、エイダ、とっととベッドに戻ったほうがいい」

老女は怪訝そうな面持ちでウェルズを見つめ、瞬きをした。「でも、あたし、主人の夕食をこしらえなくちゃならないのよ。主人は、あの人は……」最後まで言い終わらないうちに、声が尻すぼみに消えていった。老女の夫は、かれこれ十六年ほどまえに世を去っていた。

受付デスクの電話が鳴った。「ええ、お見えになってますよ」電話に出たウェルズは相手の問いかけに頷いた。「たった今、入ってこられたんです。そう、ひとりで歩いて。ご心配なく、ご自宅まで車でお送りしますよ」受話器を置くと、ウェルズは受付デスクを離れて老女のそばまで足を運んだ。「娘さんからだったよ。あんたのことを心配してた」

「娘には、あたしは買い物に出かけたんだって言ってくれて?」

「それは娘さんも知ってるんじゃないかな」ウェルズはそう言うと、老女の腕を取ってロビーの隅にあるベンチまで誘導し、ひとまずそこに坐らせた。

ちょうどそのとき、フロストがロビーを通りかかった。マレットと一戦交えた余熱をくすぶらせながら。だが、老女に眼を留めると、フロストはたちまち相好を崩した。「やあ、エイダ。こんなとこで何をしてるんだい？」フロストは老女に歩み寄り、紅茶の入った飲みかけのマグカップを差し出した。

「これからお買い物に行くところなの」

「買い物？　おいおい、まさか今日もまた、その手の小道具やら媚薬やらを売ってる店に行こうってんじゃないだろうな？　ついこのあいだ、店にあった電動ちんぽこを残らず買い占めてったばかりだろ？」

老女は若い娘のように咽喉の奥で笑い声をあげると、マグカップを口に運び、音を立てて紅茶をすすった。老女にとってフロスト警部は、これだから憎めない人だった。いつもおかしなことを言っては笑わせてくれて、心の憂さを払ってくれる人だった。

「エイダを自宅まで送ってやることになってるんだ。頼まれちゃもらえないかな？」フロストの耳元でウェルズが囁いた。

「おれはまだ署内で片づけなくちゃならないことが残ってる」とフロストは答えた。

きびきびとした靴音を響かせ、マレットがロビーに現れた。受付デスクのまえを足早に通過し、正面玄関に向かいかけたところをフロストが呼び止めた。声を低く落とし、フロストにしてはきわめて穏当な口調で事の次第を説明した。マレットは眉間に皺を寄せ、ロビーのベンチにちょこなんと坐る老女に眼を遣った。老女はフロストの飲みかけのマグカップを口に運んでは、盛大に音を立てながらせっせと紅茶を飲んでいた。「ちょっとだけですよ、署長。帰り道にちょっと寄り道してくれるだけでいいんです」いざとなれば甘言を弄することも辞さないフロストは、ことば巧みに言いくるめにかかった。

「わかった、いいだろう」マレットは内心の不満を押し隠して言った。正直に言えば傍迷惑な話だった。ちょっとどころではなく、かなりの遠まわりを強いられることになる。だが、市民に奉仕するのも警察官たる者の務めである以上、署長としてはここで率先垂範せざるを得まい。マレットは隅のベンチに近づくと、身を屈めて老女の耳元で声を張りあげた。「ご一緒していただけますか、奥さん？　わたしがご自宅までお送りしましょう」

「あたし、耳はちゃんと聞こえます」エイダはぴしゃりと言うと、手提げ袋を胸にしっかりとかき抱いた。「途中でお買い物をしたいのよ。お店に寄っていただけて？」

「商店はどこももう閉店していますよ、奥さん」マレットはそう言うと、老女の腕を取り、正面玄関から戸外《そと》に出ていった。

ふたりの背後でスウィング・ドアが閉まると、ウェルズは気が気ではないといった面持ちでフロストのほうに向きなおった。「おい、署長にはちゃんと言ったんだろうな、ジャック？」

フロストは眉根を寄せた。「言うって何を？」

「エイダのことだよ。車に乗せると、失禁しちまう癖があることだよ」

「ほんとか？」フロストはさも驚いたように言った。

「ほんともくそもない。あんただって百も承知のはずだぞ。このまえ、あんたが家まで送ってやったとき、助手席でお漏らしされて大洪水になっただろうが」

「それはマレット夫人のことだろう?」フロストはあくまでもしらばっくれて言った。それから、ようやく思い出したといった顔になり、指を勢いよくぱちんと鳴らした。「いや、そうじゃない。あんたの言うとおりだよ、ビル。あれはエイダだった」フロストは笑みを浮かべた。「おれのお茶、飲ませるんじゃなかった」

ウェルズは口をあんぐりと開けた。「お茶を飲ませた? なんてことしたんだよ、おい。超特急並みのスピードで出口めがけて一直線だぞ」

「だったらマレットの運転が速いことを願おう」とフロストは言った。「あの青いヴェルヴェット張りの座席ってのは、しみがやけに目立つからな。エイダの場合、排出量が摂取量を上まわる体質《たち》だし」

憂さも晴れたところで、フロストは心も軽く捜査本部の置かれた部屋に足を向けた。部屋にはバートンひとりが居残っていた。電話のまえに陣取ったまま、ペーパーバックを読みながらサンドウィッチにかぶりついていた。フロストに気づくと、バートンは顔をあげ、ばつが悪そうな表情になった。「いいよ、坊や、気にするな」フロストはバートンの隣の椅子に腰をおろした。「その後進展はあったかい? 行方不明のぼうずが発見されたのに、うっかりしてておれに伝えそびれちまってた、なんてことは?」

バートンはにやりと笑い、今や縁まで満杯状態の書類整理用のバスケットを指さした。その夜に受けた通報の記録だった。「目撃情報がどっさり入ってきてますよ。大半はまずありそうにないものばかりだけど、それでもいちおう選別して追跡調査をかけてます。検問のほうは今のとこ収穫なし。ガイ人形を抱えた当該年齢の子どもなんて、この時期はそれこそ数えきれないぐらい出歩いてますからね。特定のひとりを覚えてる者はなかなか出てきません」さらに文鎮代わりに置いてあった卓上型のホチキスのしたから、一枚の通報記録用紙を引き抜いた。「これは二時間ほどまえに受けた通報です。通報者は男、名前は名乗らず、匿名の通報ってことにしてほしいと言いながら、追跡調査をくどいぐらい何度も要求するんです。必ず調べるようにって。なんでもユニオン・ストリートの先の運河にかかってる橋のしたでガールフレンドと事に及んでいたときに、不審な物音を聞いたと言うんです。橋のうえで車が停まる音がして、それから人のうめき声というか、うなり声というか、そんなような物音が聞こえた——車から何か重いものを運び出してるんじゃないかと思ったそうです。その直後、運河にものが投げ落とされた。すぐに沈んでしまったので、確かめようがなかったけど、死体だった可能性も充分にある——通報してきた男はそう言うんです」

「うめき声にうなり声?」とフロストは言った。「そりゃ聞こえるさ。通報してきた野郎とガールフレンドの愛の二重唱だろ?」いちおう通報記録の用紙を受け取り、おざなりに眼を通した。「明日には潜水チームが合流することになってるから、その橋のしたから潜ってくれと言ってみるよ」煙草を一本抜き取ってくわえた。「運河にかかった橋のしたで事に及んでた? いやはや、ずいぶんロマンティックな場所を選んだもんだな。寒くてじめじめしててくさいだろうに。おれは場所につい ちゃ、あんまり選り好みをしないほうだけど、それでも橋のしたってのはな……考えちまうよ」フロストはそう言うと椅子から立ちあがり、ひとつ大きく伸びをした。「帰ろう、坊や。明日も早い。午前八時から捜索隊の連中に概況説明ってやつをして段取りやらなんやらを伝えなくちゃならない」フロストは腕時計に眼を遣った。「なんだ、あと四時間しかないじゃないか」

第八章

早朝のニュース番組を放送中のテレビ画面には、〝惨劇のバンガロー〟と冠したグローヴァー家の映像に続いて、幼い三人の子どもの亡骸《なきがら》を納めた棺を葬儀社の社員が運び出す場面が映し出され、さらにインタヴューに応じた近隣住民がそれぞれ今回の事件にいかに衝撃を受け胸を痛めているか、グローヴァー家がいかに理想的な家庭に見えたか、すぐ近所に住む者としていかに深い心の傷を負ったかを縷々語った。それから画面いっぱいにナンシー・グローヴァーの写真が映し出され、次いで厳粛な顔つきのマレット警視が登場した。警察は行方がわからなくなっているグローヴァー夫人の保護を最優先に考えており、一刻も早く夫人を発見できるよう一般市民のみなさん、おひとりおひとりに協力を求めたい――テレビカメラを通じてマレット警視はそう訴えていた。

納得の面持ちでひとつ頷くと、マレットはテレビを消した。われながら、なかなか堂に入った話しぶりだった。手袋を取りあげ、ポケットを触って車のキーが入っていることを確認した。廊下の鏡で最後にもう一度身だしなみを点検した。ネクタイの結び目がわずかのずれもなく真ん中にくるよう微調整を施したのち、家を出て車に向かった。運転席のドアを開けたとたん、眉間に深い溝が刻まれ、鼻の頭に皺が寄り、思わず顔をそむけた。助手席の青いヴェルヴェットのシートカヴァーは昨夜のうちにはずして、消毒液をたっぷりと注ぎ込んだ水に浸けてあった。それでもまだ臭いが残っていた。自棄《やけ》と紙一重の熱意を込めて、マレットは車内に消臭スプレーを大量噴霧し、冷たい外気が吹き込んでくるにもかかわらず窓を全開にした状態で、署に向かって車を走らせた。前夜のあの老婆は正真正銘の耄碌《もうろく》婆さんだった。まったく以て迷惑千万。恥知らずにもほどがある。それはフロストについても言えることだった。あの老婆の好ましくない習性について、フロストは重々承知していたにちがいない。あれはあの男が故意に仕組んだことである。マレットは凄味を利かせた笑みを浮かべた。よかろう、この際ジャック・フロスト警部には、いまだかつて経験したことのない最大級の〝お仕置き〟を喰らってもらうことにしよう。

マレットの車は快調なエンジン音を響かせてバース・ヒルの通りを走り抜け、コーク・ストリートに入った。制服姿のまだ年若い警官が署長の車に気づき、姿勢を正してきびきびした動作で敬礼を送って寄越した。マレットは笑みを浮かべ手を振ることで答礼に代えた。制服姿で出署する署員の姿に大いに満足を覚えながら。先だって出署してきた折、私服のまま署に入っていく署員を二名も目撃したのである。その件については近く、監督不行き届きとしてウェルズ巡査部長に厳重注意を与えるつもりだった。

駐車場は種々雑多な車輛で混みあっていた。ほとんどが捜索に参加するべく馳せ参じてきた連中の車輛だろう。まだ薄闇の残るこの時刻、彼らは署内の食堂で朝食をたらふく詰め込みつつ、捜索のための概況説明が始まるのを待っているはずだった。駐車場の奥まった一隅に停められたヴァンから、ふたりの男がアクアラングの酸素ボンベを降ろしているのが見えた。今朝から潜水チームが捜索に加わることになったのだ。隙間なく車輛が並んだ駐車場で署長専用の駐車スペースに車を入れるのは、困難を極める作業だった。マレットは車を降り、ドアをロックした。間違いなく施錠されたことを確認するため、ドアの把手をつかんだとき、泥の縞模様がついたフォードが突進してきて危うく轢かれそうになった。フォードはタイアを軋らせ、マレットの踵から数インチのところで停車した。運転席からくわえ煙草などという不作法な態度で降りてきた者の姿を見て、マレットの表情はたちまち曇った。

「フロスト警部！」

フロストはぎょっとして顔をあげた。よもやあの角縁眼鏡のマネキン野郎がこんな朝っぱらから出署してきていようとは。マレットの車の助手席を素早く盗み見た。青いヴェルヴェットのシートカヴァーは見当たらなかった。みぞおちのあたりから歓喜の温かなぬくもりが拡がった。神よ、お漏らし婆ちゃんに特大の祝福を。「おはようございます、警視《スーパー》」フロストは晴れやかに挨拶した。

「昨夜、きみから送るように頼まれた老婦人のことだが——」この機を逃してはならないとばかりに、マレットは勢い込んで喋りだした。

「いやあ、助かりましたよ、署長のご親切のおかげで」ことばの奔流を遮ってフロストは言った。それから、さもたった今思い出したとでもいうように、大袈裟な仕種で自分の額をぴしゃりと叩いた。「そうそう、エイダには妙な癖があるんです。署長にもひと言っておくつもりだったんだけど、まあ、相手が署長ならそんな忠告は却って失礼に当たるんじゃないかと思ってね。だって、署長に面と向かって言いにくいじゃないですか、エイダには妙な気を起こさないほうがいいですよ、なんて。膝でエイダの太腿を撫でたり、もっとうえのほうをくすぐったり、あるいはその類似行為に及んだ場合、助手席がびしょびしょになるほど大量の小便を漏らしますから、気をつけてくださいなんて」

マレットとしては開けかけた口を、またつぐむしかなかった。上位《うえ》に立つ者としてフロストのような部下をいかに懐柔し、いかに管理していけばよいものか、マレットはいまだに暗中模索を強いられている。

「おれに何か言いたいことがあったんじゃないですか、署長？」白々しいぐらい愛想のいい口調でフロストは尋ねた。

「いや、ない」マレットは刺々しく言い放った。「何もない」ともう一度言い残すと、くるりと背を向け、荒々しく足を踏み鳴らして署の建物に入っていった。

捜査本部が置かれた部屋では、ジョーダン巡査がフロスト警部を待ち受けていた。報告すべき事柄があったからだった。ディスカウント・ストア〈スーパーテック〉に問い合わせた結果、レミー・ホクストンの死後、彼名義のクレジットカードで購入された物品が突き止められたのだった。「そりゃ、またずいぶん仕事が早いな」とフロストは言った。「ああいう店は九時にならなきゃ、開かないもんだと思ってたよ」

「キャシディ警部が店長と店員を呼び出せと言うもんだから。これは殺人事件の捜査なんだから、こちらが店側の都合に合わせて開店時刻まで待つ必要などどこにある？　ってことで」

「そりゃ、まあ、確かに一理あるな」とフロストは言った。キャシディも余計な差し出口を叩いてくれたものだった。レミー・ホクストンはもう死んでいる。死後すでに何ヶ月も経過している。なのに数十分程度の時間を惜しんで、朝っぱらから無辜《むこ》の民を叩き起こし、無理やりベッドから引きずり出したところで、今さらなんの意味があるというのか？「で、何がわかった？」

「レミー名義のクレジットカードで購入されたのは、パナソニックのナイカム対応（ナイカムはイギリスで採用されているテレビのディジタル方式。高音質のステレオサウンドと共にヴィデオ信号を送る）ステレオ内蔵二十八インチ型テレビでした。でも、もう三週間もまえのことだから、買っていった客のことまでは、店長も店員も誰も覚えてないそうです」

「三分後に訊いたって答えは同じだよ」とフロストは言った。「ああいう店の連中は、どうせ客の差し出すクレジットカードしか見てないんだから……試しにおまえさんの自慢のムスコをだらんとぶら下げて店に入っていってみな。それでも誰も気づきゃしないから」

　ジョーダンはクレジットカードの会社にも連絡を取っていた。店からヴィザカードの側に送られたレミー・ホクストンのクレジットカード利用伝票をファクシミリで取り寄せ、報告書に添付していた。フロストは利用伝票の署名欄のサインとレミー本人のサインを比べた。利用伝票のサインが偽造されたものだということはひと目でわかった。「サインが違ってたら店はカード会社に照会するもんじゃないのか？」フロストは誰にともなくつぶやいた。「まさかとは思うけど、テレビを配達させたんで届け先の住所の控えが残ってた、なんてことはないよな?」

「そうですね、持ち帰ってます」

フロストは坐ったまま反動をつけて回転椅子を右に左に回しながら、その日四本めの煙草を吸った。何者かがレミー・ホクストンのクレジットカードを使って眼の球が飛び出るほど高額な大画面テレビを購入した。では、そいつはクレジットカードを奪うためにレミーを殺害したのだろうか? それは考えにくかった。カードが使われたのはただ一度きり、それもレミーの死後、何ヶ月も経過してからである。むしろ、しかるべき動機を持つ者がレミーを殺害し、クレジットカードは言ってみればその余禄のようなものだった、と考えるほうが頷ける。あるいはレミーを殺したやつがクレジットカードを捨てるなり、人にくれてやるなりしたか……カードを拾うか貰うかした別の人間が、テレビを買ったというのも考えられた。利用伝票が印刷されたファクシミリの記録用紙に、煙草の灰が降り注いでいた。フロストは記録用紙を振って煙草の灰を払った。レミーを殺した犯人は捜さねばならない。だが、眼の色変えて捜しまわるほどの気力は、どうしても湧いてこなかった。レミーのかみさんの言ったことは正しい。あの野郎が死んだということは、それなりのことをしたということだ。そのとき、ふと、あることを思いついた。「パナソニックに確認してほしいことがある。テレビを買ったやつがアフターサーヴィスを受けるために利用者登録をしてないか、訊いてみろ」

「してないでしょう、よほどの間抜けじゃない限り」とジョーダンは言った。

「いや、おれ程度の間抜けならやりかねない」とフロストは言った。「確認してみて損はない」

バートンが戸口のところから顔だけのぞかせて言った。「概況説明の時間です、警部」

食堂にはそれなりの数の人員が集合していた。それでも少年が無事に保護される可能性がまだ高く、希望と期待に充ち満ちていた昨日より、人数は確実に減っていた。フロストは隅のテーブルにリズ・モードの姿を見つけた。彼女がクレスウェル・ストリートの悲惨きわまりない事件現場に駆けつけてきたとき、日付はすでに変わっていたにもかかわらず、それまで就寝していたような様子はなかった。なのに、もう、こうして署の食堂にいて朝食を手っ取り早く詰め込んでいる。フロストはソーセージ入りのホット・サンドウィッチを買い、溶け出したバターでパンがふやけたそのサンドウィッチと紅茶の入ったマグカップを持って部屋のまえの一段高くなった演壇にあがると、大声を張りあげ、一同に静粛を求めた。落ち着きなく交わされていた低い話し声がやむのを待って、食堂内をひとわたり見まわし、出席者の顔ぶれを確認した。アーサー・ハンロン部長刑事の姿が見当たらなかった。

「便所に行ってます」という声があがった。それが合図だったかのように貯水タンクの水を流す、ごうっという音がして、ほどなくアーサー・ハンロンがよたよたと食堂に入ってきた。着衣にいささかの乱れと、いささかのしみと、大量の皺とが確認された。当人には心なしか疲労困憊の色も認められた。期せずしてあがった歓迎の拍手と歓声に、ハンロンは芝居がかった仕種で腰を屈め、お辞儀を返した。「すみません、警部、ちょいと遅れちまった」

「なんとまあ、アーサー、なんて面《つら》してるんだ」とフロストは言った。「あんたはいつだってマイク・タイソンと十二ラウンドまで戦ってきたみたいな顔して便所から出てくる。それで思い出した……糞詰まりの数学者の話は聞かせたかな？　さすが数学者だけのことはあるって話だよ。長年の習慣でなんと鉛筆《ペンシル》と紙だけで、見事結果を導き出したそうだ（ペンシルにはペニスの意味もある）」食堂のあちこちでけたたましい笑い声が炸裂したが、当のフロストは聞き手の誰よりも愉快そうに、誰よりも騒々しい声で笑っていた。途中でソーセージ・サンドウィッチの塊を咽喉に詰まらせそうになった。マレットが食堂に姿を現したからだった。食堂のうしろに陣取ったマレットの渋面は、今は悪趣味な冗談など披露している場合ではないはずだ、と言っていた。

「よし、みんな、聞いてくれ」笑い声が収まったところでフロストは改めて言った。「今日はこれから先、今みたいに腹を抱えて笑えることには、たぶんならないと思う」齧りかけのサンドウィッチを持ったまま、壁に貼り出したボビー・カービィの顔写真を指し示した。「われわれは昨日、この気の毒なぼうずを見つけ出してやれなかった。こいつはおれの直感なんだが、このぼうずはもう死んじまってるか、どこぞに幽閉されてるか、たぶんそのどっちかだ。みんなも知ってのとおり、ディーン・アンダースンという同じ年頃のぼうずがボビー少年のガイ人形と一緒に死体で発見されている。裸にひん剝かれて、黒いビニールのゴミ袋に押し込められた状態で。ボビー少年も、同じ運命をたどった可能性がないとは言いきれない。つまり、諸君のうちの何名かには、市のゴミ集積所までお出かけしてもらって、清掃局が昨日一日に集めてきた、ゴミで膨れあがった何百ものビニール袋をひとつずつ開けて中身を検めてもらうことになる」フロストはそう言うと、バートンに向かって顎をしゃくった。「めでたく貧乏籤を引き当てた紳士並びに淑女の諸君の氏名は、のちほどバートン刑事が発表する」そこで紅茶をひと口飲み、咽喉を潤してから先を続けた。「でも、希望は捨てるな。諸君には、ボビー少年はまだ生きてると信じてほしい。生きてるんだから、一刻も早く見つけ出してやらなきゃならないと思ってほしい。つまりはさっそく捜索に取りかかるに若《し》くはない、ということになる」

　マレットがまえに一歩進み出た。自分からもひと言言っておきたいことがある、という無言の主張だった。

「ああ、ちょっと静かに」フロストは声を張りあげて言った。「マレット署長からひと言あるらしい。署長の晴れ姿は諸君も今朝のテレビ番組で充分に堪能したものと思う。今度はその謦《けい》咳《がい》に接してくれたまえ」

　マレットの口元にこわばった笑みが浮かんだ。「フロスト警部は言い忘れたようだが、われわれにはもう一名、捜し出さなくてはならない女がいる」マレットはそこでいったん口をつぐみ、リズ・モードが席を立って壁のボビー・カービィの写真の隣にナンシー・グローヴァーの大きく引き伸ばした写真を鋲で留めるのを待って先を続けた。「悲惨きわまりない事件と言っていい。この女の三人の子どもが殺害され、当人は行方不明。諸君がほかにも解決を急がなくてはならない事件を抱えていることは、もちろん承知しているが、同時にどうかこの女のことも念頭に置いて、常に捜索の目を配り続けていてほしい」最後にフロストに向かって短く一度頷くと、マレット警視は意気揚々と署長執務室に引きあげていった。

　フロストはテーブルの角に尻を預け、脚をぶらぶらさせながら、いくつかのグループに分割された捜索隊のいちばん大きな集団が食堂から退出していくのを眺めるともなく眺めた。サンドウィッチから溶けたバターが、スーツの前身頃に垂れて、新たなしみをこしらえていた。しみは拭っても取れなかった。おもむろに立ちあがり、リズ・モードのいるテーブルのところまで足を運んだ。リズはクロスワード・パズルを解いているところだった。フロストは彼女の肩越しに屈み込み、パズルの〝鍵〟を読みあげるふりをした。「縦の4――『小さなムスコ、でもご婦人は大きいほうがお好き』――こりゃ、あれしかないよ。〝ちんぽこ〟だ」とっさに縦の4の欄に眼を向けてしまってから、リズはそれがフロスト警部お得意の愚にもつかない子どもじみた冗談だったことに気づいた。あまりに疲れすぎていて、義理にも笑みを浮かべる気になれなかった。握り拳で眼をこすり、マグカップからもうひと口ブラックコーヒーを飲んだ。

「昨夜のあいだに少しは寝たのか？」とフロストは訊いた。

リズは首を横に振った。「近隣を戸別訪問して居住者に事情を訊いていたもので。それが終わったのが午前六時で、どうせ八時半から検視解剖が始まりますから」彼女は勧められた煙草を受け取って言った。「キャシディ警部に立ち会ってはどうかと言われたんです」

フロストは自分も一本くわえると、それぞれの煙草にライターで火をつけた。「あの子どもたちのかい？　なんなら、ほかのやつを行かせてもいいぞ」

リズの眼がたちまち険しくなった。「気を失って倒れるとでも思ってるんですか？　検視解剖なら以前にも立ち会ったことはありますから」

「おれだって歯医者なら以前にも行ったことはある」とフロストは言った。「でも、だからといって、是非ともまた行きたいとは思わない。検視解剖ってのは、解剖台に寝かされてるのが子どもの場合、特にこたえるもんだ。行かずにすむものなら、おれだったら、たとえ荒馬に縛りつけられても断じて行かないけどな」

「お気遣い、ありがとうございます。でも、わたしは立ち会いますから」リズ・モードはきっぱりと言った。

フロストは紅茶を飲み干し、空になったマグカップにサンドウィッチの食べ残した耳を放り込んだ。「昨夜、おれが帰ってから、何か進展はあったかい？」

「いくつか情報を得ましたが、有力な手がかりと言えるようなものは……。マーク・グローヴァーもまだ入院中だし。鎮静剤を大量に投与されているので、事情を聴けるような状態ではありません。ただ近隣を聞き込みにまわっていて、事件当夜、午前零時過ぎに、あの家から言い争っているような大声が聞こえたという者が、さらに二名ほど出てきました。男女の声のようだったので、両名ともまたいつもの夫婦喧嘩だろうと思ったそうです。グローヴァー夫妻の口論は毎度のことだったそうで」

フロストは考え込む顔つきになった。「実際にだんなだったってことはないかな？　だんながかみさんと言い争ってたってことは？」

リズは首を横に振った。「だってマーク・グローヴァーは、午前二時ちょっとまえまで、ずっと百貨店で絨毯の敷き込み作業をしてたんですよ」

「裏は取れてるのか？」

「百貨店の夜勤の警備員に話を聞きました。絨毯の敷き込みにきた男はふたりとも、午前二時近くまで作業をしていたそうです」

「警備員に気づかれずに抜け出すことは？」

「無理です。夜間は防犯のため、すべての出入口がロックされます。警備員が解除スウィッチを操作しないとドアを開けることはできません」

「くそっ」フロストは声に出して毒づいた。事件当夜、午前零時過ぎにかみさんがだんな以外の男と口論していた、などというのは事件を複雑化させるだけの厄介きわまりない要素であって、フロストとしてはできれば出現してほしくない状況だった。

「それから〈デントン店舗設計〉の代表者からも話を聞いてきましたが――」とリズは続けた。「午前零時過ぎに百貨店に電話して敷き込み作業の進み具合を確認したそうで、そのときにグローヴァーと話をしたと言ってます」

「徹底的に調べあげちまったって感じだな」フロストは沈んだ声で言った。

「これはキャシディ警部の考えなんですが、近隣住人が聞いた声というのは、男のほうはシドニー・スネルの声だったんじゃないでしょうか」

フロストは嘲笑を以てその説を退《しりぞ》けた。「自分のうちに押し入ってきた野郎と口喧嘩なんかする女がどこにいる？　そういうときは、何を措いてもまずは悲鳴をあげるもんだろが。それから、侵入者に向かって金切り声を張りあげてわめき立てるもんだろが。言い争う声を聞いたって近所のやつだけど、女のほうは怯えたような声を出してたとでも言ってるのか？」

「いいえ。激しい口論だったとは言ってましたけど」

「そうか。だったら……」フロストは首を横に振った。「そもそもシドニー・スネルは人なんか殺せるタマじゃない。深追いしても時間を無駄にするだけだぞ」それから壁の時計に眼を遣ると、胸のまえに垂らしていたマフラーを首に巻きつけ、立ちあがった。「アクアラングを背負った蛙ちゃんたちと潜水デートのお時間だ……誰かにおれの居所を訊かれたら、運河で水遊びをしてると言ってくれ」捜査本部の部屋を出るまえに、戸口のところで足を止めた。リズに頼むべきことが何かあったはずだった。はて、何を頼もうと思ったのだったか……？　そう、そうだった。レミー・ホクストンが死体で発見されたあの廃屋の以前の居住者を、役所に問い合わせて調べるよう頼もうと思っていたのだ。だが、リズは今にもその場にへたり込んで寝入ってしまいそうに見えたし、間もなく子ども三人分の検視解剖にも立ち会わなくてはならない身でもある。ほかに頼めそうな者を見つけたほうがよさそうだった。

ジョン・コリアー巡査は水中に入れたオールを引き寄せ、思わず顔をしかめた。水ぶくれのできた手のひらが疼きはじめていた。志願して運河の捜索に加わったことが、今ごろになって悔やまれた。警察の潜水班所属のダイヴァーが足ひれで水面を蹴り、水中深く潜行していく姿を船上から見物しながら河面を軽快に突き進むのは、きっと気分のいいものにちがいないと考えたのだが……現実はそう甘くはなかった。ボートを漕ぐのは過酷な重労働だった。おまけに強烈な向かい風に押されて、ボートは進みたい方向とは反対に流されそうになる。
「全速前進ようそろ、副長」リドリー巡査が言った。リドリー巡査はコリアー巡査の漕ぐボートに同乗し、長い竿を規則正しく繰り出しては、黒っぽく澱んだ運河の底を突《つつ》く役目を担いながら、わが身を戦艦の艦長に準《なぞら》えていた。が、同じ台詞《せりふ》を何度も聞かされるほうとしては、状況は急速に笑えないものとなりつつあった。ボートの前方に泡の線がひと筋浮かんでいる。そのあたりの河底でも警察所属のダイヴァーによる捜索が行われている合図《しるし》だった。

フロストは土手に腰をおろし、煙草をふかしながら作業の進捗状況をむっつりと眺めていた。ときどき小石を拾っては運河めがけて投げ込んだ。寒風吹きすさぶなか、運河の〝どぶ浚い〟を敢行したところで時間が無駄になるだけだ、と直感が告げていた。道路が運河をまたいでいるこの地点は、がらくたを処分するにはまさにうってつけの地点なのだ。車のトランクに入れて運んできて、橋のうえから黒く澱んだ運河に投げ捨てるだけですんでしまう。すでにダイヴァー連中によって引きあげられたがらくたが、土手のしたの曳舟道のあちこちに小山を作り、胃袋がでんぐり返りそうな悪臭を放っている。水をたっぷりと吸い込んだマットレスが何枚も見つかった。それから絨毯を丸めたり折りたたんだりして水中廃棄したものがふたつほど――うちひとつは見たところ新品のようだったが、たっぷりと染み込んだ運河の濃厚な悪臭は洗濯したところで取れそうになかった。丸々と膨らんだ黒いビニール袋には、食肉店から出された屑肉と臓物が詰め込まれていた。さらに死後かなりの日数が経過したと思われる山羊の膨張した死骸一体。とりわけ強烈だったのは、濡れそぼった段ボール箱が引きあげられたときだった。なかには鶏の頭と脚ばかりびっしりと詰め込まれ、蛆虫《うじむし》が湧いていた。「これであと馬鈴薯が何個かありゃ、立派な晩めしになる」フロストは苦々しげに言うと、鼻孔をわななかせた。風向きが変わって、物の腐った臭いに顔面を直撃されたのだ。ずっと昔、フロストがまだ子どもだった時分には、この曳舟道のおそらくは今いる場所からさほど離れていないところに腰をおろして、棘魚《トゲウオ》やら鮠《ハヤ》やらの小魚を釣りあげたりしたものだった。だが、今やこのどす黒い汚水のなかに生き物の気配は感じられない。その昔、荷船の往来で栄えたデントン・ユニオン運河は、鼻ももげそうな悪臭を放つ汚水溜めに成りさがり、運河としての息の根を止められてしまっていた。

水面を割って、ダイヴァーが頭を出した。先ほどから河底の泥に埋もれた物体にロープを掛ける作業をしていたのだった。ダイヴァーはボートのうえの二名の制服警官にロープを引くよう合図した。ボートのうえに不恰好に膨らんだ黒いビニールのゴミ袋が引きあげられた。フロストの気持ちはたちまち沈み込んだ。ゴミ袋のこの膨らみ具合とこの恰好からして、中身は……まだ幼い少年の死体か？

ボートは曳舟道に寄せられ、リドリーとコリアーは黒いビニール袋にくるまれた物体をふたりがかりで抱えあげた。持ちあげたとたん、袋に穿《あ》いていたいくつもの穴からいっせいに水が流れ出した。確実に袋を沈めるため、穴を穿けたものと思われた。ビニール袋にくるまれ、水を滴《したた》らせているその物体を、ふたりはフロストのそばまで運んだ。間近で眺めると、ますます気が滅入った。袋を開けたときに出てくるもののことは考えたくもなかった。おもむろに腰をあげ、煙草を運河に投げ捨てると、靴先で恐る恐る袋をひと押ししてみた。柔らかくてふにゃりとした感触。人間の身体を突《つつ》いたときのような。傍らにしゃがみ込み、折りたたみ式ナイフを取り出すと、袋の口を縛っていた紐を切り、なかをのぞいた。水に濡れて黒ずんだ人間の頭髪が見えた。顔をあげ、リドリーに向かってぶっきらぼうに頷いた。「ああ、見つかったぞ」改めて袋の口を大きく拡げた瞬間、安堵のあまり、身体じゅうの汗腺から汗がどっと噴き出した。肝を冷やすとはまさにこのことだった。もう一度リドリーの顔を見あげて「おれのすっとこどっこいは、まさに表彰状ものだよ」袋のなかからのぞいていたのは、人間の頭髪ではなかった。フロストは袋のなかに手を突っ込み、水を吸い込んでずっしりと重くなった毛皮のコートを引っ張り出した。ミンクのコートについては詳しい知識を持ちあわせないフロスト警部だったが、そんな素人の眼にも、たとえ運河の不潔きわまりない水を滴らせていても、そのコートが値の張るものだということは容易にわかった。ミンクのコートに続いて出てきた銀狐の肩マントについても、同様のことが言えそうだった。さらに袋の底から、紐を幾重にも巻きつけられ、不恰好な結び目できつく縛られた灰色のビニール袋が見つかった。袋はやけに重かった。フロストは紐の結び目の部分を保存しておくため、折りたたみナイフで直接、袋本体を切り裂いた。紐の結び目は科学捜査研究所の頭でっかちどもに進呈し、連中が呼ぶところの徹底的な分析とやらにまわして、わかったところで屁の突っ張りにもならないあれこれを調べあげていただくことにした。灰色のビニール袋には煉瓦が入れてあった。毛皮のコートや肩マントを詰めた黒いビニール袋が確実に沈むよう、重石代わりに入れられたものだろう。加えて、ずしりと持ち重りのする小さな黒いビニール袋の包みも。なかにはいくつもの装身具が無造作に詰め込まれていた。ロバート・スタンフィールドから盗難届の出されている宝石類だった。

フロストは眼のまえに現れた〝お宝物《たから》〟をとっくりと眺めた。危険を冒し、手間暇かけて盗み出したものをなぜ捨てるのか？　その行為が示唆するものは……保険金詐取ぐらいしかなさそうに思われたが、こうして眺める限り毛皮も宝石も限りなく本物に見える。引っ張り出したものは、とりあえずすべて黒いゴミ袋に戻した。「こいつは署に運んどいてくれ。スタンフィールドのかみさんを呼んで確認させよう」

リドリー巡査の繰り出した竿が何かに当たった。水中から見るからに悪臭をはらんでいそうな大きな泡が湧きあがってきて弾け、果たせるかな、胃の腑のよじれるような臭いがあたりに漂った。フロストはダイヴァーたちに泡の発生源を引きあげるよう合図を送った。それに応じてダイヴァーが潜水を開始しようとしたとき、フロストの携帯無線機が甲高い音を立てはじめた。署の司令室からだった。切迫した調子でフロスト警部の応答を求めていた。「警部、大至急、署のほうに戻っていただけますか？　脅迫状が届いたんです。行方不明の少年の身代金を要求する内容です」

「どうせ空騒ぎだよ。性質《たち》の悪いいたずらに決まってる」フロストはつぶやくように言って無線を切った。

最後にもう一度、コリアーとリドリーの乗ったボートに眼を遣った。ふたりは水中から何やら燐光のようなものを放つ、ぬめぬめした物体を引きあげようとしていた。ボートの船縁まで手繰り寄せたところで、その物体はまっぷたつに裂けてしまった。フロストは車に向かった。

捜査本部の部屋にはかなりの人数が集結して、フロスト警部を待ち受けていた。キャシディもハンロンもバートンも顔を揃えていたし、科学捜査研究所からハーディングも出張ってきていた。誰もが一様に厳めしい顔をしていた。「で、どこにあるんだ、その脅迫状ってのは？」とフロストは尋ねた。

キャシディはデスクに置かれたクッション入りの封筒を指さした。「午前の配達で届いた」タイプ打ちされた宛名は――《デントン警察署内：少年行方不明事件担当捜査官殿》。消印はデントン中央郵便局で前日の夜間に収集されたことを示していた。「なかにこれが入ってた」キャシディは、透明な保護カヴァーに挟んであるA４判の白い紙をフロストに手渡した。文面はドット・マトリックス・プリンターを使い、高速《ドラフト》モードで打ち出されていた。フロストは声に出して文面を読みあげた。

「事件の担当捜査官殿
当方は行方不明の少年を預かっている。同封のものは、これがいたずらや悪ふざけではないことの証左であり、〈セイヴァロット・スーパーマーケット・チェーン〉の代表取締役リチャード・コードウェル卿も納得せざるを得ないはずだ」

朗読を中断して、フロストは尋ねた。「なんなんだ、この同封のものってのは？」

キャシディはクッション入りの封筒を振ってマッチ箱を取り出し、親指と人差し指で用心深く角の部分をつまみあげると、無言のままフロストに差し出して寄越した。フロストはマッチ箱を押し開け、なかをのぞき込み……とたんにぎょっとして眼を剝いた。自分の見ているものが信じられなかった。「嘘だろっ、おい!」血のついた脱脂綿のうえに切断された人間の指が載っていた。フロストは顔をそむけ、それが消えてなくなっていてくれることを願いながら、もう一度視線を戻した。小さな指だった。血の気を失った蠟細工のような皮膚、爪のなかには黒っぽい垢とも汚れともつかないものが溜まり、切断面に赤黒い泥を盛りあげたように乾いた血糊がこびりついている。本物の指にしてはあまりにも小さいように思われたが、科学捜査研究所のほうでそれが七歳から八歳ぐらいの子どもの切断された指先であることがすでに確認されていた。

フロストはことばもなく、その小さな小さな物体をただ凝視した。じっと視線を注いでいるのに、何も見ていなかった。それからゆっくりと、きわめて慎重な手つきでマッチ箱を閉めると、これまた慎重な手つきでキャシディに返した。

そして煙草を一本抜き取ってくわえ、心を落ち着けてから、脅迫状の続きを読みあげにかかった。

「ひとりめの少年は気の毒なことをした。あれは事故だ。だが、この先、ボビー・カービィが死亡した場合、それは事故ではない。貴方が当方の指示の履行を怠ったことに由来するものである。当方からの指示は以下のとおり――

（一）少年を無事に引き渡す見返りとして、現金にて二十五万ポンドの支払いを要求する。現金は〈セイヴァロット・スーパーマーケット・チェーン〉の代表取締役であるリチャード・コードウェル卿が用立てるものとする。その程度の損失は、卿にとっては痛くも痒くもないはずだ。

（二）リチャード・コードウェル卿にも書簡を送付し、そこに現金の受け渡し方法を記した。卿が支払いを拒んだ場合、少年は死亡し、〈セイヴァロット・スーパーマーケット・チェーン〉は、その名に拭いがたい汚点を残すことは必定と心得られたい。

（三）貴方の役割は、リチャード・コードウェル卿を説得し、身代金の支払いは卿に課された義務であると納得させ、しかるのちは静観することである。その後の事態に、貴方を含め、警察が関与すれば、当方が預かっている少年はさらに身体的損傷を負うことになる。また、現金の受け渡しの現場に警察が介在した場合――たとえ単なる偶然からその場をパトロール・カーが通過したというような場合においても――少年は死を免れ得ない。警察の関与の有無を確認するため、当方はすべての警察無線を傍受するつもりでいることを申し添えておく。

（四）貴方が時間稼ぎを試みた場合はその方法の如何を問わず、少年が指をもう一本失うことになる旨、覚悟するように。

（五）少年は現時点において、幾許《いくばく》かの苦痛は覚えつつも、無事である。所在については、貴方がいくら捜索しても発見不可能なところに監禁しているとだけ申しあげておく。当方の指示を忠実に履行していただければ、その監禁場所を教える。当方の要求が無視された場合、少年に再び相まみえることはかなわない。

（六）この手紙の写しとカセットテープ一本を『デントン・エコー』紙に送付した。従って、一般市民も遠からず、ボビー少年の生死は〈セイヴァロット〉が握っていることを知ることになるだろう」

「敵ながらあっぱれだな」とフロストは低くつぶやいた。「どこまでも冷静で、猛烈に頭が切れて、駆け引きってもんをよくよく心得てやがる。正真正銘のくそったれだよ」もう一度、今度は声に出さずに脅迫状を読み返し、デスクのうえに放り投げた。「どうせなら最後に署名を入れといてくれりゃいいものを」

「ちなみに指紋は出なかったよ」科学捜査研究所のハーディングが言った。

「安心しろ」とフロストは言った。「全面的にあんたの落ち度ってことにはしないから」頰の傷跡をつまみながら、フロストは考えをめぐらせた。「誰か『デントン・エコー』のサンディ・レインに電話してくれ。この野郎の言ってる手紙の写しってのを押さえたい。開封するなと言ってくれ。テープも再生するなって。届いたときの状態のまま持ってくるよう伝えてくれ」

「もう手配した」とキャシディは言った。「今こちらに向かってる」

フロストはマッチ箱を指先で叩いた。「こいつがほんとにボビー・カービィの指だってことは確認できてるのか？　死体で見つかったぼうずの指ってことはないのか？　あるいは……われわれがまだ知らない別のぼうずの指ってことは？」

「ボビー・カービィの母親のとこに鑑識《うち》の人間を行かせた。ボビーの部屋から指紋を採取してくることになってる」とハーディングは言った。「死体で発見された少年についても、目下死体保管所に出向いて指紋を照合してるとこだ」

「頼むから、そのおたくの人間ってのに、よくよく口止めしといてくれよ」とフロストは言った。「身代金の要求があったことは、ボビーのおっ母《か》さんの耳には入れたくない」

「ああ、もちろん心得てる」とハーディングは言った。「今さら言われるまでもないよ」

フロストは椅子を回転させ、壁に貼り出した地図を眺めた。地図には捜索に参加している各班の現在位置と捜索の進捗状況が記されていた。「捜索は中止だ」とフロストは言った。

「これがボビー・カービィの指だとまだ確認できたわけじゃない」とキャシディは抗議した。「医学生あたりが仕組んだ悪質ないたずらの可能性もある」

「いたずら？　あいにくだが、おれたちはそこまでつきに恵まれちゃいない」とフロストは言った。「こいつは本物だよ、請け合ってもいい。捜索は中止だ。各班に伝えてくれ、アーサー。犯人の野郎は、リチャード・コードウェル卿にも手紙を送ったと言ってたな。そいつはどうなってる、キャシディ？」

「〈セイヴァロット〉の本社にはもう連絡した。向こうのスタッフが、郵便物を調べているところだ。コードウェル卿の個人秘書にも事情を話した。コードウェル卿の個人的な郵便物については彼女が調べている」

内線電話が鳴った。『デントン・エコー』紙のサンディ・レインが到着したとのことだった。ビル・ウェルズ巡査部長に連れられて捜査本部の部屋に顔を出したサンディ・レインは、クッション入りの封筒を持っていた。見たところ、フロストの眼のまえに置かれているのと同一の封筒だった。レインがその封筒を差し出した。すでに開封されていた。

「開封するなと言ったはずだ」とキャシディは言った。

「ああ、伝言は聞いた。でも、そのときにはもう開けちまってたんだ」とサンディ・レインは事実を歪曲して言った。

「コピーはちゃんと取れたかい？」とフロストは尋ねた。

「そりゃ、もう隅から隅まで完璧に」新聞記者はにやりと笑みを浮かべた。

消印の日付も警察に届いたものと同日だった。封筒の宛先は――《『デントン・エコー』紙・社会部主任殿》。

「社会部主任？」フロストはそのことばを尻上がりの疑問文の形で口にした。

「おれのことだ、ジャック——社会部主任にしてスポーツ部主任、チャリティー・バザーに教会の野外パーティの取材主任でもある」

「どうせ、その脂ぎった指でべたべた触りまくったんだろうから、あんたの指紋だらけだろうけどな」とフロストは言ったが、ハーディングが封筒の中身を抜き取って透明のフォルダーに挟み込むことに敢えて異は唱えなかった。封筒には二通の手紙とカセットテープ一本が同封されていた。一通めの手紙は——

『デントン・エコー』紙社会部主任殿
当方はボビー・カービィという少年を預かっている。警察に問い合わせていただけば、これが嘘や冗談ではないことが確認されるはずだ。少年の身代金として当方は〈セイヴァロット・スーパーマーケット・チェーン〉代表取締役、リチャード・コードウェル卿に二十五万ポンドを要求する。〈セイヴァロット・スーパーマーケット・チェーン〉という企業にとっては充分に支払い可能な金額と考える。コードウェル卿が支払いを拒否した場合、少年は死ぬ。貴紙にとっては興味深い記事ネタとなるはずだ。
同封のテープは貴殿が実聞ののち警察に引き渡していただきたい。参考までに警察に送付した書簡を同封する。

「テープのほうも、どうせ聴いちまったんだろう？」とフロストは言った。

「そうだな、まあ、たまたま聴いてしまっていなくもない」とレインは認めた。

バートンがカセットテープをテープデッキに挿入した。室内は私語ひとつなく静まり返った。最初の一秒か二秒ほど無音が続いた。何も録音されていないテープの回る音とテープを巻きあげるレコーダーのモーターの低いうなりだけ……それから、少年の声が聞こえてきた。途中で何度か、かちっという音がして、短い間《ま》が挟み込まれた。犯人が録音を中断し、テープを止めているあいだにボビー少年に言うべきことを指示したものと思われた。ボビーは極度の緊張を強いられ、怯えきっていた。それがありありと声に出ていて、聴く者の胸を痛ましさに波立たせた。

「ぼくの名前はボビー・カービィです。今は眼隠しをされて、縛られています。ここにいる男の人は、みんなが約束を守れば、ぼくをおうちに帰してやると言ってます。約束を守らなかったときはどうなるか、みんなはよく知ってるはずだと言ってます。ぼくはおうちに帰りたいです……お願いします。ぼく、帰りたい、おうちに帰りたい……」そこでかちっという音。モーターのうなりが止まり、それから何も録音されていないテープが再生ヘッドをこする音が続き……バートンはカセットデッキの停止ボタンを押した。

ハーディングは身を乗り出すと、テープの残りを再生させながら早送りしてほかには何も録音されていないことを確認した。次いでカセットをデッキから取り出し、注意深く検めた。

「たぶん新品《さら》のテープに録音したんだと思う。古い録音のうえに重ね録りしたわけじゃなささそうだが、念のため調べてみるよ。何か拾えないとも限らない」

「録音に使用された機材はわかるか？」とキャシディが尋ねた。

「音質から判断して、最新技術を駆使したハイファイ装置ということはまずあり得ない。そうだな、おそらくマイクロフォン内蔵型の安価なポータブルタイプのテープレコーダーじゃないかな。だからモーターの音まで拾っちまってるんだよ」

「その手のテープレコーダーってのは、珍しいものだったりはしないのか？」とフロストは尋ねた。

ハーディングは首を横に振った。「いや、どっさり出まわってる。少なくとも何百万台という単位で」

「カセットテープのほうは？　犯人が買った店を突き止められそうか？」

今度もまたハーディングは首を横に振った。「最もよく出まわってるものだよ。扱ってる店なんて、それこそ何千軒もある。研究所に持ち帰って改めて再生してみるよ。マイクが声と一緒に拾ってる雑音だけを取り出して調べれば、録音された場所の手がかりが得られるかもしれない」

「複製《コピー》をこしらえてもらいたい」とキャシディは言った。「それをカービィ夫人のところに届けて聴かせてほしい――息子の声かどうか、母親に確認させたい」

「駄目だ！」とフロストは言った。「わざわざおっ母さんを動揺させなくちゃならない理由がどこにある？　指紋が一致すりゃ、この脅迫状は本物だってことだろう？　だったらそれで充分じゃないか」

キャシディは苦虫を嚙みつぶしたような顔になった。部下の面前で人の意見を頭ごなしに潰しにかかるとは……断じて腹に据えかねた。そのうえ現状に鑑みるなら、確かにフロストの言うことのほうが正論でもあった。それを思うと、なおさら腹に据えかねた。

「これはどういう意味なんだい、少年が指をもう一本失うことになるってのは？」とサンディが尋ねた。

フロストは説明した。「だが、その件は活字にしないでもらえないかな？　犯人しか知り得ない事実ってやつだよ。犯人特定の決め手として伏せときたいんだ。いや、この際だから正直に言わせてもらうけど、誘拐されたぼうずが無事に戻るまで、いっさいの報道を控えてもらいたい」

「おいおい、それはないよ、ジャック」と新聞記者は抗議した。「おれの新聞記者人生でも最大級の特ダネなんだぜ。こいつをネタに記事をものすれば、ロンドンの各日刊紙がこぞって転載したいと言ってくる。連載料もがっぽり転がり込んでくるんだから」

「ぼうずが無事に戻った時点で記事にしたって、特ダネには変わりない。独占スクープって扱いにしてやるよ」

サンディ・レインは溜め息をついた。「仕方ない。いいよ、それで手を打とう」

「どういう根拠があって、あの男が信用できると判断したんだ？」サンディ・レインが辞去すると、待っていたようにキャシディは問いただした。

「あの男は信用できるからだよ」フロストはきっぱりと言った。それからもう一度、改めて脅迫状に眼を通した。「うまいとこに目をつけたもんだな。正真正銘のくそったれだよ、こいつは。子どもをさらって身代金を要求する——でも、誘拐するのは誰でもいいんだ。その子の親が金《かね》を持ってるかどうかは関係ない。なんせ、大企業中の大企業を脅迫して金《かね》を吐き出させるんだから。企業が身代金の支払いを拒んで子どもが殺されちまった日には、普通の人間の普通の感情としちゃ、支払いを拒んだ企業こそ根性のねじ曲がった極悪人ってことになるだろう？そこを心得てるんだよ、この犯人のくそ野郎は」フロストは心のなかでうめき声をあげた。マレットがせかせかした足取りで捜査本部の部屋に入ってきたからだった。角縁眼鏡のマネキン野郎の嫌味な顔なら、今朝からもうげっぷが出るほど見せられているというのに。

「フロスト警部、今し方、きみのオフィスに立ち寄ってきたんだが」とマレットは言った。

「すさまじい臭いがした」

「謝る必要はありませんよ、警視《スーパー》」とフロストは早合点を装って言った。「ちょっとした括約筋の緩みは、誰しも経験のあることだからね」そこでマレットのひと睨みを受け、ようやく勘違いに気づいたといったように指を勢いよく鳴らした。「そうか、運河から釣りあげてきた獲物のことか。こりゃ、とんだ失礼をば……。あれはスタンフィールド家の窃盗事件の被害物品です。保険会社の損害査定人を呼んで、ちょいとひと嗅ぎしてもらおうと思って」

「行方不明の少年に関して身代金を要求する手紙が届いたと聞いたが？」マレットは、その場に居合わせた者のうち何名かがこらえきれずに忍び笑いを洩らしたことに気づいたが、敢えて不問に付すことにして、苛立ちがおもてに出ないようぐっと抑え込んだ。

フロストはマレットのほうに問題の手紙を押し遣り、ついでにマッチ箱を開けて中身を見せた。マレットの眉間に気遣わしげな縦皺が刻まれた。『デントン・エコー』紙に届けられたカセットテープを聴くに及んで、その縦皺は深くなった。マレットは角縁の眼鏡をはずし、鼻梁をつまんだ。「〈セイヴァロット〉の協力が得られればいいが……」

「協力しますよ」とフロストは言った。「協力を拒む度胸なんかあるわけない。天下の〈セイヴァロット〉の評判を落とすわけにはいきませんからね」

「評判を落とす？」

「新聞に記事が出りゃ、そういうことになるでしょう？〈セイヴァロット〉にとっちゃ屁でもない金額の身代金の支払いを拒んで、子どもが殺されたとなれば」

「それでは脅迫ではないか」とマレットは言った。

「身代金の要求ってのは、おしなべて脅迫です」とフロストは言った。

バートンが受話器を耳にあてがったまま、小声でフロストを呼んだ。「〈セイヴァロット〉からです」押しころした声でバートンは言った。「リチャード・コードウェル卿の個人秘書から。コードウェルの個人的な郵便物をすべて調べてみたけれど、こちらが言うような書簡は届いていないと言ってます。本社のほうでも業務用の郵便物も含めて届いた郵便物は残らず調べたそうですが、やはりそちらにも届いていないそうです」

「届いてないなんてこと、あるわけない！」フロストは顔をしかめた。「絶対にあるわけない」

顔をこすり、考えることを自分に強いた。「ちょっと待った。自宅だよ、コードウェルの自宅に送ったんだ。よし、コードウェルの自宅の電話番号を調べろ」

リチャード・コードウェル卿の自宅の電話番号は非公開で、個人秘書も教えることを拒んだが、代わりに自分が卿の自宅に電話をかけて用件を伝えることはできる、と恩着せがましく言った。数分後、彼女から折り返し電話があった。《親展：極秘扱いのこと》と記された書簡が届いているが、リチャード卿は今朝はまだ起床していないとのことだった。

「その書簡には手を触れないように。ご当人にもそう言っといてくれ。これからすぐにそっちに向かうから」とフロストは言った。コードウェルの個人秘書は、ならばまえもって面談の時刻を取り決める必要があると言いかけたが、フロストはかまわずに受話器を叩きつけるように架台に戻した。

デスクのうえの内線電話が鳴った。受付デスクに詰めている内勤のビル・ウェルズ巡査部長からだった。「ヒックスという男があんたに会いたいと言ってきてる」

「追い返せ」とフロストは言った。「こっちはくそがつくほど忙しいんだ。そんなわけのわからないおっさんに割いてやる時間なんかない」

「あんたに呼ばれたから来たと言ってるぞ」ウェルズは食い下がった。「〈シティロック保険〉の損害査定員だとさ」

ボビー・カービィの誘拐事件から、運河浚渫の戦利品である毛皮と宝石を嵌め込んだ装身具のことに、フロストは無理やり頭を切り替えた。「おれのオフィスに寄越してくれ。案内を請われたら、鼻の導くまま、臭いを追っていけば絶対に迷いっこないと言ってやれ」

ヒックスは、血色のいい顔に分厚いレンズの角縁眼鏡をかけた、いかにも人のよさそうな小柄な男だった。フロストがビニール袋の中身を床のうえに空けたとたん、その血色のいいふくよかな顔ににこやかな笑みが浮かんだ。ヒックスは毛皮のコートを拾いあげると、腕の長さいっぱいに伸ばして持ち、悪臭に鼻孔をわななかせながらひとつ頷いてそのまま手を離しコートが床に落ちるに任せた。銀狐の肩マントも同様の扱いを受けた。宝石をあしらった装身具のほうに、より多くの興味を惹かれているようだった。保険会社から携えてきたタイプ打ちのリストとひとつひとつ照合していくうちに、にこやかな笑みは満面の笑みへと拡大した。「ざっと見ただけだけど、全部揃ってるようですよ、警部」

「この光り物だけど、あちらさんが請求してきてるだけの価値はあるものなのかい？」

損害査定員の首が力強く横に振られた。「先方は五万ポンドの補償を求めてきていますが、わたしの査定では三万五千ポンド、最大限に譲歩しても四万ポンド止まりですね」

「ってことは、一種の保険金詐欺かな？」

ヒックスは唇をすぼめた。「だとしたら、あまり賢い手口とは言えません。当社としては補償金額を三万五千ポンド程度まで減額するつもりでいましたが、それはこれらの保険対象物品の本来の値打ちがそのぐらいの額だからです。つまりその値段なら売却できるということです。だったら運河に捨てる必要なんかないでしょう」ヒックスはブリーフケースのファスナーを閉めた。「まあ、いずれにしてもこうして被害に遭った物品が回収された以上、当社としては補償金を支払う必要はなくなったわけです。スタンフィールド氏が本来の値打ちを水増しして設定なさった事故評価額に見合う保険料を今後も支払い続けることは可能ですが、万一これらの物品が再び〝盗難の被害に遭った〟際には、補償金額は今回わたしが査定した額に基づいて算出されることになります」

「娘を取り戻すために支払ったと言ってる現金については？」

ヒックスは肩をすくめた。「スタンフィールド氏がその種の損害を補償する保険に入っていたとすれば、それは当社の保険ではないということです。当社ではそんな補償事項は扱っていませんから。それに銀行に預けてある現金を補償する保険なんて、およそ聞いたことがない。扱ってる会社はないと思いますね」

指の腹でデスクを連打しながら、フロストは考えをめぐらせた。スタンフィールド家に本物の強盗が押し入り、娘をさらっていったという筋書きは、どう考えても嘘くさかった。本物の強盗なら、なぜ盗んだものを捨てなくちゃならない？　フロストは協力に感謝すると伝えてヒックスを送り出した。

捜査本部の部屋に戻ると、バートンが電話に出ていた。フロストに気づいて、バートンは送話口を手で覆った。「科研からです。指紋を照合した結果、送りつけられてきた指はボビー・カービィのものに間違いないとの確認が取れたそうです」

フロストは低く鼻を鳴らすことで、諒解の返事に代えた。

「リドリー巡査からも電話がかかってきてます。運河から引きあげたものをどうすればいいのか、指示を出してほしいそうです」

「いちいち訊くことじゃないだろう」とフロストは言った。「今週は〝イギリスをきれいに〟週間なんだから。引きあげたものは、ひとつ残らずもう一度運河に叩き込む、それが常識だと言ってやれ」

その指示を伝達して受話器を置くと、バートンは改めて報告した。「捜索隊は全班解散したそうです」

フロストは黙って頷き、壁のところまで歩いて、並べて貼り出されたふたりの少年の写真を眺めた。「犯人は最初、ディーン・アンダースンを誘拐する計画だった。で、クロロフォルムを嗅がせたが、ディーン少年は死んじまった。それでも犯人のくそ野郎は諦めずにしぶとく別の標的を探しはじめて……ボビー少年を見つけた」

「そもそも、なぜディーン・アンダースンに目をつけたんだろう?」とバートンは言った。

フロストは煙草を深々と一服した。「子どもなら誰でもよかったんだよ――そこが悧巧なとこさ。身代金は金《かね》ならうなるほど持ってる大手のスーパーマーケット・チェーンからせしめるんだ。要求どおり身代金を支払ってくださいよ、さもないとおたくが子どもを見殺しにしたことをおたくのお客さんたちが知ることになりますよってな。とことんいやな野郎だよ。血も涙もないうえに、えげつないほど頭が切れる。勝利の方程式ってやつを確立してやがるんだよ」

吸いかけの煙草を床に落とし、靴の踵で踏み消した。「よし、坊や、一緒に来い。いい機会だから、大金持ちの暮らしぶりを見学させてもらおう。スーパーマーケット業界の帝王に会いにいくぞ」

戸外《そと》に出ようとしたところを、マレットに呼び止められた。指紋照合の結果はマレットにも知らされていたが、その報告は、例によって例のごとく、事件の捜査責任者であるフロスト警部ではない人物からもたらされたのだ。

「今はゆっくり聞いてられないんだ、警視《スーパー》」身体を斜《はす》にして、傍らを擦り抜けようとしながら、フロストは口のなかでもごもごとつぶやいた。「これから、わが国のスーパーマーケット業界に君臨する〝策略家ディック（アメリカのリチャード・ニクソン大統領のあだな）〟に会いにいくとこでね」

マレットは眉根を寄せ、案じ顔になった。リチャード・コードウェル卿ほどの経済界の重鎮との面談を、ジャック・フロストのような薄汚い風体をした礼儀のわきまえもないような男に任せてしまって、果たしていいものか……。その人選には疑問があるように思えてきたのである。「リチャード卿は各方面に強い影響力を持つ人物だ。また伝え聞くところによれば、そのときの気分次第では非常に扱いにくくなる人物でもあるらしい。そういう相手だから、フロスト警部、くれぐれも丁重に接してもらいたい」

「そういうことなら、警視《スーパー》、どうかご心配なく」横歩きでマレットの脇を擦り抜け、駐車場に出るドアに向かいながらフロストは言った。「大物の扱い方なら心得てますから。いつものようにおれならではの機転と気配りを発揮しますよ」

マレットのこわばった笑みは、そのひと言で消滅点に達した。フロストを配下に預かる者として、それこそが何より危惧されることだった。「どうやらわたしが同行したほうがよさそうだな」とマレット警視は言った。

コードウェルの屋敷は、荘園の領主館を思わせる実に堂々たる大邸宅だった。もしくは煙突の先に陶製の煙出しを何本も林立させた、ひたすら馬鹿でかいだけのヴィクトリア朝様式の建物という言い方もできるかもしれない。広大な敷地をぐるりと取り囲む、見あげるほど高い塀には蔦がびっしりと隙間なくへばりついている。黒い鋳鉄の門扉は固く閉ざされ、バートンが門柱に設置されたマイクロフォンに向かって名乗りをあげると、防犯用のヴィデオカメラが来訪者の姿を精査したのち、身分証明書の呈示が求められ、その記載事実に偽りがないことが確認されて初めて開かれ、車が通過するやいなや、すぐにまた閉ざされた。車はドライヴウェイを進み、屋敷の正面玄関の手前で停まった。正面玄関のまえには、パールグレイの車体を鈍く光らせたロールス・ロイスが停まっていた。フロストはロールス・ロイスのまえにまわって、フロントガラスに貼られた自動車税の納税済証票の日付を検めた。残念なことに有効期限内だった。石造りの階段を数段登った玄関先で、コードウェルの個人秘書が落ち着かない様子で待ち受けていた。彼女は一同をなかに通すと、客間も控えの間も素通りして直接コードウェルの書斎に案内した。天井の高い広々とした部屋で、天井までの両開きのガラス戸越しに撞球台を思わせる緑鮮やかな芝生と薔薇園と観賞魚の泳ぐ池が眺められた。池には風雨にさらされ苔生《こけむ》した石の噴水が据えられていた。海豚《イルカ》と戯れる少年をかたどったものだった。

コードウェルは短躯ながらがっしりとした体型に、品性というものの感じられない顔つきをした男で年齢《とし》のころは五十代前半。時代物のマホガニーのデスクについていたが、そのデスクの天板に張った緑色の皮革には煙草の焼け焦げ跡が点々と散っていた。警察からの来訪者を迎えても、コードウェルはそちらには眼もくれず、金の縁取りを施した白い電話機に向かってどら声を張りあげていた。「目標を達成できない？　だったら馘首《くび》だ。理由？　そんなもの、そっちで適当に考えろ。常々言ってるはずだ。〝能力なき者は去れ〟――それがわが社の方針だ」受話器を架台に叩きつけて電話を切ると、コードウェルは銀製の箱から特大サイズの葉巻を取り出し、本物の燧発銃《すいはつじゅう》（火打ち石式の発火装置を備えた銃）の火打ち石でこしらえたライターで火をつけてから、おもむろに手をひと振りしてマレットとフロストに椅子を勧めた。リチャード・コードウェルはその事業を、割れて売り物にならなくなったビスケットを手押し車に載せて屋台の集う路上市場で売り歩くことから始め、機を見ては巧みに商売敵を出し抜き、欺き、騙して追い落とし、徐々にのしあがり、ついにはイギリス国内では最大手の部類に入る安売りスーパーマーケット・チェーンを所有するに至った豪傑だった。コードウェルの短いうなり声と指をぱちんと鳴らす音で、すぐそばに控えていた個人秘書がすかさず進み出て、上司の眼のまえにフォルダーを置いた。彼はそのフォルダーをふたりの警察官のほうに無造作に押し遣った。「手紙だ」

フロストはフォルダーを開いた。封筒は開封されていて、なかから抜き出した手紙が封筒の表にクリップで留めてあった。

「頼んだはずですよ、開封しないでそのまま置いといてほしいって」とフロストは言った。

コードウェルは、あくまでも愛想よくにこやかな笑みを浮かべた。「わたしは誰の指示も受けない主義でね」

フロストが手紙を読むあいだ、コードウェルはまたしても電話でどこぞの気の毒な何者かを怒鳴りつける作業に戻った。「よし、そのくそ注文はキャンセルだ！」コードウェルは吼えた。「契約に拘束力がある？　知ったことか。だったら抜け穴を探せ。ひとつぐらい見つかるに決まってる。いいな、注文はキャンセルだ」受話器を架台に叩きつけると同時に、今度は秘書に向かってどら声を張りあげた。「今のあのうすのろ間抜けの名前を知りたい」秘書の告げた名前を、コードウェルはメモ用紙に殴り書きした。「次の人員整理のときに、こいつの首を真っ先に切ってやる」

フロストとしては、思わず耳をふさぎたくなることばだった。マレットが横からのぞき込んでくるなか、手紙の最後までひととおり眼を通した。ほかの二通の手紙と似た文面だった。曰く——

リチャード・コードウェル卿殿

当方はボビー・カービィという少年を預かっている。警察に問い合わせていただけば、これが嘘や冗談ではないことが確認されるはずだ。少年の身代金として当方は御社、〈セイヴァロット・スーパーマーケット・チェーン〉に対し、現金二十五万ポンドを要求する。同額の現金はすべて使用済み紙幣にて用意されたし。また紙幣になんらかの印が確認された場合、少年の生命《いのち》はないものと心得ていただきたい。現金が用意できたらそれを携え、本日午後八時に〈セイヴァロット・スーパーマーケット〉デントン店のまえのショッピングモール内にある公衆電話ボックス付近で待機のこと。現金の受け渡し方法について、こちらから電話で指示する。貴殿ひとりで来られたし。警察官の帯同は無論認められない。その条件が守られているか否か、こちらは抜かりなく確認していることを申し添えておく。指示が守られなかった場合、少年は死ぬ。この取引については、すでにさる報道機関に伝えてある。よって結果は一般市民の知るところとなるものと思われたい。

「これはこちらで預からせてもらいます」フロストはファイルを閉じ、ことさら挑戦的な、拒否できるものならしてみろとけしかける口調で言った。コードウェルは手のひと振りであっさりと許可した。

「本物だろうか？」

「われわれはそう考えます」とマレットは言った。

「考える？　おい、ただのいたずらなら、こんなくそ面倒を背負《しょ》い込むつもりはないからな」

「本物ですよ」とフロストは言った。「ぼうずの声を録音したテープを送りつけてきた」

コードウェルは、葉巻の先端から伸びた長い円筒形の灰を絨毯のうえに落とした。「で、おたくらとしては、犯人の野郎は本気だと考えてるわけだな？　ただのはったりなんかではなく、いざとなったら少年をほんとに殺す気だって」

「ええ、そうですよ」とフロストは言った。

コードウェルの顔に、晴れやかな笑みが浮かんだ。「そうか、そうか。少年の写真はあるか?」フロストはボビー・カービィの写真をデスクに置き、コードウェルのほうに押し遣った。葉巻の煙幕越しに、コードウェルは写真をひとしきり眺めたのち、満足そうな様子で頷いた。「見てくれは悪くない。いや、気になってたもんでね。乱杭歯でやぶにらみの不細工なガキだったら、どうしたものかと思って」コードウェルはインターコムの送話ボタンを押して言った。「おい、広報、入ってこい!」

ドアをノックする音がして、銀鼠色のスーツを一分の隙もなく着こなした痩せた男が入ってきた。見るからに底意地の悪そうな顔をしていた。コードウェルはその男にボビー・カービィの写真を見せ、「こいつが誘拐された子どもだ」と低くしゃがれた声でうなるように言った。

広報と呼ばれた男は、写真を見ると頷いた。「見てくれは悪くない……写真もよく撮れてる。これなら網版《ハーフトーン》で印刷してもきれいに仕上がりそうだ……やるしかないですね。わたしはそう思います」

「わたしもそう思う」とコードウェルは言った。「では、これから言うことをやってもらおう――」しゃがれ声を張りあげて、コードウェルは矢継ぎ早に吼え立てた。「ひとつ、誘拐された子どもの親のとこに行って、追加の写真を借りる交渉をしてこい。赤ん坊のときの写真があるとなおのこと効果的だ――必ず借りてこい。ふたつ、明日、新聞発表を行う。ロンドンの各日刊紙に配布する声明文を準備しとけ。〝スーパーマーケット業界の雄、少年を奪還〟というような路線で。詳細は心得てるだろうから任せる。みっつ、テレビのインタヴューを何本か設定しろ。いずれもわたしがその少年と一緒に出演するのが条件だ……以上」そう言って男を退出させると、再びフロストのほうに向きなおった。「記者会見を開く予定があるなら、わたしが少年の救出のために、警察には全力を挙げて惜しみなく協力するつもりだと申し出た旨、公表してくれてかまわない」

「そりゃ、また、えらく寛大なことで。過酷な競争社会を生き抜いてこられたお方のことばとは、誰も信じないでしょう」とフロストは言った。「現金は指定された時刻までに用意できますか？」

「ああ、問題ない」

「こちらに引き渡していただくのは何時ごろになりそうですかね？」

コードウェルは怪訝そうに眉根を寄せた。「おたくらに引き渡す？　なんのために？」

「紙幣に印をつけなくちゃならないし、時間の許す限り紙幣の番号も控えておきたいからですよ。現金の受け渡しに使う鞄なりスーツケースなりに小型の発信機を仕込む手間も見とかなきゃならないし」

「断る！」コードウェルは、デスクに拳を叩きつけた。マレットが思わず身をすくませ、デスクのうえの銀製の葉巻入れが跳ねるほどの勢いで。「今回のこの一連の行為はすべて、少年の救出を目的としている。従って小細工はしない。紙幣に印をつけることも、小型の発信機を仕込むことも許さない」彼は再度インターコムに手を伸ばし、送話ボタンを押した。「おい、新聞発表のときに配布する声明文に以下の一文を追加しろ。〝警察は紙幣に印をつけることを主張したが、スーパーマーケット業界の雄、リチャード・コードウェル卿は断固として拒否。身代金を支払う立場に立たされてもなお、リチャード卿の唯一にして最大の関心事は少年が無事に保護されることにあった〟……以上」広報の男が声明文を復誦している途中で、コードウェルはインターコムを切った。

「いや、しかし、こちらの話を聞いてもらえれば――」とフロストは言いかけた。

「断る！」コードウェルはぴしゃりと言った。「そっちこそわたしの話を聞きたまえ。いいか、はっきり言っておく。わたしは同胞愛に目覚めたから身代金を支払うわけじゃない。犯人のくそ野郎は子どもをさらい、わたしに身代金の支払いを要求してきた。向こうはわたしを脅迫して身代金を吐き出させるつもりかもしれないが、わたしにしてみればこんなものは脅迫でもなんでもない――わたしにはわたしなりの考えがあって、わたし自身の意志で身代金を支払うんだ。なぜなら、そうすることがわたしには好都合だからだ」

「そんな……そこまでおっしゃらなくとも」とマレットは言った。「一般市民の反応を考えれば、支払いを拒否するという選択肢はないわけですから」

「一般市民なんぞ、くそくらえだ。連中が〈セイヴァロット〉を見限るわけがない。ベイクドビーンズの缶詰を通常価格の二ペンス引きにしてやるだけで、たちまち先を争って押し寄せてくる――少年の生死にかかわらず。そういうもんだ。わたしはいつもなら脅迫には断じて屈しないが、これは宣伝になる。たかが二十五万ぽっちの金《かね》を支払ってやるだけで、何百万ポンドも投じたに等しい宣伝効果があがるんだ。いいじゃないか、こういう〝買い物〟は大歓迎だよ。しかし、これはわたしの買い物だ。そこを忘れてもらっちゃ困る。だから、すべてはわたしの遣り方に従ってもらう。それを認めないと言うのなら、わたしは手を引く……以上」

フロストは仕方なく言った。「いいでしょう、そっちの遣り方に従いますよ」

「子どもが無事に保護されるまでは、警察はいかなる形にしろいっさい関与しないということだな?」

「ええ、警察は関与しません」とフロストは同意した。

「本当だろうな?」

「約束しますよ」

コードウェルはずんぐりした人差し指をフロストに向けて突き出した。「わたしをコケにしたら、ただじゃおかないからな。そのふやけた脳みそにしっかり叩き込んでおけ。いいな、わかったな?」

フロストは心外だという顔をした。「約束すると言ったじゃないですか」

それ以上の長居は許されなかった。コードウェルの個人秘書に先導されて、マレットとフロストは車のところまで戻った。車に乗り込み、座席に腰を落ち着けたとたん、マレットは怒りを込めてフロストのほうに向きなおった。「フロスト警部、きみはリチャード卿に対して約束するなどと言いきれる立場にはない」

「ご心配には及びませんよ、警視《スーパー》」とフロストは言った。「守るつもりはないから」

マレットは両の眉毛を吊りあげた。「なんだって？」

フロストはコードウェルを真似て、あくまでも愛想よくにこやかな笑みを浮かべて言った。「おれも誰の指示も受けない主義でね」黒い鋳鉄の門扉が背後で閉まると、フロストはポケットに手を突っ込み、葉巻を三本取り出した。一本をくわえ、残る二本をそれぞれマレットとバートンに勧めた。

マレットは躊躇した。それが極上の葉巻だということはひと目でわかった。一本当たり九ポンド近くするにちがいなかった。結局、葉巻を受け取り、ついでにフロストの差し出してきた火も借りた。そして深々と一服し、大いなる満足感を覚えた。ほどなくフォードの車内は紫煙で靄がかかったようになり、ハバナ産の葉巻の馨《かぐわ》しくも濃厚な香りが立ち込めた。それに引き換え、昨夜のあの耄碌した老婆のせいで染みついてしまった愛車の臭いときたら……思い出したくもないものを思い出してしまったので、マレット警視は後味の悪さを消すべくもう一服、葉巻の煙を胸いっぱいに吸い込んだ。えもいわれぬ充足感に笑みがこぼれた。上質な葉巻には、人の心を慰める曰く言いがたい何かがある。昨夜のことも、あるいはフロスト警部が故意に仕組んだことではなかったのかもしれない。どうもフロスト警部に対しては、ときとしてつい、必要以上に厳しく接してしまうことがあるようだし。マレットは吸いかけの葉巻を手に取り、赤々と燃える先端を魅せられたように見つめた。「実に香りのいい葉巻だね、フロスト警部。どこで入手したものだね？」

「コードウェルの葉巻入れからくすねてきたんですよ、あの威張りくさったちんちくりんの猪豚がこっちを見てないときに」とフロストは言った。

第九章

オフィスに戻ったフロストは、ミンクのコートに蹴つまずき、危うく転びそうになった。保険会社の損害査定員が床に置き去りにしていったものだった。マレットの言うとおり、オフィスには鼻も曲がりそうな悪臭が立ち込めていた。新鮮な外気を取り入れるべく窓をごく細めに開けてから、何本か電話をかけた。検視解剖に立ち会っているリズ・モードはまだ戻ってきていなかった。ということは、ドライズデールはいつもの、どんな場合であれ手抜きはしないという主義に則り、三体の小さな亡骸《なきがら》についても入念に検分しているにちがいない。ビル・ウェルズ巡査部長に確認したところ、子どもたちの母親、ナンシー・グローヴァーの行方はいまだに判明していなかった。デスクの天板を指先で軽く連打しながら、フロストは考えをめぐらせた——運河の浚渫を中止させてしまったのは、早計だっただろうか？

運河から回収してきた装身具類は、先刻出かけていったときのまま、デスクのうえに放置されていた。マーガレット・スタンフィールドに署まで足労を願い、これらが彼女の所有物であることを書面を以て確認したのち、しかるべき手続きを踏んで引き取ってもらわなくてはならなかった。スカンク級の悪臭を放つ毛皮は、一刻も早く引き取ってもらうに若《し》くはない。しかし、あのマーガレットというのは……そうか、スタンフィールドの二度めの妻か。フロストはようやく得心がいった気がした。フロストの記憶にある限り、今を去ること数年まえ、放火事件の捜査の際にスタンフィールド家を訪れたときに出会ったスタンフィールド夫人は、まったく別人だったのである。

フロストは、デスクのうえの装身具類をじっと見つめた。ひとしきり見つめ、声に出さずに毒づいた。癪に障る事件だった。誘拐などなかったことはわかっている。あれが猿芝居だということはわかっているが……どうも、すっきりしなかった。すっきりしないことこそ、とっとと片づけてしまいたかった。リズ・モードが検視解剖から戻るのを、悠長に待っている気になれなかった。そこで捜査本部の部屋まで出向いて、バートン刑事を引致し、強引につきあわせることにした。

「で、どこに行くんです？」運転席に尻を滑り込ませながら、バートンは尋ねた。

「ベニントン銀行だ」とフロストは言った。「防犯カメラの映像をちょいと鑑賞しようかと思ってな。スタンフィールドは二万五千ポンドなんて額の現金をすぐに引き出せる口座に入れていた。ってことは、そいつを引き出してるところだって映ってるはずだろう？」信号に差しかかり、車は減速して停まった。「それはそうと、坊や、モード部長刑事とは少しは折り合えるようになったかい？」

「今日も一発、お小言を頂戴しましたよ」信号が青に変わり、バートンは車を出した。「おれが提出した報告書の日付が間違ってたんです。そのとき、ふと思ったんだけど――」バートンはにやりと笑った。「ああいうタイプの女、おれはけっこう好みかもしれません。なんか、そんな気がしてきましたよ」

「あれはあれで、なかなかいい女だよ。磨けば光る珠ってやつだな」フロストは考え込む様子で言った。「あの子を見てると、大昔のハリウッド映画を思い出すんだ。学校の教師かなんかをやってる女が主人公ってやつさ。最初は化粧っ気もなくて、分厚い瓶底みたいな眼鏡をかけてて、髪の毛もぎゅっと引っ詰めにして髷なんか結ってる。胸もぺちゃんこで、膨らみなんか拝みたくても拝めやしない。それが生まれて初めて、愛しの君にキスされると、その女教師は眼鏡なんかどっかにやっちまって、髷も解いてなんかこう色っぽい感じに髪を垂らすようになったりするだろう？　おっぱいなんか、いきなりむくむくと以前《まえ》の二倍ぐらいに膨らんじまうし」前方に銀行の建物が見えてくると、フロストはそそくさとシートベルトをはずしにかかった。「それと同じことが、われらがリズの身にも起こるんじゃないかってな。なんかそういうタイプに見えるんだ」

車を銀行の建物の裏手にまわし、《従業員専用》と記された駐車場に入れながらバートンは今度もまたにやりと笑った。「なんなら、そのきっかけを作る役目、おれが引き受けてもいいですよ」

ベニントン銀行の支店長は、ふたりの刑事の依頼で持参したヴィデオテープをヴィデオデッキに挿入した。「申し訳ありませんが、今日はいささか立て込んでおりまして。おふたりだけで見ていただくことになりますが、警部」

「かまわないよ、支店長」とフロストは言った。「遠慮なく仕事に戻ってくれ。哀れな貧乏人の抵当物件を差し押さえなくちゃならないんだろう？　こっちはいいよ、おれたちだけで大丈夫だ」フロストはヴィデオデッキの再生ボタンを押し込んだ。

画面には銀行の窓口エリアの白黒画像が映し出された。時刻は午前九時二十九分、営業開始時刻の一分まえ。従って窓口エリアに利用客の姿はまだひとりも見当たらない。画面の隅に出る時刻表示の秒の欄の数字が着々と大きくなっていき、やがて午前九時三十分零秒を表示した。出納係と思われる男が窓口エリアに姿を見せ、壁の時計に眼を遣って時刻を確認してから正面玄関のドアを開けた。次の瞬間、出納係の男は脇に押し遣られた。痺れを切らした様子のスタンフィールドがほかの客を掻き分けるようにして飛び込んできたのである。スタンフィールドは他の利用客に先んじて、一番乗りでカウンターの出納窓口にたどり着いた。大きなブリーフケースを携えていた。

映像はカウンターの背後から広角レンズを用いて撮影されたものだった。ほかの利用客が別の出納窓口に向かう様子もとらえられていたが、フロストもバートンもスタンフィールドだけに焦点を絞って見続けた。スタンフィールドはカウンター越しに預金払戻伝票を突き出すと、出納係が記入事項を確認するあいだ、焦れていることを隠そうともしないでカウンターを指先で連打していた。次いで怒った顔になり、出納係に向かってひと言ふた言言い放つと、カウンターの端まで移動した。出納係がカウンターのそとに出てきて、スタンフィールドを《支店次長室》と記されたドアのところに案内した。スタンフィールドと出納係はそのオフィスに入り、画面から消えた。「あれだけの額の現金となると、金庫室から出してこなくちゃならない。だから、用意ができるまで支店次長室で待つんだよ」フロストはにわか解説者になって言った。

そのあいだも画面には、たくさんの人間が銀行の店内に入ってくる様子が映し出されていた。カウンターの出納窓口のまえに行列ができ、行列の先頭がまえに進み出るたびに小切手が現金に引き換えられたり、現金が預け込まれたりする様子が。

「何を捜せばいいんです?」とバートンは尋ねた。

「さあな。おれにもさっぱりわからんよ」フロストはあっさりと認めた。

銀行の店内に入ってきては出ていく人の流れを眺めること十分間、フロストの視線はヴィデオ映像を離れてあらぬ方へとさまよいはじめた。支店長のデスクにあった《親展》と記された手紙を読もうとしたとき、バートンが声をあげた。「あっ、出てきた! 出てきました」フロストの視線はたちまち画面に引き戻された。

スタンフィールドが画面に返り咲いていた。先刻よりも膨らみ、見るからに重量を増した感のあるブリーフケースを提げて、混雑した窓口エリアに猛然と突入していく姿が映っていた。途中で眼のまえに立ちはだかって進路をふさごうとした不心得者を一喝し、肩で人を押しのけるようにして強引に前進を続け、正面玄関までたどり着くと、ドアを開けて戸外《そと》に出ていった。背後でドアが閉まり、スタンフィールドの姿は画面から消えた。

それからさらに数分間分のヴィデオ映像を見たところで、フロストはポケットに手を突っ込み、煙草のパックを取り出した。「何か引っかかるんだよ、坊や。何か重要なものを見逃してる気がするんだ……なのに、それがなんだかわからない」ヴィデオテープを巻き戻し、もう一度最初から再生した。煙草をふかし、鼻孔から煙を吐き出しながら、先刻と同じ映像を眺めるともなく眺めることしばし、不意にフロストは身をこわばらせた。「わかった、こいつだ！」すかさず一時停止ボタンを押し込んだ。画像は小刻みに揺れながら停まった。「こいつだよ、この隅っこのとこにいるやつを見てみろ——現金自動支払機のあるとこだ」静止画像は鮮明とは言いがたく、バートンにはフロストの言わんとする人物が判然としなかった。が、眼を凝らすうちに、画面の隅のほうで現金自動支払機から現金を引き出そうとしている人物のことだとわかった。防犯カメラに背を向けているので、薄い色味のズボンに黒っぽい色のダッフルコートを羽織り、コートのフードをかぶっていることぐらいしかわからなかったが。

「こいつが何か……？」とバートンは尋ねた。

フロストはもう一度再生ボタンを押し込んだ。その人物は、焦点の合っていない不鮮明な姿でしかなかったものの、どうやら機械から引き出した紙幣を手元で重ねているようだった。次の瞬間、男の姿は店内を行き来する利用客の渦巻きに呑み込まれて見えなくなった。フロストはヴィデオテープの画像を早送りした。画面の隅の時刻表示が六分ほど先の数字になり、それが七分めに突入したとき、不意に店内の人影がまばらになった。「見てみろ！」とフロストは叫んだ。「この野郎、まだ居残ってやがる……なんだ、今度は何をしようってんだ？」

早送りにした数分のあいだに、問題の人物は現金自動支払機のまえを離れて現金自動預入機の横に移動していた。窓口に提出する書式の空欄を埋めるのに何やら手間取っているようで、ようやく記入を終えたと思いきやその用紙をくしゃくしゃに丸め、新しい用紙にまた最初から記入しはじめる姿が映っていた。ブリーフケースを持ったスタンフィールドが支店次長室から出てきたときも、男はまだ銀行の書式と格闘していた。混雑する店内を抜けて正面玄関から出ていくスタンフィールド。そうしてスタンフィールドの姿が画面から消えると、書式と格闘していた男もまた書きかけの用紙を丸めてゴミ箱に放り込み、悠然とした足運びで正面玄関に向かい、そのまま戸外《そと》に出ていった。

「こいつはスタンフィールドを尾行《つけ》てきたんだよ」とフロストは言った。「スタンフィールドが銀行にいるあいだじゅう、こいつもずっと店内で粘ってた。スタンフィールドが出ていくと、こいつも出ていった」ヴィデオテープを巻き戻し、最初からもう一度見なおした。ところどころで画面を静止させながら。

「仮にこの男がスタンフィールドの娘の誘拐事件に関わっていたとしても――」バートンは言った。「――この防犯カメラの画像からこいつの身元を割り出すのは、まず無理じゃないかな」

「なに、バナナの皮を剝く方法はひととおりだけじゃないよ」とフロストは言った。そして支店長をオフィスに呼び戻すと、画面に映った男の恰好をしたおぼろげな影を指さして尋ねた。

「この男はどこのなんていうやつだい？」

支店長は肩をすくめた。「さあ、そうおっしゃられましても……わたしどもには」

「いや、わかる」とフロストは言った。「ほら、見てくれ――こいつはキャッシュカードを使っておたくのこの機械から現金を引き出してる。ここにその時刻も表示されてるだろ？　ってことは、こいつが虎の子の金子《きんす》を引き出した正確な時刻もわかるってことだよ。この手の機械ってのは、現金が引き出されるたびにその正確な時刻が記録されることになってるんじゃないかい？」

支店長はデスクに近づき、横の小さな袖机に置かれたコンピューターの端末機のキーをいくつか叩いた。「ええ、確かに。午前九時三十四分に五ポンド引き出されています」そう言うと支店長は眼をすがめ、端末機の画面をじっと見つめた。「なんだ、これは。わけがわからん。なんと午前九時三十九分に、今度は同額の五ポンドが預けられてる」

「時間稼ぎをしてたんだよ」とフロストは言った。「この男の氏名と住所が知りたい。あとズボンの股下の寸法も」

支店長は口元をぴくりと引き攣らせ、申し訳なさそうな笑みを浮かべた。「当行のお客さまに関する個人情報は、わたしの一存でお教えすることはできません。しかるべき筋を通して正規の手続きを踏んでいただかないことには」

「そういう台詞《せりふ》は、今度、おたくが駐車違反の切符を切られたときに聞かせてもらうよ」とフロストは言った。「なんとかしてくれっておれのとこに泣きついてきたときに」

支店長は端末機のキーをさらにいくつか叩いた。コンピューターの表示画面が切り替わった。支店長は席を立った。「急用を思い出しました。ちょっと失礼しますが、わたしが席をはずしているあいだ、このコンピューターの画面をのぞいたりしないでくださいよ。あるお客さまに関する極秘扱いの個人情報が表示されていますからね」

フロストは感謝の笑みを浮かべると、オフィスを出ていく支店長の背後でドアがまだ完全に閉まりきらないうちに、そそくさとコンピューターの端末機のまえに滑り込んだ。そして画面に眼を遣り……驚きのあまり、両の眉毛を思い切り吊りあげた。件《くだん》の利用客は女だった。トレーシー・ニール、現住所はデントン市ディーンズ・コート六番地。口座残高は二十五ポンド。生年月日も記載されていた。それによると当年とって十五歳。キャロル・スタンフィールドと同い年だ。バートンはもろもろの情報を手帳に控えた。

「確か、マレットの取引銀行もここだったはずだな」フロストは支店長の椅子に悠然と坐り込み、コンピューターの端末機に向かいあった。「日頃から気になってるんだよ、ああいう人間の口座にはどのぐらい残高があるものなのか。実は赤字なんじゃないかって気がしてな。ちょっくらのぞいてみようぜ、頽廃の館にお住まいの評判の芳しくない姫君宛に小切手を切ったりしてないか」フロストはそう言うと、端末機のキーボードを手前に引き寄せた。

バートンは落ち着きなくドアのほうに視線を走らせた。今にも支店長が戻ってくるのではないかと思うと気が気ではなかった。「いくらなんでも、それはまずくないですか？　だって……」

バートンの懸念はあっさりと無視された。「ただあの眼鏡猿の名前を打ち込めばいいのか？」適当に選んでキーをひとつ押すと、画面上に「アカウント名を入力してください」という文字が現れた（アカウントには銀行口座の意味もある）。フロストはぎこちなくキーを拾いながら、マレットの名前の入力にかかった。M-U-Lまで打ち込んだとき、コンピューターがいきなり甲高い信号音を発しはじめた。画面が忙しなく明滅を繰り返し、合成された電子音声がけたたましくわめき立てた――「無許可アクセスがありました、無許可アクセスがありました……」

「なんだよ、なんだよ、なんなんだよ」フロストは泡を喰らってキーボードから跳び離れ、オフィスのいちばん奥に置かれた誰も坐っていない来客用の椅子のところまで退却した。慌てて駆け戻ってきた支店長がむっとした顔をのぞかせると、フロストは困惑したように眉をひそめてコンピューターの端末機を見遣った。「いったい全体何事だね、このとんでもない騒音は？」平然としらばくれるには、さすがのフロスト警部も持ち前の演技力を総動員しなくてはならなかった。

署のオフィスに戻ると、リズ・モードが予備のデスクについていた。見るからに意気阻喪した様子だったが、それでも山と積まれた書類仕事に忙しく取り組んでいるところだった。フロストが放って寄越した煙草のパックを受け取ると、一本抜き取った。

「どうだった？」

煙草を口元に運ぶ手が、小刻みに震えた。なかなか努力の要ることだったが、リズはあくまでも冷静な口調を心がけた。検視解剖は文字どおり正視に堪えないものだった。検屍官のドライズデールはどんな場合でも、たとえ死因が明らかな場合であっても、手抜きはしない主義だったから。彼の手抜き知らずの検視を、しかもそれがまだ年端もいかない子どもの小さな小さな亡骸に施されるところを、立て続けに三度も見なくてはならなかったのだ。あまりの痛ましさに神経が悲鳴をあげかけた。あのジム・キャシディ警部代行でさえ動揺を隠せず、電話をかけなくてはならないとかなんとか、およそ説得力に乏しい口実を設けて解剖室から出ていってしまった。独り残されたリズは歯を食いしばって検視解剖を最後まで見届けた。口のなかでもごもごと言い訳のことばをつぶやきながら立ち去るジム・キャシディの後ろ姿を見送ったときには、その意気地のなさを小馬鹿にして冷笑を浮かべるぐらいの余裕はあったのだが……今では気力も尽き、途方もなく重たい疲労感に押しつぶされそうな気分だった。「死因は、気道口閉塞による窒息。枕で鼻と口をふさがれたものと見られます。おそらくは就寝中に。遺体の状態から見て、悲鳴をあげることもなく、何が起こったのかわからないまま絶命したのではないかと思われます」

「それがせめてもの救いだな」リズがマッチを擦るのに手間取っているのを見て取って、フロストは身を乗り出してライターの火を差し出した。「男の子の腕に刺し傷があったんだろう？」

「傷というほどのものでは……。死んだあとにつけられた傷とのことでした。現段階で言えることは以上だそうです」

「死亡推定時刻は？」

「昨夜の午前零時前後ではないか、とドライズデール検屍官は言ってます。最後の食事を摂った時刻がわかれば、もう少し絞り込めるそうです。のちほど父親のマーク・グローヴァーに会いにいってこようと思っています。グローヴァーならわかるかもしれません。母親がいつも何時ごろに子どもたちに食事をさせていたか、訊いてみます」母親は昨夜の夕食をいつもよりも念入りに調理したのだろうか、これがこの子たちが口にする最後の食べ物になると思って？こらえきれずに、リズはぶるっと身を震わせた。「三名の死亡時刻の開きは数分以内、ほとんど間《ま》を置かずに殺害されたことになるそうです」

「で、おっ母《か》さんの行方はまだわからないんだな？」

「ええ、手がかりさえない状態です」

「自殺してくれてることを願うよ。そいつが誰にとってもいちばん手間が省ける」

そのあまりに無神経な物言いに、リズは思わず顔をしかめたが、それでもフロスト警部の言わんとするところはわからなくもなかった。

「近所の住人が聞いたと言ってる男女の言い争う声については、その後なんかわかったかい？心当たりのあるやつが名乗り出てきたりしてないか？」

リズ・モードは首を横に振った。「声を聞いたという人にはもう一度話を聞いてみたんですが、どの人もいつものようにマーク・グローヴァーが奥さんと口論をしてるんだと思ったと言うばかりで。でも、すでにこちらで調べがついているように、その時刻にはマーク・グローヴァーは在宅していなかったわけですから」

フロストは考え込む顔になって顎を搔いた。「存在しなかった男か……ふむ。これもまた人生におけるささやかな謎というやつだな」それからスタンフィールドの件に話題を切り替えることにした。「おまえさんにひとつ頼みたい仕事があるんだよ」フロストはスタンフィールドが称するところの娘の身代金を銀行でおろしているあいだ、店内をうろついていた若い娘がいたことを話して聞かせた。「その小娘のことを調べてほしい」

今のリズにとっては、ほかの仕事は大歓迎だった。ステンレスの解剖台のうえにじっと横たわっていた三体のあの小さな亡骸のことを意識のなかから閉め出してしまえるなら、ただの使い走りでも文句はなかった。リズは書類をフォルダーに挟み、ハンドバッグをつかんだ。オフィスから出ていくには、戸口のところで入れ違いにオフィスに入ってこようとしているバートン刑事の横合いを、身をくねらせるようにして擦り抜けていかなくてはならなかった。バートン刑事には、さっと片側に寄ってスペースを空けるという気遣いは期待できそうになかったので。

「おい、坊や、おまえさんはとんでもない野郎だな、今の瞬間してやったりとほくそ笑んだだろ？」リズの姿がなくなったことを確認してから、フロストはからかい半分の渋い口調で言った。

「いや、おれ自身も意外ですよ、自分より上位の女を憎からず想うようになるなんて」バートン刑事はそう言うと、リズ・モード部長刑事が坐っていた椅子をフロストのデスクのまえまで引っ張ってきて腰をおろした。

「そいつには、リズの可愛いおけつのぬくもりがまだ残ってるんじゃないか？」

「そりゃ、もう、しっかりと」バートンはにやりと笑った。「それはそうと、警部に報告しなくちゃならないことがあります。スーパーマーケットのまえのショッピングモールの公衆電話ボックスのことです。警部に指示されたとおり、誘拐犯から連絡があったときのため、すべての電話機に盗聴器を仕掛けました。こっちから電話をかける場合も、かかってきた電話を受ける場合も通話はすべて録音されます」

「身代金運搬用の旅行鞄に仕込む発信機はどうなった？　信号を拾ってあとから追跡できるようなやつがあるってことだったけど？」

バートンはポケットからクッション入りの封筒を取り出すと、注意深く逆さまにしてそっと振り、手のひらのうえに中身を空けた。プラスティックでできた小さな灰色の物体。五十ペンス硬貨ほどの大きさしかない。バートンはそれをつまみあげ、フロストのデスクに置いた。

「電源内蔵型、最大二百ヤード圏内まで電波を飛ばせます」

フロストはニコチンのしみがついた指先で、そのちっぽけな代物を突《つつ》いた。「なんだかずいぶん頼りなく見えるけど――ちゃんと役目を果たしてくれるのかい、こんなもんが？」

「ええ、大丈夫です。途中で試してみましたから。それよりコードウェルに拒否されているのに、どうやって発信機を仕込むんです？」

「そいつはおれに任せてくれ、坊や。〈セイヴァロット〉の警備員のなかに協力者がいる。そいつに頼んどけば、現金を詰め込んだ旅行鞄のなかにこっそり忍ばせてくれるはずだ」

「警備員？　どういう人なんです？」

「トミー・ダンという男で、以前はお巡りをやってた。早期退職の道を選んだんだよ、マレットから露骨に圧力をかけられたもんだから。トミーってのは鼻薬が効きやすい体質というか、とかく袖のしたを握りたがるというか……まあ、そういう事情だ」

「信頼できる人ですか？」
「いや、できない。でも、ひと壜のウィスキーと引き換えになんでもやる、という男でね。ちょいと嗅ぎまわってみてくれと頼んだんだよ。身代金は、デントン店の会計担当主任が今日の売上げ金のなかから用意するらしい。でもって、そいつを一泊用の旅行鞄に詰め込んで準備万端調《ととの》ったとこに、コードウェルの御大がしずしずと登場してくる手筈だそうな。トミー曰く、発信機は旅行鞄の裏張りの内側に滑り込ませちまえば誰にも気づかれやしないってことだ」フロストは超がつくほど小型の発信機をクッション入りの封筒に戻し、封筒ごとバートンに手渡した。「〈セイヴァロット〉までひとっ走り行ってきてくれ。トミー・ダンを呼び出して、そいつをやつのポケットに滑り込ませたら、黙ってそのまま戻ってこい」

バートンを送り出した直後、デスクのうえの内線電話が鳴った。受付デスクに詰めているビル・ウェルズ巡査部長からだった。運河から引きあげられた毛皮と装身具類を確認するため、スタンフィールド夫人が来訪したとのことだった。「わかった」とフロストは言った。言ってしまってから、いきなり切羽詰まった事態に陥ったことを悟った。慌ててオフィスのあちこちに視線を走らせた。汚水をたっぷりと含んだまま床に置き去りにされていた毛皮のコートと肩マントは、リズが拾いあげてオフィスの隅の帽子掛けに引っかけておいてくれていた。だが、あのくそいまいましい宝石だらけの光り物は……どこだ、どこにいった？　「ちょっと待ってくれ、ビル」受話器を伏せて置くと、フロストは椅子から立ちあがって徹底的な捜索に着手した。オフィスのなかのありとあらゆる場所を、思いつく限りのところを捜しまわった。そこには置いていないと断言できる場所も含めて。査定額にして四万ポンドもの装身具類をデスクのうえに、誰の眼にもつくような場所に放置したままオフィスを空けていたのである。しかもドアに施錠もしないで。まさか……まさか、手癖の悪いどこぞの問題児が、ちょいと忍び込んで失敬していったなんてことは……いや、それは困る。断じて困る。そんなことにならないよう、フロストは胸の内で必死に祈った。そのとき、不意にあることがひらめいた。そう、保険会社の損害査定員がいたではないか。あのヒックスという男が持ち帰ったにちがいない。

ただちに電話がかけられた。「いいえ、警部」ヒックスはきっぱりと否定した。「わたしが失礼したときにも、まだ黒いビニール袋に入ったままの状態で警部のデスクのうえに置いてあったじゃないですか」

「そうそう、そうだった――まさに、おっしゃるとおり」とフロストは言った。たった今、捜し物が見つかったように聞こえることを願って。次なるひらめきを求めて煙草に火をつけたところで、デスクに伏せて置いた内線電話の受話器から怒りのこもった声が洩れ聞こえてきていることに気づいた。ビル・ウェルズを電話口に待たせたままにしていたことに。「もうちょっと待ってもらいたいと言ってくれ、ビル。こっちからかけなおすから」受話器を架台に戻すと、もう一度ありとあらゆる場所を捜しまわった。先ほど捜したばかりのところを再度くまなく見てまわった。なんらかの奇跡か魔法が働いて、装身具類を入れたビニール袋が忽然と出現してくれることを切に、切に念じながら。

内線電話がまた鳴った。スタンフィールド夫人が苛立ちを募らせているとのことだった。

「夫人には改めて出なおしてきてもらわなきゃならない」とフロストは言った。「説明を求められたら、保険会社の損害査定員が検分してからでないと見てもらうわけにいかないからだ、と言ってくれ」

「しかし、損害査定員なら――」

「いいから、そう言ってくれ」ウェルズのことばを遮って、フロストは語気鋭く言った。

「わかったよ」とウェルズは言った。フロストの言い様にむっとしたようだった。「それから、マレット署長が呼んでる。あんたに用があるそうだ」

「もしやと思って訊くんだが、ひょっとしてマレットは黒いビニール袋を持ってたりしてなかったかい？」とフロストは言った。

「ああ、持ってたよ、間違いなく持ってた」

安堵に入り混じる一抹の苛立ち。フロストは受話器を置いた。無人のオフィスに四万ポンドもの貴重品を放置したのは確かに、フロスト警部ならではの尻抜けとしか呼びようのない失策である。しかし警察署内において安心して物品を放置できないというなら、この世の中どこに預ければよいのか？　マレットの機先を制するべく作戦を練りはじめたとき、荒々しい足音を伴ってキャシディがオフィスに飛び込んできた。くそっ、今度はいったいなんなんだ？　フロストは声に出さずに悪態をついた。なんとも鬱陶しい男だった。またしても不平不満を並べ立てようというのか？

キャシディは親指で予備のデスクを指して言った。「彼女は？」

「おれが仕事を頼んだ」とフロストは言った。「なぜだい?」

「デントン駅の保線係から連絡が入った。線路上で女の死体が発見された。行方をくらましている母親かもしれない」

「そうであってくれることを願うよ」とフロストは言った。「あのおっ母さんの捜索にいつまでも人手と時間を割いてられないもんな。おまえさんが出張っていったらどうだ?」キャシディ警部代行なら、現場の陣頭指揮を単独で執るぐらい屁でもなかろうものを。

デスクのうえの内線電話が鳴った。今度はマレットからだった。フロスト警部は大至急、署長執務室に出頭するように。頭から湯気を立てていることがわかる口調だった。フロストは受話器の送話口を片手で覆うと、キャシディを呼び止めた。「ちょっと待った——おれもつきあうよ」それからまた電話口に戻って言った。「申し訳ない、警視《スーパー》、緊急通報が入っちまった」そして、素早く電話を切った。


ふたりの乗った車は、鉄道の線路に並走する土手のうえの道路に入った。線路沿いの信号機はすべて赤になっていて、線路上で一台の旅客列車が立ち往生を強いられているのが見えた。客車のあちこちの窓からのぞく乗客たちの腹立たしげな顔も。こんなところで足止めを喰らっている原因をひとつ突き止めてやろうというのだろう。キャシディはトンネルの手前にかかる橋に車を乗り入れ、荒石を組みあげた城壁のような欄干に寄せて駐めた。ふたりの刑事は足を滑らせながら土手をくだり、トンネルの口で待ち受けていた二名の保線係に出迎えられた。保線係はふたりとも反射テープ付きの鮮やかな黄色い作業用ジャンパー姿だった。キャシディは鈍く輝く線路を不安げに見遣った。「電気は切ってあるんだろうな？」

二名の保線係のうち、年嵩の男のほうが頷いた。「大丈夫、切ってありますよ――できるだけ迅速に処理してもらえるとありがたいんでね。この件で列車ダイアが乱れに乱れちまってて、こっちはもう大混乱もいいとこなんだよ」

トンネル内には非常灯がついていたが、闇を追い払う役目はほとんど果たしていなかった。強い風がうなりをあげて耳元を吹き抜けていくため、相手に届くよう会話を交わすには常に声を張りあげなくてはならなかった。フロストは首に巻いたマフラーの襟元をしっかりと掻きあわせ、トンネルを吹き抜ける風が巻きあげては銃弾並みの鋭さでぶつけてくる塵やら砂埃やらに眼を細くすがめた。

「あそこです」案内役の保線係が足を止め、前方を指さした。用心深く顔をそむけて。一度眼にした光景を、またうっかり見てしまいたくはなかったからだろう。保線係がトンネルの壁に身体を押しつけるようにしてこしらえたスペースを擦り抜けて、フロストとキャシディは先に進んだ。

彼女はトンネルの口から三十ヤードほどなかに入ったところで、不自然な恰好に身をよじり、片方の腕を線路のうえに投げ出すようにして倒れていた。投げ出された腕は肘から先が皮膚一枚でかろうじてつながっている状態だった。ほかの部分を観察するため、フロストは死体のうえに屈み込み……首からうえがないことに気づいた。頭部は数フィート先の線路のあいだに転がっていた。まるで斬首されたかのように。切断面も平滑で、ごく鋭利な刃物で一刀のもとに斬り捨てられたといっても通りそうだった。それだけ列車の速度が出ていたということだった。高速で回転する車輪が女の身体を切断した衝撃も、車体にはほとんど伝わらなかったものと思われた。首の切断面はまだ赤黒く濡れていた。魅入られたように凝視していたその部分から視線を引き剝がし、フロストは恐る恐る女の腕に触れてみた。硬直していて冷たかった。身体の部分は線路に寄り添うように平行に横臥している。着ているものはアクリルの黒いセーターに緑のスラックス。甚だ気の進まないことではあったが、切断された頭部も見ないですませるわけにはいかなかった。虚ろに空《くう》を見あげる眼、無惨に変形した顔面、無数の痣《あざ》と傷、乾きかけた血がべったりと付着し、捩れてもつれた薄茶色の髪。フロストは持参した写真をポケットから取り出して見比べた。疑問の余地はなかった。ナンシー・グローヴァーが発見されたのだった。

「トンネルを歩いて通り抜けようとして列車に轢かれたということは?」とキャシディは尋ねた。

「まず、あり得ない——歩いてるところを轢かれた場合、列車がぶつかった衝撃で身体がまえに吹っ飛ぶんだ。そこを轢かれるわけだからね、死体はたいてい、まっぷたつになっちまう」と保線係のひとりが答えた。「おれが思うに、この女の人はあの橋のうえから飛び降りたんだよ。ここを死に場所に選んだ自殺者の死体をこれまでにどのぐらい回収したかと訊かれたら、とっさに数が出てこないからね。そのぐらい多いんだよ。世の中、つまらないことほど流行《はや》るから。ひとりが自殺するのに橋から飛び降りる手を使うだろ? するとそれが新聞記事になって、今度はそいつを読んだやつが同じことをするんだよ」

「ちょっと以前《まえ》までは、身投げをするなら立体駐車場のいちばんうえの階からってのが主流だったんだけどな」ともうひとりの保線係が言った。「ろくでもない死に方だよ、コンクリートに苺ジャムをぶちまけたみたいになるんだぜ」

「いや、ろくでもなさの度合いから言えば、線路に飛び込むほうがろくでもない」保線係その一が反論した。「腕も脚もなくして結局は死にきれなかった、なんて場合もあるんだから」

「そりゃ、困るな、けつが痒くなっても掻けやしない」フロストはすかさず会話に加わった。「ついでにもうひとつ……だとしたら、どうしてトンネルのこんな奥のほうに倒れてるんだい？」

「ここを死に場所に選んだやつは、あそこの橋まで来てあの石の欄干によじ登り、列車が通りかかるのを待って飛び込むんだ。列車のまえに。でも、この気の毒なお姐ちゃんはタイミングを誤ったんだと思う。飛び込むのが遅すぎたんだよ。で、先頭車輛の屋根にでも落っこちて、そのまましゅっとトンネルに運び込まれた。このトンネルに入ってじきに列車は緩いカーヴを通る。そこを通るときにお姐ちゃんは屋根から振り落とされてトンネルの側壁に叩きつけられた。そして頭のほうからずるずると滑り落ち、線路を枕にするような恰好になったとこを列車が通過した。で、車輪で首を刎ねられるようなことになっちまったんだな」

「この人が列車の屋根に落っこちたんだとしたら、運転手や乗客は何か物音を聞いたりしてないかな？」

「無理だろうね。列車の走行音ってやつはけっこう騒々しいからね」

薄暗いなか、フロストは足場を探りながらぎごちなくまえに進み出ると、切断された頭部を改めて眺めた。かっと見開いた大きな眼が虚空を凝視していた。苦悶のあまり顔を歪めているようにも見えた。「馬鹿だな、あんたも」とフロストは低くつぶやいた。「こんな死に方をするなんて、最後の最後まで救われないじゃないか」

保線係の年嵩の男のほうは携帯電話を耳にあてがい、声をひそめて何やら話し込んでいた。やがて通話を終えるとフロストを手招きして言った。「ここが片づくまで手前の各駅で列車を停めて、とりあえず運行を見あわせてるんだがね。列車が四つ手前の駅まで詰まっちまったと知らせがあった。あの人をどっか別の場所に移すわけにはいかないだろうか？　あそこから運び出しちまえば、列車を通せるようになるんだけどな」

「事情はよくわかる」とフロストはとりあえず言った。そして顎を搔きながら、このトンネルからグローヴァー家のバンガローまでの距離を計算した。あの橋のうえに出るまで、女の足なら急いでも三十分以上はかかったはずだった。子どもたちの死亡推定時刻は午前零時前後。ということは、ナンシー・グローヴァーが身を投げたのはどんなに早くとも午前零時三十分以降ということになる。「あの人が身を投げたのは、昨日の夜中のことだと思うんだ。轢いたのは何時の列車かな？」

「午前零時五分にここを通過する列車がある」

「それじゃ早すぎる」とフロストは言った。

「だったら零時三十五分のやつだな。それが最終列車だから、あとは今朝五時二十二分に始発が来るまでここを通る列車はない」

トンネルの入口のほうで大声があがった。停車中の列車のなかで延々と待たされることに飽き飽きした乗客が辛抱しきれなくなり、とうとう線路伝いに歩いて、文句をぶちまけにきたのだった。「おい、まだ待たされるのか？　こっちはもう一時間近くも足止め喰らってるんだぞ」

「列車内に戻ってください」と保線係は大声で注意した。

「なんだと？　そういう生意気なことを言うやつは……訴えてやる！」乗客は怒鳴り声を張りあげた。

「ああ、そしたらこっちもおたくのことを訴えてやるよ——線路内を歩くことは法律で禁止されてるんだから。いいから、車内に戻って——ほら、早く！」最後は保線係も怒鳴り声になっていた。乗客を撃退すると、改めてフロストのほうに向きなおった。「駄目かな、あの気の毒な姐さんをよそに移しちゃ」

「駄目だな、警察医が死亡を宣告するまでは」

「死亡を宣告する？　おいおい、あの人は首を刎ねられちまってるんだよ」

「決まりなんだよ。見つかったのがちんぽこを刎ねられたおっさんの死体であっても、警察医の先生がお出ましになって死亡を宣告するのを、おとなしく待ってなくちゃならない。われわれ素人はぼんくらで死体を見ても死体だとわからないとされてるんでね」フロストはそう言うと、トンネルの入口に向かって大声を張りあげ、キャシディを呼び立てた。キャシディは、トンネルを出て司令室に無線で報告を入れているはずだった。「おい、医者が来るまであとどのぐらいかかりそうだ？」

「今、こっちに向かってるところだと言ってる」キャシディが叫び返して寄越した。

「それじゃ、死体はシートかなんかで覆っておいて列車を通すってのは？」懇願する口調で、年嵩の保線係はなおも言った。「これ以上ダイアに遅れが出ると、この線は不通ってことになっちまう。いや、もう、なりつつあるんだよ」

「よし、わかった」とフロストは言った。「でも、それには、まずあの生首を線路内からどかしてもらわないとな」

保線係の男はぶるっと身を震わせた。「おれは無理だよ、あんなもの触れないよ」

「だったら、待つしかないな」とフロストは言った。

長いこと待つ必要はなかった。ほどなくその日の当直の警察医、スロウモン医師が到着した。遠出を強いられたことによる不機嫌さを隠そうともしないで。土手を降りる途中で足を滑らせ、薄茶色のキャメルヘアのオーヴァーコートに泥汚れが付着してしまったことで、線路際に降り立ったときには医師の渋面はますます険しいものになっていた。さらに死体が線路内にあると知ると、医師はいかにも信用できないといった眼で金属のレールをじっと見つめた。「電流は切ってあるんだろうな？」

「大丈夫だって。線路ってのは、電流の流れてるときに小便を引っかけたりしなけりゃ、感電なんかしないことになってるんだから」フロストはそう言うと、スロウモンが死体を検分できるよう、うしろに下がった。

スロウモンはまず頸部の切断箇所に眼を向け、次いでその眼を数フィート先の頭部に移すと、こらえきれずにぶるっと身を震わせた。フロスト警部が担当する事件は、なぜ毎度こうもおぞましいものなのか？　以前にもフロスト警部に呼び出され、公衆便所で小便の海に浸かっていた浮浪者の死体を検分させられたことがある。あれは忘れたくとも忘れられない強烈な事件だった。スロウモンは死体の横で身を屈めると、冷たくこわばった肌に一瞬だけ触れた。なんとも約《つづ》まやかな検分だった。「死後だいぶ時間が経ってるな——およそ九時間か、あるいは十時間といったところだろう」

「頭部を切断されたことが最後のとどめとなった？」とキャシディが尋ねた。

「当該部位にこの種の損傷を受けた場合、少なくとも延命効果は期待できない。わたしに言えるのは、まあ、その程度だね」スロウモン医師は鼻にかかった声で言った。「正確な死因を特定したければ、検視解剖にまわしたまえ」それから剝ぎ取り式の書式に何事か手早く書きつけると、そのページを破り取って、「この女性の死亡を確認した。死体の搬出を許可する」と言った。身の毛もよだつような現場にそれ以上の長居は無用だった。スロウモンはそそくさと背を向け、トンネルを抜け出すと、滑りやすい土手を這うようにして登っていった。キャシディは無線で署の司令室を呼び出し、葬儀社に死体の搬送を依頼するよう指示した——搬送先は死体保管所、検視解剖の要請も併せて行うこと。

その種の細々した手配やら要請やら後始末やらを率先して引き受けてくれるとは、フロストにしてみればありがたいのひと言に尽きる。キャシディ警部代行に万事を任せて悠然とその場を離れた。これにて一件落着、母親の自殺で納まるべき筋書きに納まった。滑りやすい斜面に手をつき、足をもつれさせながら、やっとの思いで土手を登りきったところで、はたと気付いた。そう、この現場まではキャシディの車に同乗してきたんだった。ということは署に戻るには、キャシディを待たなくてはならないということである。くそっ、フロストは己の手まわしの悪さを呪った。左の肩越しに振り返って土手のしたを見遣り、停車中の列車の車内で、腹を立てた乗客の一団が車掌に詰め寄っているのを眺めた。車が近づいてくる音がした。葬儀社差しまわしのお迎えにしては、いささか早すぎるように思われたが、搬送に際しては、切断された頭部も現場から回収する必要がある旨、あらかじめ司令室のほうで因果を含めておいてくれたことを願った。葬儀社によっては、搬送する死体の〝状態〟に、小難しい注文をつけてくるところもあるので。だが、現場に到着したのは葬儀社の車ではなかった。リズ・モードが駆けつけてきたのだった。リズの車は急ブレーキの音も高らかにタイアを横滑りさせながら、フロストのすぐ真横で停まった。

「母親が見つかったそうですね？」とリズは言った。

フロストは助手席のドアを開け、彼女の隣に滑り込んだ。「ああ、見つかったよ、嬢ちゃん——母親その一とその二が。走ってくる列車に飛び込んだらしい」リズ・モードはすぐさま腰を浮かせたが、フロストは押しとどめた。「やめとけ。おまえさんは見ないほうがいい」

リズはフロストの手を振り払った。「なぜ？」

「生首がごろんと転がってるんだよ、首んとこで切断されちまったもんだから」

「しかし、キャシディ警部が現場にいらっしゃる以上、わたしも――」

「あいつに義理立てすることたない。本件はこれにて一件落着だ。酷くて、悲惨で、くだらなくて、実になんとも後味の悪い幕切れだよ。でもそもそもが後味の悪い事件だったんだから。後始末はキャシディひとりいりゃ充分だ」土手のしたのトンネルのほうから、数人分のエコーのかかった足音が聞こえてきた。「とりあえずこの場を離れたほうがよさそうだ……ぐずぐずしてると、あのぶうたれ屋が出てきちまう」

リズは車を出し、慌ててステアリングを切った。黒いヴァンがこちらに向かってきたからだった。あちこちへこんだ傷だらけの車体、騒々しいエンジンの音を引きずった、ポンコツという形容がぴったりのヴァンだった。葬儀社というものは、今回のような汚れ仕事には黒塗りのロールス・ロイスの霊柩車を差し向けたりはしない。

フロストは煙草に火をつけた。「あの女の子には会ってきたかい？　ええと……トレーシー・なんとかいう女の子には？」

「いいえ、まだです。自宅に電話をしてみましたが、すでに登校してしまったあとで。通学先はデントン・グラマー校です。キャロル・スタンフィールドが通っているのと同じ学校です」

フロストは吸いかけの煙草をつまみ、唇のあいだから抜き取った。「同じ学校、同じ年齢――同じクラスであってもおかしくないな。よしよし、面白くなってきた」

「偶然だと思います。デントン・グラマー校には市内在住の同年齢の女の子の半数が通ってるんですから」

フロストは眼を輝かせていた。学校というのは思春期まっただ中の胸もたわわな娘っ子がひしめいている場所である。頭部を切断された死体の行き着く先、死体保管所よりもはるかに心そそられる場所である。「では、これより学校訪問を行う。トレーシー・なんとか嬢に話を聞くのは、なにも自宅じゃなくたってかまわないんだから。こういう半端な事件には、さっさとけりをつけちまうに限るんだよ。でないと、いつまで経っても重要な事件に集中できない。だろう?」

デントン・グラマー校の校長であるクインシー女史にとって、これは諸手を挙げて歓迎したくなるような状況ではなかった。このむさくるしいなりをした男が、警察からやってきた警部だということはわかったが、犯罪の捜査目的で訪ねてきたはずのその警部は、こちらの話を聞くよりも、校長室とガラスの間仕切りで隔てられた体育室でハンドボールを投げあっている第五学年の女子生徒たちを眺めることに気を取られている。クインシー校長は聞こえよがしに咳払いをした。「では、フロスト警部、トレーシーにはあくまでも一目撃者として話を聞きたいということですね?」

フロストは頷いた。「そう、われわれの捜査の助けとなるようなことを目撃しているかもしれませんから」

クインシー校長としてはそれでもまだ納得できたわけではなかったが、女の警察官が同行してきていることはひとつの安心材料ではあった。この両名がトレーシーの話を聞くときには、できれば同席していたかったが、今日はこれから第四学年のBクラスに出向いて社会科の自習時間を監督しなくてはならなかった。担当教諭が中絶手術を受けるため欠勤しているのだ。

「ああ、トレーシーが来たようですね」

トレーシー・ニールは体育室の出入口のスウィング・ドアを抜け、少女たちが顔を真っ赤にして悲鳴のような歓声をあげながらハンドボールに興ずる横を足早に擦り抜けた。着ているものは、白いブラウスに薄茶色のジャケットと黒いスカート——学校指定の制服姿だった。銀行の防犯カメラの映像より、ずっと幼く見えた。

「お入りなさい、トレーシー」と校長が声をかけた。

フロストは初対面の相手に呈示する二点セット、身分証明書と屈託のない気さくな笑みを披露した。身分証明書のほうは超高速で引っ込められた。「長く引き留めるつもりはないよ、トレーシー。でも、きみは捜査の助けとなるようなことを目撃しているかもしれないんだ」十五歳の少女は椅子に坐ると、いかにもつまらなそうな顔で脚を組んだ。無関心であることを傍に納得させるには、いささか演技過剰だった。フロストは眼を細くすがめて、壁の時計を睨んだ。長針がぴくりと震え、数字の12に重なろうとしていた。次の時限の開始を告げるベルまで、クインシー・こうるさい邪魔者女史が席をはずすまで、時計盤上の距離にしてあとほんの数ミリ。フロストはその瞬間を待ちわびた。「正式な記録に残さなくちゃならないんで、念のため、きみの氏名と現住所を教えてくれないかな」そう言ったとき、ベルが鳴った。思わずほころびかけた口元を、フロストは慌てて引き締めた。

「では、申し訳ありませんが、わたくしはこれにて」クインシー校長はデスクから本を何冊か抱えあげた。「お話がおすみになったら、そのままお引き取りいただいてもよございますか？ あいにく、お見送りできる者がおりませんので」

「ああ、どうぞお気遣いなく」フロストは頷いた。残念なことに、心待ちにしていたベルの音はハンドボールの試合終了をも意味していた。体育室でボールを投げあっていた娘たちはひとり残らず引きあげてしまった。更衣室に姿を消し、今ごろは……そう、更衣室でやることは決まっている。シャワーを浴びるのだ。着ているものをすべて脱ぎ捨て、十五歳のあのむちむちした、今にもはち切れそうな身体を惜しげもなくさらして――そのときフロストは、眼のまえの娘が何やら喋りかけてきていることに気づいた。「おっと、失礼――なんだったかな？」

「あたしの住所と名前。そっちが訊いたんでしょ？ トレーシー・ニール、住所はデントン市ディーンズ・コート六番地」

フロストは必要もないのに、それらをいちいち書き留めた。どれもベニントン銀行で入手済みの情報だったにもかかわらず。「昨日の朝のことなんだけど――だいたい九時半過ぎぐらいかな、きみはベニントン銀行にいなかったかい？」

「いたけど」トレーシーはそう言うと、顔のまえに垂れかかってきた栗色の髪を払いのけた。退屈しているように見せたいのかもしれなかった。

「キャロル・スタンフィールドという子を知ってるね？」

「知ってる」

「それじゃ、彼女の家に強盗が入ったことも聞いてるんじゃないかい？」

「ラジオのニュースで言ってたからね。あの子、そいつらに誘拐されたんでしょ？　着てるものを全部脱がされて――」そこでようやく気づいたと言わんばかりに、トレーシーは眼を大きく見開いた。「あたし、銀行で見かけたんだった。あの子の父親。あれってもしかして、身代金とか引き出してたってこと？」

「それじゃ、トレーシーのお父さんを見かけたんだね？」

「ちらっとね。でも、そんなによく知ってるわけじゃないから。眼が合った気がしたから、いちおうにこっとしてみたけど。きっと向こうは気づかなかったと思う」

「いやあ、トレーシー、きみの話は実に参考になる」とフロストは言った。「銀行の店内で怪しい人物を見かけたようなことは？　用事もないのにいつまでも店内に居残ってるやつとか――もちろん、きみ以外で、という意味だけど？」

記憶を懸命に手繰っていることを示すべく、トレーシーは眉根をぎゅっと寄せ、唇をへの字に結んだ。「けっこう混んでて、人がたくさんいたんだよね。見るからにやばそうなやつとか別にいなかったと思うけど、あたしが気づかなかっただけかも」

「銀行を出たときのことは？　おもてをうろついてるやつを見かけたとか、停まってる車のなかで誰かを待ってるようなやつがいたとか……？」

トレーシー・ニールは首を横に振った。「ごめん、わからない」

フロストは励ますような笑みを浮かべた。見せられた者がつい気を許し、うかうかと信じてしまうことを狙った笑みだった。「きみが謝ることじゃないよ、お嬢さん。ああ、そうだった。これも正式な記録に残さなくちゃならないから、念のため。きみはあのとき、銀行になんの用があったんだい？」

トレーシーは納得できないという顔をした。「えっ、なぜ？　そんなこと訊いて、どうすんの？」

フロストは手のひらをうえに向けて、曖昧に肩をすくめた。「まあ、手順というか、決まりというか。ともかく訊くことになってるんだよ。あの時間帯に銀行にいた人にはひとりずつ確認しなくちゃならなくてね。で、きみは？　銀行にはなんの用があったんだい——金《かね》をおろしにいったとか？」

「そうだけど」

「学校には行かずに？」

「そう」

トレーシーは椅子に坐ったまま、居心地悪そうに身をよじった。どことなく不安そうな表情になっていた。フロストはそれを見逃さなかった。ポケットをまさぐって煙草のパックを取り出し、別のことに気を取られているふうを装った。実のところ、ガラスの間仕切り越しに、今開け初《そ》めし更衣室のドアをじっと見つめていたのである。シャワーを浴びていた娘たちの第一陣が、洗いたての素肌を艶やかに光らせ、洗い髪も乾かぬまま、ドアの隙間から飛び出してきたところだった。「学校にはなぜ行かなかったんだい？」

トレーシーは眼玉をぐるりとうえに向け、勢いよく肩をすくめた。「そういう気分じゃなかったから」

フロストは笑みで応じた。〝気持ちはよくわかる〟の笑みで。「理由としては正統派の部類だな。で、ひとりで一日じゅう何をしてたのかな――聖書を読み、病める人の枕元にスープを運んだとか？」

「彼のとこに行ってレコードを聴いたりとか」

「すばらしい」フロストは勢い込んで言った。「その彼氏に話を聞けば、きみの話に間違いないことが確認できるじゃないか。助かるよ、こっちでいちいち調べる手間が省ける。彼氏の名前は？」

「イアン・グラフトン」

「住んでるとこの住所は？」

「フェアフィールド・ロード三十三番地」

「フェアフィールド・ロードだな、諒解」フロストはその名前と住所を、スーパーマーケットのレシートの裏に書き留め、それから不意に何やらふと思い当たった顔になった。「どうでもいいことを訊くようだけど、きみは銀行で五ポンド引き出してるね。何に遣うつもりだったんだい？」

「〈ゴヤ〉ってディスコに行くつもりだったの。昨夜はおっきなイヴェントがあったから」

「ディスコで大騒ぎするのは夜になってからだろう？　そのための軍資金をどうして朝っぱらからおろしにいったりしたんだい？」

「悪い？」トレーシーは挑戦的に言い返した。「別にいいじゃん。朝、おろしたって」

「そりゃ、まあ、確かに悪くはないな」フロストとしても、渋々ながらも認めないわけにはいかなかった。考え込む表情をこしらえ、頬の傷跡をいじりながら、しばし沈黙の時間を取った。「軍資金をおろしたあと、きみはいくらも間《ま》を置かずにそいつをまた預け入れてる。ほんの数分後に。その理由は？」

「自動振替の引き落としがあることを忘れてたの。お金をおろしちゃってから急に思い出したのよ。これじゃ残高が足りなくなっちゃうって気づいて、それでまた預けただけ」

「それじゃ、ディスコに行くのは泣く泣く諦めたわけか？」

「ううん。イアンがお金貸してくれたから」

「いいやつだな、イアンは。銀行には自宅から直行したのかい？」

「そうだけど」

「きみのお母さんはきみが銀行にいたことを知らなかったんだね。われわれから聞かされて、ずいぶん驚いてるみたいだった。てっきり学校に行ってるものとばかり思ってたって」

「母親に何から何まで喋るわけじゃないもの」

フロストは笑みで応じた。今度は〝話のわかる大人〟の笑みで。「だと思ったよ。で、銀行には自宅から直行したんだね？」

「そう」

「なるほど」フロストはそれもまた手元の紙切れに書き留めたが、メモを取る手を途中で止めた。「ちょっと待った。お母さんの話では、きみはいつもの時刻に家を出たってことだった。しかも家を出たときには学校の制服を着てたって」

「そうよ……そりゃ、そうだよ。だって母親には学校に行くと思わせとかなくちゃならないじゃん」

「で、銀行に直行したんだね？」

「……そう、だけど」トレーシーは訊かれたことに即答しなくなっていた。

「実はきみを見かけたという人がいてね――」フロストはポケットからひとつかみの紙切れを取り出し、なかの一枚を選り取ってそこに書かれてもいないことを読みあげるふりをした。

「そう、これだ、これ――あの萎びた婆さんが言ってたんだった。だから、まあ、あてにならないと言えばならないとこもあるかもしれない。なんせ昼間の蝙蝠《こうもり》並みに眼が悪くて、しかもそのときには眼鏡をかけてなかったってんだから。でも、婆さんは絶対に間違いないって自信満々で言うんだよ、きみはジーンズを穿いて、着古したような小汚いダッフルコートを着てたって。きみの学校の純情可憐なお嬢さんたちが着てる、その清楚な制服とは、似ても似つかない恰好だったたって」

「それは、その人が勘違いしてるだけ」

「それじゃ、きみは制服を着てた——今きみが着てるやつを？」

「そうだけど」

フロストはリズ・モードのほうに身体を向け、手元の紙切れにたった今書き留めたばかりのメモを、棒線を引いて消しながら言った。「ほらな、部長刑事、だから言っただろ？ やっぱりあの耄碌《もうろく》婆さんの勘違いだよ」紙切れをひとまとめに束ねてポケットに突っ込むと、椅子を回し、もとの位置に戻って笑みを浮かべ、トレーシーに向かって頷きかけた。その笑みは、これでもう訊くべきことはすべて訊いたと言っていた。トレーシーは席を立った。そのまま戸口のほうに向かおうとしたとき、フロストは出し抜けに勢いよく指を鳴らした。「そうか、すっかり混同しちまった。このフロスト小父さんは、どうも頭脳明晰ってタイプじゃなくてね。きみが街着を着てたって言ったのは、萎びた婆さんじゃなかった。銀行の防犯カメラの映像だったよ。きみは黒っぽいダッフルコートを着て、フードをひっかぶり薄い色味のズボンを穿いてた」フロストは晴れやかな笑みを浮かべた。「ということは、きみが——もしくは銀行の防犯カメラの映像が、嘘をついてることになる」

トレーシーはフロストを見据えた。思いついた言い訳の予行演習でもするかのように、唇が声もなく動いていた。最後にようやくこう言った。「着替えを持って家を出て、公衆トイレで着替えたの」

「制服は——便器に叩き込んで流しちまったのかい？ 銀行には持っていかなかったみたいだし」

「もう、いいよ。もう、わかったから」トレーシーは叫ぶように言った。「イアンに拾ってもらったの。家を出て最初の角を曲がったとこで、ヴァンを停めて待っててもらったの。うちの母親、うるさいんだよね。あたしがイアンとつきあうことに基本的に反対だから。銀行まで送ってもらうあいだに、ヴァンのなかで私服に着替えて……で、あたしが銀行で用事をすませるあいだ、イアンはヴァンで待っててくれて、それから彼のとこに行ったの。そういうこと。わかった？　納得した？」

「したよ、したとも、しないわけがない」フロストは立ちあがった。「根が几帳面なもんだから、微妙に辻褄の合わないことがあると気になっちまってね。いや、手間を取らせて悪かったけど、おかげでいろいろと参考になったよ」トレーシーに向かって短く頷き、彼女が退出するのを待って、リズ・モード共々学校をあとにした。

車に乗り込むと、リズは言った。「あの子、嘘ついてます」

「そりゃ、もちろん、ついてるさ」とフロストは言った。「だからこそ、これからさっそくそのイアン・某《なにがし》のとこに押しかけて、どんな嘘をさえずってくれるか、そいつに耳を傾けてみるんだよ」

当該住所に建つ家屋のまえに、フォードのヴァンが駐まっていた。へこみと傷だらけで、あちこちに錆も浮き出していて、かなり年季の入ったポンコツ。車体の色は薄茶。以前の持ち主は商用に使っていたのだろう、車体の横腹に入れた屋号がぞんざいに塗りつけた黒い塗料で消されていた。

「おまえさんが肩入れしてる目撃者の爺さんだけど、確か薄茶色のヴァンを見かけたんじゃなかったかい?」とフロストは言った。

「信じてらっしゃらないんだと思ってましたけど」リズは不服そうに言った。

「おれはこう見えてなかなか柔軟で、融通が利くんだよ、そのほうが都合のいいときには」フロストはにやりと笑った。「都合がよくないときに、柔軟どころかふにゃふにゃの役立たずになっちまう場合もあるけど」フロストは玄関の呼び鈴を押した。

イアン・グラフトンは長身で、贅肉とは無縁のしなやかに引き締まった身体つきをしていた。年齢は十八歳。黒々とした脂っぽい髪をひとつに束ね、太い辮髪《べんぱつ》のように編んで垂らしていた。彼はふたりの刑事を二階の自分のフラットに通した。

「どうせトレーシーから電話があっただろう、イアン? おれたちが訪ねてくるはずだって」とフロストは言った。階段を登ったところに公衆電話があったことを見逃さないぐらいの観察力は、不肖フロスト警部も持ち合わせていた。「大したことじゃないんだ。ただいくつか確認したいことがあるもんでね」

イアン・グラフトンは、寝室と居間兼用のひと間きりのフラットで生活していた。目下失業中で、フラットの家賃は社会保障省に面倒を見てもらっている身の上だった。市内の家具販売店で配送業務に従事していたのだが、五ヶ月ほどまえにその販売店が倒産し、失職したのだという。以来、定職には就いていなかった。部屋の空間のほとんどをハイファイ・オーディオ装置一式とポップスターのポスターが占領している実になんともせせこましいフラットのなか、二名の刑事はイアンに並んでベッドに腰掛け、トレーシー・ニールの語った内容をひとつずつイアンに確認してはその成果を手元の紙切れに書き留めていく作業に取りかかった。イアン・グラフトンはトレーシーの言い分を全面的に肯定した。彼女の言っていることにはひと言の嘘もないと請け合った。ゆえにフロストはイアンもまた嘘をついていることを確信した。

「おたくは銀行のそとでトレーシーが用事をすませて出てくるのを待ってたんだろう?」とフロストは尋ねた。「そのときのことを思い出してみてほしいんだ。不審なやつを見かけなかったかい? 用もないのにそのへんをうろうろしてたりとか」

「ああ、ひとり見かけた。『そこのあなた、黄色い二重線が見えないの? そこは駐車禁止ゾーンです』とわめく交通監視員のでぶのくそ婆あ。駐車違反の切符なんか寄越しやがった」イアンはベッドの横の棚に手を伸ばし、そこに挟んであった交通規則違反者への罰金支払命令書をつかむと、フロストに向かって振り立てた。フロストは眼を細くすがめて命令書に記載されている違反事項の発生日時を確かめた。日付も時刻も、イアンの主張するところと合致していた。

「手間を取らせたな、イアン。協力に感謝するよ。おたくにはそのうちまた、話を聞かせてもらうことになるかもしれないけど」

立ち去り際、フロストは再度おもてに駐めてあるヴァンを眺め遣った。目撃者はこれと同色のヴァンを見かけたと言っている。だが、昨日、午前九時三十五分にベニントン銀行のまえで駐車違反の切符を切られていることを考えると、このヴァンの車内に素っ裸のキャロル・スタンフィールドが閉じ込められていたとする筋書きには無理が生じる。その点をどう考えたものか……。なけなしの知恵をいくら絞っても、その空隙に嵌め込むべき断片《ピース》は見つからなかった。

じっくりと思索を深めている時間はなかった。リズが車のドアを開けたとたん、無線機がフロスト警部の応答を求めてきた——フロスト警部、大至急、死体保管所に向かってください。ナンシー・グローヴァーは自殺したのではなかった。何者かに殺害されたことが判明したのだった。


「他殺？」とフロストは言った。

デントン総合病院で病理解剖を担当している医師は頷いた。その医師も当初は自殺体に対して行われるごく一般的な検視解剖を、ごく一般的な手順で行えばいいものと考えていたのだった。ところが——「こいつを見てくれ」

ナンシー・グローヴァーの亡骸は解剖台に載せられていた。着衣を脱がされ、付着していた血はほとんど洗い落とされていた。切断された頭部はしかるべき場所に置かれ、遺族への引き渡しに備えてあまり見苦しくないよう、胴体部分と縫い合わされるのを待っている。その特殊任務を押しつけるために呼び出された下っ端の解剖助手が、解剖台のうしろを行きつ戻りつしていた。

フロストとリズ・モードは、解剖台のうえの亡骸に眼を向けた。着衣を脱がされているので、解剖医の説明を待つまでもなかった。ナンシー・グローヴァーは腹部を何箇所も刺されていた。

さらに胸部も、心臓のあるあたりを集中的に。腹部のしたのほうの傷は、創縁に乾いた血がこびりついていた。フロストは傷口を数えた。ざっと勘定しただけでも十一箇所の刺切創が認められた。

「くそっ！」これぞまさしく、ジャック・フロスト警部が何より忌み嫌う、事件の複雑化というやつだった。

「この心臓部に到達する深い刺創だけでも、この人を死に至らしめるには充分な一撃だったと思う」と解剖医は言った。「跨線橋から線路に向かって身を投げたって聞いたけど、そのまえにすでに息絶えてたってことだよ」

フロストは大きな溜め息をついた。「いちおう万にひとつの可能性を考えて訊くけど、自傷行為の結果ってことはないよな、先生《ドク》？」愚にもつかない質問だということは百も承知だった。それでもナンシー・グローヴァーは自殺したとする自説には捨てがたいものがある。しがみつけるものなら、あくまでしがみついていたかった。

解剖医は首を横に振った。「この人の両手をよく見てみるといい」

そう、質問するまえに確認すべきだった。フロストもそのことをひと目で悟った。どちらの手の甲にも、いくつもの引っ掻き傷やら切り傷やらが赤黒い線を刻んでいた。防御創。身を守ろうとして抵抗した際に受けた傷だった。

「この件はわたしの守備範囲を超えてるよ」と解剖医は言った。「ドライズデール検屍官を呼んだほうがいい」

「そうだな」とフロストは言った。「それじゃ、ドライズデールの御大が出張ってくるまで、この人にはここの冷蔵庫にお泊まりいただこう」

死体保管所の係員が下っ端助手の手を借り、ふたりがかりで解剖台のうえの亡骸を滑らせるようにして車輪のついた寝台に移し替えた。続いて下っ端助手が内心の嫌悪感を露骨に顔に出したまま、切断された頭部をそろそろと持ちあげ、ポリエチレンの大きな袋に収めて寝台の、胴体の横に置いた。

リズ・モードを連れて車に戻る途中、ジム・キャシディに行き合った。「刺殺だった」フロストは手短に説明した。「ざっと勘定しただけで、十一箇所も刺されてた。走ってきた列車に飛び込むまえに、もう死んじまってたってことらしい」

キャシディは思わず浮かんできた薄ら笑いを隠そうともしなかった。「この事件はあなたが思い込もうとしてるほど単純明快な事件ではないということだ。そのぐらい、わたしには最初からわかっていたがね」

「おれが関わると、だいたいそういうことになるんだよ。単純明快な事件なんてお目にかかったこともない」フロストは沈んだ声で言った。

「検視解剖は?」

「ドライズデールのご出座を願うことにした。病院の解剖医の先生ってのは万事に及び腰でね。足の巻き爪よりもややこしい症例にぶち当たったときには、絶対に手を出さない主義なんだ」

「シドニー・スネルの身柄を拘束する」宣言でもするような口調で、キャシディは言った。

「やめとけ、馬鹿を見るだけだぞ」とフロストは言った。「どうせなら、だんなのほうにちっとばかり圧力をかけてみちゃどうだ？」

「違うね、マーク・グローヴァーには殺《や》れたわけがない。物理的に不可能だ。本件はスネルが子どもたちを狙ってグローヴァーのバンガローに侵入して起こしたものだ。最初の子どもの腕に刃物を突き立てたところで、ほかのふたりも眼を覚まして悲鳴をあげはじめたので、スネルは恐慌を来《きた》し、子どもたちを黙らせるべく口を枕でふさいだ。そこに母親が駆け込んできたので母親も手にかけた」

「だったら、なぜ、そのまま逃げちまわなかった？　死体なんてその場にほっぽらかして逃げちまったっていいじゃないか。それをなぜ、わざわざ自殺に見せかけようとしたんだい？」

「さあ、なぜかな。だが、調べていけば、そういうこともおいおいわかってくるはずだ」

「おれも思いついたよ、もっと納まりのいい筋書きを。だんながひと仕事終えて家に帰ってみると、かみさんが妙ににやにやしてるのさ。でもってだんなにぶちまけるんだ——毎晩置いてきぼりを喰らって、いつもいつも独りぼっちにされてるから、募る恨みを子どもたちを殺すことで晴らした、これであなたも思い知ったでしょうってな。だんなは怒り狂う。とりのぼせて、かみさんを刺しちまう。何度も何度も刺しまくってかみさんを殺しちまってから、このままだと自分が一家皆殺しの容疑者にされちまうと気づく。子どもたちも父親が殺したと思われることに。だから、かみさんの死体を家から運び出して、自殺したように見せかけた」

「マーク・グローヴァーには殺《や》れたわけがない」キャシディは頑《かたく》なに繰り返した。「彼には水も漏らさぬ鉄壁のアリバイがある。午前二時近くまで百貨店の店内で仕事をしていたことが、三人の人間によって確認されている」

「だったら、その鉄壁のアリバイってやつを洗いなおしたらどうだ？　ひょっとすりゃ、崩せないとも限らない」フロストはリズのほうに顔を向けた。「マーク・グローヴァーはまだ入院してるんだったな？」

「ええ、今日のところは。退院は明日になると聞いてます」

「よし、ちょうどいい。グローヴァーは自宅から病院に運ばれた。ってことは、昨夜着ていた服はまだそのままになってるってことだろう？　そいつを押収するんだ。科研の頭でっかちどもにも、たまには役に立ってもらおう。押収した衣類から血痕が出ないか、インチ平方単位で捜させるんだよ。あれだけの刺し傷だ、血だってそりゃもうたっぷり出たはずだからな。キャシディ、おまえさんはここに残って検視解剖に立ち会ったほうがいい。ドライズデールも追っつけ現れるだろう。おれはもう一度グローヴァーの家に寄って、科研のやつらと現場捜査の連中を待つことにする」

キャシディにしてみれば、こんなふうにフロストから頭ごなしに指示されるのは業腹だった。ジム・キャシディも、確かに一時的な措置ではあるが、今はフロストと同様、警部の職位にあるのだから。だが、この場は敢えて従うことにした。この事件はどうも一筋縄ではいきそうにない。捜査に関わった者の面目を丸潰しにしかねない失策を引き起こしそうな臭いがする。ならば、捜査の陣頭指揮はフロスト警部に執っていただくほうが、何かと好都合というものだった。「わかった、そうしよう」内務省登録の検屍官が到着するのを待つべく、キャシディは死体保管所の正面玄関のドアを抜け、なかに入った。

クレスウェル・ストリートのグローヴァーの家のまえでフロストを降ろすと、リズ・モードはそのまま病院に向かった。フロストは、現場保護の目的で配される警備の当番、弱冠二十歳《はたち》のマイク・パッカー巡査から玄関の鍵を受け取った。「ひと息入れてきていいぞ。どこかでお茶にでもありついてこい」とフロストは言った。「おれは少なくとも一時間はここにいるから」パッカーは勢い込んで頷いた。なんともありがたい申し出だった。警備の立哨はあまりにも退屈な任務だった。事件現場のまえに何もしないでただ突っ立っているだけ。話し相手にも恵まれず、口を開くのはせいぜい、好奇心に駆られた野次馬の質問をかわすときぐらい。おもての大通りにはハンバーガー・ショップがあったはずだ。パッカー巡査はそこで暖を取りながら、腹ごしらえをしてくることにした。

フロストは屋内《なか》に入り、玄関のドアを閉めた。息詰まるほどの静けさのなか、かすかな物音まで増幅して聞こえてくるような気がした。居間のドアをそっと押した。ドアは軋みをあげながら開いた。窓から通行人や野次馬にのぞき込まれることがないようカーテンを閉めてあるので、部屋のなかは暗かった。フロストは明かりをつけた。ナンシー・グローヴァーはこの部屋で殺害され、運び出されたのだろうか？　だとしたら、どこかに血痕があるはずだが、こうして見渡してみてもそれらしきものは見つからない。

居間の明かりを消し、廊下を歩いてキッチンに足を踏み入れた。昨夜使ったマグカップが、そのまま洗われた形跡もなく小さなテーブルに置きっぱなしになっていた。引きあげるときには、使ったものを片づけていくよう、あの場に居残った者に言っておくのだったと悔やまれた。キッチンの床にも、出入りする者に踏み荒らされることを懸念して、ビニールのシートが敷かれていた。フロストはその場にしゃがみ込み、シートの端をめくりあげて床の表面を見た。青と白のビニールタイル張りの床。血に染まった跡があれば眼につかないはずがない。だが、ここにもまたそれらしき痕跡は認められなかった。冷凍冷蔵庫の白くて縦にのっぺりと長い表面が、燐光を放っているように見えた。寒々しい眺めだった。扉を開けてなかをのぞいた。庫内の棚のいちばんうえの段に、ハインツのベビーフードの缶詰が食べかけのまま載っていた。

裏口のドアに近づいた。ドアに嵌め込まれたガラスの一枚が、いつぞの折かに割れてしまったからだろう。木枠に一箇所だけガラスの嵌まっていないところがあって、その風穴をふさぐため、当座しのぎにベニア板が打ちつけてあるのだが、そのベニア板は裾の部分が浮いていた。木枠に固定していた釘が抜けてしまっているからだ。そこから手を突っ込めば、ドアの内側の鍵にも簡単に手が届く。つまり誰でも簡単に外部から侵入できたということだ。そのことには昨夜も気づいていたものの、大して注意を払わなかった。昨夜の時点では、これほど込み入った事件だとは思っていなかったせいでもあった。

キッチンを出て、廊下を歩き、子ども部屋に向かった。自分のくぐもった靴音が背後から追いかけてくるように聞こえた。子ども部屋にはまだジョンソンのベビーパウダーの匂いが残っていた。フロストは、シーツを剝ぎ取られたベッドに手を伸ばした。氷よりも冷たいものに触れた気がした。部屋の奥の棚には、ぬいぐるみの動物やらゴーリー（絵本の黒人キャラクター。ゴリウォグとも呼ばれる）やら人形やらが一列に並び、むっつりと押し黙ったまま、咎め立てするようにこちらをじっと見つめてきていた。玩具の棚に背を向け、部屋を出ようとした瞬間、心臓が跳ねあがった。子どもの甲高い呼び声が聞こえてきたからだった。「ママぁ！」

　人形の声だった。床に転がっていた人形を、くそいまいましいことに踏みつぶしていたのである。フロストは人形を拾いあげて、仲間たちのいる棚に戻してやった。

　逃げるように急ぎ足で居間に入り込んだ。薄暗いなか、椅子に坐って煙草を吸った。それでもまだ動悸は鎮まらなかった。厚地のカーテンが外界の物音を遮断しているせいで、家のなかには息苦しいほど濃密な静けさがいつまでも居坐り続けている。居間の空気は冷え冷えしていた。フロストはぶるっと身を震わせた。煙草を吸いながら、いくつかのことについて考えをめぐらせていたとき、一瞬だけ子どもの笑い声が聞こえたような気がした。はっとして耳を澄ました。笑い声は聞こえなかった。慎重に聞き耳を立てて待った。それでも笑い声は聞こえてこなかった。

　玄関のドアをノックする音がした。科学捜査研究所から鑑識チームが到着したのだった。

「悪いな、間に合ってるんだ」フロストは毎度お馴染みの冗談で応じた。「せっかくだけど、押し売りからは物を買わない主義なんでね」

　専門家集団を家のなかに通すと、フロストはまた居間に戻り、彼らが為すべきことを為すに任せた。鑑識の仕事はあきれるほど緻密で、すべては秩序立てて整然と行われる。そうした作業はフロスト警部の得意とするところではなく、またそうした作業に従事する者を見ていると焦れったくなってきてしまうのだった。休憩から戻ってきたパッカー巡査が顔を出したので近隣宅を戸別訪問して、前夜、見たり聞いたりしたことをもう一度話してもらってくるよう指示した。ナンシー・グローヴァーがこの家で殺害されたとすれば、この家からあの石造りの跨線橋のところまで車で運ばれたにちがいない。そのときに使われた車を目撃した者、あるいは車の音を聞いた者がいないか、改めて確認する必要がある。

控えめなノックの音。「警部、今度はこの部屋を調べたいんですけど」鑑識チームが作業を進めるにあたって、フロスト警部ははっきり言って邪魔者であるということだった。当のフロストもそのことをひしひしと感じた。

とりあえずキッチンに移動した。鑑識チームの責任者、ハーディングが裏庭に出ていた。地境の板塀と裏手の歩道に通じる木戸を調べているようだった。フロストに気づくと、ハーディングは近づいてきて「あんたに見てもらいたいものがある」と言った。裏口のドアのことだった。割れたガラスの代わりに打ちつけてあるベニア板を、ハーディングは薄いゴムの手袋をはめた手でそっと手前に引っ張りあげ、板の底辺の部分、細かく裂けて簓《ささら》になった縁のところを指さした。ささくれ立った裂け目に赤茶色の斑点が散っていた。皮膚の断片のようなものも引っかかっていた。「このベニア板を無理やり引っ張って、隙間から手を突っ込んだやつがいたってことだ。そうやって内側の鍵を開けようとしたんだな。で、手を突っ込んだときに、このベニアの縁が牙を剝き、そいつの手の甲に嚙みついた。ざくっと、血が出るぐらい。つまり、そういう手段でこのドアを開けようとしたやつの手の甲には、見るも痛々しい引っ掻き傷ができちまったということだ」

「そいつはこの家の主人《あるじ》であってもおかしくない……あるいは、かみさんであっても」とフロストは言った。「ある日、出かけるときに玄関の鍵を持って出るのを忘れて、仕方なく非常手段で裏口から入ろうとしたのかもしれない」

「まあ、それも考えられなくはない」とハーディングは言った。「この皮膚組織を採取して、DNA検査に出しとくことはできるぞ。容疑者を見つけてきてくれ。そいつのDNAと一致するかどうか調べてやるから。おたくらが自白なんかさせなくても事足りる」

フロストは鼻を鳴らした。「科学とは、実《げ》にすばらしきものよ。おれたちお巡りが取調室で愛用してるゴム製の警棒も、じきに無用の長物になっちまいそうだな」

科学捜査研究所の鑑識チームの作業服、純白のつなぎに身を包んだ係員が二名、キッチンに入ってきた。「今度はキッチンを調べたいんですけど、警部」

誰にも邪魔されず、ゆっくりと腰をおろして考えにふけることのできる場所は、どこにもなさそうだった。事件現場の捜索は鑑識チームに任せて、フロストはバスで署まで戻った。

殺人事件の捜査本部が置かれた部屋で、ジム・キャシディがフロストの帰りを待ち受けていた。ナンシー・グローヴァーの検視解剖の結果を持ち帰ってきたのだった。「下腹部並びに胸部の心臓付近に多数の刺傷。左胸部に加えられた心臓部に達するほどの深傷が致命傷となり死亡に至る。ほぼ即死と推定される。両手の傷は防御創、襲撃者に抵抗したときについたものと判断される」

「刺し傷ってことは凶器は刃物だろう？　種類は？」

「きわめて鋭利な先端を持つ、片刃の刃物。キッチンにあった包丁ということも考えられるそうだ」

「死亡推定時刻は？」

「昨夜の午後十一時から翌午前一時のあいだ、とのことだった」

フロストのほうからは、グローヴァーの家の裏口のベニア板に引き剝がされた痕跡があった件を話して聞かせた。キャシディはとたんに眼を輝かせた。わが意を得たりと言わんばかりに。

「今度こそスネルを連行するべきだ……今すぐ」

「今ごろはもうニューカッスルに戻ってるよ」とフロストは言った。そうであってほしかった。スネルには侘び住まいのフラットに引きこもり、椅子にちんまりと腰掛けて聖書を読んでいてほしかった。手の甲には引っ掻き傷ひとつあってほしくなかった。そうあれかしと切に祈った。

「いや、戻ってない」とキャシディは言った。「ニューカッスル署に照会して確認済みだ」

フロストは窓のそとに眼を向けた。黒っぽい雨雲が厚く垂れ込め、戸外は早くも暗くなりはじめていた。「よし、わかった。〝なめくじ《スライミー》〟シドを捜してみるか。うまいこと見つかりゃ、お慰みってな」

第十章

遠くの空で、底気味の悪い雷が轟いていた。午後四時数分過ぎ、街並みにせっかちな夕闇が迫りはじめるなか、キャシディはパーネル・テラスのシドニー・スネルの家のまえに車を停めた。二基ある街灯のうち、片方しか明かりがついていなかった。もう一基には蛮行の跡が認められた。金属のカヴァーがこじ開けられ、絶縁チューブで色分けされた導線が絡みあった状態でそとに引きずり出されていた。家のなかは薄暗く、ひと筋の明かりも洩れてきていない。キャシディが玄関のドアを乱打しても、なんの返答もなかった。不恰好に膨らんだビニールのゴミ袋が五つ、玄関の脇の壁のところに、触れなば落ちん風情のしどけない恰好で積みあげてあった。

フロストは郵便受けに屈み込み、フラップを持ちあげて、なかをのぞいた。屋内特有の密度の濃い暗闇が見えただけだった。「ちょいとお邪魔して、なかの様子を見せてもらったほうがよさそうだな」

「それは名案だな、鍵を持っているのなら」とキャシディは冷笑混じりに言った。

「鍵なんてものはな、坊や、なくてもドアは開けられるんだよ。おや、あれはなんだ?」フロストは薄闇に覆われつつある通りの先を指さした。キャシディが反射的にそちらに顔を向けたとき、背後でガラスの割れる音がした。振り返ると、フロストがちょうど空《から》の牛乳瓶をしたに置いたところだった。ドアの小窓に嵌められたガラスが割れていた。「見てみろ、ここから押し入ろうとしたやつがいたようだ」とフロストは言った。「こりゃ、やっぱり、なかに入って様子を見てみたほうがいいってことだよ」ガラスの割れ目に手を差し入れ、内側から玄関の鍵を開けた。

キャシディ警部代行としては、フロストのこうした横着な捜査手法の共犯者には断じてなりたくなかった。しかしながら、この行為が第三者に知られる可能性は限りなくゼロに近い。キャシディはそう思いなおし、フロストのあとについてなかに足を踏み入れた。

玄関ホールの明かりは、フロストが試しにスウィッチを押してみたところ、ついた。ドアマットのうえに、あらかじめ文面の印刷された二通の葉書が落ちていた。一通は電力会社から、もう一通はガス会社からだった。どちらも今日の日付と検針員が午前九時に来訪した旨書き込まれていた――《使用停止の手続きと最終の検針のため、ご指定の日時にうかがいましたが、ご不在のようでした。検針員訪問の日時を改めて決めていただく必要がございます。お手数ですが、当地区を担当する支店までご連絡ください》。

ふたりは廊下を抜け、居間に移動した。テーブルに手提げ袋が載っていた。全部で六つ――どれもシドニーの母親、スネル夫人の遺品とおぼしき小間物が、ぎっしりと詰め込まれていた。キッチンの冷蔵庫からは食糧が見つかった――〈マークス&スペンサー〉の調理済みチルド食品が一食分、それとまだ封を切っていない牛乳のカートンが一本。ベッドは整えてあり、枕のうえにパジャマが丁寧に畳んで置いてあった。

フロストは箪笥の抽斗をいくつか開けてみたが、どれもなかは空っぽだった。「あの野郎は昨夜から帰ってきてない」とフロストは断定する口調で言った。「ベッドで寝た形跡もないしな」

「起きてから整えたということも考えられる」キャシディは反論した。

「そりゃ、無理があるよ、坊や。〝なめくじ〟《スライミー》シドは今日、ニューカッスルに帰ることにしてたんだ。荷造りも終わってたし、ここを引き払う準備はすっかりできていた。そういうときは、まあ、朝の起き抜けにベッドぐらいは整えるかもしれないが、パジャマを畳んで枕のうえに載っけといたりはしない。それに、起きたあとはお茶ぐらい飲むだろうから、牛乳のカートンが開いてないわけがない」フロストは考え込む顔つきになって親指の関節に歯を立てた。「あの野郎は昨夜外出したきり家には戻ってきてないんだよ。それは、なぜか？」

「改めて考えるまでもない」キャシディはぴしゃりと言った。「わかりきったことじゃないか。グローヴァー家の子どもたちを殺害し、しかるのち子どもたちの母親も殺害し、目下逃走中だからだ」

「いや、坊や、そいつは買えないな。だったら、なぜ、母親が自殺したように見せかけなくちゃならない？　それじゃ理屈がとおらないだろう？」

「そうやって合理的な意味づけを求めること自体に無理がある。相手は常人とは異なる精神構造の持ち主なんだから」

「ならば百歩譲って、〝なめくじ《スライミー》〟シドが母親を殺害して、自殺に見せかけるために鉄道の線路に投げ落としたんだとしよう。せっかく手間暇かけて隠蔽工作をしたのに、どうして大慌てでとんずらこいたりしたんだい？」

「それは、投げ落とした死体が列車に撥ね飛ばされるところを目撃したからだろう。意図したほどの損傷が生じなかったからだ。轢死体になってしまえばナイフの刺し傷は発見されずにすむと考えたのに、事は思惑どおりに運ばなかった。だから逃走を図った」

フロストはキャシディの唱えた説を吟味した。可能性が皆無ではないという点においては、フロスト自身が思いついたいくつかの荒唐無稽にして愚にもつかない筋書きとどっこいどっこいという気がした。キャシディの説に従えば、これまで針や刃物の先端を突き刺し、血が盛りあがってくるのを見るだけで満足していた男が、突如として狂気に駆られた大量殺人鬼に変貌を遂げたということになる。キッチンを通りしな、テーブルに置いてあった手提げ袋のひとつをのぞいた。いちばんうえに銀の写真立てに入った写真が載っていた。男児用の船員服を着込み、洗いたての顔に髪をぺったりと梳かしつけた八歳ぐらいのシドニー・スネルが、まだ若々しい母親の手を握っている写真だった。浮き世の穢れを知らない純真な幼子……その子が長じてのち、変態野郎と成り果てるとは。「わかったよ」フロストは溜め息をついた。「ニューカッスル署に要請を出せ。スネルの自宅《やさ》を張って、野郎がひょっこり姿を現したら、殺人の容疑でしょっぴいてもらうんだ。こっちでも全パトロールに緊急無線を流すよう司令室に伝えろ——スネルを見かけたらその場でふん捕まえろってな」最後にもう一度、屋内を見渡した。

「それからここにも定期的に巡回をかけるように言っとくんだな。スネルの野郎が、牛乳を飲みたくなって戻ってこないとも限らないから」

ふたりの刑事が家から出てきて玄関のドアを閉めた音が、人通りの途絶えた通りに響いた。ふたりの乗り込んだ車が通りの角を曲がって見えなくなると、向かいの廃屋の陰からひとりの男が人目をはばかるように音もなく滑り出てきた。シドニー・スネルだった。スネルは恐怖に震えていた。前夜のうちに荷造りしておいた母親の遺品を持ち出すために戻ってきたのだが、家に入ろうとしたとき、第六感が働いた――待て、しばし。そこで向かいの廃屋に身を潜めて様子をうかがうことにしたのだった。フロストがキャシディとかいう刑事を引き連れて現れたときには、全身の毛穴という毛穴から冷たい汗が噴き出した。おまけにふたりは家のなかに無理やり押し入ったのだ。警察の車が走り去り、エンジンの音ももう聞こえなくなっていたが、それでもスネルは意を決しかねていた。思い切って家に駆け込んでしまおうか？　いや、あの連中のことだ、引きあげたと見せかけて通りの角に隠れ、スネルがなんらかの愚挙に出るのを待ち構えているのかもしれなかった。たとえば、自宅に慌てて駆け戻るというような。スネルは疲れ果てていた。腹も減っていた。昨晩は一睡もできなかったし……。手の甲の傷口から、また血がにじみ出していた。傷口に唇をつけて血をひと吸いしてから、包帯代わりの薄汚れたハンカチをきつく巻きなおした。どうしよう？　踏ん切りがつかないまま、スネルは神に答えを求めた。神よ、あたしはどうすればいいのでしょう……

署の正面玄関を抜けてロビーに足を踏み入れたとたん、フロストは老女の熱烈な出迎えを受けることとなった。老女はフロスト警部の帰還を、今や遅しと待ちかねていたのである。彼女は眼をきらきらと輝かせ、今にも駆けだしそうな勢いで近寄ってきた。「取り返してくださったのね？　巡査部長さんから聞きましたよ、あなたが取り返してくださったって」

　フロストはとりあえず笑みを浮かべたが、実を言えば、かなりまごついていた。そもそも、相手がどこの誰かということも、さっぱりわかっていなかった。いったい全体、どこの……そこでようやく思い出した。そう、亭主の勲章を盗まれたと言ってきたミラーという婆さまだ。なんとまあ――フロストは音を立てずに溜め息をついた。レミー・ホクストン宅の水洗タンクの奥から〝お宝〟をどっさり押収してきたというのに、まだろくに検めていなかった。時間があまりにも足らなくて。「勲章のことですね――ええ、奥さん、見つかりましたよ。あとは、お宅から盗まれた勲章に間違いないってことを、正式に確認してもらえれば……」

　フロストは老女を第一取調室に通し、バートンが押収品を入れた大きな段ボール箱を運んでくるのをふたりして待った。勲章を納めた黒い模造皮革《レキシン》張りの小箱は、押収品の山の比較的うえのほうの堆積層に埋もれていたが、がらくたも同然のほかの押収品とは格が違うのだから、山のてっぺんに載せる程度の配慮では不充分というものだった。フロストは小箱を老女に手渡した。

　老女は満面に歓喜の笑みを浮かべた。「こうしてまた、めぐり合えるなんて。ほんとに、もう、ほんとに……」望外の幸運を訴えるうちに、歓びのすすり泣きが混じった。老女は小箱を開けて空軍殊勲章《DFM》を取り出すと、愛おしくてならないといった手つきで頬に押し当てた。「主人はきっと、これだけは息子に遺してやりたかったと思うんです。子どもが生まれることになってたから。でも、空襲で……うちは爆弾の直撃を受けたもんだから、わたし、流産してしまったんです。お医者さまは言ってたわ、赤ちゃんは男の子だったって」

フロストは神妙な顔つきで頷くと、この勲章は捜査の必要上、もうしばらく警察で預からせてもらう必要があると言った。「なに、奥さん、心配には及びませんよ。何しろ警察署で預かるんだから、安全なことこのうえなしです。おれもしっかり目を光らせてるし」しっかり目を光らせる？　フロスト警部としては苦笑を禁じ得なかった。スタンフィールド家から盗まれたとされる四万ポンド相当の装身具類に眼を光らせていたように？　そういえば……フロストはその一件で、お楽しみを先延ばしにしていたことを思い出した。高価な宝飾品を無人のオフィスに放置しておいた科《とが》で、マレットに呼び出しを喰らっていたのだった。

「……そのうえ、写真まで見つけてくださったんですもの。ほっとしたなんてもんじゃありませんよ。これで胸の支《つか》えがおりました」

写真？　この婆さまはいったい全体、なんのことを言っているのか？

押収品を入れた段ボール箱には、確かに、何冊かの小型写真帳も輪ゴムで束ねて突っ込んであった。それについても、フロストはざっと眼を通しただけだった。おおむね家族のスナップ写真のようだったから。どうやらレミーは、当たるを幸い、価値のあるなしにかかわらず、盗み出してきたものと思われた。

老女は束のなかからいちばんうえに重ねてあった写真帳を引き抜いて、ページを繰っていた。「こういう写真が渡ってはいけない人の手に渡ってしまったら、と思うと、気が気ではなかったもんだから」陰謀でも持ちかけるようにフロストに片眼をつむってみせてから、バートンに向かって顎をしゃくった。「こちらの方はもう、こういうものをご覧になっても差し支えないお年齢《とし》かしら？」老女はそう言って写真帳を差し出した。

フロストは欠伸《あくび》を嚙みころしつつ、写真帳を受け取った。家族を写したモノクロの写真ばかりと思いきや……フロストは不意に居住まいを正した。「なんとまあ！」

それもまた絵葉書サイズのモノクロ写真にはちがいなかった。が、のちのち家族で見て懐かしむ目的で撮影されたものではなかった。被写体は黒髪の小柄な若い娘。撮影場所は寝室。娘は一糸まとわぬ姿だった。「なんとまあ！」フロストはもう一度言った。写真の娘は胸の膨らみを両手で押さえていた。大きく拡げた指のあいだから、薔薇の蕾《つぼみ》かと見まがう乳首をのぞかせて。次の写真ではカメラに背中を向け、鑑賞に充分堪える引き締まった臀部を惜しげもなくさらしながら、肩越しに上目遣いでこちらを見ていた。フロストは写真の娘をじっと見つめ……次の瞬間、あんぐりと口を開けた。被写体の正体に気づいたからだった。フロストはミラー夫人を指さした。「これは、奥さん、あんただ！」

悪戯を見つかってしまった少女のような仕種で、ミラー夫人は頷いた。「主人が自分で現像したんです。空軍《RAF》にいましたから、写真の撮影を専門にしていた部署から薬品とか印画紙とかをよく分けてもらってきてました。そういうものは、戦時中はなかなか手に入らない貴重品でしたからね」

「なんとまあ！」その間投詞を発するのは、それで三度めにもかかわらず、フロストはまた言った。「いやあ、小粒だけどダイナマイト級だな、これは。震いつきたくなるようないい女ってやつだったんだね、奥さんは」フロストは写真をバートンに回覧し、バートンはにやりと笑うことで、フロスト警部と同意見だということを示した。甚だ名残惜しいことではあったが、フロストは写真を元どおり写真帳に挟み込んだ。「これは持ち帰ってください、奥さん。そうしてもらったほうがいい。こんなものを置いていかれた日には、うちの連中はひとり残らず、不埒な衝動に駆られちまうよ」

ミラー夫人は写真帳をハンドバッグにしまい込み、ぱちんという音と共に口金をしっかりと閉めた。「これでおわかりになったでしょう？　わたしだって、生まれたときからこんなお婆ちゃんだったわけじゃないのよ」過ぎ去ったものをしみじみと懐かしむ口調で、彼女は言った。

「いやあ、よかったですよ、おれがまだ生まれてなくて」とフロストは言った。「おれがそういうお年頃だったら、ご主人に勝ち目はなかっただろうからね」ミラー夫人を正面玄関から送り出し、取調室に戻ると、バートンが押収物品をまた段ボール箱に戻しているところだった。

「待て、待て、坊や」とフロストは言った。「レミーのやつはほかにどんな珍宝秘宝を溜め込んでたのか、ちょいとのぞいてみようじゃないか」

古びたチョコレートの空き箱にも、ポルノまがいの写真がしまい込まれていた。子どもが被写体になっているものもあった。婦人物の下着を身につけた男の組み写真などというものも見つかった。フロストはそれをバートンに見せて言った。「このフリルのどっさりついたズロースなんか、おれとしてはけっこうぐっとくるけど、こんな顎鬚があっちゃな。一発で萎えちまう」押収品には手紙類も含まれていた。フロストは試しに一通を抜き取って読んでみた。最後まで眼を通すと、低く口笛を吹いた。「こいつには、差出人の女の亭主が留守にしてる間に、ふたりしていかなる行為に及んだか、そりゃもう、舐めまわすように詳しく再現してあるよ」とフロストは言った。「ちなみに、おれが今、舐めまわす、という動詞を用いたのは、手紙に述べられた行為の性質に鑑みてのことだからな」

「こっちのにも、けっこう大胆なことが書いてありますよ」バートンはそう言うと、薄緑の地に未裁断の縁がついた私信用の便箋を掲げてみせた。

フロストはもう一通手に取った。封筒ごと保管されていたもので、封筒の表に受取人の住所氏名が記されていた。フロストにも見覚えのある所番地が。封筒の中身は書状とポラロイド・カメラで撮影されたと思われる、肘掛け椅子に向かって屈み込む女のカラー写真。骨格のがっしりした大柄な女だった。スカートをまくりあげ、下着を足首までずり落とした恰好で、剝き出しの臀部を突き出していた。そこに大学の式典でかぶるような角帽にガウン姿の男が覆いかぶさるように立ち、革の長い鞭を振りあげている。フロストは書状にざっと眼を通した。差出人の男は、翌日の夕刻に立ち寄る予定でいることと、言うことを聞かないいけない子にはどういう罰を与えることにしているか、具体的に書き記していた。男の氏名と住所は、便箋にも封筒にも書かれていなかった。手紙には女が男に宛てた手紙のカーボンコピーがホチキスで留めてあり、そこには一別以来自分がどれほどいけない子だったたか、事細かく説明されていた。

「ひと昔まえの娼婦ってのも、なかなかどうして、やるもんだ」バートンは鼻を鳴らした。

「あいにくだが、坊や、このご婦人はひと昔まえの娼婦なんかじゃない」フロストはバートンの発言を訂正した。「こちらさんは歴とした公務員だよ、今はもう退職しちまってるけど。チャーター・ストリート界隈の豪邸にお住まいでいらっしゃる」

「ご存じなんですか、警部?」

「客としてもてなしてもらったわけじゃないけどな。おまえさんだって知ってるはずだよ、坊や。マレットのかみさんのお仲間って言えば思い出さないかい? マレットのかみさんと同じ病院の委員会だかなんだかでボランティアをしてるとかいう女だよ。水道会社の作業員を名乗る男が訪ねてきたあと、寝室から金目のものがなくなってたと通報してきたのに——」

「ああ、思い出した」フロストのことばを遮って、バートンは言った。「その翌日、あれは自分の勘違いで、よく調べてみたら何も盗まれたものはなかった、と言ってきた女ですね」

「そう、その女だよ」フロストは頷いた。「あのときは、それで納得しちまったけど——『ああ、そうでしたか、そりゃ、よかった』で、すませちまったけど、実は脅迫されてたんだな。要求どおり現金《かね》を支払え、さもないとお宅で見つけた写真を教区の牧師のとこに送りつけるぞ、とかなんとか、それに類するようなことを言われてたんだ」写真を手元に引き寄せ、改めてじっくりと見入った。背後でドアの開く音がした。

「フロスト警部!」

フロストはうめいた。辛抱が足らないことにかけては、角縁眼鏡のマネキン野郎の右に出る者はない。盗難の被害届が出されていた宝飾品を無人のオフィスに放置した件でフロスト警部を手厳しく叱責できる好機到来と見るや、待ちきれずにこうして御大自らお出ましになる。さも驚いたような顔をして、フロストは振り返った。「おや、警視《スーパー》、ちょうど今から会いにいこうと思ってたとこですよ」手に持った写真を、マレットにも見えるよう掲げた。「消去法ってやつで対象者を絞ろうと思ってね。で、お訊きしたいんですよ。この角帽をかぶってる男なんだけど、ひょっとして警視《スーパー》ってことはないかな？」

マレットはちらりと写真に眼を遣り、一瞬ののち、激怒のあまり顔面に朱を注いだ。「わかりきったことを訊くものではない。わたしではないことぐらい自明の理ではないか。それより、フロスト警部はわたしの執務室へ——今すぐ、大至急！」

椅子に坐ったフロストをまえに、マレットのめりはりに欠けた、ただ愚痴っぽいだけの説教は延々と続いた。それに神妙に聞き入っているふりをしながら、フロストの意識ははるか遠くをさまよっていた。耳の濾過装置を稼働させ、マレットがくどくどと垂れ流す小言を遮断しつつ、今し方知り得た事柄について考えをめぐらせた。マレットの奥方のお仲間が脅迫を受けていたとすれば、レミー・ホクストンの水道会社作業員詐称及び侵入窃盗のほかの被害者たちも同様に、寝室から盗まれたもろもろの物品をネタに強請《ゆす》られていた可能性がきわめて高い。要するにレミーは泥棒だけではなく、恐喝行為にも手を染めていたということだ。恐喝行為は殺人を招く強力な動機たり得る。被害者のひとりが、もうたくさんだ、と考えたのかもしれなかった。フロストは聴覚の栓をそろそろと少しだけ緩めた。マレットの説教はまだ続いていた。

「……そうした行為は断じて許しがたい。少なくとも、わたしが統括する署にあっては、かかる態度は警察官として……」

フロストは再び耳のスウィッチをオフにした。まず第一にすべきことは、マレットの奥方のお仲間であらせられるというこの女のところに話を聞きにいくことだった。レミー・ホクストンが死体で発見された件について、納得のいく説明ができる人物か否かを見定めることだった。だから、そう、フロスト警部としては一刻も早く、この説教地獄から解放される必要がある。いい加減にしろ、この舌長眼鏡猿、爺さんの小便みたいにいつまでもだらだら喋ってないで、さっさと切りあげて……ふと気がつくと、歓迎すべき沈黙が訪れていた。さしものマレットもようやく口をつぐみ、物問いたげな眼でこちらをじっと見つめていた。

「それだけですか、おっしゃりたいことは？　だったら、よくわかりました、署長。いやあ、ほんとに、おれとしたことが。以後気をつけますよ、そりゃ、もう肝に銘じて」〝お宝物《たから》〟の入った袋を引ったくるようにして手に取ると、フロストはそそくさとドアに向かった。マレットが叱責の種をこれ以上思いつかないうちに、脱出してしまうつもりだった。

「待ちたまえ」

その声音には、フロスト警部といえども、無視しがたい響きがこもっていた。「どうかしましたか？」

「先ほど、きみに見せられた写真だが……なんというか、その、どことなく見覚えがあるような気がしたもんでね」

「ああ、ご心配には及びませんよ、警視《スーパー》。捜査の過程で警視《スーパー》の名前が出てきたりしないよう、最大限の努力をしますから」

マレットは唇をきっと引き結ぶと、ポラロイド写真の引き渡しを求めて片手を突き出した。

「もう一度見せてみたまえ」受け取った写真をひとしきり眺めてから、おもむろに眼鏡をはずすと、左右のレンズを丁寧にことさら時間をかけて磨いた。「これは……ロバーツ夫人だよ」

「おお、さすが慧眼！」とフロストは大声を張りあげた。「おれだったら、とても、とても。この剝き出しのおけつだけじゃ、どこの誰やらさっぱりわからなかった……と言っても、もちろん、この人のおけつを拝んだことがあるわけじゃないけど」

マレットは赤面した。「部屋に見覚えがあったんだ」とぴしゃりと言った。

「わかってますよ、警視《スーパー》」とフロストは言った。「警視《スーパー》のおっしゃりたいことは、よくわかってるから」

マレットはフロストを睨みつけた。「家内とふたりで何度も訪ねたことがある、という意味だ。だから、その写真に写っている絵画やら、本棚やらを見て、見覚えがあるような気がした、ということだ」

「わかりました、署長。では、そういうことにしときましょう」とフロストは言った。なお一層マレットを苛立たせるべく、そこはかとなく疑いの余韻を残して。「それじゃ、もしかすると警視《スーパー》はこの椅子に――こちらのご婦人がおっぱいをすりつけてる、まさにこの椅子に、坐ったかもしれないってことだね。この人が興奮のあまり、涎なんか垂らしてないことを祈りますよ」

マレットはうんざりした顔で眼をこすり、眼鏡をかけなおした。「いいかね、フロスト警部、きみはよくわかっていないようだが、これは非常に厄介であり、きわめて気まずい状況が出来《しゅったい》してしまった、ということなのだよ。ロバーツ夫人はわたしの個人的に親しい友人であり、この市《まち》の要職に就いていたこともある。いわゆる大物とされている人物なのだよ」

「けつまわりのほうも、なかなかどうして、大物だしね」とフロストは言った。

その発言は黙殺された。マレットはポラロイド写真のほうを漠然と身振りで指しながら言った。「それをどうするつもりだね？」

「とりあえず、こちらさんのお宅を訪ねて、当人に見てもらおうと思ってますよ」

マレットはデスクの天板に眼を凝らし、穴が穿《あ》くほど一心に見つめた末に、万年筆の置き位置を一インチの数分の一ほど横に移動させた。「考えてみたんだがね、警部、この件はわたしが対処したほうがいいように思うんだ。ロバーツ夫人は寛大で何かと頼りになる友人だが、執念深い難敵にもなり得る人物でね。その写真をわたしから返却し、われわれとしては夫人の名前を表沙汰にするつもりはないことを伝えておけば、今後の彼我の関係において大きなプラス要因として働くんじゃなかろうか。何かの折に、そうした繋がりが役に立たないとも限らないからね」

「せっかくだけど、警視《スーパー》、そうもいかなくてね」とフロストは言った。「救援は遅きに失したってやつです。夫人はとっくのとんまに強請《ゆすり》の標的にされちまってますよ。少なくとも、おれはそう睨んでる。もっと言っちまえば、そういう経緯があったればこそ、レミー・ホクストンは殺される羽目に陥ったんじゃないかってね」フロストはその関連性について説明した。マレットの困惑は、なお一層深まったようだった。

「この件は事件という扱いにはしてほしくない、それがわたしの正直な気持ちだ。このご婦人が殺人事件に関与しているなどということは、まず絶対にあり得ない。ああ、断言してもいい。考えてもみたまえ、フロスト警部、相手はわが家とは家族ぐるみで親交のある友人なんだぞ！」

フロストはどうも解せないという表情で応じた。「おや、そいつは新しい裁判官規則（警察官の被疑者への行動を規制する規則）かなんかですか——おれは聞いてないけどな。相手が警視《スーパー》の親しい友人だった場合は、そいつがたとえ殺人事件の容疑者であっても事情聴取はまかりならんってことになったんですね？」

マレットは眉間に怒りの縦皺を刻み、デスクのうえに身を乗り出した。「そういう意味ではない。それぐらい、きみだって、重々わかっているはずだ。必要な事情聴取は、無論、行われなくてはならない。万々一、まずもってあり得ないことだが、夫人の関与が疑われるということであれば、わたしとて事情聴取を邪魔だてする気はない。全面的に許可しよう。だが、思わしい結果が得られなかった場合、それに付随してデントン警察署の威信に関わる事態が派生した場合、この際はっきり申し渡しておくが、わたしとしては責任の所在を曖昧にする気はない。

きみの過失として徹底的に糾弾するから、そのつもりでいたまえ」

フロストはポラロイド写真を回収し、ポケットにしまった。マレットが保身を図るのは今に始まったことではない。事態がどちらに転んでも自分だけは無傷でいられるよう、今回もまた周到な予防線を張ったというわけだった。「やっぱり、思ったとおりだった」とフロストは言った。「警視《スーパー》なら全面的に後押ししてくれると信じてたんだ」

行きがけに捜査本部の部屋に立ち寄り、バートンを呼び寄せて同行を求めた。ロバーツ夫人は女にしては大柄だった。単身、渡りあう気にはなれなかった。


エミリー・ロバーツ夫人はチャーター・ストリートのはずれの二戸建てのテラスハウスに住んでいた。デントン警察署の二名の刑事は形よく刈り込まれた生け垣を抜け、手入れの行き届いた前庭を通ってポーチにあがり、玄関のまえに立った。明かり窓には鉛の枠を支えに色つきガラスが嵌め込まれていた。呼び鈴の座金の真鍮も、鈍い光沢《つや》を放つほど丹念に磨き立てられている。フロストは指の腹を密着させて呼び鈴を押した。座金に指の跡が残った。しばらくして玄関が、警戒心もあらわに、ドア・チェーンの長さの分だけ開いた。フロスト警部の身分証明書を以てしても、屋内への立ち入りは許可されなかった。ロバーツ夫人は呈示された身分証明書を引ったくるようにして受け取ると、いったんその場を離れた。刑事を名乗る二名の男が詐欺師ではないことを確認するため、デントン警察署に確認の電話をかけたのである。水道会社の作業員を詐称してきた男のことを、ロバーツ夫人は忘れていなかった。それでも、あの男はまだそれらしい恰好をしていた。水道会社の作業員に見えなくもない恰好を。なのに、このむさくるしいなりをした男は、どこからどう見ても警察官には見えなかった。不作法に突き出して寄越した身分証明書も、なんと、端が折れ曲がってしまっている。

相手が出ると、ロバーツ夫人はデントン警察署の署長であり親しい友人でもあるスタンレー・マレットに話があるので、電話を繋ぐよう要求した。電話に出てきたマレットは、どことなく苛立っているような声で、フロストというのは確かにデントン警察署の警部だが、警部が目下どの事件の捜査に当たっているかについては、明確に把握しているわけではないと言った。

屋内に入るに当たって、二名の警察官は玄関先で靴底を丹念に拭うよう命じられた。フロストはきわめておざなりにその命令に従い、その後居間まで連行された。暖炉のある居間だった。石炭が陽気な炎を躍らせていた。ロバーツ夫人の心積もりでは、ふたりには座面の硬い木の椅子を勧めるつもりだったのだが、むさくるしいなりをした男はいち早く皮革張りの大きな肘掛け椅子のほうに歩み寄った。「すてきな椅子ですね」ゆったりとした座面に腰を沈めながら、フロストという警部は言った。「坐り心地も満点だ——皮革だって、ほら、こんなにぱっちー《スパン》んとしてて《キング》新品並みじゃないですか」

エミリー・ロバーツは心臓の鼓動のリズムがまるまる一拍分、抜けたような気がした。考えすぎだろうか？　それとも、この男は今、故意に〝ぱっちーんとしてて《スパンキング》〟などという妙なことば遣いをしたのだろうか（スパンキングには、お仕置きとして尻を叩くという意味もある）？　ロバーツ夫人はひとまず冷淡な笑みを浮かべた。「それで、本日はどういうご用向きで、拙宅においでになったのでしょう？」

室内の様子は、まさに写真のとおりだったが、女は……大柄で、骨太で、ツイードのパンツスーツという男のようななりをした女は、子どもっぽいことばで〝先生〟にお仕置きをねだる、あの手紙の書き手と同一人物とはにわかには信じられなかった。両者のあいだには何光年もの隔たりがあるように思われた。「数ヶ月まえのことになりますが、盗難の被害届をお出しになりましたね、ロバーツ夫人」とフロストは言った。彼女にはできることなら腰をおろしてほしかった。こんなふうに眼のまえに、ぬっと突っ立っていられると、見あげるようにして話をしなくてはならない。そのうち首の筋を違えてしまいそうだった。

優雅な手のひと振りで、エミリー・ロバーツは愚かしい些事の蒸し返しを退けた。「あれは勘違いでした。気づいた時点でおたくの署員の方にもお話し申しあげたはずですけど」

「気になるんですよ、本当に勘違いだったんだろうかって」

エミリー・ロバーツはわけがわからないという顔をした。「どういう意味でしょう?」

「われわれとしては、あの事件は実際にあったものと考えてるんです。あなたが通報なさったとおり。しかし、通報してしまってから、あなたは犯人があるものを盗んでいったことに気づいた。警察にはその存在を知られたくないようなものを」

ロバーツ夫人は背筋をすっと伸ばし、威圧感をいや増したその巨体をフロストの眼のまえに立ちはだからせた。「いいえ、盗難事件はありませんでした。何も盗まれておりませんもの。あいにくだわ、お役に立てなくて」

「あなたも腰をおろしたらどうです?」とフロストは言った。「それとも、まだ〝お尻のほっぺちゃん〟がひりひり痛むのかな?」

ロバーツ夫人はことばもなく、眼のまえの相手をじっと凝視した。最初は聞き間違いかとも思ったが、フロスト警部は封筒入りの手紙と写真を取り出してきた。エミリー・ロバーツは息を呑み、ただもう呆然と眼を瞠《みは》った。

「正面を向いた顔が写ってるわけじゃないけど」とフロストは言った。「われわれは、ここに写っているご婦人はあなただと考えてましてね」

エミリー・ロバーツは写真を奪い取ろうとしたが、フロストは手を引っ込めた。「よくも、まあ……!」とロバーツ夫人は低く押しころした声で言った。「ほんとに、よくも、まあ……!」夫人は開けかけた口をつぐんだ。言うべきことばはほかに見つからなかった。

「運が悪かったとしか言いようがない」まんざら心がこもっていなくもない口調で、フロストは言った。「気の毒だとは思うけど、ひとつ石ころをひっくり返しちまうと、そのしたからぞっとしないものがうようよ這い出してくるものなんです。捜査の必要上、ここでいくつか、はっきりさせておきたいことがありましてね」

「お話しすることはありません」エミリー・ロバーツは挑戦的に言い放つと、フロストと向かいあう位置にあった肘掛け椅子に腰をおろし、胸のまえで腕を組んだ。

「いいでしょう」とフロストは言った。「では、暖炉の火に灰をかぶせて、帽子とコートを取ってきてください。続きは署でってことにしましょうや。うちの署は、プライヴァシーってことでは残念ながら万全の配慮が行き届いてるとは言いがたいけど、でも、まあ、あなたにしてみれば屁でもないことでしょうな。ご自分のなさってきたことには、なんら疾《やま》しい点はないんだろうから」

ロバーツ夫人は何も言わなかったが、挑戦的な物腰は見受けられなくなっていた。

フロストはバートンが持参したフォルダーを受け取り、開いた。「本年八月五日、あなたは個人的に親交のあるマレット署長に電話をかけ、盗難の被害に遭ったと訴えた。水道会社の作業員になりすました男がお宅にまんまとあがり込み、そいつが帰っていったあと、寝室から貴重品がなくなっていることに気づいた、と。あなたがその電話をかけてからおよそ二十分後、デントン警察署のハンロン部長刑事が訪ねてきて、盗まれた品目のリストをあなたから受け取った——ブローチが数点、真珠のネックレス、金張りのコンパクト、銀の腕輪、各一点ずつ。被害総額は現金換算で二千ポンド近く」

フロストは、フォルダーに挟み込まれていた件《くだん》のリストを引っ張り出した。「これです、あなたが盗難の被害届を出したときのリストです」相手に見えるよう、フロストはリストを掲げた。エミリー・ロバーツは正面をじっと見据えたまま、その視線を微動だにさせなかった。リストなど端から存在していないかのように。

「その後、あなたにとってとても大事な友人であるマレット署長はおれを呼び出し、本窃盗事件の解決と犯人逮捕を最優先事項と心得て全力を挙げて取り組むよう命じた。ところが、そのすぐ翌日、あなたは電話をかけてきた。その後、供述書に署名もしている——この供述書です」ロバーツ夫人の眼のまえで、先ほどとは別の書面が振られた。「これには、今回の盗難事件はすべて勘違いで、盗まれた物品など一点もなかったことが判明した、と書かれている。そう、所定の場所になかったものだから盗難の被害に遭ったと思ってしまったが、実はしまい場所を間違えていただけで、盗まれたと思っていたものは別の抽斗から出てきた、とね。マレット署長はおれに引きあげを命じ、おれは即刻従った」フロストは二通の書面をフォルダーに戻した。「怠慢でしたよ。おれは日頃から仕事熱心ってわけじゃないけど、それでもせめて裏取りぐらいはしておくべきだった。あなたが別の抽斗から出てきたと主張している品々を、その現物を、見せてほしいと頼むべきだった」フロストは屈託のかけらもない笑顔を夫人に向けて言った。「どうでしょう、ものは相談ですが、今この場で見せていただくというのは？」

ロバーツ夫人はフロストにひたと視線を据え、ひとしきり見つめたところでその視線を床に落とした。「お断りします」

「リストの品々は、やはり盗まれたんですね？」

「……ええ」

「だったら、なぜ、盗難は勘違いだったなどと言ったんです？」

エミリー・ロバーツは肘掛け椅子から立ちあがり、小さなコーヒーテーブルのところまで歩くと、黒地に金をあしらった漆塗りの箱から煙草を取り出し、オニキスのライターで火をつけた。フロストも自前の煙草に火をつけた。ロバーツ夫人はこちらに向きなおって言った。「事件のあった晩、電話がかかってきました。男からでした。その男は、あの手紙の一部分を読みあげ、これこれこういう場面を写した写真も持っていると言いました。そして、実は手紙と写真を報道機関に送りつけることを考えているところだけど、もしかすると、わたしのほうにも買い戻したいという気持ちがあるんじゃないか、と言ったんです」そこでことばを切り、煙草の煙を深々と吸い込んだ。「わたしは、売り値はいくらかと訊きました。五百ポンド用意しろと言われました、使い古しの紙幣で。それで支払いに応じると返事をしたんです」夫人は煙草を揉み消した。

「で……？」フロストは話を続けるよう促した。

「ステイシー・ストリートのバス停の隣に小型のゴミ集積器が設置してあるから、用意した現金を封筒に入れ、そのゴミ集積器と停留所の壁との隙間に押し込んでおけ、と言われました。そして次の日になったら、同じところに行ってみろ、と。同じところに手紙と写真を突っ込んでおくから、と」

「それで？」

「言われたとおりにしたわ。指示されたとおり、現金を入れた封筒を置いてきました。でも、次の日に行ってみると、現金はまだそこにあったんです。回収されないまま、放置されていたんです。その翌日も同じでした。わたしは現金を持ち帰り、男から電話がかかってくるのを待ちました。でも、以降二度と連絡はなかった」

「持ち帰ってきた金《かね》は？」

「また銀行に預けました」

「銀行口座の取引明細書は保存してありますか？」

ロバーツ夫人は無言でフロストをひと睨みすると、オークの化粧板を張ったライティング・デスクに近づき、いちばんうえの抽斗から書類を何枚か取り出した。フロストはその書類を受け取ると、バートンにまわした。

「わたしが嘘をついていると思ってらっしゃるのね、警部?」冷ややかな口調で彼女は尋ねた。

「お巡りってのは、話を聞いた相手から嘘をつかれるのが仕事みたいなもんだからね」フロストは慎ましやかに言った。「窃盗の被害に遭ったのに、遭ってないと言われてみたり」バートンを見遣り、目顔で返答を求めた。バートンは黙って頷いた。エミリー・ロバーツの主張どおり、出金と入金の記録が残っていた。

フロストはレミー・ホクストンの逮捕時に撮影された顔写真を差し出した。「この男でしたか、お宅にあがり込んで窃盗を働いたのは?」

ロバーツ夫人は写真を注意深く眺めた。「そのような気がします……確かにそうかと言われると困るけれど。あのときは、そんなに注意して見ていたわけではありませんから。でも、そういうものでしょう? 自宅《うち》に訪ねてきた作業員の顔なんて、誰も正確には覚えてやしないわ」

「では、この男をあなたが最後に見たのは、お宅を出ていったとき——ええと……」フロストはファイルの報告書を参照した。「——八月五日だ。あなたが盗難の被害届を提出した日、盗難は勘違いだったと再度、連絡しなおしてきた日の前日のことですね?」

「はい、そうです」

「われわれは、その男が翌日もう一度、ここを訪ねてきたんじゃないかと踏んでるんだけど」

とフロストは言った。「あなたに金《かね》を要求し、支払いに応じなければ、写真と手紙を報道機関に送りつける、と脅迫しにきたんじゃないかと考えてるんです」

「そのことは、先ほどお話ししたと思います」

「でも、本当に本当のことを話してくれてたんでしょうかね？」フロストは疑義をただした。

「わたし、自分のことばが疑われることには慣れておりません。それから、どういうわけでこうしたことをわたしにお訊きになるのか、せめてそのぐらい教えていただかないことには。それが社会人として当然尽くすべき礼というものでしょう？　それがおわかりにならないような方には、これ以上はもうひと言たりともお話ししたくありません」ロバーツ夫人はぴしゃりと言い放った。

フロストはこうした際の奥の手、譲歩と寛容の笑みを浮かべた。「ごもっとも。今、写真で確認していただいた男は、レミー・ホクストンといいます。わかりやすく言えば、悪党です。前科《まえ》もたっぷりある。その男が自宅に隠していた盗品を押収したんです。で、そのなかにあなたの手紙と写真が交じってた。宝石やら値の張りそうな小間物なんかも出てきましたよ。盗難は勘違いだったという話を聞いていなけりゃ、思わずあなたのものかと錯覚してしまいそうな宝石やら小間物なんかも」

「警部、口をつぐんでいなくてはならない理由は、もうなくなったんです。ええ、ええ、わたしは盗難の被害に遭いました。先ほど認めたじゃないですか」

「そういえば、まだお話ししていませんでしたね」とフロストは言った。大して重要でもないことだが、ふと思いついたので口にしてみたというような口調で。「そもそも、われわれがレミー・ホクストンの自宅を訪ねていった理由ですよ。お聞きになりたいんじゃないですか？」

「いいえ、特に知りたいとも思いません。でも、そう申しあげたところで、結局は話すおつもりなんでしょうけれど」エミリー・ロバーツは無表情に言った。

フロストは煙草の煙を一服深々と吸い込んだ。「それは、とある人物の住まいの裏庭で、蛆《うじ》虫《むし》の餌になっていたレミーの腐乱死体が発見されたからなんです。何者かがレミーを殺したんです。おそらくは、そう、脅迫から逃れようとした者が」

エミリー・ロバーツは口をあんぐりと開け、フロストの顔をまじまじと見つめた。顔から血の気が引いていた。「何者かが殺したって、それは……？　まさか、疑っていらっしゃるの、このわたしのことを……？」

「いけませんか？」とフロストは言った。「おれだったら、あんな人間の屑はさっさと殺しちまうけどな。殺しても、まずばれそうにないとなりゃ、なおのこと」

ロバーツ夫人は火掻き棒を手に取り、暖炉で燃えている石炭を叩いて崩しはじめた。石炭をフロスト警部の頭蓋骨に見立てているのかもしれなかった。「事の顚末はお話ししました。これ以上申しあげることはありません。わたしの所有物をお持ちだそうですね。では、それを返してください」

「いずれお返ししますよ、ロバーツ夫人、しかるべき時がきたら」フロストは眼を細くすがめ、エミリー・ロバーツという女をとっくりと観察した。がっしりした身体つきの、見るからに屈強そうな女だった。雄牛並みと言ってもよかった。あの火掻き棒の一撃で、レミーをあの世に送り込むぐらいは、屁でもないように思われた。生命《いのち》を失った身体を、あのがっちりした肩に担ぎあげて車まで運ぶのも、造作なくやってのけられそうだった。だが、車から廃屋の石炭貯蔵庫まで独力で運んでいくのは、そう楽ではなかったはずである。助っ人が必要だったかもしれない。ならば、あの角帽をかぶった、愛しのおけつ引っぱたき殿下など、さしずめ適任といったところではなかろうか？

「この写真に写っている、あなたのご友人の紳士の住所と氏名を教えていただきたい」

「お断りします！」その点については、交渉の余地はなさそうだった。「あの人を巻き込むつもりはありません」

フロストは考えた。強硬に食い下がることもできなくなかったが、その路線は敢えて取らないことにした。科学捜査研究所から鑑識チームを呼び寄せて、屋内を徹底的に検証することもできなくなかった。が、その路線もやはり敢えて却下した。そもそも時間が経ちすぎていたし、ロバーツ夫人はレミー・ホクストンがこの家に訪ねてきたことはすでに認めている。鑑識チームには、ほかのところで奮闘してもらったほうがよさそうだった。もっと眼に見える効果が期待できるところで。それでも最後にフロスト警部がもうひと絞りして、エミリー・ロバーツに幾許《いくばく》かの冷や汗をかかせてみるのも悪くない。

「お宅のテレビですが、大きさはどのぐらいですか、ロバーツ夫人？」

「テレビ？　テレビとおっしゃったの？」気のふれた相手でも見るような眼で、ロバーツ夫人はフロストをまじまじと見つめた。「テレビは持っておりません。この家にテレビは置かないと決めたんです」

「だったら、おれのこの同僚がお宅のなかをひととおり見てまわってもかまいませんね?」フロストはバートンに頷き、バートンは居間から出ていった。フロストは椅子から立ちあがった。

「では、今日じゅうに署までお越し願えますか? 侵入窃盗と脅迫未遂事件の被害に遭ったことを包み隠さず話してもらいたいんです。供述書をこしらえたいんでね」

ロバーツ夫人は頰を深紅に染め、火掻き棒でまたひとつ石炭を砕いた。「供述書……ですか? それはどうしても作成しなくてはならないものなんでしょうか?」

「微に入り細を穿って説明していただくには及びません。うちの若い連中には今時にしては珍しい堅物もいるからね、そういう連中の動揺を誘いたくはありません。手紙を盗まれたことだけ言えばいい。書面のなかに、公にするのが望ましくないと思われる行為に触れた部分があったとでも言っておいてもらえれば」

居間に戻ってきたバートンは首を横に振った。その意味するところは——この家には、大きさの如何にかかわらず、テレビと名のつくものはない。見送りを待たず、ふたりはロバーツ宅を辞去した。不安の色をもはや隠そうともしないエミリー・ロバーツを、ひとり居間に残して。

署に戻ると、不安と動揺が昂じて、居ても立ってもいられない症状を呈しはじめたマレットが、ふたりの帰還を今や遅しと待ち受けていた。マレットはフロストの腕をつかむと、いささか乱暴とも思える急き立て方で署長執務室に引きずり込んだ。「それで……？」

「関与の可能性もなくはないってとこだけど」とフロストは言った。「確たる証拠ってやつはまだつかめてないことだし」ロバーツ夫人との丁々発止の顚末を、フロストはマレットに話して聞かせた。

「しかし、そうした公表をはばかる不名誉な手紙や写真類はほかにもあったと聞いている――ならば、それらの所有者についても各々ホクストンの脅迫を受けていたか否か、確認を取ったのかね？」

「そいつも、もちろん、おれのこしらえた〝いずれやるべきこと〟の長い長いリストには載ってますよ」フロストは白々しく答えた。実のところ、マレットに指摘されるまで、考えてもみなかった着眼点だった。

「エミリー・ロバーツのような人物に嫌疑がかかった場合、その嫌疑を晴らすのは早ければ早いほうがいいわけで――」

「わかりますよ、警視《スーパー》。そうしてほしいって警視《スーパー》の気持ちは痛いほどわかる。しかし、ロバーツ夫人の嫌疑を晴らすことは、おれのリストのなかでは優先順位で言うとびりっけつですからね」とフロストは言った。

「そうだろうな、きみのことだから。で、その手紙と写真のことだが……わたしが見たということは、夫人には言っていないだろうね？」

「訊かれなかったもんだから」

「ああ、それでいい」マレットはハンカチで額を軽く押さえた。「わたしが見たということを夫人に知られてしまったら、今後、顔を合わせるたびにとてつもなく気まずい思いをしなくてはならないところだったよ」そこでデスクに視線を落とし、デスクマットの位置を直した。話題を変える合図として。「ところで、今夜の身代金の受け渡しの段取りはできているのかね？」

「ショッピングモールにある公衆電話という公衆電話に盗聴器を仕掛けてあるから、誘拐犯からどこの電話にかかってきても、やりとりはひと言洩らさず聴けますよ。ああ、それから、身代金を運ぶ旅行鞄に発信機を忍ばせる手配もつけました」

「手配というのは……いったい、どんな手を使ったんだね？」

「トミー・ダンって男を覚えてますか？　以前ここの署の犯罪捜査部にいたやつです」

マレットは思わず渋面になった。トミー・ダンのことは、もちろん、よく覚えていた。警察官としての資質に乏しく、能力も劣っていたうえ、飲酒の問題を抱えていた男だった。おまけに賄賂を受け取っていたのではないかという、きわめて濃厚な疑惑にまみれた男でもあった。だから制限速度を大幅に超えるスピード違反で挙げられたときに、署長の権限で揉み消してやったのである。退職することを条件に。考えてみれば残念なことだ――マレットは恨みがましい思いに駆られた――フロスト警部にも同様の処分を科してやれないというのは。トミー・ダンについて、マレットはもうひとつ思い出したことがあった。四年まえ、ジム・キャシディの娘が轢き逃げに遭って死亡した事件の捜査に、トミー・ダンも加わっていたのだった。そのときにも、真偽のほどは定かではないが、轢き逃げ犯を追い詰めたのに買収されて目こぼしをしたらしい、という噂めいたものが流れたと記憶している。「ああ、トミー・ダンなら覚えている。あの男がどうかしたのか？」

「トミーは今、〈セイヴァロット〉の警備員をしてるんで、おれたちのためにひと肌脱ぐと言ってくれてね。旅行鞄のなかに発信機を滑り込ませてくれることになったんです」

「あの男がなぜ、そんなことを？　なんのために？　トミー・ダンにしてみれば、われわれの依頼を引き受ける義理などないはずだが」

「そりゃ、もちろん、ジョニー・ウォーカーを三本せしめて、駐車違反の切符を二枚か三枚、取り消してもらうためですよ」正確に言えば取り消しを約束した駐車違反の切符は都合六枚を数えたが、マレットにそこまで詳細に話すつもりは、フロストにはなかった。

「そういうことを訊いたのではない」マレットは慌てて言った。

「ウィスキーを仕入れた代金は、次に警察車輛維持経費の申請をするときに、ガソリン代に上乗せしちまうつもりです」フロストは無頓着に言った。「だから、書類の数字が多少でかくなってても、そのことでおれをやいのやいの問い詰めたりしないように」

マレットは手をひと振りした。「もういい、そのことは。わたしとしては、そもそもトミー・ダンを本件に関与させること自体、良しとしない。フロスト警部、あの男は頼みにできんぞ。信用が置けん」

「そう言われてもね、手駒がないんですよ、あいつしか」とフロストは言った。マレットの懸念もむべなるかな。フロストとしても一抹の不安がないわけではなかった。こちらの依頼の向きを伝えたとき、任せてくれと答えるトミー・ダンの呂律は、確かにだいぶ怪しかった。

「では、つまり――」マレットは話を先に進めた。「きみが望んだとおりに事が運び、トミー・ダンが過去の彼とは別人のような働きをした場合、身代金には発信機が仕込まれるということだな？」

「そういうことです。コードウェルを追跡して身代金の受け渡し場所を突き止めることもできるし、金《かね》を受け取った犯人にも、ばっちり紐をつけてやれるってわけですよ」

「誘拐犯はすべての警察無線を傍受する、と言ってきている。その対策は？」

「どうせ、はったりをかませてきただけだと思うけど、万一ってこともありますからね。無線にはスクランブルってやつをかけて、盗聴できなくしてやりますよ」

「少年の身の安全が、何にも増して優先される」マレットは力説した。

「ああ、その点もご心配なく。ボビー少年が監禁されてる場所を突き止めて、安全が確保されるまで、行動は起こさないことにしてるから」

マレットは考え込む表情になって顎を掻いた。聞いた限りにおいては、絶対確実で、失敗する要素はどこにもなさそうに思われた。しかし陣頭指揮を執るのがフロスト警部とあっては、絶対確実に遂行されることなど皆無と考えるべきだろう。「よかろう、細かい段取りはきみに一任する」とマレットは言った。このひと言さえ添えておけば、人質の救出がとんでもない大失敗に終わり、関係者全員が頭から泥をかぶることになろうとも、署長としては何も聞かされていなかったの一点張りで押し通すことができるというものだった。「わたしのほうから付け加える条件はひとつ、失敗は許されないということだ」

「おお、そりゃ、何よりすばらしい条件だ！」心にもない称讃のことばを口にすると、フロストは戸口に足を向けた。「肝に銘じておきますよ」

今のひと言に皮肉の響きが混じっていたように思うのは、考えすぎというものだろうか？ マレットが判断をつけかねているうちに、署長秘書のミス・スミスのオフィスのほうから、怒りと驚きの入り混じった甲高い悲鳴があがった。それに続いてフロストの下卑た馬鹿笑いが聞こえた。「浣腸は好きかい？」という声も。嘆かわしさのあまり、マレットは首を横に振った。フロストのような部下を抱えながら、署長職の重い責務を果たしていくことなど、どうしてできよう？ 苦情を訴えに駆け込んできたミス・スミスを、マレットは、思いを同じくする者の同情の眼差しで迎えた。

オフィスでは、リズ・モードがフロスト警部を待ち受けていた。フロストの顔を見るなり、リズはデスクのうえのひと束分の報告書を滑らして寄越した。フロストは眼もくれずに押し戻した。「内容だけかいつまんで聞かせてくれや、嬢ちゃん。まとまった文章を読むと、唇が疲れちまうんだよ」

リズは報告書の束を手に、それぞれの抜粋の伝達に取りかかった。「入院中のマーク・グローヴァーに奥さんが亡くなったことを伝えてきました」

「いかん、忘れてたよ」とフロストは言った。「おれが行くべきだった。悪かったな、嬢ちゃん、気の重い仕事を押しつけちまって。それで、マーク・グローヴァーの反応は？」

「いたって冷静に受け止めました。あいつはくそったれの馬鹿女だった、いい気味だと思うと言ってました」

「殺人事件の線で捜査を進めてることは言ってないな？」

「ええ、走ってくる列車のまえに身を投げたと思われる状況だったと言いました。それだけです。マーク・グローヴァーの話では、ナンシー・グローヴァーはしょっちゅう自殺をほのめかしていたみたいですね。医師の診察も受けていて、抗鬱剤を処方されていたそうです」

「効き目はなかったようだけどな」フロストは鼻を鳴らした。「それから？」「念のため、医者にも話を聞いてみよう」その旨忘れないよう、メモ用紙に書き留めた。

「グローヴァーの着ていたものを科研にまわせ、とのことでしたので、そのようにしました。科研のほうで各種の検査を実施している段階ですが、血液が付着しているとしても、今のところはまだ検出されていないそうです」

「近所の連中が聞いたと言ってる、深夜の口論のことは訊いてみたか？」

「男の声については、自分ということはあり得ないと言ってます。午前二時近くに仕事が終わるまで、派遣先である〈ボンレイズ百貨店〉を一歩も出てないということで。一緒に仕事をしている相方にももう一度話を聞いてみたけど、今回もまた話の内容はグローヴァーと一致してるんです。百貨店の警備員にも再度確認してみましたが、あの店舗の夜間の出入りはやはり警備員が電子ロックで一括管理していて、ロックが解除されない限り、出入りはできないということで、あの晩は絨毯の敷き込み作業が終わって作業員が帰っていくまで、ほかの出入りはなかったと断言しています。グローヴァーの敷き込み作業を発注した〈デントン店舗設計〉の代表にも改めて確認を取りました。午前零時二十分過ぎに確かにマーク・グローヴァーと電話で話をしたそうです」

フロストは報告の内容について考えをめぐらせた。マーク・グローヴァーが妻を殺害したというフロスト警部の推理を補強する材料は、きわめて乏しいということだった。だが、今のリズの話には、正直言って、全身を耳にして聞き入っていたわけではなかった。五割程度の関心しか振り向けていなかった。残りの五割は、そう、今夜に迫った身代金の引き渡しのほうに取られてしまっていたのである。いつものような大失態はなんとしても避けたかった。今度ばかりは。

「ということは、つまり――」リズの報告は続いていた。「――捜査の対象を、われわれが第一容疑者と目しているシドニー・スネルに絞り込めるということです。どうやら行方をくらましているようだけど」

「おれにはどうしてもぴんとこないんだよ、あのシドニーが人を殺したってことが」とフロストは言った。「ナンシー・グローヴァーはめちゃくちゃな刺され方をしてた。逆上したやつにやられたってことだ。そりゃ、シドニーみたいな骨なしだって、意に染まないことがありゃ、駄々っ子みたいに地団駄を踏んで、『なんだよ、ちくしょう』ぐらいの悪態はつくだろう。だが、あいつが逆上するって図が、どうしても思い浮かばないんだよ」

「ひとつの部屋に幼い子どもが三人もいたんです。そのことで性的に興奮して、気が大きくなったのかも。それで普段なら考えつかないようなことを、してしまったとも考えられます」

「おれの場合は太腿だな。むちむちした太腿がちらりと見えただけで、そんな気になっちまうよ」フロストは溜め息をついた。リズの報告はまだ終わっていなかった。

「実は、鍵となる重要な目撃証人が見つかりました。犬を散歩させていたご老人なんですけど、グローヴァーの家から飛び出してきて青い車で走り去る人物を目撃した、と言うんです」

フロストは顔をあげた。「何時ごろのことだ?」

「午前二時十分まえぐらいだった、と言ってます」

「午前二時に? 草木も眠る真夜中に犬の散歩をさせてたってのか? その爺さん、どこかおかしいんじゃないのか?」

「今はもう退職してしまったけれど、在職中は夜勤もある仕事をしていたそうで、いったん身についてしまった習慣はなかなか抜けないと言っていました」

フロストはその老人の供述調書を手元に引き寄せ、眼を通した。老人は自分が目撃したことにかなりの自信を持っているようだった。「その爺さんが目撃した男だけど、そいつは間違いなくマーク・グローヴァーの家から飛び出してきたのかい?」

「ええ、ご老人は間違いないと言ってます。それに、ほら、マーク・グローヴァーも言ってたじゃないですか、昨夜帰宅したときに、玄関のドアが開いていたって」

フロストはポケットに手を突っ込み、裏地の破れ目にもぐり込んでいた煙草の吸いさしを発掘してきた。湿気っていたが、ないよりはましだった。フロストは吸いかけの煙草をくわえて火をつけた。「スネルのなめくじ野郎は何色の車を持ってることになってる？」

「捜査資料には紺色と出てますね」とリズは答えた。

煙草の煙を深々と吸い込んだとたん、フロストはむせた。咳をしたひょうしに煙草の灰が盛大に飛び散り、マレットが寄越したメモ——フロスト警部が招集した捜索の概況説明の際の点呼の取り方が、いかに不充分だったかをあげつらうもの——にたっぷりと振りかかった。椅子を押し、その反動で腰をあげると、フロストは帽子掛けからマフラーを取った。頭の片隅に何かが引っかかっていた。〝何か〟とは何か？　思い出せそうで、思い出せなかった。思い出せるまで突き詰めて考えたほうがよさそうに思われた。だが、記憶を手繰ろうとすればするほど、それは萎縮して背後の暗がりに身を潜めてしまうようだった。こういうときは戸外《そと》の空気に当たって頭を冷やして考えるに限る。「ナンシー・グローヴァーが通ってた医者に会いにいってくる。亭主が言ってるように、あのおっ母《か》さんには自殺したい衝動に駆られるようなことがあったのか、ちょっくら訊いてくるよ」

診療所の待合室は混みあっていた。何人もの人が背中を丸め、咳き込み、水洟をすすりあげ、うめき声を洩らし、かと思えば、どう見ても病人とは思えない元気いっぱいの子どもたちが注意されないのをいいことに、甲高い声を張りあげながら走りまわっていた。健康体の人間でも、ここに足を踏み入れたが最後、数分後には立派な病人になっていることだろう。

受付の女は浮き足だっていた。医師の診察が時間どおりに進んでいないことで患者から突きあげを喰らい、電話はノンストップで鳴り続け、おまけに今度は刑事を名乗る薄汚い風体の男が、診察待ちの行列の先頭に割り込ませろと言う。一時間近くも待ち続けている患者たちを差し置いて。「先生とお話しできるのは、いつになるかわかりません。今日はとても、とても、とても忙しいんです」と彼女は言った。

「そりゃ、奇遇だね、おれもなんだよ」とフロストは言った。

診療室から処方箋を握り締めた患者が出てきた。受付の女が次の患者を呼び入れようとしたとき、例の薄汚い風体の男が、閉まりかけたドアに突進し、するりとなかに滑り込んでしまった。医師に警告を発する間《ま》もなかった。

「ちょっと、次はあたしの番じゃないの?」順番を無視された女が憤慨して言った。「そう、だったら医師審議会に苦情の手紙を書いてやるから」

医者は、ぽっちゃりとした締まりのない身体つきに不健康そうな肌をした、まだ三十歳そこそこといった年恰好の男だった。カルテに何やら書き込んでいるところで、フロストが入室しても、顔もあげなかった。「どうぞ、おかけください、ジェンキンズ夫人。今日はどうなさいました?」

「性転換手術がうまくいかなくてね」フロストは医者の指示に従って腰をおろした。

医者は顔をあげた。「ええと、確か——」

「おれは患者じゃない」フロストはそう言うと、デスクに身分証明書を載せ、医者のほうに滑らせた。「お巡りだよ」

医者は身分証明書を凝視した。まるでフロストが手榴弾のピンを引き抜いて、デスクのうえに放り投げて寄越したかのような眼つきで。「あの、あのですね、お巡りさん。この場合、わたしの弁護士の同席を求めたほうがいいように思うんです。あの女の子には指一本触れてませんよ。着ていたものを上半身だけ脱いでもらって、通常の診察をしただけなんです。そりゃ、そうでしょう、相手が十五歳だとわかっていたし――」

「ちょっと待った」医者のことばを遮って、フロストは言った。「おれもそういうきわどい話は嫌いじゃないほうだから、大いに好奇心をそそられるけど、残念ながら今日はその件で来たわけじゃない。別の患者のことなんだ――クレスウェル・ストリートのナンシー・グローヴァー夫人のことで、先生にも話を聞かせてもらおうと思ってね」

安堵した医者は、これ以上望みようがないほど協力的だった。自ら進んでファイリング・キャビネットを開け、当該患者のカルテを挟んだファイルを取り出し、いそいそと開いた。「それにしても、子どもたちは可哀想なことでしたね。あの人があんなことをしてしまうなんて……思いも寄りませんでした」

「先生は、あのおっ母さんになんの治療をしてたんだい？」

「抑鬱症状が出ていたので、その治療をしていました。強い不安感も訴えていましたね。いつも誰かに見張られている気がする、と言うんです。外出すればあとをつけられるし、ご主人が家にいない夜は窓から家のなかをのぞいてる者がいる、とも言っていた」

「しかも、あのできそこない亭主の身勝手野郎はめったに家にいなかった、だろう？　専門的な治療が必要だったんじゃないのかな？」

「ええ、わたしもそう思いました。一度、専門医に診てもらったほうがいいから、病院の精神科を紹介しようとしたんですが、行きたくないと言われてしまいまして。それで、わたしのところでとりあえず、精神安定剤を処方していたんですが、それもちゃんと服用していたとは思えません」

「ナンシー・グローヴァーは先生に、見張られている気がすると訴えた。窓から家のなかをのぞいてる者がいるって。実際にのぞかれていたってことはあるかな？」

「ええ、なくはないと思います。ただグローヴァー夫人のような患者さんの場合、その判断が難しいんです。自分の想像したことを、現実に起こった出来事だと思い込んでしまうことがありますから。そういえばグローヴァー夫人も嘆いてました、ご主人に何を訴えても、ちっとも信じてくれないって」

「何が引き金だったんだろうな。先生はどう思う？」

医者は哀しげな笑みを浮かべた。「幼い子どもが三人もいて、もうじき四人めが生まれようとしていた。夫は一日じゅう仕事で家を空けているし、夜は夜でたいてい呑みにいってしまう。話を聞いてもらったり、相談を持ちかけたりできるような近親者や友人もいない。そんな何もかもに耐えられなくなってしまったんじゃないでしょうか」

フロストは医師のデスクの天板を無言で見つめた。絶望を抱えた孤独すぎる母親。あまりにも不憫だった、やりきれないほど哀れだった。椅子から立ちあがり、フロストは言った。「それじゃ、先生、おれはこれで。いろいろと助かりましたよ」

診察待ちの人々の怒りの形相に急き立てられ、足早に待合室を通り抜けた。戸外《そと》に出たとき、暗闇の降りはじめた舗道に、氷雨の走りが重たげな雨粒を撒きはじめた。

「ガイ人形に一ペニー。小父さん、一ペニー、ちょうだい」

フロストはその場に凍りついた。眼のまえに小柄な少年が突っ立っていた。手のひらを上向きに、片手をこちらに突き出して。見ると、少年はベビーカーにガイ・フォークスの不恰好な人形を載せていた。少年はボビー・カービィにそっくりだった。生き写しと言ってもいいほどだったが、もちろん、当人ではなかった。

「駄目だろう？　こんな暗くなるまで、出歩いてちゃ」とフロストは言った。

「なんだよ、けち、くそ爺い」少年は鼻の頭に皺を寄せ、歯を剝き出して言い捨てると、ベビーカーを押して歩き去った。

フロストは少年の後ろ姿を見送った。警察から親たちに、子どもの独り歩きの危険性を認識するよう、通達を出すべきかもしれなかった。その件について、署に戻ったら、マレットにひと言進言してみることにした。

車に乗り込み、イグニッションにキーを差し込んだ。エンジンが空咳をして息を吹き返したとたん、無線機がフロスト警部の応答を求めはじめた。連絡してきたのはバートンだった。興奮しているような声だった。だが、フロストはまだ、ナンシー・グローヴァーと子どもたちのことを考えていた。不憫な母親が、家のなかをのぞいている者がいると怯えていたことを。マーク・グローヴァーは妻の言うことを信じなかった。恐いと訴えても耳を貸さず、平気でひとりきりにした。窓から家のなかをのぞいていたのが――誰も彼もがナンシー・グローヴァーの想像の産物に過ぎないと思っていた覗き魔が――シドニー・スネルだった可能性はあるだろうか？　フロストはぶるっと身を震わせた。バートンがまだ話しかけてきていた。

「すまない、坊や――身を入れて聞いてなかったよ」

バートンはもう一度最初から話した。ゆっくりと、一語ずつ区切るようにして。役立たずの老いぼれ警部は、耳まで遠くなってしまったのかと思ったのかもしれなかった。今度はフロストもバートン刑事の興奮ぶりが理解できた。レミー・ホクストン殺害事件で初めての朗報だった。思いがけない幸運が転がり込んできたようだった。

レミーが死亡したあと、彼のクレジットカードで購入されたテレビは、アフターサーヴィスを受けるため、利用者登録がされていた。

購入者の氏名と現住所が判明したのだった。

検印
廃止

訳者紹介　成蹊大学文学部卒業。英米文学翻訳家。訳書にウィングフィールド「クリスマスのフロスト」「フロスト日和」，ピータースン「幻の終わり」「夏の稲妻」，クラヴァン「真夜中の死線」など。

フロスト気質《かたぎ》 上

2008年 7 月31日　初版
2008年12月 5 日　4 版

著者　R・D・ウィングフィールド

訳者　芹《せり》澤《ざわ》　恵《めぐみ》

発行所　(株) 東京創元社
代表者　長谷川晋一

162-0814/東京都新宿区新小川町1-5
電話　03・3268・8231-営業部
03・3268・8204-編集部
URL　http://www.tsogen.co.jp
振替　00160—9—1565
暁印刷・本間製本

乱丁・落丁本は，ご面倒ですが小社までご送付ください。送料小社負担にてお取替えいたします。

ISBN978-4-488-29104-4　C0197

Hillary Waugh

ヒラリー・ウォー（米 一九二〇― ）

一九五二年、『**失踪当時の服装は**』で注目されて以降、地方都市を舞台にした警察小説を発表。コネティカット州警察のフェローズ署長を主人公にしたシリーズは、『**事件当夜は雨**』『**冷えきった週末**』など、本格ミステリの妙味溢れる緻密な秀作が多い。一九八九年にはＭＷＡグランドマスター賞を受賞。翌年、『**この町の誰かが**』を発表、健筆ぶりを示した。

失踪当時の服装は

ヒラリー・ウォー
山本恭子訳
〈警察小説〉

一九五〇年三月、アメリカ、マサチューセッツ州の女子大学からロウエル・ミッチェルという美貌の女子学生が失踪した。警察署長フォードは若手の巡査部長と一緒に、長年の経験をたよりに、この雲をつかむような事件に挑む。捜査の実態をリアルに描き、警察小説に新風をおこした問題作！ はたして失踪か？ 誘拐か？ はたまた殺人か？

15201-7

この町の誰かが

ヒラリー・ウォー
法村里絵訳
〈警察小説〉

ひとりの女子高校生が死体で発見されたとき、平和な町クロックフォードの素顔があらわになる。あの子を殺したのは誰か？ 浮かんでは消えていく容疑者たち。焦燥を重ねる捜査班。怒りと悲しみ、疑惑と中傷のなか、事件は予測のつかない方向へと展開していく。**警察小説の巨匠が全編インタビュー形式で描く《アメリカの悲劇》の構図とは。**

15202-4

事件当夜は雨

ヒラリー・ウォー
吉田誠一訳
フェローズ署長シリーズ
〈本格／警察小説〉

どしゃ降りの雨の夜、果樹園主のもとを訪れたその男は「おまえには五十ドルの貸しがある」と言い放つや、突然銃を発砲した！ 霧の中を手探りするように手がかりを求めるフェローズ署長。試行錯誤の末に彼が見いだした、犯人の恐るべき正体とは？ 警察の捜査活動を緻密に描きつつ、本格推理の醍醐味を満喫させる、巨匠ウォーの代表作。

15203-1

冷えきった週末

ヒラリー・ウォー
法村里絵訳
フェローズ署長シリーズ
〈本格／警察小説〉

二月二十九日の夜、名士たちのパーティから姿を消した重役夫人は、翌朝死体となって発見された。同時に、プレイボーイの富豪が妻を残して失踪。二人を結ぶものは何か？ そして犯人は？ フェローズ署長が解きほぐす、秘められた愛憎と打算。細密な伏線と徹底したフェアプレイで読者に挑戦する、**警察小説の巨匠会心の本格推理、本邦初訳！**

15204-8

ヒラリー・ウォー
法村里絵訳
待ちうける影
〈サスペンス〉

精神病院に収容された連続婦女暴行殺人犯エリオットが退院した。九年前に妻を殺され、彼を撃って重傷を負わせた高校教師マードックは新たな不安に襲われる。エリオットの復讐の念は今も消えずにいるのか？　動こうとしない警察。ふたりを記事に仕立て、名声を狙う新聞記者コールズ。孤立無援、恐怖の四十五日間を描く練達のサスペンス！

15205-5

ヒラリー・ウォー
沢万里子訳
愚か者の祈り
〈警察小説〉

五月の爽やかに晴れた朝、少年たちが見つけたのは、顔を砕かれた若い女性の死体だった。老練なダナハー警部と若いマロイ刑事は頭蓋骨から生前の容貌を復元する。その顔が導き出したのは、夢を抱いて故郷を出た少女が何者かに惨殺されるまでの五年間の空白だった。二人の地道な捜査が年月を明るみに出していく。警察小説の巨匠の初期傑作。

15206-2

ヒラリー・ウォー
法村里絵訳
ながい眠り
〈本格／警察小説〉

不動産会社が盗難に遭った。が、盗まれたのは賃貸契約書のファイルのみ。やがて、同社の貸家の一軒から、胴体だけの女性の死体が発見された。身元を示すものは皆無。いったい誰が、誰に殺されたのか？　フェローズの成層圏的推理は、次々と反証に崩されていく。試行錯誤の果てに彼が摑んだ決め手は？　フェローズ署長最初の事件、新訳。

15207-9

ドン・ウィンズロウ
東江一紀訳
ストリート・キッズ
〈ハードボイルド〉

一九七六年五月。八月の民主党全国大会で副大統領候補に推されるはずの上院議員が、行方不明のわが娘を捜し出してほしいと言ってきた。期限は大会まで。これがニールにとっての、長く切ない夏の始まりだった……。元ストリート・キッドが、ナイーブな心を減らず口の陰に隠して、胸のすく活躍を展開する！　個性きらめく新鮮な探偵物語。

28801-3

ドン・ウィンズロウ
東江一紀訳
仏陀の鏡への道
〈ハードボイルド〉

鶏糞から強力な成長促進エキスを作り出した研究者が、ある一人の姑娘に心を奪われ、新製品完成を前に長期休暇を決め込んだ。ヨークシャーの荒れ野から探偵稼業に引き戻されたニールは香港、そして大陸へ。未だ文化大革命の余燼さめやらぬ中国で、傷だらけのニールが見たものとは？　喝采を博した前作に続く待望の第二弾。骨太の逸品！

28802-0

ドン・ウィンズロウ
東江一紀訳
高く孤独な道を行け
〈ハードボイルド〉

中国の僧坊で修行をしていたニールに、父親にさらわれた二歳の赤ん坊を連れ帰れ、との指令がくだった。捜索のはてに辿り着いたのは、開拓者精神の気風をとどめるネヴァダ。不穏なカルト教団の影が見え隠れするなか、決死の潜入工作ははたして成功するのか。悲嘆に暮れる母親の姿を心に刻んで、探偵ニールの、みたびの奮闘の幕が上がる。

28803-7

Minette Walters

ミネット・ウォルターズ（英　一九四九―　）

幼少期から頭抜けた読書家であったウォルターズは、雑誌編集者を経て小説家となる。一九九二年にミステリ第一作『**氷の家**』を発表。いきなりＣＷＡ最優秀新人賞を獲得する。続いて第二作『**女彫刻家**』でＭＷＡ最優秀長編賞を、第三作『**鉄の枷**』でＣＷＡゴールド・ダガーを受賞。現在に至るまで、名実ともに現代を代表する〈ミステリの新女王〉として活躍中。

氷の家

ミネット・ウォルターズ
成川裕子訳

〈本格〉

十年前に当主が失踪した邸で、胴体を食い荒らされた無惨な死骸が発見された。はたして彼は何者なのか？　迷走する推理と精妙な人物造形が伝統的な探偵小説に新たな命を与え、織りこまれた洞察の数々が清冽な感動を呼ぶ。現代の古典と呼ぶにふさわしい、まさに斬新な物語。ミステリ界に新女王の誕生を告げる、ＣＷＡ最優秀新人賞受賞作！

18701-9

女彫刻家

ミネット・ウォルターズ
成川裕子訳

〈本格〉

母と妹を切り刻み、それをまた人間の形に並べて、台所に血まみれの抽象画を描いた女。彼女には当初から謎がつきまとった。凶悪な犯行にもかかわらず、精神鑑定の結果は正常。しかも罪を認めて一切の弁護を拒んでいる。わだかまる違和感は、いま疑惑の花を咲かせた……本当に彼女が犯人なのか？　ＭＷＡ最優秀長編賞に輝く戦慄の第二弾！

18702-6

鉄の枷

ミネット・ウォルターズ
成川裕子訳

〈本格〉

資産家の老婦人は血で濁った浴槽の中で死んでいた。睡眠薬を服用したうえで手首を切るというのは、よくある自殺の手段である。だが、現場の異様な光景がその解釈に疑問を投げかけていた。野菊や刺草で飾られた禍々しい中世の拘束具が、死者の頭に被せられていたのである。これは一体何を意味するのか？　ＣＷＡゴールドダガー賞受賞作。

18703-3

昏《くら》い部屋

ミネット・ウォルターズ
成川裕子訳

〈本格〉

見知らぬ病室で目覚めたジェイン。謎の自動車事故から奇跡的に生還したものの、彼女は事故前後十日分の記憶を失っていた。傷ついた心身を癒やす間もなく、元婚約者と親友がその空白の期間に惨殺されたこと、自分が容疑者であることを、相次いで知らされる。誰を、何を信用すればいいのか。二転三転する疑惑が心を揺さぶる鮮烈な第四長編。

18704-0

ミネット・ウォルターズ
成川裕子訳
囁く谺
〈本格〉

ロンドンの裕福な住宅街の一角で、浮浪者の餓死死体が見つかった。取材に訪れたマイケルは、家の女性から奇妙な話を聞かされる。男はみずから餓死を選んだに違いないというのだ。だが、それよりも不可解なことは、彼女が死んだ男に強い関心を抱いていることだった。彼女を突き動かすものとは何なのか？　ミステリの女王が贈る傑作長編。

18705-7

ミネット・ウォルターズ
成川裕子訳
蛇の形
〈本格〉

ある雨の晩、ミセス・ラニラは隣人が死にかけているのに出くわしてしまう。警察の結論は交通事故死。だが、彼女には、死に際の表情が「なぜ私が殺されなければならないのか」と訴えていたように思えてならなかった。そして二十年後、ミセス・ラニラは殺人の証拠を求め、執念の捜査を開始する。人の心の闇を余す所なく描き出す傑作長編。

18706-4

ミネット・ウォルターズ
成川裕子訳
病める狐 上下
〈サスペンス〉

ドーセットにある寒村、シェンステッドを不穏な空気が覆う。何者かによる動物の虐殺、村の老婦人の不審死に関してささやかれる噂、そして村の一角を占拠した移動生活者の一団。それらの背後には、謎の男フォックスの影があった。高まり続けた緊張はクリスマスの翌日、頂点に達し……。二度目のCWA最優秀長編賞を受賞した、圧巻の傑作。

18707-1/18708-8

フレッド・ヴァルガス
藤田真利子訳
死者を起こせ
〈本格〉

ボロ館に住む三人の失業中の若き歴史学者たち。中世専門のマルク、先史時代専門のマティアス、第一次大戦専門のリュシアン。隣家の元オペラ歌手は、突然庭に出現したブナの木に怯えていた。これは脅迫ではないか？　夫はとりあわず、三人が頼まれて木の下を掘るが何も出ない……そして彼女が失踪した。ミステリ批評家賞受賞の傑作長編。

23602-1

フレッド・ヴァルガス
田中千春訳
青チョークの男
〈本格〉

夜毎パリの路上にチョークで描かれる円。中にはガラクタの数々が置かれている。しかし、ある朝そこには喉を切られた女性の死体が。そして、事件は続いた。警察署長アダムスベルグが事件に挑む。CWAインターナショナル・ダガー受賞作『死者を起こせ』で読者を魅了したフランス・ミステリ界の女王ヴァルガスの擁するシリーズ開幕！

23603-8

サラ・ウォーターズ
中村有希訳
半《はん》身《しん》
〈サスペンス〉

一八七四年の秋、監獄を訪れたわたしは、ある不思議な女囚と出逢った。ただならぬ静寂をまとったその娘は……霊媒。戸惑うわたしの前に、やがて、秘めやかに謎が零れ落ちてくる。魔術的な筆さばきの物語が到達するのは、青天の霹靂のごとき結末。サマセット・モーム賞に輝いた本書は、魔物のように妖しい魅力に富んだ、ミステリの絶品！

25402-5

サラ・ウォーターズ
中村有希訳

荊《いばら》の城　上下　〈サスペンス〉

十九世紀半ばのロンドン。十七歳になる孤児スウに、顔見知りの詐欺師が新たな儲け話を持ちかけてくる。さる令嬢をたぶらかして結婚し、彼女の財産を奪い取ろうというのだ。スウの役割は、令嬢の新しい侍女。スウはためらいながらも、その話にのることにするのだが……。CWAのヒストリカル・ダガーを受賞した、ウォーターズ待望の第二弾。

25403-2/25404-9

サラ・ウォーターズ
中村有希訳

夜《や》愁《しゅう》　上下　〈サスペンス〉

一九四七年、ロンドン。第二次世界大戦の爪痕が残る街で毎日を生きるケイ、ジュリアとその同居人のヘレン、ヴィヴとダンカンの姉弟たち。そんな彼女たちが積み重ねてきた歳月を、夜は容赦なく引きはがす。過去へとさかのぼる人々の想いと、すれ違い交錯するいくつもの運命。無情なる時が支配する、夜と戦争の物語。ブッカー賞最終候補作。

25405-6/25406-3

エレイン・ヴィエッツ
中村有希訳

死ぬまでお買物　〈ユーモア〉

やむをえない事情から、すべてをなげうち陽光まぶしい南フロリダへやってきたヘレン・ホーソーン。ようやく手に入れた仕事は、高級ブティックの雇われ店員だった。店長もお得意様も、周囲は皆整形美女だらけのこの店には、どうやら危険な秘密があるようで……？　ふりかかる事件にワケありヒロインが体当たりで挑む、痛快シリーズの登場。

15006-8

エレイン・ヴィエッツ
中村有希訳

死体にもカバーを　〈ユーモア〉

ワケあって世をはばかる身のヘレンは、ただいま〈ページ・ターナーズ〉書店で新米書店員として奮闘中。困ったお客や最低オーナーに振り回される毎日だ。ところが、そのオーナーが殺されてしまい、しかも容疑者として逮捕されたのは意外な人物で……？　南フロリダで働く崖っぷちヒロインの、仕事と推理と恋の行方は？　お待ちかね第二弾。

15007-5

バロネス・オルツィ
深町眞理子訳

隅の老人の事件簿　〈本格〉

隅の老人の活躍！　フェンチャーチ街の謎、地下鉄の怪事件、ミス・エリオット事件、ダートムア・テラスの悲劇、ペブマーシュ殺し、リッスン・グローヴの謎、トレマーン事件、商船〈アルテミス〉号の危難、コリーニ伯爵の失踪、エアシャムの惨劇、《バーンズデール荘園》の悲劇、リージェント・パークの殺人、隅の老人最後の事件、を収録。

17701-0

キャロル・オコンネル
務台夏子訳

クリスマスに少女は還る　〈サスペンス〉

クリスマスも近いある日、二人の少女が失踪した。刑事ルージュの悪夢が蘇る。十五年前に殺された双子の妹。だが、犯人は今も刑務所の中だ。まさか？　一方、監禁された少女たちは奇妙な地下室に潜んで、脱出の機会をうかがっていた……。一読するや衝撃と感動が走り、再読しては巧緻なプロットに思わず唸る。新鋭が放つ超絶の問題作！

19505-2

キャロル・オコンネル
務台夏子訳

氷の天使

マロリー・シリーズ1

〈警察小説〉

キャシー・マロリー。NY市警巡査部長。ハッカーとして発揮される天才的な頭脳、鮮烈な美貌、そして、癒しきれない心の傷の持ち主。老婦人連続殺人事件の捜査中、父親代わりの刑事マーコヴィッツが殺され、彼女は独自の捜査方法で犯人を追いはじめる。ミステリ史上もっともクールなヒロインの活躍を描くマロリー・シリーズ、第一弾！

19506-9

キャロル・オコンネル
務台夏子訳

アマンダの影

マロリー・シリーズ2

〈警察小説〉

マロリーが殺された？　しかし、検視局に駆けつけた刑事ライカーが見たのは、彼女のブレザーを着た別人だった。被害者の名はアマンダ。彼女の部屋に残されていたのは、未完の小説原稿と空っぽのベビーベッド、そして猫一匹。彼女を死に追いこんだ「嘘つき」とは誰なのか？　上流階級の虚飾の下に潜む策謀と欲望をマロリーが容赦なく暴く！

19507-6

キャロル・オコンネル
務台夏子訳

死のオブジェ

マロリー・シリーズ3

〈警察小説〉

画廊で殺されたアーティスト。若き芸術家とダンサーの死体をオブジェのように展示した、十二年前の猟奇殺人との関連を示唆する手紙。伏魔殿のごときアート業界に踏みこんだマロリーに、警察上層部の執拗な捜査妨害が。マーコヴィッツの捜査メモを手掛かりに事件を再捜査する彼女が見出した、過去に秘められたあまりにも哀しい真実とは？

19508-3

キャロル・オコンネル
務台夏子訳

天使の帰郷

マロリー・シリーズ4

〈警察小説〉

これは確かにマロリーだ！　彼女の故郷で墓地に立つ天使像の顔を見て驚くチャールズ。一方のマロリーは、カルト教団教祖の殺害容疑で勾留された。ひそかに帰郷した彼女の目的は？　いま、石に鎖された天使が翼を広げる——過去の殺人を断罪するために！　確執もつれ合う南部に展開する鮮烈無比なヒロインの活躍を描く！　シリーズ第四弾。

19509-0

キャロル・オコンネル
務台夏子訳

魔術師の夜 上下

マロリー・シリーズ5

〈警察小説〉

伝説の奇術師マックス・キャンドルが遺したイリュージョンを演じる旧友が、ステージで矢に射抜かれた！　老マジシャンたちが胸に秘める第二次大戦下の出来事とは？　その一人、マラカイを狂気に駆り立てた愛妻の死の真相は？　事件を追うマロリーを嘲笑うかのように、新たな罠を仕掛ける殺人鬼。幾つもの陥穽が待つ、マロリー最大の事件。

19510-6/19511-3

Freeman Wills Crofts

F・W・クロフツ（英 一八七九—一九五七）

土木技師見習をふり出しに鉄道の技術畑を歩いたが、四十歳の時、大病の後に『**樽**』を書き上げ、大成功を収めた。以来**フレンチ警部**（のちに首席警部から警視へと昇進している）をはじめとする努力型、凡人型の探偵の活動するアリバイ破りものに『**マギル卿最後の旅**』等、数多くの名作を残したほか、『**クロイドン発12時30分**』などのような倒叙ものの傑作がある。

F・W・クロフツ
大久保康雄 訳
樽《たる》
〈本格〉

ロンドンの波止場では汽船ブルフィンチ号の積荷おろしが始まった。ところが、四個の樽がつり索からはずれて、下に落ちてしまった。その樽の一つから、金貨と死人の手が現われたのだ！ 捜査はドーヴァー海峡をはさんで英仏両国にまたがり、探偵の精力的な活動が始まる。緻密冷酷な犯人をたどってアリバイ捜査の醍醐味を描く代表的傑作。

10601-0

F・W・クロフツ
井上 勇 訳
ポンスン事件
〈本格〉

ポンスン卿殺しの容疑者は三人いた。ミステリの愛読者は冒頭の一行のヒントから犯人を推定しだすだろう。しかし事件は後半にいたって三転四転し、読者を翻弄する。クロフツの独壇場であり、アリバイ崩しの妙技でもある。本格推理小説の醍醐味と重厚な謎ときのスリル！ タナー警部の執拗な捜査を描く本書は、待望の本邦初の完訳である！

10602-7

F・W・クロフツ
田中西二郎 訳
フレンチ警部最大の事件
〈本格〉

宝石商の支配人が殺害され、三万三千ポンドのダイヤモンドが金庫から消えた。金庫の鍵は二つしかなく、いずれも完全に保管してあり、合鍵をつくることは不可能なはずであった。ヤードの腕ききフレンチも、冒頭から疑わしい状況証拠だらけで、どれ一つ決め手になるものがないという、まさに警部にとって最大の難事件となったのである！

10604-1

F・W・クロフツ
大庭忠男 訳
スターヴェルの悲劇
〈本格〉

ヨークシャーの荒野に立つ陰気なスターヴェル屋敷が一夜にして焼け落ち、当主と召使夫婦の三人が焼死した。だが、この火災に疑問をいだき、犯罪のにおいをかぎ取った銀行支配人の発言をきっかけに、フレンチ警部の捜査が開始される。事故だったのか、それとも殺人・放火といったいまわしい犯罪なのか？ クロフツ初期を代表する長編傑作。

10630-0

F・W・クロフツ
井上勇訳
フレンチ警部と紫色の鎌
〈本格〉

映画館の切符売りをしている娘がフレンチ警部のもとに助けを求めてやって来た。ふとしたことから賭け事に深入りして大きな借りをつくり、怪しげな提案をのまざるを得なくなったというのだ。ところが、相手の男の手首に鎌のような紫色の傷跡をみたとき、変死した知り合いの娘の事が思い出された……。切符売り子の連続怪死事件の謎は？

10607–2

F・W・クロフツ
橋本福夫訳
マギル卿最後の旅
〈本格〉

ロンドンの富豪マギル卿は息子の工場へ出向くといって邸を出たまま、消息を絶ってしまった。北アイルランド警察の捜査では卿の帽子が見つかっただけだった。フレンチ警部がのり出すと、事件はその様相を一変してしまった。マギル卿の死体発見、そして容疑者の金城鉄壁のアリバイ！　クロフツの初期を飾る、アリバイ破りの代表作の一つ。

10608–9

F・W・クロフツ
井上勇訳
英仏海峡の謎
〈本格〉

ドーヴァー海峡のただ中を漂流するヨットの中には、この日、倒産した証券会社の社長と副社長の死体がころがっていた。いっぽう、会社からは百五十万ポンドの現金が紛失し、社の重役は悉く行方不明。犯人は証拠の示すところによれば、ヨットから大海へ忽然と姿を消したままだった。さすがのフレンチ警部の顔にも焦燥の色が浮かぶが……。

10609–6

F・W・クロフツ
中山善之訳
死の鉄路
〈本格〉

「停止！　停止！　線路上に何かある！」だが複線化工事に従事する見習技師パリーの乗った機関車が停まったときには、すでに黒い塊を轢いたあとだった。そしてそれは、パリーの上司の無残な死体だったのだ……。翌朝の検死審問では事故死の評決が下されるが、フレンチが捜査に乗り出すや、事件の様相は一変した！　そして第二の悲劇が。

10627–0

F・W・クロフツ
大庭忠男訳
ホッグズ・バックの怪事件
〈本格〉

イングランドの町で引退した医師が失踪した。三分ほど前には、くつろいで新聞を読んでいる姿を妻が見ているというのに。誘拐か？　それとも数日前、彼が密かに会っていた女性と駈落ちしたのだろうか？　彼が書いていた原稿とは何か……？　そしてまた失踪者が一人……。フレンチ警部が64の手がかりをあげて連続失踪事件の真相を解明する。

10626–3

F・W・クロフツ
大久保康雄訳
クロイドン発12時30分
〈倒叙推理〉

クロイドン飛行場を飛びたったパリ行きの旅客機が着陸したとき、乗客の一人、金持のアンドリュウ老人は息をひきとっていた。この事件から一転して、作者は犯人の眼をとおし、犯行の計画と遂行の過程をまざまざと示してくれる。犯人の用意したアリバイと犯行の手段は、まったく人工のあとをとどめない。倒叙推理小説の世界的傑作である。

10611–9

シグニット号の死

F・W・クロフツ
中山善之訳

〈本格〉

船室は密室状態だった。ベッド脇のテーブルには、塩酸入りのデカンターと大理石の入ったボウルが載っていた。そしてベッドでは船の持ち主、証券業界の大物が死んでいた。死因は大理石の酸化で発生した炭酸ガスによる中毒。自殺か? 首席警部フレンチの入念な捜査の結果、自殺の線が濃厚になった。だが……。クロフツ中期を代表する力作!

10629-4

フレンチ警部の多忙な休暇

F・W・クロフツ
中村能三訳

〈本格〉

旅行社の社員モリソンは、ある男からイギリス列島巡航の観光船の事業計画を聞かされ協力することになった。やがて賭博室を設けた観光船エレニーク号がアイルランド沿岸の名所めぐりを開始した。しかし穏やかな航海は事件の発生により終わりを告げる。モリソンが殺された船主を発見したのだ。事件捜査にフレンチ首席警部が名乗りをあげる。

10622-5

蜘蛛と蝿

F・W・クロフツ
山口午良訳

〈本格〉

高利貸しアルバート・リーブは、実はゆすり稼業も兼ねていた。他人の秘密をかぎつけると冷酷無残、強硬な態度で〈お客さん〉をゆするのだ。彼は蜘蛛、お客さんはその網にかかった蝿で、目下三十七匹の蝿が彼の網の中でもがいていた。ゆする者とゆすられる者、複雑微妙なからみ合いの中に発生した殺人とそれに挑むフレンチ警部の活躍!

10614-0

クロフツ短編集1

F・W・クロフツ
向後英一訳

〈本格〉

狡猾な完全犯罪をたくらむ犯罪者や殺人鬼は、手口を偽装して現代警察の目を欺こうとする。一見、平凡な日常茶飯事や単純な事故の背後に、恐るべき犯罪が秘められている場合が少なくない。フレンチ警部のめざましい業績を描く珠玉の短編集。本巻には「床板上の殺人」「上げ潮」「自署」「シャンピニオン・パイ」など、全二十一編を収録する。

10619-5

クロフツ短編集2

F・W・クロフツ
井上勇訳

〈本格〉

前集に引きつづき、クロフツの数々の長編で活躍する、アリバイ破りの名手にして、足を使って推理する〈凡人探偵〉フレンチ警部のかがやかしい功績を描く短編集第二弾。「ペンバートン氏の頼まれごと」「グルーズの絵」「踏切り」「東の風」「小包」「ソルトバー・プライオリ事件」「上陸切符」など、本邦初訳の作品を多数含む八編を収録した。

10620-1

二人の妻をもつ男

パトリック・クェンティン
大久保康雄訳

〈本格〉

ビル・ハーディングは、現在C・J出版社の高級社員として社長の娘を妻に迎え、幸福な生活を送っていた。ところがある晩、偶然に前の妻、美人のアンジェリカに会った。このときからビルの生活には暗い影がさし始め、やがて生活は激変し、殺人事件にまきこまれていく。英米両国の全批評家が絶賛するほどの、新しき古典ともいうべき作品。

14701-3

わが子は殺人者

パトリック・クェンティン
大久保康雄 訳

〈本格〉

三年前に妻が謎の自殺を遂げて以来、ジェークの生活はわびしいものとなった。夫からも息子からも愛されていた幸福な女が、なぜ自殺したのか？　しかも、今また、ひとり息子が恐ろしい事件に巻きこまれようとしている。横溢するサスペンス、緊密な構成、そして全編に流れる父性愛。名作『二人の妻をもつ男』と並ぶ、目眩く謎解き小説！

14703-7

クリムゾン・リバー

ジャン＝クリストフ・グランジェ
平岡　敦 訳

〈サスペンス〉

山間の大学町で起きた連続猟奇殺人と別の町で起きた不可解な墓荒らし。死んだ少年はなぜ埋葬されてからも追われるのか？　まったく無関係に見える二つの事件を担当する二人の個性派警官の捜査が交差したところに浮かび上がるクリムゾン・リバーという謎の言葉。複雑なプロットと畳みかけるような展開で仏ミステリ界を席捲した大傑作！

21405-0

コウノトリの道

ジャン＝クリストフ・グランジェ
平岡　敦 訳

〈サスペンス〉

秋にアフリカに渡り、春にはヨーロッパに帰るはずのコウノトリが、今年はかなりの数、帰らなかった。なぜか？　東欧から中東、アフリカへとルート調査を続ける青年は、やがて凄惨な連続殺人事件に巻き込まれる。渡りの道に隠されていた真実とは何か？　世界的ベストセラー『クリムゾン・リバー』のグランジェ、驚嘆のデビュー長編登場！

21406-7

狼の帝国

ジャン＝クリストフ・グランジェ
高岡　真 訳

〈サスペンス〉

不可解な記憶障害に悩まされる、高級官僚夫人アンナは脳の生検を勧められていた。そして、彼女の住むパリで起きた、不法就労のトルコ人女性たちの猟奇的な連続惨殺事件。この二つが交錯するところに何が隠されているのか？　世界的大ベストセラー『クリムゾン・リバー』のグランジェが、ふたたびフランスから世界のミステリ界を震撼する。

21407-4

狩人の夜

デイヴィス・グラッブ
宮脇裕子 訳

〈サスペンス〉

大不況時代のオハイオ川流域。父を亡くした兄妹の前に現れた伝道師は、右手に「愛」、左手に「憎悪」の刺青をしていた。彼に心を許していく母と妹パール。そして、ジョンの悪夢が始まる。伝道師は狩人。獲物を手にするためには手段を選ばない。子供たちは追いつめられて……。映画化され、キングに多大な影響を与えた幻の傑作サスペンス！

23702-8

大鴉の啼く冬

アン・クリーヴス
玉木亨 訳

〈本格〉

新年を迎えたシェトランド島の、凍てつく夜。黒髪と金髪の、二人の少女が孤独な老人マグナスを訪れる。だが、四日後の朝、黒髪のキャサリンが、大鴉の群れ飛ぶ雪原で殺される。ペレス警部が見いだした、八年前の少女失踪事件との奇妙な相似点。誰もが顔見知りの小さな町で、誰が、なぜ、彼女を殺したのか？　CWA最優秀長編賞受賞作。

24505-4

Robert Goddard

ロバート・ゴダード（英 一九五四— ）

ハンプシャー州に生まれたゴダードは、ケンブリッジ大で歴史を専攻後、公務員をへて、一九八六年に小説の醍醐味溢れるデビュー作『**千尋の闇**』を上梓。特に初期長編の幾重にも折り畳まれたような変幻自在の物語の妙味は比類がないが、『**永遠に去りぬ**』ではこれに人生の苦みが加わり、味わいは深みを増した。当代随一の語り部として今後も目が離せそうにない。

ロバート・ゴダード
幸田敦子訳
千《ち》尋《いろ》の闇 上下
〈サスペンス〉

悪友からの誘いに乗って、元歴史教師のマーチンはポルトガル領マデイラへ気晴らしの旅に出た。ところが到着の翌日、友人の後援者である実業家に招かれたマーチンは、謎めいた失脚を遂げた半世紀以上前のある青年政治家にまつわる、奇妙な逸話を聞かされることに……。稀代の語り部が二重底、三重底の構成で贈る、騙りに満ち満ちた物語。

29801-2/29802-9

ロバート・ゴダード
越前敏弥訳
惜別の賦《ふ》
〈サスペンス〉

姪の結婚披露宴に、少年時代の親友が闖入してきた。落魄した友は、三十四年前の秋、殺人罪で絞首刑になった父親の無実を訴えた末、翌朝自殺を遂げる。罪悪感に突き動かされたわたしは、疎遠にしていた人々を訪ねる旅に出たが……。錯綜する物語は失われたものへの愛惜と激しい悔恨をたたえ、万華鏡さながらに変転してゆく。円熟の逸品。

29803-6

ロバート・ゴダード
越前敏弥訳
鉄の絆 上下
〈サスペンス〉

「あなたがどんな命令を受けているかはわかっています」老婦人は侵入者にそう告げた。彼女はすべての計画を見抜き、死を覚悟したうえで待ち受けていたのだ。高名な詩人の姉であったこの女性に何があったのか？ 当初、居直った夜盗の犯行と片づけられたこの事件は、やがて、背後に張り巡らされた策謀を浮かび上がらせることになるのだった。

29804-3/29805-0

ロバート・ゴダード
伏見威蕃訳
永《と》遠《わ》に去りぬ
〈サスペンス〉

夏の盛りの黄金色の日暮れ時に、私は四十代半ばの美しい女性と出逢った。しばし言葉を交わした見知らぬ旅人。だが後日、私は思いがけない報に接する。あのひとが無惨な二重殺人の犠牲者になったというのだ……！ 揺曳する女性の面影は、人々の胸にいかなる傷痕を残したのか？ 重厚な物語が深い感銘を呼ぶ、当代随一の語り部の真骨頂。

29806-7

ジル・マゴーン
中村有希 訳
騙《だま》し絵の檻《おり》 〈本格〉

無実だとの叫びもむなしく、ビル・ホルトは冷酷な殺人犯として投獄された。それから十六年が経ち、仮釈放された彼は真犯人を捜し始める。自分を罠に嵌めたのは、いったい誰だったのか？　次々に浮かび上がる疑惑と仮説。そして、終幕で明らかにされる驚愕の真相！　現代本格ミステリの旗手が底知れぬ実力を世に知らしめた衝撃の出世作。

11204-2

ジル・マゴーン
高橋なお子 訳
踊り子の死 〈本格〉

寄宿学校での舞踏会の夜、副校長の妻が殺された。暴行された形跡があったと聞いた教師たちは一様に驚きを見せた。男と見れば誰彼構わぬ彼女の色情狂ぶりは、学校の悩みの種だったのだ。では、レイプ目的の犯行ではありえないのか？　それならば、動機は何なのか？　すべてが見せかけにすぎないとしたら、その夜、本当は何が起きたのか？

11205-9

ヘレン・マクロイ
宮脇孝雄 訳
ひとりで歩く女 〈サスペンス〉

西インド諸島を発つ日、わたしは存在しない庭師から手紙の代筆を頼まれた。さらに白昼夢が現実を侵したように、帰途の船上で生起する蜃気楼めいた異変の数々。誰かがわたしを殺そうとしています……一編の手記に始まる物語は、奇妙な謎と戦慄とを孕んで闇路をひた走る。眩暈を誘う構成、縦横無尽に張られた伏線の妙。超絶のサスペンス！

16803-2

ヘレン・マクロイ
深町眞理子 訳
家蠅とカナリア 〈本格〉

精神分析学者ベイジル・ウィリングは魅惑的な主演女優から公演初日に招かれた。だが劇場周辺では奇妙な出来事が相次ぐ。はたして、観客の面前でなしとげられた大胆不敵な犯行！　緻密な計画殺人に対し、ベイジルが披露する鮮やかな推理。大戦下の劇場に多彩な演劇人を躍動させながら、純然たる犯人捜しの醍醐味を伝える謎解き小説の逸品。

16804-9

ヘニング・マンケル
柳沢由実子 訳
殺人者の顔 〈警察小説〉

雪の予感がする早朝、動機不明の二重殺人が発生した。男は惨殺され、女も「外国の」と言い残して事切れる。地方の片隅で暮らす老夫婦を、果して誰がかくも残虐に殺害したのか。燎原の火のように燃えひろがる外国人排斥運動の行方は？　人間味溢れる中年刑事ヴァランダー登場。スウェーデン警察小説に新たな歴史を刻む名シリーズの開幕！

20902-5

ヘニング・マンケル
柳沢由実子 訳
リガの犬たち 〈警察小説〉

海岸に一艘のゴムボートが流れ着いた。そのなかには、高級なスーツを身につけた二人の男の死体。共に射殺されていた。いったい何者なのか？　どうやら海の向こう、ソ連か東欧の人間らしいのだが……。小さな町の刑事ヴァランダーは、思いもよらない形でこの国境を越えた事件の主役を演じることになるのだった！　話題の警察小説第二弾。

20903-2

ヘニング・マンケル
柳沢由実子 訳

白い雌ライオン

〈警察小説〉

スウェーデンの田舎町で不動産業者の女性が消えた。失踪か、事件か、事故か？　ヴァランダー警部らは彼女の足取りを追って、最後に向かった売家へ急ぐ。ところが、近くで謎の空き家が爆発炎上、焼け跡からは黒人の指と南アフリカ製の銃、ロシア製の通信装置が発見された。二つの事件の関連とは？　各国で圧倒的な人気を誇る著者の傑作。

20904-9

ヘニング・マンケル
柳沢由実子 訳

笑う男

〈警察小説〉

正当防衛とはいえ、人を殺したことに苦しむヴァランダー。長期休暇をとり警察官を続けるか否か悩む彼のもとへ、友人の弁護士が訪ねてきた。父親の事故死に腑に落ちない点があるという。だがヴァランダーに他人に力を貸す余裕はなかった。警察を辞める決心をした彼が見たのは、友人殺害の新聞記事。事件を追い始めた彼の身に犯人の魔の手が迫る。

20905-6

ヘニング・マンケル
柳沢由実子 訳

目くらましの道 上下

〈警察小説〉

夏の休暇を楽しみに待つヴァランダー警部。だが平和な夏のはじまりは、一本の電話で覆された。菜の花畑で少女が焼身自殺。目の前で少女が燃えるのを見たショックに追い打ちをかけるように、事件発生の通報が。殺されたのは元法務大臣。背中を斧で割られ、頭皮の一部を剝ぎ取られていたのだ。ＣＷＡ賞受賞、スウェーデン警察小説の金字塔。

20906-3/20907-0

マーク・マクシェーン
北澤和彦 訳

雨の午後の降霊会

〈サスペンス〉

霊媒マイラが立てた計画は奇妙なものだった。子どもを誘拐し、自らの霊視で発見に導けば、評判が評判を呼び、彼女は一流と認められるはずだ。そして、夫ビルと共謀し実業家の娘を誘拐。夫は身代金を要求し、自分は娘を霊視したと伝える。すべては計画どおりに進んでいたが……。待ち受ける衝撃の結末。ミステリ史上唯一無二のサスペンス。

17504-7

デイヴィッド・マレル
公手成幸 訳

トーテム［完全版］上下

〈冒険小説〉

嚙み裂かれた雄牛の死骸。老獣医師の謎の急死。雄牛と同じ手口で惨殺された男……ポッターズフィールドの怪事件を追い奔走する警察署長スローター。かつてこの街でヒッピーたちに君臨したカリスマの足跡を追う雑誌記者ダンラップが、コミューン跡の廃墟で見たものは……？　改稿と短縮を余儀なくされたマレルの代表作が、完全版で復活！

15702-9/15703-6

アンナ・マクリーン
藤村裕美 訳

ルイザと女相続人の謎

名探偵オルコット1

〈本格〉

「ジョーという名前は、ヒロインにはふさわしくないかしら……」一八五四年、ボストン。作家を目指して執筆に励む若き日のルイザ・メイ・オルコットは、ヨーロッパ帰りの友人ドロシーの死に接する。その死が他殺であると知ったルイザは、独自に調査を始めるが……。名作『若草物語』の作者オルコットを探偵役に据えたシリーズ第一弾。

27306-4